Bernard Cornwell
Die Galgenfrist

Bernard Cornwell

Die Galgenfrist

Roman

Aus dem Englischen von
Ulrike Bischoff

Ullstein

Für Antonia und Jef

Prolog

Sir Henry Forrest, Bankier und Ratsherr der Stadt London, musste würgen, als er den Presshof betrat, so grauenhaft war der Gestank, schlimmer als die üblen Dünste der Abwässer, die aus dem Fleet Ditch in die Themse rannen. Es war ein Gestank wie aus den Jauchegruben der Hölle, ein atemraubender Modergeruch, der einem die Tränen in die Augen trieb. Unwillkürlich prallte Sir Henry zurück, drückte sein Taschentuch vor die Nase und hielt den Atem an aus Angst, sich übergeben zu müssen.

Sir Henrys Führer kicherte: »Ich merke den Geruch gar nicht mehr, Sir, aber ich schätze, auf seine Art ist er verteufelt schlimm, verteufelt schlimm. Passen Sie auf die Stufen auf, Sir, Vorsicht.«

Behutsam ließ Sir Henry das Taschentuch sinken und zwang sich zu fragen: »Woher kommt der Name Presshof?«

»Früher hat man hier die Gefangenen ausgepresst, Sir. Zerquetscht, Sir. Mit Steinen beschwert, Sir, um sie dazu zu bringen, die Wahrheit zu sagen. Das machen wir heute nicht mehr, Sir, leider, darum lügen sie auch wie die indischen Teppichhändler, Sir, wie die indischen Teppichhändler.« Der Führer, ein dicker Gefängniswärter, trug eine Lederhose, eine fleckige Jacke und einen kräftigen Knüppel. Er lachte. »Hier drinnen gibt es nicht einen Schuldigen, Sir, nicht wenn Sie sie selbst fragen!«

Sir Henry bemühte sich so flach zu atmen, dass er die üble Mischung aus Gestank, Schweiß und Moder nicht riechen musste. »Gibt es hier sanitäre Anlagen?«, erkundigte er sich.

»Ganz modern, Sir Henry, ganz modern. Newgate hat richtige Kanalisation, Sir. Wir verwöhnen sie, wirklich, aber sie sind dreckige Viecher, Sir, dreckig. Sie beschmutzen ihr eigenes Nest, Sir, das machen sie, sie beschmutzen ihr Nest.« Der

Wärter verschloss und verriegelte das Tor, durch das sie eingetreten waren. »Die zum Tode Verurteilten können sich über Tag frei im Presshof bewegen, Sir«, erklärte er, »außer an Feiertagen und Festtagen wie heute.« Sein Grinsen verriet Sir Henry, dass es als Scherz gemeint war. »Da müssen sie warten, bis wir fertig sind, Sir. Wenn Sie nach links gehen, treffen Sie Mister Brown und die anderen Herren im Aufenthaltsraum.«

»Aufenthaltsraum?«, fragte Sir Henry.

»Wo die Verurteilten sich über Tag aufhalten, Sir«, erklärte der Schließer, »außer an Feiertagen und Festtagen wie heute, Sir, und hinter den Fenstern da links sind die Salzkisten, Sir«.

Am Ende des langen, schmalen Hofes sah Sir Henry auf drei Stockwerken fünfzehn vergitterte Fenster, klein und dunkel. Die Zellen, die sich dahinter verbargen, wurden Salzkisten genannt. Warum sie diesen Namen trugen, wusste er nicht, wollte aber auch nicht fragen, um den Wärter nicht zu weiteren groben Scherzen zu verleiten. Allerdings wusste Sir Henry, dass man die fünfzehn Salzkisten auch als Wartezimmer des Teufels und Vorhölle bezeichnete. Es waren die Todeszellen von Newgate. Ein zum Tode Verurteilter, von dem hinter den dicken Gitterstäben nur die Augen als mattes Schimmern zu erkennen waren, starrte Sir Henry an, der sich umdrehte, als der Schließer die schwere Tür zum Aufenthaltsraum öffnete. »Sehr verbunden, Sir Henry, sehr verbunden.« Zum Zeichen seiner Ergebenheit tippte der Wärter sich mit dem Knöchel an die Stirn, als Sir Henry ihm als Dank für sein Geleit durch das Labyrinth der Gefängniskorridore einen Schilling in die Hand drückte.

Sir Henry trat in den Aufenthaltsraum, wo ihn der Gefängnisverwalter William Brown begrüßte, ein verhärmter Mann mit Glatze und schweren Hängebacken. Neben ihm stand, salbungsvoll lächelnd, ein untersetzter Priester in altmodischer Perücke, Soutane, fleckigem Chorrock und Beffchen. »Erlauben Sie mir, Ihnen den Ordinarius vorzustellen«, erklärte der Gefängnisverwalter. »Das ist Reverend Doktor Horace Cotton. Sir Henry Forrest.«

Sir Henry nahm seinen Hut ab. »Zu Ihren Diensten, Doktor Cotton.«

»Zu Ihren Diensten, Sir Henry«, antwortete Doktor Cotton übertrieben nach einer tiefen Verbeugung. Die altmodische Perücke des Ordinarius bestand aus drei plumpen Wollbüscheln, die sein käsiges Gesicht rahmten. Auf seiner linken Wange prangte ein nässender Pickel, und zum Schutz gegen den Gefängnisgestank hatte er sich einen kleinen Strauß Blumen unmittelbar oberhalb des Beffchens um den Hals gebunden.

»Sir Henry ist in Amtspflichten hier«, vertraute der Gefängnisverwalter dem Priester an.

»Ach!« Doktor Cottons Augen weiteten sich, als wolle er andeuten, dass Sir Henry ein seltener Genuss bevorstünde. »Ist das Ihr erster Besuch dieser Art?«

»Ja«, gestand Sir Henry.

»Ich bin überzeugt, Sie werden es erbaulich finden, Sir Henry«, sagte der Priester.

»Erbaulich!« Sir Henry fand diese Wortwahl unangemessen.

»Diese Erfahrung hat manche Seele zu Christus bekehrt«, erklärte Doktor Cotton streng, »wahrhaftig, zu Christus bekehrt!« Lächelnd verbeugte er sich, als der Gefängnisverwalter Sir Henry zu den anderen sechs Besuchern führte, die zum traditionellen Newgate-Frühstück erschienen waren. Beim Letzten dieser Gäste, Matthew Logan, bedurfte es keiner Vorstellung, da er und Sir Henry alte Freunde waren. Als Ratsherren galten die beiden heute Morgen als Ehrengäste, denn die Ratsversammlung war der offizielle Dienstherr des Gefängnisses Newgate. Verwalter und Ordinarius des Gefängnisses, deren Gehälter von den Ratsherren festgelegt wurden, drängten den beiden Herren Kaffee auf, aber beide lehnten ab. Logan nahm Sir Henrys Arm und führte ihn an den Kamin, wo sie ungestört vor glimmenden Scheiten und rauchender Asche einige Worte miteinander wechseln konnten.

»Bist du sicher, dass du dir das ansehen möchtest?«, fragte Logan seinen Freund besorgt. »Du siehst verflixt blass aus.«

Sir Henry war ein gut aussehender Mann, groß, schlank, von gerader Haltung und klugen, anspruchsvollen Zügen. Er war ein reicher, erfolgreicher Bankier. Sein vorzeitig ergrautes Haar – sein fünfzigster Geburtstag lag erst wenige Tage zurück – verlieh ihm etwas Distinguiertes. Als er nun vor dem Kamin im Aufenthaltsraum des Gefängnisses stand, wirkte er jedoch alt, gebrechlich, ausgemergelt und kränklich. »Das liegt an der frühen Morgenstunde, Logan«, erklärte er, »so kurz nach Tagesanbruch bin ich nie in bester Verfassung.«

»Schon.« Logan gab vor, der Erklärung seines Freundes Glauben zu schenken. »Aber nicht jeder ist für diese Erfahrung geschaffen, obwohl ich sagen muss, dass das Frühstück im Anschluss sehr gut ist. Scharfe Nierchen. Ich bin schon zum zehnten oder elften Male hier, und das Frühstück hat mich noch nie enttäuscht. Wie geht es Lady Forrest?«

»Florence ist wohlauf, danke der Nachfrage.«

»Und deiner Tochter?«

»Eleanor wird ihren Kummer sicher überleben«, erklärte Sir Henry trocken. »An gebrochenem Herzen ist noch niemand gestorben.«

»Außer in Gedichten?«

»Verdammte Gedichte, Logan«, sagte Sir Henry lächelnd. Er hielt seine Hände ans Feuer, das darauf wartete, wieder zu Leben erweckt zu werden. Die Gefangenen hatten ihre Töpfe und Kessel seitlich daneben gestapelt, ein Häufchen angekohlter Kartoffelschalen kräuselte sich in der Asche. »Arme Eleanor«, sagte Sir Henry, »wenn es nach mir ginge, würde ich sie heiraten lassen, Logan, aber Florence will nichts davon hören. Vermutlich hat sie Recht.«

»Mütter wissen meist in solchen Dingen am besten Bescheid«, antwortete Logan leichthin. Das leise Gemurmel im Raum erstarb, und die Gäste wandten sich einer verriegelten Tür zu, die sich plötzlich mit schrillem Quietschen geöffnet hatte. Einen Herzschlag lang erschien niemand, und alle Gäste hielten offenbar den Atem an, bis unter hörbarem Aufseufzen ein Mann mit einer dicken Ledertasche hereinstapfte. Nichts an seinem Äußeren rechtfertigte dieses Seufzen. Er war untersetzt, hatte ein gerötetes Gesicht und trug braune Gamaschen, eine schwarze Kniebundhose und einen schwarzen Rock, der sich über seinem vorgewölbten Bauch spannte. Respektvoll zog er einen schäbigen braunen Hut, als er die wartenden Adeligen bemerkte, entbot ihnen aber keinen Gruß und wurde auch von keinem der Anwesenden gegrüßt.

»Das ist Mister James Botting, bekannter unter dem Namen Jemmy«, erklärte Logan Sir Henry verhalten.

»Der Antragsteller?«, fragte Sir Henry leise.

»Eben der.«

Sir Henry unterdrückte ein Schaudern und mahnte sich, einen Menschen nicht nach seinem Äußeren zu beurteilen, obwohl es schwer fiel, keinen Anstoß an der Hässlichkeit eines James Botting zu nehmen, dessen Gesicht von Warzen, Grützbeuteln und Narben entstellt war. Seine Glatze war umgeben von einem Kranz glatter brauner Haare, die ihm über seinen ausgefransten Kragen fielen, und wenn er Grimassen schnitt, was er aus einer nervösen Angewohnheit alle Augenblicke tat, zeigte er gelbe Zähne in geschwundenem Zahnfleisch. Mit seinen großen Händen schob er eine Bank von einem Tisch fort, auf dem er seine Ledertasche abstellte. Wohl wissend, dass die Gäste ihn schweigend beobachteten, öffnete er die Schnallen seiner Tasche und holte acht Docken dünner weißer Kordel heraus. Sorgfältig ordnete er sie in einer Reihe auf dem Tisch an, jeweils in gleichen Abständen zueinander. Als Nächstes zog er mit der Miene eines Zauberkünstlers vier weiße Baumwollsäcke hervor, jeder etwa einen Fuß lang und breit, legte sie zu den Kordelstücken und holte zuletzt, nachdem er sich mit einem verstohlenen Seitenblick vergewissert hatte, dass man ihm zusah, vier kräftige dreifache Hanfseile heraus. Jedes Seil sah aus, als sei es zehn bis zwölf Fuß lang, war an einem Ende zu einer Schlinge gebunden und am anderen zu einer Öse gesplissen. James Botting legte die Seile auf den Tisch und trat zurück. »Guten Morgen, Gentlemen«, sagte er.

»Ach, Botting!« William Brown, der Gefängnisverwalter,

sprach in einem Ton, als habe er Botting gerade erst bemerkt. »Einen schönen guten Morgen wünsche ich Ihnen.«

»Das ist es, wahrhaftig, Sir«, sagte Botting. »Ich dachte schon, es würde regnen, weil ich solche Schmerzen in den Ellbogen hatte, aber es ist kein Wölkchen am Himmel, Sir. Heute nur die vier Kunden, Sir?«

»Nur die vier, Botting.«

»Sie haben eine ganz hübsche Menge angelockt, Sir, eine hübsche Menge, muss ich sagen.«

»Schön, sehr schön«, sagte der Verwalter vage und wandte sich wieder seinem Gespräch mit einem der Frühstücksgäste zu. Sir Henry schaute seinen Freund Logan an. »Weiß Botting, weshalb wir hier sind?«

»Ich hoffe nicht.« Logan, Bankier wie Sir Henry, verzog das Gesicht. »Wenn er es wüsste, könnte er es verpfuschen.«

»Verpfuschen?«

»Wie sollte er uns besser beweisen, dass er einen Helfer braucht?«, erklärte Logan grinsend.

»Wie viel zahlen wir ihm?«

»Zehn Schillinge sechs Pence die Woche, aber er hat noch Nebeneinkünfte. Zum einen die heilende Hand und zum anderen die Kleider und die Seile.«

»Nebeneinkünfte?« Sir Henry war verblüfft.

Logan grinste. »Wir schauen uns die Vollstreckung bis zu einem gewissen Punkt mit an, Henry, aber dann ziehen wir uns zu scharfen Nierchen zurück. Sobald wir fort sind, lässt Mister Botting die Leute auf die Galgentribüne, damit sie einem der Toten die Hand berühren können. Das soll angeblich Warzen heilen, ich glaube, er nimmt für jede Behandlung einen Schilling. Und was die Kleider der Gefangenen angeht, so verkauft er sie an Madame Tussaud, falls sie sie haben möchte, und wenn nicht, werden sie als Andenken verhökert. Die Galgenstricke werden in Stücke geschnitten und auf der Straße verkauft. Glaub mir, Mister Botting leidet keinen Mangel. Ich habe schon oft überlegt, dass wir dem Meistbietenden die

Henkersarbeit übertragen sollten, statt dem Schurken noch Lohn zu zahlen.«

Sir Henry musterte Bottings entstelltes Gesicht. »Die heilende Hand scheint aber beim Henker nicht zu wirken, nicht wahr?«

»Kein schöner Anblick«, pflichtete Logan ihm grinsend bei, dann hob er die Hand. »Hörst du?«

Sir Henry hörte ein Klirren. Im Raum wurde es still, und er spürte eine kalte Angst. Er verachtete sich für die Lüsternheit, die ihn veranlasst hatte, zu diesem Frühstück zu kommen, und sah nun schaudernd, wie die Tür zum Presshof sich öffnete.

Ein weiterer Wärter kam herein. Er grüßte den Verwalter, indem er sich mit dem Fingerknöchel an die Stirn tippte, und stellte sich neben einen niedrigen Holzblock, der auf dem Boden stand. Er hielt einen kräftigen Hammer in der Hand, und Sir Henry überlegte, welchem Zweck er dienen mochte, wollte aber nicht fragen. Die Gäste, die der Tür am nächsten standen, nahmen ihre Hüte ab, weil der Sheriff und sein Vertreter die Gefangenen in den Aufenthaltsraum führten. Es waren vier, drei Männer und eine junge Frau, kaum mehr als ein Mädchen mit bleichem, vor Angst verzerrtem Gesicht.

»Branntwein, Sir?« Ein Diener des Gefängnisverwalters trat zu Matthew Logan und Sir Henry.

»Danke«, sagte Logan und nahm zwei der Becher. Einen reichte er Sir Henry. »Der Branntwein ist zwar schlecht«, raunte er ihm zu, »aber gut zur Vorbeugung. Beruhigt den Magen.«

Die Gefängnisglocke begann zu läuten und ließ das Mädchen aufschrecken. Der Wärter befahl dem Kind, einen Fuß auf den Holzblock zu stellen, damit er ihr die Fußeisen abschlagen konnte. Sir Henry, der den Gefängnisgestank schon lange nicht mehr wahrnahm, trank den Branntwein und fürchtete, ihn nicht bei sich zu behalten. Er fühlte sich leicht benommen und unwirklich. Der Wärter schlug die Nieten der ersten Fußfessel ab, und Sir Henry bemerkte, dass der Knöchel des Mädchens voller Schwären war.

»Den anderen Fuß, Mädchen«, befahl der Wärter.

Die Glocke läutete und würde erst verstummen, wenn die vier Leichen abgeschnitten wurden. Sir Henry merkte, dass seine Hand zitterte. »Wie ich höre, kostete Getreide letzte Woche in Norwich dreiundsechzig Schilling«, sagte er eine Idee zu laut.

Logan musterte das zitternde Mädchen. »Sie hat ihrer Herrin eine Halskette gestohlen.«

»Ach?«

»Perlen. Sie muss sie verkauft haben, man hat die Kette nie gefunden. Der Große hinter ihr ist ein Straßenräuber. Schade, dass es nicht Hood ist, was? Aber eines Tages werden wir Hood auch hängen sehen. Die anderen beiden haben einen Krämer in Southwark ermordet. Dreiundsechzig Schillinge? Ein Wunder, dass überhaupt noch jemand zu essen hat.«

Unbeholfen, weil es nicht mehr gewohnt war, ohne Fußfesseln zu gehen, schlurfte das Mädchen von dem behelfsmäßigen Amboss fort und begann zu weinen. Sir Henry kehrte ihm den Rücken zu. »Scharfe Nierchen, sagst du?«

»Der Verwalter serviert an Henkerstagen immer scharfe Nierchen, das ist Tradition«, bestätigte Logan.

Der Hammer zerschlug die Fußeisen des Straßenräubers, die Glocke läutete, und James Botting rief das Mädchen barsch zu sich. »Steh still, Mädchen. Trink das, wenn du willst. Trink es aus.« Er deutete auf einen Becher Branntwein, den jemand neben die ordentlich aufgerollten Seile auf den Tisch gestellt hatte. Mit zittrigen Händen verschüttete das Mädchen etwas von der Flüssigkeit, trank den Rest aus und ließ den Blechbecher fallen, der scheppernd über die Fliesen rollte. Sie wollte sich für ihre Ungeschicklichkeit entschuldigen, aber Botting fiel ihr ins Wort: »Arme an die Seiten, Mädchen, Arme an die Seiten.«

»Ich habe nichts gestohlen«, jammerte sie.

»Ruhig, Kind, ruhig.« Reverend Cotton war zu ihr getreten und legte ihr die Hand auf die Schulter. »Gott ist unsere Zuflucht und Zuversicht, Kind, du musst auf ihn vertrauen.« Er knetete ihre Schulter. Sie trug ein hellblaues Baumwollkleid mit tiefem Ausschnitt, und die Finger des Priesters bedrängten ihr nacktes weißes Fleisch. »Der Herr ist eine große Hilfe in Zeiten der Not«, sagte der Ordinarius. Seine Finger hinterließen rosige Spuren auf ihrer weißen Haut. »Er wird dich trösten und führen. Bereust du deine Sünden, mein Kind?«

»Ich habe nichts gestohlen!«

Sir Henry zwang sich, in tiefen Zügen zu atmen. »Bist du diese brasilianischen Anleihen los geworden?«, fragte er Logan.

»Ich habe sie an Drummonds verkauft«, antwortete Logan, »ich bin dir verdammt dankbar, Henry, verdammt dankbar.«

»Bedanke dich bei Eleanor«, sagte Sir Henry. »Sie hat eine Meldung in einer Pariser Zeitung gesehen und daraus die richtigen Schlüsse gezogen. Kluges Mädchen, meine Tochter.«

»Schade um die Verlobung«, sagte Logan. Er beobachtete das zum Tode verurteilte Mädchen, das laut aufschrie, als Botton ihr die Ellbogen mit einem Stück Schnur fesselte. Er band sie so fest auf ihren Rücken, dass sie vor Schmerz stöhnte. Grinsend zog Botting die Kordel noch fester an und zwang das Mädchen, seine Brüste vorzurecken, dass der Stoff ihres billigen Kleides sich spannte. Reverend Cotton beugte sich so weit vor, dass sein Atem warm ihr Gesicht streifte. »Du musst bereuen, mein Kind, du musst bereuen.«

»Ich habe es nicht getan!« Sie atmete stoßweise, Tränen strömten über ihr verzerrtes Gesicht.

»Hände nach vorn, Mädchen!«, fuhr Botting sie an. Als sie linkisch die Hände hob, ergriff er ein Handgelenk, schlang ein Stück Kordel herum, das er anschließend auch um ihr zweites Handgelenk band. Da er ihr die Ellbogen so fest auf den Rücken gebunden hatte, konnte sie ihre Handgelenke vorn nicht mehr aneinander legen, und so begnügte er sich damit, sie nur zu fesseln.

»Sie tun mir weh«, jammerte sie.

»Botting?«, mischte sich der Verwalter ein.

»Dürfte gar nicht meine Aufgabe sein, sie zu fesseln«,

schnaubte Botting, lockerte aber die Fessel an ihren Ellbogen ein bisschen, worauf sie ihm mit einem jämmerlichen Kopfnicken dankte.

»Sie wäre sicher recht hübsch, wenn sie gewaschen wäre«, sagte Logan.

Sir Henry zählte die Töpfe im Kamin. Alles erschien ihm unwirklich. Gott steh mir bei, dachte er, Gott steh mir bei.

»Jemmy!«, grüßte der Straßenräuber den Henker schnaubend, nachdem seine Fußeisen durchtrennt waren.

»Komm her, Bursche.« Botting überhörte die Vertraulichkeit. »Trink das und leg deine Arme an die Seiten.«

Der Straßenräuber legte eine Münze neben den Becher auf den Tisch. »Für dich, Jemmy.«

»Bist ein guter Kerl«, sagte der Henker leise. Für die Münze würde Botting dem Straßenräuber die Arme nicht allzu fest binden und dafür sorgen, dass sein Tod so schnell wie möglich einträte.

»Eleanor sagt, sie ist über die Verlobung hinweg«, sagte Sir Henry, immer noch mit dem Rücken zu den Gefangenen, »aber ich glaube ihr nicht. Sie ist sehr unglücklich, das spüre ich. Weißt du, manchmal frage ich mich, ob sie vielleicht verdreht ist.«

»Verdreht?«

»Logan, ich habe den Eindruck, dass sie sich nur noch mehr zu Sandman hingezogen fühlt, seit die Verlobung gelöst wurde.«

»Er war ein sehr anständiger junger Mann«, stellte Logan fest.

»Er ist ein sehr anständiger junger Mann«, stimmte Sir Henry zu.

»Aber so skrupelhaft, dass es schon fast ein Makel ist«, sagte Logan.

»Allerdings«, bestätigte Sir Henry. Er starrte nun zu Boden in dem Bemühen, das leise Schluchzen des Mädchens zu überhören. »Der junge Sandman ist ein guter Mann, ein sehr guter Mann, aber mittlerweile ohne Aussichten. Völlig ohne Aussichten! Und Eleanor kann schließlich nicht in eine Familie heiraten, die in Schande geraten ist.«

»Wahrhaftig nicht«, pflichtete Logan bei.

»Sie sagt, sie kann, aber so ist Eleanor nun mal«, sagte Sir Henry kopfschüttelnd. »Und Rider Sandman trifft an alledem keine Schuld, aber er steht jetzt ohne einen Penny da. Völlig mittellos.«

Logan runzelte die Stirn. »Er bekommt doch sicher eine Pension?«

Sir Henry schüttelte den Kopf. »Er hat sein Offizierspatent verkauft, um den Unterhalt seiner Mutter und seiner Schwester zu bestreiten.«

»Er unterhält seine Mutter? Diese grässliche Frau? Armer Sandman.« Logan lachte leise. »Aber Eleanor mangelt es doch gewiss nicht an Verehrern?«

»Ganz und gar nicht.« Sir Henry klang bedrückt. »Sie stehen Schlange, Logan, aber Eleanor findet an allen etwas auszusetzen.«

»Das kann sie gut«, sagte Logan leise, aber ohne Bosheit, denn er mochte die Tochter seines Freundes, auch wenn er sie für allzu verwöhnt hielt. Eleanor war zwar tatsächlich klug und allzu belesen, aber das war noch lange kein Grund, ihr Zaumzeug, Peitsche und Sporen zu ersparen. »Aber sie wird doch sicher bald heiraten?«, erkundigte er sich.

»Sicher«, sagte Sir Henry trocken, denn seine Tochter war nicht nur attraktiv, es war auch allgemein bekannt, dass Sir Henry ihrem zukünftigen Ehemann ein stattliches Einkommen sichern würde. Daher war Sir Henry manchmal auch versucht, sie Rider Sandman heiraten zu lassen, aber ihre Mutter wollte nichts davon hören. Florence strebte für Eleanor einen Adelstitel an, und den besaß Rider Sandman nicht. Und da er nun auch kein Vermögen mehr hatte, würde die Ehe zwischen Captain Sandman und Miss Forrest wohl nicht zustande kommen. Sir Henrys Grübeleien über die Aussichten seiner Tochter nahmen ein jähes Ende, als das zum Tode verurteilte Mädchen so jämmerlich aufschrie, dass Sir Henry sich erschrocken umdrehte. James Botting hatte einen der kräftigen Stricke auf ihre Schultern gelegt, und das Mädchen schrie, als sei der Bridport-Hanf mit Säure getränkt.

»Ruhig, mein Kind«, sagte Reverend Cotton, schlug sein Gebetbuch auf und trat einige Schritte von den vier Gefangenen zurück, die nun alle gefesselt waren.

»Das war nie Aufgabe des Henkers«, beklagte sich James Botting, bevor der Ordinarius mit den Gebeten für die Seelen der Todgeweihten beginnen konnte. »Der Strangknecht hat im Hof – im Hof – die Eisen abgeschlagen und die Fesseln angelegt! Der Strangknecht. Das Fesseln war nie Aufgabe des Henkers!«

»Er meint, das habe sein Helfer erledigt«, flüsterte Logan.

»Er weiß also, weshalb wir hier sind?«, fragte Sir Henry, während der Sheriff und sein Vertreter, beide in bodenlangen Roben und Amtsketten sowie einem Stab mit Silberspitze in der Hand, offenkundig zufrieden waren, dass die Gefangenen ordnungsgemäß vorbereitet waren, und zum Verwalter traten, der dem Sheriff mit einer förmlichen Verbeugung ein Schriftstück reichte.

»Ich bin die Auferstehung und das Leben«, hob Reverend Cotton mit lauter Stimme an, *»wer an mich glaubt, soll leben, auch wenn er stirbt.«*

Der Sheriff warf einen Blick auf das Dokument und steckte es mit einem Kopfnicken in eine Tasche seiner pelzbesetzten Robe. Bisher waren die Gefangenen der Obhut des Gefängnisverwalters von Newgate unterstellt, nun gehörten sie dem Sheriff der Stadt London, der, nachdem die Formalitäten erledigt waren, mit ausgestreckter Hand und verbindlichem Lächeln auf Sir Henry zu kam. »Sie sind zum Frühstück gekommen, Sir Henry?«

»Mein Amt führt mich her«, erklärte Sir Henry streng, »aber es ist schön, Sie zu sehen, Rothwell.«

»Sie müssen unbedingt zum Frühstück bleiben«, sagte der Sheriff, während der Ordinarius die Totengebete sprach. »Es gibt hervorragende scharfe Nierchen.«

»Frühstück bekomme ich auch zu Hause«, sagte Sir Henry. »Nein, ich bin hier, weil Botting einen Gehilfen beantragt hat, und wir dachten, bevor wir diese Ausgabe genehmigen, sollten wir uns selbst ein Urteil bilden, ob er einen solchen braucht. Sie kennen Mister Logan?«

»Der Ratsherr und ich sind alte Bekannte«, antwortete der Sheriff und schüttelte Logan die Hand. »Dem Mann einen Gehilfen zu geben, hat den Vorteil, dass er bereits seinen Nachfolger ausbildet«, erklärte er Sir Henry leise. »Und falls es auf dem Galgengerüst Schwierigkeiten gibt, sind zwei Männer besser als einer. Schön, Sie zu sehen, Sir Henry, und auch Sie, Mister Logan.« Mit gefasster Miene wandte er sich Botting zu: »Sind Sie bereit, Botting?«

»Alles bereit, Sir, alles bereit«, antwortete Botting, nahm die vier weißen Säcke und steckte sie in eine Tasche.

»Wir können uns beim Frühstück unterhalten«, sagte der Sheriff zu Sir Henry. »Scharfe Nierchen! Ich habe sie schon im Vorbeigehen gerochen.« Er zog eine Zwiebeluhr aus seinem Uhrtäschchen und ließ den Deckel aufspringen. »Zeit zu gehen, denke ich, Zeit zu gehen.«

Der Sheriff führte die Prozession aus dem Aufenthaltsraum über den schmalen Presshof. Reverend Cotton hatte eine Hand in den Nacken des Mädchens gelegt, um es zu führen, während er laut die Totengebete sprach, die er bereits am Tag zuvor in der Kapelle beim Seelenamt für die zum Tode Verurteilten gebetet hatte. Die vier Gefangenen hatten in der berüchtigten schwarzen Kirchenbank neben dem aufgebahrten Sarg gekniet, und der Ordinarius hatte ihnen das Seelenamt gelesen und gepredigt, sie würden für ihre Sünden bestraft, wie Gott es befohlen habe. Er hatte die Flammen der Hölle geschildert, die sie erwarteten, die teuflischen Qualen, die man ihnen bereiten würde, und hatte das Mädchen und einen der beiden Mörder zu Tränen gerührt. Auf der Empore der Kapelle hatten sich Zuschauer gedrängt, die einen Schilling sechs Pence bezahlt hatten, um den letzten Gottesdienst der vier verdammten Seelen mitzuerleben.

Die Gefangenen in den Zellen am Presshof riefen Beschimpfungen und Abschiedsgrüße, als die Prozession nun vorüberzog. Sir Henry erschrak über den Lärm und wunderte sich über eine Frauenstimme, die Verwünschungen schrie. »Männer und Frauen teilen sich doch nicht etwa die Zellen?«, fragte er.

»Nicht mehr«, erklärte Logan und folgte dem Blick seines Freundes, »ich vermute, sie ist keine Gefangene, sondern eine Dirne, Sir Henry. Sie zahlen den Wärtern ein so genanntes ›Sündengeld‹, damit sie hier ihren Lebensunterhalt verdienen können.«

»Sündengeld? Gütiger Gott!« Sir Henry wirkte bekümmert. »Und das erlauben wir?«

»Wir schauen weg«, sagte Logan gelassen, »in der Einsicht, dass es besser ist, Dirnen im Gefängnis zu haben als einen Aufruhr der Gefangenen.« Der Sheriff hatte die Prozession eine Steintreppe hinunter in einen Tunnel geführt, der unter dem Hauptgefängnis hindurch bis zum Torhaus verlief. In diesem finsteren Gang kamen sie an einer leeren Zelle vorüber, deren Tür offen stand. »Hier haben sie ihre letzte Nacht verbracht«, sagte Logan. Als das zum Tode verurteilte Mädchen schwankte, nahm ein Wärter seinen Ellbogen und schob es weiter.

»Mit nichts kamen wir auf diese Welt«, hallte die Stimme Reverend Cottons dumpf von den Granitwänden des Tunnels wider, *»und mit Gewissheit können wir nichts mitnehmen. Der Herr hat gegeben, der Herr hat genommen, gepriesen sei der Name des Herrn.«*

»Ich habe nichts gestohlen!«, schrie das Mädchen unvermittelt.

»Ruhig, Kind, ruhig!«, knurrte der Gefängnisverwalter. Die Männer waren nervös. Sie wollten, dass die Gefangenen keine Scherereien machten, aber das Mädchen war einem hysterischen Anfall nahe.

»Herr, lass mich wissen, wann mein Ende naht und meine Tage gezählt sind«, betete der Ordinarius.

»Bitte!«, flehte das Mädchen. »Nein, Nein! Bitte.« Ein

zweiter Wärter trat an seine Seite, falls es zusammenbrechen sollte und den Rest des Weges getragen werden müsste, aber sie stolperte weiter.

»Wenn sie sich allzu heftig wehren, werden sie an einen Stuhl gebunden und so gehenkt«, erklärte Logan Sir Henry. »Aber ich muss gestehen, dass ich das schon Jahre nicht mehr erlebt habe, allerdings erinnere ich mich, dass Langley es einmal so machen musste.«

»Langley?«

»Bottings Vorgänger.«

»Du warst schon öfter dabei?«, fragte Sir Henry.

»Einige Male«, bestätigte Logan. »Und du?«

»Noch nie. Aber heute hielt ich es für meine Pflicht.« Sir Henry sah die Gefangenen die Treppe am Ende des Tunnels hinaufsteigen und wünschte, er wäre nicht gekommen. Er hatte noch nie einen gewaltsamen Tod gesehen. Rider Sandman, der sein Schwiegersohn hatte werden sollen, hatte als Soldat manchen gewaltsamen Tod miterlebt, und Sir Henry wünschte, der junge Mann wäre bei ihm. Er hatte Sandman immer gemocht. Eine Schande, was seiner Familie zugestoßen war.

Die Treppe mündete im Torhaus, dessen höhlenartiger Innenraum auf die Straße namens Old Bailey führte. Die Tür zur Straße, die man Schuldnerpforte nannte, stand offen, ließ aber kein Tageslicht herein, da man unmittelbar davor das Galgengerüst aufgestellt hatte. Hier war das Lärmen der Menge laut zu hören, während die Gefängnisglocke gedämpft klang, aber die Glocke der Kirche Saint Sepulchre am anderen Ende der Newgate Street läutete ebenfalls für die Todgeweihten.

»Meine Herren?« Der Sheriff, der nun die Verantwortung für das morgendliche Verfahren trug, wandte sich an die Frühstücksgäste. »Wenn Sie die Treppe zum Galgenpodest hinaufgehen, finden Sie rechts und links Stühle. Wären Sie bitte so nett, zwei in der vorderen Reihe für uns frei zu lassen?«

Als Sir Henry durch den hoch aufragenden Bogen der Schuldnerpforte trat, sah er vor sich den dunklen Hohlraum unter dem Galgenpodest und entdeckte eine gewisse Ähnlichkeit mit dem Unterbau einer Bühne, die auf rohen Holzbalken ruhte. Da Front und Seiten mit schwarzem Boy verhängt waren, drang Licht lediglich durch die Ritzen zwischen den Brettern, die den Boden der erhöhten Plattform bildeten. Rechts von Sir Henry führte eine Holzstiege in den Schatten hinauf, knickte scharf links ab und mündete in einem überdachten Pavillon im hinteren Teil des Podests. Treppe und Plattform machten einen soliden Eindruck, der vergessen ließ, dass sie erst einen Tag vor einer Hinrichtung aufgestellt und im Anschluss sofort wieder abgebaut wurden. Der überdachte Pavillon sollte Ehrengästen bei schlechter Witterung Schutz bieten, aber heute schien die Sonne auf Old Bailey so hell, dass Sir Henry blinzeln musste, als er in den Pavillon trat.

Lauter Jubel begrüßte die Gäste. Wer sie waren, kümmerte niemanden, aber ihr Erscheinen kündete die Ankunft der Gefangenen an. Auf Old Bailey herrschte Gedränge. Jedes Fenster zur Straße war dicht besetzt, und selbst auf den Dächern saßen Leute.

»Zehn Schillinge«, sagte Logan.

»Zehn Schillinge?« Sir Henry begriff wieder einmal nichts.

»Für einen Fensterplatz«, erklärte Logan. »Wenn ein berühmter Verbrecher hingerichtet wird, steigen die Preise auf zwei bis drei Guineen.« Er deutete auf eine Taverne unmittelbar gegenüber vom Galgen. »Die besten Plätze hat das Magpie and Stump, weil man von da direkt in die Fallgrube schauen kann, in die sie fallen.« Er kicherte. »Beim Wirt kann man ein Fernrohr leihen, um sie sterben zu sehen. Aber wir haben natürlich die besten Plätze.«

Sir Henry wollte sich in den Schatten im hinteren Teil des Pavillons zurückziehen, aber da Logan bereits in der vorderen Stuhlreihe Platz genommen hatte, setzte Sir Henry sich neben ihn. Sein Kopf dröhnte von dem entsetzlichen Lärm auf der Straße. Er fühlte sich wie auf einer Theaterbühne, war überwältigt und benommen. So viele Menschen! Überall richteten sich Gesichter auf das schwarz verhängte Podest. Der eigentliche Galgen vor dem Pavillon war dreißig Fuß lang und fünfzehn Fuß breit, überragt von einem dicken Holzbalken, der vom Dach des Pavillons bis zur Plattformkante reichte. Schwarze Metzgerhaken waren in seine Unterseite geschraubt, und eine Leiter stand an ihn gelehnt.

Höhnischer Jubel grüßte die Sheriffs in ihren pelzbesetzten Roben. Sir Henry saß auf einem harten Holzstuhl, der etwas zu schmal und äußerst unbequem war. »Zuerst kommt das Mädchen an die Reihe«, sagte Logan.

»Warum?«

»Weil die Leute ihretwegen gekommen sind«, erklärte Logan. Offenkundig genoss er das Spektakel, was Sir Henry verwunderte. Wieder wünschte er, Rider Sandman wäre bei ihm, denn er vermutete, dass der Soldat einen so leichtfertigen Umgang mit dem Tod nicht billigen würde. Oder war Sandman abgehärtet gegen Gewalt?

»Ich sollte ihn sie heiraten lassen«, murmelte er.

»Was?« Logan musste die Stimme erheben, da die Menge nach den Gefangenen rief.

»Nichts«, sagte Sir Henry.

»Ich werde meine Zunge im Zaum halten, solange ich schaue das Gottlose.« Reverend Cottons Stimme wurde lauter, als er hinter dem Mädchen die Stiege heraufkam.

Als Erster erschien ein Wärter, hinter ihm das Mädchen, immer noch unbeholfen, da es nicht mehr gewohnt war, ohne Fußeisen zu gehen. Als es auf der obersten Stufe beinahe stolperte, musste der Wärter es stützen.

Nun sah auch die Menge sie. »Hüte ab! Hüte ab!« Der Ruf setzte vorne ein und hallte hinten wider. Er entsprang keineswegs dem Respekt, sondern dem Umstand, dass die hohen Hüte der vorderen Zuschauer den hinteren die Sicht nahmen. Das Grölen der Menge schwoll ohrenbetäubend an, und dann drängten die Menschen vor, bis der Marschall der Stadt und seine Männer, die den Galgen schützten, ihre Lanzen heben mussten. Sir Henry fühlte sich bedrängt von dem Lärm und den Tausenden lauthals grölender Menschen. Unter den Zuschauern waren ebenso viele Frauen wie Männer. Sir Henry bemerkte eine respektabel wirkende Matrone, die sich im Fenster des Magpie and Stump über ein Fernrohr beugte. Neben ihr aß ein Mann Brot mit Spiegelei. Eine andere Frau hielt ein Opernglas. In einem Hauseingang bot ein Straßenhändler Pasteten feil. Aufgescheucht von dem Lärm, kreisten Tauben, rote Milane und Spatzen am Himmel. Benommen sah Sir Henry mit einem Mal vier Särge am Rand des Podests stehen. Sie waren aus ungehobelten, harzigen Fichtenbrettern. Das Mädchen stand mit offenem Mund da, sein eben noch bleiches Gesicht war nun rot und verquollen. Tränen liefen ihm über die Wangen, als Botting es an den gefesselten Ellbogen in die Mitte des Podests führte. Hier befand sich eine Falltür, die unter ihrem Gewicht knarrte. Das Mädchen zitterte und stöhnte, während Botting es am vorderen Ende des Podests unter den Galgenbaum stellte. Sobald es an der richtigen Stelle stand, holte er einen Baumwollsack aus der Tasche und setzte ihn ihm auf wie einen Hut. Bei seiner Berührung schrie es auf und versuchte, sich ihm zu entwinden, aber Reverend Cotton legte ihm die Hand auf den Arm, während der Henker den Strang von seinen Schultern nahm und die Leiter hinaufstieg. Die Sprossen knarrten beängstigend unter seinem Gewicht. Er schob die kleine Öse im Seil über einen der schwarzen Metzgerhaken und stieg mit rotem Gesicht und schwer atmend herunter. »Ich brauche unbedingt einen Gehilfen«, knurrte er. »Das ist ungerecht. Man hat immer einen Gehilfen. Zappele nicht rum, Fräulein! Geh wie ein Christenmensch!« Er schaute dem Mädchen in die Augen, als er ihm die Schlinge um den Hals legte, den Knoten unter dem linken Ohr anzog und kurz an dem Strick ruckte, wie um sich zu vergewissern, ob er das Gewicht aushalten würde. Bei diesem Ruck stöhnte das Mädchen und schrie, weil Botting ihm ins Haar griff. »Sei still, Mädchen!«, schnaubte er und zog den weißen Baumwollsack über das Gesicht.

Sie schrie: »Ich will sehen!«

Sir Henry schloss die Augen.

»Denn tausend Jahre sind in deinen Augen wie ein Tag.« Der

Ordinarius erhob die Stimme, um das Toben der Menge zu übertönen. Der zweite Gefangene, der Straßenräuber, kam nun auf das Podest. Botting stellte ihn neben das Mädchen, stülpte den Sack auf seinen Kopf und stieg auf die Leiter, um den Strick einzuhängen. *»O lehre uns, unsere Tage zu zählen«*, psalmodierte Reverend Cotton, *»auf dass wir unsere Herzen der Weisheit öffnen.«*

»Amen«, sagte Sir Henry inbrünstig, allzu inbrünstig.

»Hier«, Logan stieß Sir Henry, der die Augen immer noch geschlossen hielt, in die Seite und reichte ihm ein Flakon. »Guter Brandy. Geschmuggelt.«

Der Straßenräuber hatte Blumen im Knopfloch. Er verneigte sich vor der Menge, die ihm zujubelte, aber sein Mut war gespielt, wie Sir Henry an seinen zitternden Beinen und dem Zucken seiner gefesselten Hände sah. »Kopf hoch, Schätzchen«, sagte er zu dem Mädchen an seiner Seite.

In der Menge waren auch Kinder. Ein Mädchen, das kaum älter als sechs Jahre sein mochte, saß auf den Schultern seines Vaters und lutschte Daumen. Die Menge johlte bei jedem Gefangenen, der erschien. Eine Gruppe Matrosen mit langen Rollen Kautabak rief Botting zu, er solle dem Mädchen das Kleid herunterziehen. »Zeig uns ihre Titten, Jemmy! Na los, raus damit!«

»Bald ist es vorbei«, sagte der Straßenräuber zu dem Mädchen, »du und ich sind gleich bei den Engeln, Mädchen.«

»Ich habe nichts gestohlen!«, jammerte das Mädchen.

»Gesteht eure Schuld! Beichtet eure Sünden!«, drängte Reverend Cotton die vier Gefangenen, die nun alle auf der Falltür standen. Das Mädchen war am weitesten von Sir Henry entfernt. Es zitterte. Alle vier hatten Baumwollsäcke über dem Gesicht und eine Schlinge um den Hals. »Tretet reinen Herzens vor Gott!«, drängte der Ordinarius. »Erleichtert euer Gewissen, tretet in Demut vor Gott!«

»Na los, Jemmy! Zieh der Frau das Kleid aus!«

Die Menge grölte um Ruhe in der Hoffnung auf ein paar letzte Worte.

»Fahr zur Hölle, du fettes Schwein«, knurrte einer der Mörder den Ordinarius an.

»Wir sehen uns in der Hölle wieder!«, rief der Straßenräuber dem Priester zu.

»Nun, Botting!« Der Sheriff wollte die Sache schnell erledigt wissen, und Botting schlurfte ans hintere Ende des Galgenpodests und zog einen hölzernen Spund von der Dicke eines Nudelholzes aus einem der Bretter. Sir Henry verkrampfte sich, aber nichts geschah.

»Der Spund ist nur eine Sperrvorrichtung«, erklärte Logan leise. »Er muss nach unten gehen, um die Falltür zu öffnen.«

Sir Henry schwieg. Er schrumpfte in sich zusammen, als Botting ihn auf dem Weg zur Treppe im hinteren Teil des Pavillons streifte. Nur die vier Verurteilten und der Ordinarius standen nun noch in der Sonne. Reverend Cotton hielt sich zwischen den Särgen in sicherem Abstand zur Falltür. *»Denn wenn du zürnst, sind all unsere Tage dahin«*, psalmodierte er, *»wir vollenden unsere Jahre als wären sie ein Märchen.«*

»Cotton, du fettes Schwein!«, rief der Straßenräuber. Das Mädchen schwankte, Sir Henry sah, dass sein Mund sich unter der dünnen Baumwolle, die sein Gesicht verdeckte, öffnete und schloss. Der Henker war unter dem Podest verschwunden und kletterte in dem Gebälk, auf dem das Gerüst ruhte, zu einem Seil, mit dem er den Balken unter der Falltür wegziehen würde.

»Wende dich zu uns, o Herr!« Reverend Cotton erhob eine Hand und die Stimme gen Himmel. »Und erbarme dich deiner Diener!«

Botting zerrte an dem Seil, und der Balken gab nach, rutschte aber nicht vollständig heraus. Sir Henry, der gar nicht merkte, dass er den Atem anhielt, sah die Falltür rucken. Das Mädchen schluchzte, seine Beine gaben nach und es brach auf der immer noch geschlossenen Falltür zusammen. Ein Aufschrei ging durch die Menge, erstarb jedoch, als sie merkten, dass nichts geschehen war. Botting zog mit aller Kraft an dem Seil, der Balken gab nach, die Falltür klappte nach unten und ließ die vier Verurteilten in die Tiefe fallen. Sie stürzten lediglich fünf oder sechs Fuß tief, was keinen von ihnen tötete. »Als sie noch den Wagen in Tyburn benutzten, ging es schneller«, sagte Logan und beugte sich vor. »Aber so dauert der Morris länger.«

Sir Henry brauchte nicht zu fragen, was Logan meinte. Die vier zuckten und wanden sich. Sie führten den Morris-Tanz am Galgen auf, die Kapriolen am Strang, die die Gehängten in ihrem Todeskampf vollführten. Botting sprang unten im Inneren des Galgengerüsts beiseite, als das Mädchen seine Eingeweide entleerte. Sir Henry sah von alledem nichts, denn er hatte die Augen geschlossen und öffnete sie auch nicht, als die Menge sich heiser schrie, weil Botting dem Straßenräuber über seine gefesselten Ellbogen auf die Schultern kletterte wie eine schwarze Kröte, um sein Sterben zu beschleunigen. Dafür hatte der Straßenräuber Botting schließlich bezahlt, und der Henker hielt seinen Teil der Abmachung ein.

»Wahrlich, ich enthülle euch ein Geheimnis.« Der Ordinarius achtete nicht auf Botting, der grinsend wie ein monströser Buckel auf dem Rücken des Sterbenden hing. *»Nicht alle werden wir schlafen, vielmehr werden wir in einem Augenblick verwandelt werden«*, betete Cotton.

»Der Erste ist hinüber«, sagte Logan, als Botting vom Rücken der Leiche stieg. »Jetzt habe ich einen mordsmäßigen Hunger, bei Gott, was für einen Hunger!«

Drei der vier tanzten noch, allerdings immer schwächer. Der tote Straßenräuber baumelte mit verdrehtem Kopf, als Botting sich an die Knöchel des Mädchens hängte. Sir Henry roch Kot, menschlichen Kot, und konnte plötzlich das Spektakel nicht mehr ertragen. Er stolperte die Stiege vom Galgen hinunter in das kühle, steinerne Torhaus. Hier erbrach er sich, rang nach Atem, lauschte auf die Menge und das Knarren der Podestbretter und wartete, bis es Zeit war, zum Frühstück zu gehen.

Zu scharfen Nierchen. So war es Tradition.

1

Rider Sandman stand an diesem Montagmorgen erst spät auf. Man hatte ihm sieben Guineen gezahlt, um für die Kricketmannschaft von Sir John Hart gegen ein Team aus Sussex anzutreten. Den Gewinnern hatte eine Prämie von hundert Guineen gewinkt. Sandman hatte im ersten Innings dreiundsechzig Läufe erzielt und zweiunddreißig im zweiten, aber Sir Johns Mannschaft hatte trotzdem verloren. Das war am Samstag, und während Sandman zuschaute, wie die anderen Schlagmänner wild auf schlecht gezielte Bälle eindroschen, war ihm klar geworden, dass der Spielausgang eine abgekartete Sache war. Die Buchmacher hatten mit einem mühelosen Sieg von Sir Johns Mannschaft gerechnet, nicht zuletzt, weil der berühmte Rider Sandman mit von der Partie war, nun wurden sie geschröpft, denn jemand hatte offenbar mit hohem Einsatz auf das Team aus Sussex gesetzt, das mit einem Innings und achtundvierzig Läufen Vorsprung gewann. Das Gerücht kursierte, Sir John habe selbst gegen seine Mannschaft gewettet, und dass er Sandman nicht in die Augen schauen konnte, machte dieses Gerücht glaubwürdig.

Also war Captain Rider Sandman zu Fuß nach London zurückgegangen.

Er ging zu Fuß, weil er es ablehnte, mit Männern eine Kutsche zu teilen, die sich hatten bestechen lassen, um ein Spiel zu verlieren. Er liebte Kricket, er war ein guter Spieler und hatte einmal in einem berühmten Spiel hundertvierzehn Läufe für eine englische Mannschaft erzielt, die gegen eine Auswahlelf des Marquess of Canfield angetreten war. Liebhaber dieses Sports reisten meilenweit, um Rider Sandman, den ausgedienten Hauptmann des 52. Infanterieregiments seiner Majestät, spielen zu sehen. Aber er hasste Bestechung, verabscheute Korruption und neigte zu Jähzorn. Daher hatte er sich auf einen heftigen Streit mit seinen verräterischen Mannschaftskollegen eingelassen, und während sie in dieser Nacht in Sir Johns komfortablem Haus schliefen und am nächsten Morgen bequem nach London fuhren, verzichtete Sandman auf beides. Er war zu stolz.

Stolz und arm. Weder die Fahrt mit der Postkutsche noch das Entgelt für einen einfachen Fuhrmann konnte er sich leisten, weil er Sir John Hart den Lohn für das Spiel in seiner Wut ins Gesicht geschleudert hatte – was, wie Sandman zugeben musste, dumm war, weil er dieses Geld ehrlich verdient hatte. Also ging er zu Fuß nach Hause, verbrachte die Nacht zum Sonntag in einem Heuschober in der Nähe von Hickstead und wanderte den ganzen Sonntag, bis die Sohle an seinem rechten Stiefel fast durchgelaufen war. Erst spät am Abend erreichte er die Drury Lane, ließ in seiner gemieteten Dachkammer die Kricketausrüstung auf den Boden fallen, zog sich aus, fiel auf das schmale Bett und schlief. Er schlief immer noch, als in Old Bailey die Falltür fiel und das Johlen der Menge Tausende Vögel aufgeschreckt in den rauchverhangenen Londoner Himmel flattern ließ. Sandman träumte auch um halb neun noch. Er träumte unruhig und schweißgebadet, stieß einen unzusammenhängenden Alarmruf aus, Hufschlag und das Donnern von Musketen und Kanonen im Ohr, Krummsäbel und blanke Degen vor Augen, und dieses Mal sollte sein Traum damit enden, dass die Kavallerie die gelichteten Reihen der Rotröcke durchbrach, doch dann vermengte sich das Hufgetrappel mit Schritten auf der Treppe und einem flüchtigen Klopfen an seiner dünnen Mansardentür. Er schlug die Augen auf, erkannte, dass er kein Soldat mehr war, und noch bevor er auf das Klopfen antworten konnte, stand Sally Hood im Zimmer. Einen Moment lang hielt Sandman die strahlenden Augen, das Kalikokleid und das goldene Haar für einen Tagtraum, doch dann lachte Sally. »Ich habe Sie geweckt. Gott, tut mir Leid!« Sie wollte schon gehen.

»Schon gut, Miss Hood.« Sandman tastete nach seiner Uhr. Er schwitzte. »Wie spät ist es?«

»Saint Giles hat gerade halb neun geschlagen«, antwortete sie.

»Meine Güte!« Sandman konnte kaum fassen, dass er so lange geschlafen hatte. Es gab nichts, wofür er hätte aufstehen müssen, aber das frühe Aufstehen war ihm schon lange zur Gewohnheit geworden. Er setzte sich im Bett auf und zog sich die dünne Decke vor die Brust, als ihm einfiel, dass er unbekleidet war. »An der Tür hängt ein Morgenmantel, Miss Hood, wenn Sie so nett wären?«

Sally holte den Morgenmantel. »Es ist nur, ich bin schon spät dran«, erklärte sie ihr Erscheinen in seinem Zimmer, »mein Bruder ist weg, ich muss zur Arbeit und kriege die Häkchen an meinem Kleid nicht zu, sehen Sie?« Sie kehrte ihm den Rücken zu und zeigte ihm ihren nackten Rücken. »Ich hätte ja Mrs. Gunn gefragt, aber sie guckt sich heute die Hinrichtung an. Weiß Gott, was sie überhaupt sieht, wo sie doch halb blind und ständig betrunken ist, aber sie hat was für eine gute Hinrichtung übrig, und in ihrem Alter hat sie ja nicht mehr viel Freude. Schon gut, Sie können jetzt aufstehen, ich habe die Augen zu.«

Vorsichtig stand Sandman auf, denn in seiner winzigen Dachkammer gab es kaum eine Stelle, an der er stehen konnte, ohne sich den Kopf an den Dachbalken zu stoßen. Er war sechs Fuß und einen Zoll groß, hatte hellblondes Haar, blaue Augen und ein langes, grobknochiges Gesicht. Er war nicht gut aussehend im herkömmlichen Sinn, dafür war sein Gesicht zu markant, aber aus seiner Miene sprachen eine Kompetenz und Freundlichkeit, die ihn bemerkenswert machten. Er zog seinen Morgenmantel über und schloss den Gürtel. »Sie sagen, Sie müssen arbeiten?«, fragte er Sally. »Eine gute Arbeit, hoffe ich?«

»Nicht gerade das, was ich mir gewünscht habe«, sagte Sally, »weil es nicht auf den Brettern ist.«

»Auf den Brettern?«

»Auf der Bühne, Captain«, erklärte sie. Sie bezeichnete sich als Schauspielerin, was sie vielleicht ja auch war, obgleich

Sandman kaum Anzeichen sah, dass die Bühne viel Verwendung für Sally hatte, die sich ebenso wie er selbst knapp am Rande der Anständigkeit durchschlug, wenn auch nur dank ihres Bruders, eines äußerst geheimnisvollen jungen Mannes, der zu seltsamen Tageszeiten arbeitete. »Aber es ist keine schlechte Arbeit«, fuhr sie fort, »und anständig obendrein.«

»Davon bin ich überzeugt«, sagte Sandman, der spürte, dass Sally nicht darüber sprechen mochte. Er fragte sich, warum sie eine anständige Arbeit derart vehement verteidigte, während Sally überlegte, warum Sandman, der offensichtlich ein Gentleman war, sich eine Dachkammer in der Taverne Wheatsheaf in Londons Drury Lane gemietet hatte. Abgebrannt, so viel stand fest, aber trotzdem, ausgerechnet das Wheatsheaf? Vielleicht wusste er es nicht besser. Das Wheatsheaf war eine berüchtigte Unterweltspelunke, in der von Taschendieben bis Einbrechern, von Bettlern bis Bankräubern alles verkehrte, und Captain Rider Sandman machte auf Sally den Eindruck eines grundehrlichen Mannes. Aber er war nett, fand Sally. Er behandelte sie wie eine Dame, und obwohl sie nur ab und an ein paar Worte mit ihm gewechselt hatte, wenn sie sich auf den Gasthausfluren begegnet waren, hatte sie eine gewisse Freundlichkeit bei ihm bemerkt. Genügend Freundlichkeit, um ihn an diesem Montagmorgen in seinem Zimmer zu stören. »Und was ist mit Ihnen, Captain?«, fragte sie. »Arbeiten Sie auch?«

»Ich suche eine Stelle, Miss Hood«, sagte Sandman. Es entsprach der Wahrheit, aber er fand keine. Er war zu alt für eine Lehre, besaß keine Ausbildung in Juristerei oder Bankwesen und war zu heikel, um eine Anstellung als Sklaventreiber auf den Zuckerrohrinseln anzunehmen.

»Ich hab gehört, Sie sind Kricketspieler«, sagte Sally.

»Ja, das bin ich.«

»Und ein berühmter dazu, sagt mein Bruder.«

»Das weiß ich nicht«, antwortete Sandman bescheiden.

»Aber damit können Sie doch bestimmt Geld verdienen, oder?«

»Nicht so viel, wie ich brauche«, sagte Sandman, außerdem galt das nur für den Sommer und falls er bereit wäre, sich auf Bestechung und Korruption einzulassen. »Ich habe hier ein kleines Problem. Es fehlen einige Haken.«

»Das ist, weil ich nie dazu komme, sie anzunähen«, sagte Sally. »Machen Sie einfach, was geht.« Sie starrte auf seinen Kaminsims, auf dem ein Stapel Briefe lagen, deren ausgefranste Ränder erkennen ließen, dass sie vor langer Zeit abgeschickt worden waren. Sie schwankte leicht vor und erkannte, dass der oberste Brief an eine Miss Soundso adressiert war, den Namen konnte sie nicht lesen, aber dieses eine Wort zeigte ihr, dass die Dame Captain Sandman wohl den Laufpass gegeben und ihm seine Briefe zurückgesandt hatte. Armer Captain Sandman, dachte Sally.

»Und an manchen Stellen sind Haken, aber keine Ösen«, sagte Sandman.

»Deshalb habe ich das hier mitgebracht«, sagte Sally und ließ ein ausgefranstes Seidentuch über ihre Schulter baumeln. »Stecken Sie es in die Lücken, Captain. Sorgen Sie dafür, dass ich anständig aussehe.«

»Heute werde ich einige Bekannte aufsuchen«, kam Sandman noch einmal auf ihre Frage von vorhin zurück, »und schauen, ob sie mir eine Anstellung anbieten können, und heute Nachmittag werde ich der Versuchung nachgeben.«

»Ooh!« Sally grinste ihn mit funkelnden blauen Augen über die Schulter an. »Versuchung?«

»Ich werde mir ein Kricketspiel auf dem Artilleriegelände anschauen.«

»Könnte mich nicht reizen«, sagte Sally. »Übrigens, Captain, wenn Sie frühstücken wollen, sollten Sie es bald tun, nach neun kriegen Sie keinen Bissen mehr.«

»Nicht?«, fragte Sandman, obwohl er nicht die geringste Absicht hatte, in der Taverne für ein Frühstück zu bezahlen, das er sich nicht leisten konnte.

»Das 'Sheaf ist immer brechend voll, wenn es in Newgate eine Hinrichtung gibt«, erklärte Sally. »Hinterher wollen alle frühstücken, wissen Sie? Macht hungrig. Mein Bruder ist auch hin. Er geht immer nach Old Bailey, wenn sie einen aufknüpfen. Sie haben ihn gern dabei.«

»Wer?«

»Seine Freunde. Meistens kennt er einen von den armen Hunden, die zappeln.«

»Zappeln?«

»Aufhängen, Captain. Henken, aufknüpfen, zappeln, baumeln, den Hals zuschnüren, den Newgate-Morris tanzen, auf Jemmy Bottings Bühne tanzen, am Strang gurgeln. Wenn Sie hier leben, müssen Sie die Ausdrücke der Unterwelt lernen, Captain.«

»Das sehe ich ein«, sagte Sandman. Er hatte gerade angefangen, das Seidentuch in die Lücken des Kleides zu flechten, als Dodds, der Laufbursche des Gasthauses, den Kopf durch die halb offene Tür steckte und grinste, weil er Sally Hood in Captain Sandmans Zimmer erwischt hatte und der Captain ihr Kleid richtete, wobei sein Haar zerzaust war und er nichts als einen alten Morgenmantel trug.

»Wenn du dein blödes Maul nicht zumachst, fängst du noch Fliegen damit«, sagte Sally. »Er ist nicht mein Schatz, du dreckiger Mistkerl. Er macht mir nur das Kleid zu, weil mein Bruder und Mutter Gunn zum Galgen sind. Genau da endest du auch, wenn es eine verdammte Gerechtigkeit gibt.«

Dodds achtete nicht auf ihre Tirade, sondern hielt Sandman ein versiegeltes Schreiben hin. »Brief für Sie, Captain.«

»Nett von dir«, sagte Sandman und beugte sich zu seinen über einen Stuhl gefalteten Kleidern, um einen Penny herauszuholen. »Warte einen Moment«, befahl er dem Jungen, der keinerlei Anstalten machte, das Zimmer zu verlassen, bevor er ein Trinkgeld erhalten hatte.

»Geben Sie ihm bloß nichts!«, protestierte Sally. Sie schob Sandmans Hand fort und nahm Dodds den Brief ab. »Der kleine Fußabtreter hat ihn vergessen, stimmt's? Heute Morgen ist überhaupt kein Brief gekommen! Wie lange ist er schon hier?«

Dodds schaute sie beleidigt an. »Seit Freitag«, gab er schließlich zu.

»Wenn ein Brief am Freitag kommt, lieferst du ihn verdammt noch mal auch am Freitag ab! So, und jetzt mach dich aus dem Staub!« Sie schlug die Tür hinter dem Jungen zu. »Verflixter Faulpelz. Man sollte ihn nach Newgate schicken und am Galgen tanzen lassen. Das würde ihm seinen verdammten Hals schon lang ziehen.«

Sandman steckte das Seidentuch weiter in die Lücken zwischen den Haken und Ösen des Kleides, trat zurück und nickte. »Sie sehen ganz entzückend aus, Miss Hood.«

»Finden Sie?«

»Wahrhaftig«, bestätigte Sandman. Das hellgrüne Kleid mit dem Kornblumenmuster passte in seinen Farben gut zu Sallys honiggoldener Haut und ihrem lockigen Haar, das ebenso blond war wie Sandmans. Sie war hübsch mit ihren hellblauen Augen, der nicht durch Pockennarben entstellten Haut und ihrem ansteckenden Lächeln. »Das Kleid steht Ihnen wirklich gut«, sagte er.

»Es ist das einzige halbwegs gute Kleid, das ich habe«, sagte sie. »Es muss mir also gut stehen. Danke.« Sie reichte ihm den Brief. »Machen Sie die Augen zu, drehen Sie sich drei Mal auf der Stelle und sagen Sie laut den Namen Ihrer Liebsten, bevor Sie ihn aufmachen.«

Sandman grinste. »Und wozu soll das gut sein?«

»Das bedeutet gute Nachrichten, Captain«, erklärte sie ernsthaft, »gute Nachrichten«. Mit einem Lächeln verschwand sie.

Sandman lauschte ihren Schritten auf der Treppe nach und betrachtete den Brief. Vielleicht war es eine Antwort auf seine Anfragen wegen einer Stelle? Das Briefpapier war ohne Zweifel von bester Qualität, und die Handschrift wirkte gebildet und stilvoll. Er schob einen Finger unter die Umschlagklappe, um das Siegel zu erbrechen, hielt aber dann inne. Obwohl er sich vorkam wie ein Narr, schloss er die Augen, drehte sich drei Mal auf der Stelle und sprach laut den Namen seiner

Liebsten: »Eleanor Forrest«. Dann öffnete er die Augen, brach das rote Briefsiegel auf und faltete den Bogen auseinander. Er las, las noch einmal und überlegte, ob es eine gute Nachricht war.

Der ehrenwerte Viscount Sidmouth entbot Captain Sandman seinen Gruß und bat um die Ehre seines baldigsten Besuchs, vorzugsweise am Vormittag in Lord Sidmouths Büro. Um umgehende Antwort an Lord Sidmouths Privatsekretär wurde gebeten.

Sandmans erster Gedanke war, dass der Brief schlechte Neuigkeiten bedeuten müsse, dass sein Vater den Viscount Sidmouth ebenso betrogen habe wie so viele andere und dass seine Lordschaft ihm nun schrieb, um Ansprüche auf die jämmerlichen Überreste des Sandman-Vermögens zu erheben. Das war jedoch Unsinn. Soweit Rider Sandman wusste, war sein Vater Lord Sidmouth nie begegnet, denn wäre das der Fall gewesen, so hätte er sich zweifellos damit gebrüstet, da Sandmans Vater die Gesellschaft bedeutender Männer geliebt hatte. Und es gab nur wenige bedeutendere Männer als den ehrenwerten Henry Addington, erster Viscount Sidmouth, ehemaliger Premierminister von Großbritannien und nun Innenminister seiner Majestät.

Weshalb wollte der Innenminister Rider Sandman sehen?

Es gab nur eine Möglichkeit, es zu erfahren.

Sandman zog sein sauberstes Hemd an, putzte seine abgetragenen Stiefel mit dem schmutzigsten Hemd, bürstete seinen Rock aus, kleidete sich, seine Armut verleugnend, als der Gentleman, der er war, und machte sich auf den Weg zu Lord Sidmouth.

Viscount Sidmouth war ein durch und durch dünner Mann mit dünnen Lippen, dünnem Haar, dünner Nase, schmalem Kiefer, spitzem Kinn und Augen von der Wärme eines spitz behauenen Feuersteins. Seine dünne Stimme war präzise, trocken und unfreundlich. In seinem Spitznamen, »der Doktor«, schwang weder Wärme noch Zuneigung mit, aber er war treffend, denn seine Lordschaft war nüchtern, missbilligend und kalt. Er hatte Sandman zwei und eine viertel Stunde warten lassen, doch daraus konnte Sandman dem Innenminister wohl keinen Vorwurf machen, da er unangemeldet in seinem Büro erschienen war. Nun, während eine Schmeißfliege an einem der Oberlichter brummte, musterte Lord Sidmouth seinen Besucher stirnrunzelnd über den Schreibtisch hinweg. »Sir John Colborne hat Sie empfohlen.«

Sandman antwortete mit einem wortlosen Kopfnicken. Es gab nichts zu sagen. Eine Großvateruhr tickte laut in einer Ecke des Büros.

»Sie waren in Sir Johns Bataillon in Waterloo, stimmt das?«, fragte Sidmouth.

»Ja, Mylord.«

Sidmouth knurrte, als habe er nicht viel für Männer übrig, die in Waterloo waren, und Sandman überlegte, dass dies durchaus denkbar war, da Großbritannien sich mittlerweile in zwei Lager zu spalten schien, in die Männer, die gegen die Franzosen gekämpft hatten, und jene, die zu Hause geblieben waren. Die Letzteren waren neidisch, vermutete Sandman, und deuteten ganz gern an, sie hätten die Chance verpasst, sich im Ausland zu amüsieren, weil schließlich jemand den Wohlstand Britanniens habe sicherstellen müssen. Die Kriege gegen Napoleon lagen inzwischen zwei Jahre zurück, aber diese Kluft hielt sich beharrlich, obgleich Sir John Colborne einen gewissen Einfluss bei der Regierung besitzen musste, wenn seine Empfehlung bewirkt hatte, dass man Sandman zum Innenminister rief. »Sir John teilt mir mit, dass Sie eine Anstellung suchen?«, fragte der Innenminister.

»Ich muss, Mylord.«

»Muss?«, hakte Sidmouth nach. »Muss? Sie beziehen doch als ehemaliger Offizier sicher ein Ruhegeld? Und Ruhegeld ist kein geringes Einkommen, möchte ich meinen?« Die Frage klang säuerlich, als missbillige Seine Lordschaft zutiefst, dass Pensionen an Männer gezahlt wurden, die durchaus imstande waren, ihren Lebensunterhalt zu verdienen.

»Ich habe keinen Anspruch auf Ruhegeld, Mylord«, sagte Sandman. Er hatte sein Offizierspatent verkauft und wegen der Friedenszeiten weniger dafür erzielt, als er erhofft hatte, aber es hatte gereicht, um ein Haus für seine Mutter zu pachten.

»Sie haben keine Einkünfte?«, fragte Sebastian Witherspoon, der Privatsekretär des Innenministers, von seinem Stuhl neben dem Schreibtisch seines Herrn.

»Nur geringe«, antwortete Sandman, hielt es aber für besser, nicht zu sagen, dass er sein kleines Einkommen mit Kricket verdiente. Der Viscount Sidmouth wirkte nicht wie ein Mann, der so etwas billigen würde. »Nicht genug«, berichtigte Sandman seine Antwort, »und ein großer Teil dieser Einkünfte fließt in die Begleichung kleinerer Schulden meines Vaters. Schulden bei Kaufleuten«, fügte er für den Fall hinzu, dass der Innenminister annehmen könnte, er versuche die beträchtlichen Summen abzuzahlen, die er wohlhabenden Investoren schuldete.

Witherspoon runzelte die Stirn. »Rechtlich sind Sie nicht für die Schulden Ihres Vaters verantwortlich, Sandman.«

»Ich bin für den guten Namen meiner Familie verantwortlich«, antwortete Sandman.

Lord Sidmouth schnaubte verächtlich, sei es als Hohn über Sandmans guten Namen, als ironische Antwort auf seine offenkundigen Skrupel oder, was wahrscheinlicher war, als Kommentar zu Sandmans Vater, der sich angesichts einer drohenden Inhaftierung oder Verbannung wegen seiner hohen Schulden das Leben genommen, seinem Namen Schande gemacht und seine Frau und seine Familie ruiniert zurückgelassen hatte. Der Innenminister musterte Sandman lange und säuerlich und schaute dann zu der Schmeißfliege, die gegen das Fenster flog. Die Großvateruhr tickte hohl. Im Zimmer war es heiß. Sandman spürte unbehaglich den Schweiß, der sein Hemd durchnässte. Das Schweigen zog sich in die Länge, während der Innenminister, wie Sandman vermutete, abwog, ob es klug sei, dem Sohn Ludovic Sandmans eine Stellung anzubieten. Fuhrwerke rumpelten unter dem Fenster vorbei. Hufgeklapper durchschnitt die Luft. Endlich kam Lord Sidmouth zu einer Entscheidung: »Ich brauche einen Mann für eine Aufgabe, aber ich sollte Ihnen gleich sagen, dass es sich nicht um eine dauerhafte Position handelt. Es ist keineswegs dauerhaft.«

»Es ist alles andere als dauerhaft«, warf Witherspoon ein.

Sidmouth wirkte verdrossen über den Beitrag seines Sekretärs. »Die Position ist durchaus vorübergehend«, sagte er mit einer Geste auf einen großen, hüfthohen Korb, der voller Papiere auf dem Teppich stand. Manche waren gerollt, andere gefaltet und mit Siegellack verschlossen, während einige ihren Anspruch auf amtlichen Charakter durch rotes Band kenntlich machten. »Das sind Petitionen, Captain«, erklärte Lord Sidmouth in einem Ton, der seine Verachtung für Bittschriften unverhohlen zum Ausdruck brachte. »Ein verurteilter Verbrecher kann an den Regenten ein Gnadengesuch stellen oder sogar um vollständigen Straferlass ersuchen. Das ist ihr Vorrecht, Captain, und sämtliche Petitionen dieser Art aus ganz England und Wales landen in diesem Büro. Wir bekommen davon alljährlich an die zweitausend! Anscheinend gelingt es jedem zum Tode Verurteilten, in seinem Namen eine Petition einreichen zu lassen, und alle müssen gelesen werden. Werden sie nicht alle gelesen, Witherspoon?«

Sidmouth' Sekretär, ein junger, pausbäckiger Mann mit stechenden Augen und eleganten Manieren, nickte. »Sicher werden sie geprüft, Mylord. Es wäre nachlässig von uns, solche Bitten unbeachtet zu lassen.«

»Nachlässig, wahrhaftig«, sagte Sidmouth feierlich, »und wenn das Verbrechen nicht allzu abscheulich ist, Captain, und wenn Personen von Stand bereit sind, sich für den Verurteilten zu verwenden, zeigen wir eventuell Milde. Wir verwandeln möglicherweise ein Todesurteil in, sagen wir, eine Verbannung.«

»Sie, Mylord?«, fragte Sandman, verwundert über das Wörtchen »wir«.

»Die Petitionen sind an den König gerichtet«, erklärte der Innenminister, »aber die Entscheidung liegt im Grunde bei mir. Meine Entscheidungen werden anschließend vom Kronrat ratifiziert, und ich kann Ihnen versichern, Captain, ich meine ratifiziert, nicht in Frage gestellt.«

»Wahrhaftig nicht!« Witherspoon klang amüsiert.

»Ich entscheide«, erklärte Sidmouth gehässig. »Es gehört zu den Zuständigkeiten dieses hohen Amtes, Captain, zu entscheiden, wer hingerichtet und wer verschont wird. In Australien gibt es Hunderte Seelen, die ihr Leben diesem Amt verdanken, Captain.«

»Und ich bin sicher, dass ihre Dankbarkeit keine Grenzen kennt«, warf Witherspoon aalglatt ein.

Sidmouth schenkte seinem Sekretär keine Beachtung, sondern schob Sandman eine mit Band versehene Schriftrolle zu. »Und ab und an, allerdings äußerst selten, veranlasst eine Petition uns zu einer Untersuchung des Sachverhalts. In diesen seltenen Fällen beauftragen wir jemanden mit einer Untersuchung, allerdings tun wir das nur ungern, Captain.« Er stockte, offensichtlich um Sandman Gelegenheit zu der Frage zu geben, warum das Innenministerium nur widerstrebend eine Untersuchung einleitete, aber diese Frage kam Sandman anscheinend nicht in den Sinn, während er das Band der Schriftrolle entfernte. »Ein zum Tode Verurteilter hat in jedem Fall ein Gerichtsverfahren hinter sich«, erklärte der Innenminister dennoch. »Er oder sie wurde von einem Gericht für schuldig befunden und verurteilt, und es ist nicht Aufgabe der Regierung Seiner Majestät, Fakten zu überprüfen, die von einem ordentlichen Gericht festgestellt wurden. Es entspricht nicht unserer Politik, die Gerichtsbarkeit zu untergraben, Captain, doch ab und an, äußerst selten, führen wir eine Untersuchung durch. Bei dieser Petition handelt es sich um einen dieser seltenen Fälle.«

Sandman entrollte die Bittschrift, die in bräunlicher Tinte auf billigem gelbem Papier geschrieben war. Er las: *Got ist mein Zeuge, er is ein guhter Junge. Er könnte nie die Lady Avebury um-*

bringen, Got weis, das er nicht mal ner Fliege was thun könnte. In dieser Weise ging es noch lange weiter, aber Sandman konnte nicht länger lesen, da der Innenminister seine Erläuterungen fortsetzte.

»Die Angelegenheit betrifft Charles Corday«, erklärte Lord Sidmouth. »Das ist nicht sein richtiger Name. Wie Sie selbst sehen, stammt die Petition von Cordays Mutter, die mit Cruttwell unterschreibt, aber der Junge hat offenbar einen französischen Namen angenommen. Weiß Gott, warum. Er wurde wegen Mordes an der Countess of Avebury verurteilt. Sie erinnern sich sicher an den Fall?«

»Ich fürchte nein, Mylord«, antwortete Sandman. Er hatte sich nie für Kriminalfälle interessiert, nie die *Newgate Calendars* gekauft oder die Handzettel gelesen, die berühmt berüchtigte Schurken und ihre verruchten Taten feierten.

»Da gibt es nichts Geheimnisvolles«, sagte der Innenminister. »Der Elende hat die Countess of Avebury vergewaltigt und erstochen, den Galgen also mehr als verdient. Wann soll die Hinrichtung stattfinden?«, fragte er Witherspoon.

»Heute in einer Woche, Mylord«, antwortete Witherspoon.

»Wenn es nichts Geheimnisvolles gibt, warum soll der Fall dann untersucht werden?«, erkundigte sich Sandman.

»Weil die Bittstellerin, Maisie Cruttwell«, Sidmouth sprach den Namen aus, als hinterließe er einen sauren Beigeschmack im Mund, »Näherin Ihrer Majestät, Queen Charlotte, ist und Ihre Majestät geruht hat, sich der Sache anzunehmen.« Lord Sidmouth' Ton ließ deutlich erkennen, dass er die Ehefrau Königs George III. für diese Gnade am liebsten erwürgt hätte. »Es ist meine Aufgabe und meine Pflicht, Ihrer Majestät zu versichern, dass jede erdenkliche Überprüfung stattgefunden hat und an der Schuld des Elenden keinerlei Zweifel bestehen kann. Daher habe ich Ihrer Majestät geschrieben und ihr mitgeteilt, dass ich jemanden mit der Untersuchung betraue, der die Fakten prüft und somit sicherstellt, dass der Gerechtigkeit Genüge getan wird.« Sidmouth hatte all diese Ausführungen in gelangweiltem Ton gemacht, deutete aber nun mit seinem knochigen Finger auf Sandman. »Ich frage Sie, ob Sie diese Untersuchung übernehmen wollen, Captain, und ob Sie begreifen, was hier von Nöten ist.«

Sandman nickte. »Sie möchten die Königin beruhigen, Mylord, und dazu müssen Sie sich von der Schuld des Gefangenen restlos überzeugen.«

»Nein!«, fuhr Sidmouth ihn an und klang aufrichtig erzürnt. »Ich bin bereits restlos von der Schuld des Mannes überzeugt. Corday, oder wie er sich nennen mag, wurde nach einem ordentlichen Gerichtsverfahren verurteilt. Die Königin braucht diese Vergewisserung.«

»Ich verstehe«, sagte Sandman.

Witherspoon beugte sich vor. »Verzeihen Sie die Frage, Captain, aber Sie hegen doch keine radikalen Überzeugungen?«

»Radikal?«

»Sie haben doch keine Einwände gegen den Galgen?«

»Für einen Mann, der vergewaltigt und tötet?« Sandman klang verärgert. »Natürlich nicht.« Die Antwort war hinreichend ehrlich, obwohl Sandman in Wahrheit noch nicht viel über den Galgen nachgedacht hatte. Er hatte noch nie eine Hinrichtung gesehen, auch wenn er natürlich wusste, dass es in Newgate einen Galgen gab, einen zweiten auf der Südseite des Flusses im Gefängnis Horsemonger Lane und weitere in jeder Stadt mit einem Geschworenengericht in England und Wales. Gelegentlich hörte er Debatten, es gäbe zu viele Hinrichtungen oder es sei unsinnig, einen hungrigen Dörfler zu henken, weil er ein Lamm für fünf Schillinge gestohlen habe, aber nur wenige wollten den Galgen vollends abschaffen. Hinrichtungen dienten als Abschreckung, Strafe und Exempel. Sie waren notwendig. Sie waren ein Werkzeug der Zivilisation, das alle rechtschaffenen Bürger vor Rechtsbrüchigen schützte.

Witherspoon lächelte zufrieden über Sandmans verärgerte Antwort. »Ich habe Sie nicht für einen Radikalen gehalten«, sagte er beschwichtigend, »aber man muss sichergehen.«

»Also«, Lord Sidmouth warf einen Blick auf die Großvateruhr, »übernehmen Sie die Untersuchung?« Er erwartete eine umgehende Antwort, aber Sandman zögerte, nicht etwa, weil er den Auftrag nicht wollte, sondern weil er bezweifelte, ob er die Qualifikationen zur Untersuchung eines Verbrechens besaß. Andererseits überlegte er, wer sie wohl besitzen mochte. Lord Sidmouth deutete sein Zögern fälschlicherweise als Widerstreben. »Die Aufgabe dürfte Sie wohl kaum überfordern, Captain«, sagte er gereizt. »Der Elende ist eindeutig schuldig, und man wünscht lediglich, die weiblichen Bedenken der Königin auszuräumen. Ein Monatsgehalt für einen Tag Arbeit?« Er hielt inne und schnaubte. »Oder fürchten Sie, die Aufgabe könnte Sie von Ihrem Kricket abhalten?«

Da Sandman auf das Geld angewiesen war, überhörte er die Beleidigungen. »Selbstverständlich übernehme ich die Aufgabe, Mylord. Es ist mir eine Ehre.«

Witherspoon stand auf zum Zeichen, dass die Audienz beendet war, und der Innenminister entließ ihn mit einem Kopfnicken. »Witherspoon wird Ihnen eine Vollmacht ausstellen. Ich erwarte Ihren Bericht. Guten Tag, Sir.«

»Zu Diensten, Mylord.« Sandman verbeugte sich, aber der Innenminister hatte sich bereits anderen Aufgaben zugewandt.

Sandman folgte dem Sekretär in ein Vorzimmer, wo ein Schreiber emsig beschäftigt war. »Es wird einen Augenblick dauern, Ihre Vollmacht zu versiegeln. Nehmen Sie bitte Platz«, sagte Witherspoon.

Sandman hatte die Corday-Petition mitgenommen und las sie nun in Ruhe durch, fand in den vielen falsch geschriebenen Worten jedoch kaum Erhellendes. Die Mutter des Verurteilten hatte lediglich unzusammenhängende Bitten um Gnade diktiert und mit einem Kreuz unterzeichnet. Ihr Sohn sei ein guter Junge, behauptete sie, eine harmlose Seele und ein Christenmensch, aber unter der Bittschrift standen zwei vernichtende Bemerkungen. Die erste lautete: *Lächerlich, er ist eines abscheulichen Verbrechens schuldig.* Der zweite Kommentar in unleserlicher Handschrift besagte: *Lassen wir dem Gesetz seinen Lauf.* Sandman zeigte Witherspoon die Petition. »Wer hat diese Anmerkungen geschrieben?«

»Die zweite ist die Entscheidung des Innenministers«, sagte Witherspoon, »geschrieben, bevor wir wussten, dass Ihre Majestät involviert ist. Und die erste? Sie stammt von dem Richter, der das Urteil gefällt hat. Es ist üblich, alle Petitionen an den betreffenden Richter weiterzureichen, bevor eine Entscheidung gefällt wird. In diesem Fall war das Sir John Silvester. Kennen Sie Ihn?«

»Ich fürchte, nein.«

»Er ist der Strafrichter von London und, wie Sie daraus schließen dürfen, ein überaus erfahrener Richter. Gewiss kein Mann, der in seinem Gerichtssaal einen groben Gesetzesverstoß zulassen würde.« Er reichte dem Schreiber einen Brief. »Die Vollmacht muss selbstverständlich auf Ihren Namen ausgestellt sein. Gibt es Fallstricke in der Schreibweise?«

»Nein«, sagte Sandman. Während der Schreiber seinen Namen in die Vollmacht eintrug, las er die Petition noch einmal, aber sie lieferte keine sachdienlichen Argumente gegen den Urteilsspruch. Maisie Cruttwell behauptete, ihr Sohn sei unschuldig, konnte aber keinen Beweis dafür erbringen. Vielmehr richtete sie ein Gnadengesuch an den König. »Wieso haben Sie eigentlich mich gefragt?«, erkundigte Sandman sich bei Witherspoon. »Ich meine, Sie haben doch sicher schon früher Untersuchungen von anderen durchführen lassen? War ihre Arbeit nicht zufriedenstellend?«

»Mister Talbot arbeitete durchaus zufriedenstellend«, antwortete Witherspoon, während er nach dem Siegel suchte, das die Echtheit der Vollmacht beglaubigen würde. »Aber er ist gestorben.«

»Ach.«

»Ein Schlaganfall«, sagte Witherspoon, »sehr tragisch. Und wieso Sie? Weil, wie der Innenminister Ihnen bereits gesagt hat, Sie empfohlen wurden.« Er kramte in einer Schublade nach dem Siegel. »Ich hatte einen Cousin in Waterloo«, fuhr er fort, »einen Captain Witherspoon, Husar. Er gehörte zum Stab des Herzogs. Kannten Sie ihn?«

»Nein, leider nicht.«

»Er ist gefallen.«

»Das tut mir Leid.«

»Vielleicht war es so das Beste«, sagte Witherspoon. Endlich hatte er das Siegel gefunden. »Er sagte immer, er fürchte das Ende des Krieges. Er fragte sich, welchen Reiz der Frieden bringen könne.«

»Das war eine verbreitete Angst in der Armee«, sagte Sandman.

Der Sekretär erwärmte eine Stange Siegellack über einer Kerzenflamme. »Dieses Schreiben bestätigt, dass Sie im Namen des Innenministeriums Nachforschungen anstellen, und bittet alle Personen um ihre Mitwirkung, ohne allerdings eine entsprechende Weisung zu enthalten. Merken Sie sich diesen Unterschied, Captain, merken Sie ihn sich gut. Wir haben keine rechtliche Handhabe, Unterstützung zu verlangen«, erklärte er, während er das Wachs auf den Brief tropfen ließ und das Siegel sorgsam in den roten Fleck drückte. »Wir können also lediglich um Mithilfe ersuchen. Ich wäre Ihnen sehr verbunden, wenn Sie mir dieses Schreiben nach Abschluss Ihrer Untersuchungen wieder aushändigen würden. Was die eigentlichen Nachforschungen angeht, so denke ich, dass sie nicht allzu eingehend sein müssen, Captain. Die Schuld des Mannes wurde bereits zweifelsfrei festgestellt. Corday ist ein Vergewaltiger, Mörder und Lügner, wir brauchen lediglich ein Geständnis von ihm. Sie finden ihn in Newgate, und wenn Sie energisch genug auftreten, wird er zweifellos seine rohe Tat gestehen, und Ihre Arbeit ist erledigt.« Er reichte Sandman die Vollmacht. »Ich erwarte, bald von Ihnen zu hören. Wir brauchen einen schriftlichen Bericht, aber fassen Sie sich bitte kurz.« Plötzlich zog er das Schreiben zurück, um seinen Worten Nachdruck zu verleihen: »Was wir auf keinen Fall wünschen, sind Komplikationen, Captain. Liefern Sie uns einen knappen Bericht, der meinem Herrn die Möglichkeit bietet, der Königin zu versichern, dass es keine Gründe für einen Straferlass gibt, und dann vergessen wir die ganze Angelegenheit.«

»Und wenn er kein Geständnis ablegt?«, fragte Sandman.

»Bringen Sie ihn dazu«, erklärte Witherspoon mit Nachdruck. »Er wird ohnehin gehenkt, Captain, ob Sie Ihren Bericht abliefern oder nicht. Es wäre nur wesentlich einfacher, wenn wir Ihrer Majestät die Schuld des Mannes bestätigen könnten, bevor der Schurke hingerichtet wird.«

»Und wenn er unschuldig wäre?«, fragte Sandman.

Witherspoon wirkte entsetzt über diese Annahme. »Wie sollte er? Er wurde bereits für schuldig befunden!«

»Sicher«, sagte Sandman, nahm das Schreiben und steckte es in seine Jackentasche. Verlegen sagte er: »Seine Lordschaft erwähnte ein Entgelt.« Er hasste es, über Geld zu reden, es kam einem Gesichtsverlust gleich, aber das galt auch für seine Armut.

»Ja«, bestätigte Witherspoon. »Mister Talbot haben wir gewöhnlich zwanzig Guineen gezahlt, aber in diesem Fall dürfte es mir schwer fallen, das gleiche Honorar zu empfehlen. Die Angelegenheit ist doch allzu banal, daher werde ich eine Zahlung von fünfzehn Guineen bewilligen. Wohin soll ich Ihnen die Anweisung schicken?« Er schaute auf sein Notizbuch und war entsetzt. »Tatsächlich? Das Wheatsheaf? In der Drury Lane?«

»Tatsächlich«, erwiderte Sandman steif. Ihm war klar, dass Witherspoon eine Erklärung verdiente, da das Wheatsheaf als Verbrecherhöhle berüchtigt war, aber diesen Ruf hatte Sandman nicht gekannt, als er dort nach einem Zimmer gefragt hatte, zudem hielt er es nicht für notwendig, sich vor Witherspoon zu rechtfertigen.

»Sie müssen es wissen«, sagte Witherspoon skeptisch.

Sandman zauderte. Er war kein Feigling, stand sogar im Ruf eines tapferen Mannes, aber diesen Ruf hatte er sich auf dem Schlachtfeld erworben, und was er nun tun musste, erforderte seinen gesamten Mut. »Sie erwähnten eine Anweisung, Mister Witherspoon. Ich überlege, ob ich Sie bewegen könnte, mir das Geld bar auszuzahlen? Ich werde sicher Auslagen haben ...« Er stockte, weil ihm um sein Leben nicht einfiel, worin diese Auslagen bestehen könnten.

Doch Witherspoon und der Schreiber starrten Sandman an,

als habe er gerade seine Hose fallen lassen. »Bar?«, fragte Witherspoon leise.

Sandman merkte, dass er rot wurde. »Sie möchten die Angelegenheit rasch erledigt wissen, und es könnten Eventualitäten eintreten, die Auslagen erfordern. Wie diese Eventualitäten aussehen mögen, kann ich nicht vorhersehen, aber ...« Achselzuckend brach er ab.

»Prendergast«, selbst als Witherspoon mit dem Schreiber sprach, starrte er Sandman an, »gehen Sie bitte zu Mister Hodge, bestellen Sie ihm einen schönen Gruß von mir und bitten Sie ihn, uns fünfzehn Guineen auszuzahlen«, er stockte, den Blick immer noch unverwandt auf Sandman gerichtet. »In bar.«

Nachdem das Geld geholt und ausgezahlt war, verließ Sandman das Innenministerium mit den Taschen voller Gold. Verfluchte Armut, dachte er, aber im Wheatsheaf war die Miete fällig, und er hatte seit drei Tagen nicht mehr ordentlich gegessen.

Fünfzehn Guineen. Jetzt konnte er sich eine Mahlzeit leisten. Eine Mahlzeit, etwas Wein und einen Nachmittag beim Kricket. Eine verlockende Aussicht, aber Sandman war kein Mann, der sich vor der Pflicht scheute. Er mochte zwar nur vorübergehend eine Untersuchung für das Innenministerium führen, aber wenn er diese Nachforschungen rasch erledigte, konnte er vielleicht weitere, lukrativere Aufträge von Lord Sidmouth bekommen, und da ein solcher Ausgang inständig zu wünschen war, würde er auf das Essen verzichten, den Wein vergessen und das Kricket verschieben.

Denn er hatte einen Mörder aufzusuchen und ein Geständnis zu erlangen.

Sandman machte sich also auf den Weg, die Sache zu erledigen.

Auf Old Bailey, einer trichterförmigen Straße, die sich von der Newgate Street zum Ludgate Hill allmählich verengte, wurde der Galgen abgebaut. Der schwarze Stoff, mit dem das Podest verhängt war, lag bereits zusammengefaltet auf einem Karren, und gerade reichten zwei Männer den schweren Balken herunter, an dem man die vier Gefangenen gehenkt hatte. Die ersten Flugschriften mit Schilderungen der Hinrichtungen wurden für einen Penny das Stück an die Überreste der morgendlichen Menschenmenge verhökert. Sie hatten gewartet, bis Jemmy Botting die vier Leichen aus der Senke geholt, ihnen den Strang abgenommen und sie in den Sarg gelegt hatte. Eine Hand voll Zuschauer war anschließend auf das Galgenpodest geklettert, um mit ihren Warzen und Geschwüren die Hand eines der Toten zu berühren.

Schließlich hatte man die Särge ins Gefängnis gebracht, doch manche Zuschauer waren noch geblieben, um sich den Abbau des Galgens anzusehen. Zwei Straßenhändler boten Seilstücke an, die angeblich von den Galgenstricken stammten. Anwälte in Perücke und schwarzer Robe hasteten zwischen Lamb Inn, Magpie and Stump und den Sitzungssälen des Gerichts hin und her, das neben dem Gefängnis stand. Inzwischen war die Straße wieder für den Verkehr frei gegeben, und so musste Sandman sich zwischen Fuhrwerken, Kutschen und Handkarren hindurchschlängeln, um zum Gefängnistor zu gelangen, wo er statt Wächter, Schloss und Riegel, wie er erwartet hatte, einen uniformierten Pförtner am Ende der Treppe und ein reges Kommen und Gehen vorfand. Frauen trugen Essenpakete, Säuglinge und Flaschen mit Gin, Bier oder Rum. Kinder liefen schreiend umher, während zwei Schankgehilfen aus dem Magpie and Stump auf der gegenüberliegenden Straßenseite auf Holztabletts warmes Essen für Gefangene brachten, die sich ihre Dienste leisten konnten.

»Euer Ehren suchen jemanden?«, fragte der Pförtner, der Sandmans Verwirrung bemerkt und sich durch das Gedränge gezwängt hatte.

»Ich suche Charles Corday«, antwortete Sandman, und als er die verwunderte Miene des Pförtners bemerkte, fügte er hinzu, er komme vom Innenministerium. »Mein Name ist Sandman, Captain Sandman, ich führe eine amtliche Untersuchung im Auftrag von Lord Sidmouth durch.« Er holte das

Schreiben mit dem imposanten Siegel des Innenministeriums hervor.

Der Pförtner interessierte sich kaum für das Schreiben. »Sie sind der Nachfolger von Mister Talbot, Gott hab ihn selig. Ein richtiger Gentleman war das, Sir.«

Sandman steckte das Schreiben ein. »Vielleicht sollte ich dem Gouverneur meine Aufwartung machen?«

»Der Verwalter, Sir, Mister Brown ist der Gefängnisverwalter, aber er legt bestimmt keinen Wert auf Ihre Aufwartung, Sir, weil das nichts bringt. Gehen Sie einfach rein, Sir, und sprechen Sie mit dem Gefangenen. Also, Mister Talbot, Gott hab ihn selig, ist immer mit ihnen in eine der leeren Salzkisten gegangen und hat ein bisschen mit ihnen geplaudert.« Grinsend deutete der Pförtner Schläge an. »Mister Talbot war sehr für die Wahrheit. Groß war er, aber das sind Sie ja auch. Wie hieß der Bursche noch gleich?«

»Corday.«

»Er ist zum Tode verurteilt, oder? Dann finden Sie ihn im Presshof, Euer Ehren. Haben Sie eine Knarre dabei, Sir?«

»Eine Knarre?«

»Eine Pistole, Sir. Nein? Manche Gentlemen tragen eine Waffe, aber das ist nicht ratsam, Sir, weil die Schweinehunde Sie überwältigen könnten. Wollen Sie noch einen Rat haben, Captain?« Der Pförtner, dessen Atem nach Rum stank, packte Sandman am Revers, um seinen Worten Nachdruck zu verleihen. »Er sagt Ihnen bestimmt, dass er es nicht getan hat, Sir. Hier drinnen gibt es nicht einen Schuldigen, keinen einzigen. Jedenfalls nicht, wenn Sie sie fragen. Sie schwören alle beim Leben ihrer Mutter, dass sie es nicht waren, aber sie waren es doch. Sie waren es alle.« Grinsend ließ er Sandmans Rock los. »Haben Sie eine Uhr, Sir? Haben Sie, Sir? Sie nehmen besser nichts mit rein, was gestohlen werden könnte. Lassen Sie es lieber hier in meinem Schrank, Sir, unter Verschluss und meinem wachsamen Auge. Um die Ecke finden Sie eine Treppe, Sir. Da gehen Sie runter und dann durch den Tunnel. Stören Sie sich nicht an dem Gestank. Aufgepasst!« Diese Warnung richtete sich an alle Anwesenden in der Eingangshalle, weil vier Arbeiter in Begleitung von drei mit Schlagstöcken bewaffneten Wachen einen schlichten Holzsarg aus dem Gefängnis trugen. »Das ist das Mädchen, das sie heute Morgen aufgeknüpft haben, Sir«, vertraute der Pförtner Sandman an. »Es wird zu den Wundärzten gebracht. Die Herren haben gern eine junge Frau zum Zerschneiden. Die Treppe runter, Sir, und dann immer der Nase nach.«

Der Gestank ungewaschener Körper erinnerte Sandman an die spanischen Quartiere erschöpfter Rotröcke. Es wurde immer schlimmer, je weiter er sich in dem gepflasterten Tunnel der Treppe am anderen Ende näherte, die in einem Wachraum neben dem wuchtigen, verriegelten Tor zum Presshof mündete. Zwei mit Knüppeln bewaffnete Schließer bewachten das Tor. »Charles Corday?«, fragte einer, als Sandman sich erkundigte, wo er den Gefangenen finden könne. »Den können Sie gar nicht verpassen. Wenn er nicht im Hof ist, muss er bei den anderen im Aufenthaltsraum sein.« Er deutete auf eine offene Tür am anderen Ende des Hofes. »Er sieht aus wie 'ne Schnepfe, deshalb können Sie ihn auch nicht verpassen.«

»Eine Schnepfe?«

Der Mann entriegelte das Tor. »Er sieht aus wie ein Mädchen, Sir«, erklärte er boshaft. »Sind wohl ein Freund von ihm, was?« Sein Grinsen schwand, als Sandman sich umdrehte und ihn anstarrte. »Ich sehe ihn nicht auf dem Hof, Sir.« Der Mann hatte gedient und nahm unter Sandmans Blick instinktiv Haltung an. »Dann ist er bestimmt im Aufenthaltsraum, Sir. Die Tür da drüben, Sir.«

Der schmale Presshof lag eingezwängt zwischen hohen, düsteren Gebäuden. Nur wenig Licht fiel durch ein Gewirr von Eisenspitzen auf der Mauer zur Newgate Street in den Hof, wo einige Gefangene, leicht an ihren Fußeisen zu erkennen, mit Besuchern saßen. Kinder spielten an einem offenen Abwassergraben. Ein Blinder saß auf den Stufen, die zu den Zellen führten, brabbelte vor sich hin und kratzte an den Schwären seiner gefesselten Knöchel. Ein Betrunkener, ebenfalls in Ketten, schlief, während eine Frau, offensichtlich seine Ehefrau, still an seiner Seite weinte. Sie hielt Sandman irrtümlich für einen reichen Mann und streckte bettelnd die Hand aus. »Haben Sie Mitleid mit einer armen Frau, Euer Ehren, haben Sie Mitleid.«

Sandman ging in den großen Aufenthaltsraum, der voller Tische und Bänke stand. In einem offenen Kamin brannte ein Kohlenfeuer. Darüber hingen Töpfe an einem verstellbaren Schwenkarm. Zwei Frauen rührten in den Töpfen, offensichtlich kochten sie für gut ein Dutzend Leute, die an den langen Tischen saßen. Der einzige Wärter im Raum, ein jüngerer Mann mit einem Schlagstock, saß ebenfalls an einem Tisch, trank mit den Gefangenen Gin und lachte mit ihnen. Das Gelächter verstummte, als Sandman eintrat. Jemand spuckte aus. Etwas an Sandman, vielleicht seine Größe, strahlte Autorität aus, und an diesem Ort war Autorität nicht willkommen.

»Corday!«, rief Sandman im gewohnten Befehlston des Offiziers. »Ich suche Charles Corday!« Niemand antwortete. »Corday!«, wiederholte Sandman.

»Sir?« Die zittrige Stimme kam aus der abgelegensten, dunkelsten Ecke des Raumes. Sandman schlängelte sich zwischen den Tischen durch und erblickte eine jämmerliche Gestalt, die an der Wand kauerte. Charles Corday war sehr jung, kaum älter als siebzehn, dünn, ja, geradezu schmächtig, und hatte ein totenbleiches Gesicht, das von langem, blondem Haar gerahmt war und tatsächlich mädchenhaft wirkte. Er hatte lange Wimpern, zitternde Lippen und einen blauen Fleck auf einer Wange.

»Sind Sie Charles Corday?« Sandman fasste unwillkürlich eine tiefe Abneigung gegen den Jungen, der allzu zart und weinerlich aussah.

»Ja, Sir.« Cordays rechter Arm zitterte.

»Stehen Sie auf«, befahl Sandman. Corday blinzelte überrascht über den Kommandoton, gehorchte aber mit schmerzverzerrtem Gesicht, weil die Fußeisen ihm in die Knöchel schnitten. »Der Innenminister schickt mich«, sagte Sandman,

»wir müssen uns irgendwo ungestört unterhalten. Vielleicht können wir eine der Zellen benutzen? Kommen wir von hier aus dorthin. Oder vom Hof aus?«

»Vom Hof, Sir«, sagte Corday, obwohl er die restlichen Erklärungen seines Besuchers kaum verstanden zu haben schien.

Sandman führte Corday zur Tür. »Ist das dein Freier, Charlie?«, fragte ein Mann in Beinschellen. »Kommt wohl, um dich zum Abschied noch mal zu knutschen, was?« Die anderen Gefangenen lachten, aber Sandman besaß die Fähigkeit des erfahrenen Offiziers, ungebührliches Benehmen zu ignorieren, und ging einfach weiter.

Als er Corday kreischen hörte, drehte er sich um und sah, dass ein unrasierter Mann mit fettigem Haar Corday an den Haaren zog wie an einer Leine. »Ich hab dich was gefragt, Charlie!«, sagte der Mann und zerrte an Cordays Haaren, dass der Junge erneut aufschrie. »Gib uns einen Kuss, Charlie«, forderte der Mann, »gib uns einen Kuss.« Die Frauen am Tisch beim Kamin lachten über Cordays Not.

»Lassen Sie ihn los«, sagte Sandman.

»Du hast hier nichts zu befehlen, Kumpel«, knurrte der unrasierte Mann. »Hier drin gibt keiner Befehle, hier gibt es keine Befehle mehr, bis Jemmy uns holen kommt, also verpiss dich, Kumpel, du kannst ...« Plötzlich verstummte der Mann und gab dann einen merkwürdigen Schrei von sich. »Nein! Nein!«

Rider Sandman neigte von jeher zum Jähzorn. Er wusste es und kämpfte dagegen an. Im Alltag schlug er einen sanften, bedächtigen Ton an, gab sich höflicher als nötig, übte sich in Vernunft und Gebet aus Angst vor seinem eigenen Temperament, aber alle Gebete, Vernunft und Höflichkeit hatten seine Wutanfälle nicht ausgemerzt. Seine Soldaten hatten gewusst, dass in Captain Sandman der Teufel steckte. Es war ein wahrhaftiger Teufel, und sie wussten, dass man diesen Mann nicht erzürnen durfte, weil sein Jähzorn so plötzlich und wild aufflammte wie ein Sommergewitter. Zudem war er groß und kräftig, stark genug, den unrasierten Gefangenen hochzuheben und mit einer Wucht gegen die Wand zu schlagen, dass der Kopf des Mannes von den Steinen abprallte. Dann schrie der Mann, weil Sandman ihm die geballte Faust in den Unterleib gerammt hatte. »Ich habe gesagt, Sie sollen ihn loslassen«, fuhr Sandman ihn scharf an. »Haben Sie nicht gehört, was ich gesagt habe? Sind Sie taub oder nur ein gottverdammter Idiot?« Er schlug dem Mann zwei Mal ins Gesicht. Seine Augen funkelten und in seinem Ton brodelte die Androhung noch schrecklicherer Gewalt. »Verdammt! Für wie dumm halten Sie mich eigentlich?« Er schüttelte den Mann. »Antworten Sie!«

»Sir?«, brachte der unrasierte Mann mühsam hervor.

»Antworten Sie! Verdammt!« Da Sandmans Rechte an der Kehle des Gefangenen lag und ihn würgte, konnte er im Augenblick gar nichts sagen. Im Aufenthaltsraum herrschte Totenstille. Der Mann starrte erstickend in Sandmans helle Augen.

Der Wärter, über Sandmans unbändige Wut ebenso erschrocken wie die Gefangenen, kam nervös durch den Raum. »Sir? Sie erdrosseln ihn, Sir.«

»Ich bringe ihn um, verdammt noch mal«, schnaubte Sandman.

»Sir, bitte, Sir.«

Schlagartig kam Sandman zu sich und ließ den Gefangenen los. »Wenn Sie nicht höflich sein können, sollten Sie den Mund halten«, sagte er zu dem halb erstickten Mann.

»Er wird Ihnen keine Frechheiten mehr sagen, Sir«, schaltete sich der Wärter besorgt ein, »dafür verbürge ich mich, Sir.«

»Kommen Sie, Corday«, befahl Sandman und stolzierte hinaus.

Ein erleichtertes Seufzen ging durch den Raum, als er draußen war. »Wer zum Teufel war das denn?«, brachte der geschundene Gefangene durch seine schmerzende Kehle heraus.

»Nie gesehen.«

»Der hat kein Recht, mich zu schlagen«, sagte der Gefangene, und seine Freunde grummelten zustimmend, obwohl keiner Lust hatte, Sandman nachzugehen und sich mit ihm anzulegen.

Sandman führte den erschrockenen Corday über den Presshof zu der Treppe, über die man die fünfzehn Salzkisten erreichte. Die fünf Zellen im Erdgeschoss wurden alle von Prostituierten benutzt. Sandman, in dem immer noch der Jähzorn tobte, entschuldigte sich nicht für die Störung, sondern knallte lediglich die Türen zu und ging die Treppe hinauf, um eine freie Zelle im ersten Stock zu suchen. »Hier hinein«, befahl er Corday, und der verängstigte Junge schlurfte an ihm vorbei. Der Gestank in diesem alten Teil des Gefängnisses, der die blutigen Gordon-Aufstände in London überlebt hatte, ließ Sandman schaudern. Der Rest des Gefängnisses war bei den Aufständen vollständig niedergebrannt, aber dieser Trakt hatte lediglich einige Brandschäden abbekommen. Die Salzkisten wirkten eher wie mittelalterliche Verließe, nicht wie moderne Zellen. Auf dem Boden lag eine Matte, die offenbar als Matratze diente, unter dem vergitterten Fenster türmten sich unordentlich Decken für fünf bis sechs Männer, und in einer Ecke stank ein nicht geleerter Nachttopf.

»Ich bin Captain Rider Sandman«, stellte er sich Corday erneut vor. »Der Innenminister hat mich gebeten, Ihren Fall zu überprüfen.«

»Warum?«, fragte Corday, der auf den Stapel Decken gesunken war und für diese Frage allen Mut zusammennehmen musste.

»Ihre Mutter hat Beziehungen«, antwortete Sandman kurz angebunden und immer noch wütend.

»Die Königin hat sich für mich verwendet?« Corday schaute hoffnungsvoll auf.

»Ihre Majestät hat um eine Bestätigung Ihrer Schuld gebeten«, sagte Sandman pedantisch.

»Aber ich bin unschuldig«, wandte Corday ein.

»Sie wurden zum Tode verurteilt«, sagte Sandman. »Ihre

Schuld steht also außer Frage.« Er wusste, dass er unerträglich aufgeblasen klang, aber er wollte diese unappetitliche Begegnung hinter sich bringen und endlich zum Kricket gehen. Schneller dürfte er fünfzehn Guineen in seinem ganzen Leben noch nicht verdient haben, dachte er, denn er konnte sich nicht vorstellen, dass dieses verachtenswerte Geschöpf sich seiner Forderung nach einem Geständnis lange widersetzen könnte. Corday wirkte jämmerlich, weibisch und den Tränen nahe. Seine Kleidung war zwar unordentlich, aber modisch elegant: schwarze Hose, weiße Strümpfe, ein weißes Rüschenhemd und eine blaue Seidenweste, aber weder Krawatte noch Überrock. Sandman vermutete, dass die Kleider teurer waren als alles, was er selbst besaß. Dieser Umstand und Cordays ausdruckslose, nasale Sprechweise mit Akzent, die gesellschaftliche Ambitionen verriet, verstärkten seine Abneigung gegen den Jungen nur noch weiter. Ein wehleidiger Emporkömmling, lautete Sandmans instinktives Urteil; ein Junge, der kaum trocken hinter den Ohren war und schon die Manieren und Modetorheiten der höheren Schichten nachäffte.

»Ich habe es nicht getan!«, protestierte Corday noch einmal und brach in Tränen aus. Seine schmächtigen Schultern bebten, seine Stimme war weinerlich, und Tränen liefen ihm über die bleichen Wangen.

Sandman stand in der Zellentür. Sein Vorgänger hatte Gefangene offenbar mit Schlägen zu Geständnissen bewegt, ein Vorgehen, das Sandman nicht nachzuahmen gedachte, weil er es unehrenhaft und unzulässig fand. Daher musste er den elenden Jungen wohl oder übel überreden, die Wahrheit zu sagen. Aber zuerst sollte er aufhören zu weinen. »Warum nennen Sie sich Corday?«, fragte er in der Hoffnung, ihn abzulenken. »Ihre Mutter heißt doch Cruttwell?«

Corday schniefte. »Es gibt kein Gesetz, das es verbietet.«

»Habe ich das behauptet?«

»Ich bin Porträtmaler«, sagte Corday verdrossen, als müsse er sich selbst dieser Tatsache versichern, »und Kunden ziehen Maler mit französischen Namen vor. Cruttwell klingt nicht vornehm. Würden Sie sich von einem Charlie Cruttwell porträtieren lassen, wenn Sie einen Monsieur Charles Corday engagieren könnten?«

»Sie sind Maler?« Sandman konnte seine Verwunderung nicht verhehlen.

»Ja!« Corday schaute Sandman aus rot geweinten Augen streitlustig an, verfiel aber gleich wieder in sein Elend. »Ich bin bei Sir George Phillips in die Lehre gegangen.«

»Er ist überaus erfolgreich«, sagte Sandman boshaft, »obwohl er einen prosaischen englischen Namen trägt. Und Sir Thomas Lawrence klingt mir auch nicht gerade französisch.«

»Ich dachte, es würde helfen, meinen Namen zu ändern«, sagte Corday schmollend. »Spielt das eine Rolle?«

»Ihre Schuld spielt eine Rolle«, sagte Sandman streng. »Und wenn sonst nichts zählt, könnten Sie mit reinem Gewissen vor das Antlitz Ihres Schöpfers treten, indem Sie ein Geständnis ablegen.«

Corday starrte Sandman an, als sei sein Besucher verrückt. »Wissen Sie, wessen ich schuldig bin?«, fragte er schließlich. »Ich bin schuldig, eine Stellung über meinem Stand anzustreben. Ich bin schuldig, ein anständiger Maler zu sein. Ich bin schuldig, ein verdammt viel besserer Maler zu sein als der verfluchte Sir George Phillips, und ich bin schuldig, Gott, wie schuldig, weil ich dumm bin, aber die Countess of Avebury habe ich nicht getötet. Wirklich nicht!«

Sandman mochte den Jungen nicht, aber er lief Gefahr, sich von ihm überzeugen zu lassen, daher stählte er sich, indem er sich die Mahnung des Pförtners in Erinnerung rief. »Wie alt sind Sie?«, fragte er.

»Achtzehn«.

»Achtzehn«, wiederholte Sandman. »Gott wird sich deiner Jugend erbarmen. Wir alle machen Dummheiten, wenn wir jung sind, und du hast Furchtbares getan, aber Gott wird deine Seele wägen, es gibt immer noch Hoffnung. Du bist nicht zum Höllenfeuer verdammt, wenn du gestehst und Gott um Vergebung bittest.«

»Vergebung wofür?«, fragte Corday trotzig.

Sandman war so verdutzt, dass er gar nichts mehr sagte.

Mit roten Augen und bleichem Gesicht schaute Corday zu Sandman auf. »Sehen Sie mich doch an, sehe ich aus wie ein Mann, der die Kraft hat, eine Frau zu vergewaltigen und zu töten, selbst wenn ich es wollte? Sehe ich so aus?« Nein, das musste Sandman zumindest vor sich eingestehen, denn Corday war eine schwächliche, wenig beeindruckende Kreatur, dünn und schmächtig. Nun fing er wieder an zu weinen: »Sie sind alle gleich. Niemand hört mir zu! Ich bin allen gleichgültig! Solange nur jemand hängt, ist es allen gleichgültig.«

»Hören Sie auf zu heulen, um Himmels willen!«, schnaubte Sandman, rief sich aber sofort zur Ordnung, sich nicht gehen zu lassen. »Es tut mir Leid.«

Corday stutzte, hörte auf zu weinen und schaute Sandman stirnrunzelnd an. »Ich habe es nicht getan, ich habe es wirklich nicht getan.«

»Was ist denn passiert?«, fragte Sandman und verachtete sich, weil ihm das Gespräch entglitten war.

»Ich war dabei, sie zu malen«, sagte Corday. »Der Earl of Avebury wollte ein Porträt seiner Frau und hatte Sir George damit beauftragt.«

»Er beauftragte Sir George, aber Sie malten es?« Sandman klang skeptisch. Schließlich war Corday erst achtzehn, während Sir George Phillips als einziger Rivale von Sir Thomas Lawrence gefeiert wurde.

Corday seufzte, als stelle Sandman sich absichtlich begriffsstutzig an. »Sir George trinkt«, sagte er wütend. »Er fängt zum Frühstück mit Rum und Sirup an und säuft bis zum Abend, weshalb seine Hände zittern. Er trinkt also, und ich male.«

Sandman wich auf den Korridor zurück, um dem Gestank des ungeleerten Nachttopfs in der Zelle zu entgehen. Er fragte sich, ob er vielleicht naiv sei, weil er Corday seltsam glaubwürdig fand. »Sie malten in Sir Georges Atelier?« Er fragte nicht aus Interesse, sondern um das Schweigen zu brechen.

»Nein«, antwortete Corday. »Ihr Mann wollte ihr Schlafzimmer als Kulisse für das Porträt, also habe ich da gemalt. Wissen Sie, wie viel Mühe das macht? Sie müssen eine Staffelei, Leinwand, Kreide, Ölfarben, Lappen, Stifte, Abdecktücher, Mischtiegel und noch mehr Lappen mitnehmen. Aber der Earl of Avebury bezahlte schließlich dafür.«

»Wie viel?«

»Was immer Sir George herausschlagen konnte. Achthundert Guineen? Neunhundert? Mir hat er hundert angeboten.« Corday klang verbittert über das Honorar, auch wenn es Sandman wie ein Vermögen erschien.

»Ist es üblich, ein Porträt im Schlafzimmer einer Dame zu malen?« Sandman war ehrlich erstaunt. Er konnte sich vorstellen, dass eine Frau sich in einem Salon oder unter einem Baum in einem großen, sonnigen Garten malen ließ, aber das Schlafzimmer erschien ihm als überaus verruchte Wahl.

»Es sollte ein Boudoirporträt werden«, sagte Corday, und obwohl Sandman diesen Begriff noch nie gehört hatte, konnte er sich vorstellen, was er bedeutete. »Sie sind sehr in Mode, weil heutzutage alle Frauen aussehen wollen wie Canovas Pauline Bonaparte.«

Sandman runzelte die Stirn. »Sie verwirren mich.«

Angesichts solcher Unwissenheit hob Corday flehend den Blick gen Himmel. »Der Bildhauer Canova hat ein berühmtes Bild von der Schwester des Kaisers gemalt, und jede Schönheit in Europa möchte nun in der gleichen Pose dargestellt werden. Die Frau liegt auf einer Chaiselongue, in der linken Hand einen Apfel, den Kopf auf die rechte gestützt.« Corday demonstrierte die Pose, was Sandman peinlich fand. »Entscheidend ist, dass die Frau von der Taille aufwärts nackt ist. Und von der Taille abwärts weitgehend ebenfalls.«

»Die Countess war also nackt, als Sie sie gemalt haben?«, fragte Sandman.

»Nein.« Corday zögerte und zuckte dann die Achseln. »Sie sollte nicht wissen, dass sie nackt gemalt wurde, sie trug also einen Morgenmantel und ein Morgenkleid. Für die Brüste hätten wir dann ein Modell im Studio genommen.«

»Sie wusste nichts davon?« Sandman konnte es nicht glauben.

»Ihr Mann wollte ein Porträt«, sagte Corday ungeduldig, »und er wollte sie nackt, und weil sie das abgelehnt hätte, belog er sie. Gegen ein Boudoirporträt hatte sie nichts einzuwenden, aber sie hätte sich nicht vor jedem entblättert, also wollten wir es fälschen. Ich war erst bei den Vorarbeiten, den Zeichnungen und Farbproben. Kohle auf Leinwand mit ein paar Farbtupfern, den Farben der Bettdecke, der Tapete, der Haut und Haare Ihrer Ladyschaft, dem Biest.«

Sandman sah einen Hoffnungsschimmer, denn das letzte Wort klang bösartig, wie er es als Äußerung eines Mörders über sein Opfer erwartete. »Sie mochten sie nicht?«

»Mögen? Ich verachtete sie!«, spie Corday aus. »Sie war eine aufgedonnerte Halbweltdame!« Er meinte, sie war eine Courtisane, eine hochklassige Prostituierte. »Ein Flittchen, nichts weiter«, beschimpfte Corday sie heftig. »Aber nur weil ich sie nicht mochte, habe ich sie noch lange nicht vergewaltigt oder ermordet. Außerdem, glauben Sie wirklich, eine Frau wie die Countess of Avebury würde zulassen, dass ein Malerlehrling mit ihr allein wäre? Wenn ich da war, blieb die ganze Zeit eine Zofe als Anstandsame dabei. Wie hätte ich sie da vergewaltigen oder ermorden sollen?«

»Es war eine Zofe da?«, fragte Sandman.

»Selbstverständlich«, bekräftigte Corday wütend, »eine hässliche Kuh namens Meg.«

Sandman war nun vollends verwirrt. »Meg hat vermutlich bei Ihrem Prozess ausgesagt?«

»Meg ist verschwunden«, sagte Corday müde, »deshalb werde ich gehenkt.« Er funkelte Sandman wütend an. »Sie glauben mir nicht, oder? Sie denken, ich habe das alles erfunden. Aber es war eine Zofe da, und sie hieß Meg, sie war dabei, und als es zum Prozess kam, war sie nicht aufzutreiben.« Bisher war sein Ton abwehrend, aber nun brach er plötzlich in Tränen aus. »Tut es weh?«, fragte er. »Ich weiß, dass es wehtut. Es muss!«

Sandman starrte auf die Fliesen. »Wo war das Haus?«

»Mount Street.« Corday schluchzte zusammengekauert. »Das ist gleich neben ...«

»Ich weiß, wo die Mount Street ist«, fiel Sandman ihm etwas zu scharf ins Wort. Cordays Tränen waren ihm peinlich, aber ihn bedrängten Fragen, die inzwischen von echter Neugier getragen waren. »Und Sie geben zu, dass Sie an dem Tag, an dem die Countess ermordet wurde, in ihrem Haus waren?«

»Ich war da, kurz bevor sie ermordet wurde!«, sagte Corday. »Es gab eine Hintertreppe für die Dienstboten mit einer Tür, an der wurde geklopft. Ein Klopfzeichen, ein Signal, die Countess war ganz aufgeregt und drängte, ich sollte sofort gehen. Meg brachte mich über die vordere Treppe hinunter an die Haustür. Ich musste alles da lassen, Farben, Leinwand, alles, und deshalb waren die Polizisten überzeugt, dass ich schuldig sei. Innerhalb einer Stunde kamen sie in Sir Georges Atelier und nahmen mich fest.«

»Wer hatte die Polizei gerufen?«

Corday zuckte die Achseln. »Meg? Ein anderer Dienstbote?«

»Und die Polizisten fanden Sie in Sir Georges Atelier. Wo ist das?«

»Sackville Street. Über dem Juwelier Gray.« Corday starrte Sandman mit roten Augen an. »Haben Sie ein Messer?«

»Nein.«

»Falls Sie eins haben, möchte ich Sie bitten, es mir zu geben. Geben Sie es mir! Ich würde mir lieber die Adern aufschneiden, als hier zu bleiben! Ich habe nichts getan, rein gar nichts! Trotzdem werde ich den ganzen Tag geschlagen und misshandelt, und in einer Woche werde ich aufgehängt. Warum noch eine Woche warten? Ich bin schon jetzt in der Hölle. Ich bin in der Hölle!«

Sandman räusperte sich. »Warum bleiben Sie nicht hier oben in der Zelle? Hier wären Sie allein.«

»Allein? Ich bliebe keine zwei Minuten allein! Unten ist es

sicherer, wo zumindest Zeugen dabei sind.« Corday wischte sich die Augen mit dem Ärmel. »Was machen Sie jetzt?«

»Jetzt?« Sandman war verdutzt. Er hatte mit einem Geständnis gerechnet und vorgehabt, anschließend ins Wheatsheaf zu gehen und einen respektvollen Bericht zu schreiben. Doch nun war er völlig aus der Fassung gebracht.

»Sie sagten, der Innenminister hat Sie mit Nachforschungen beauftragt. Werden Sie nachforschen?« Cordays Blick forderte ihn heraus, doch dann sank sein Mut. »Ihnen ist es gleichgültig. Allen ist es gleichgültig!«

»Ich werde Nachforschungen anstellen«, sagte Sandman knurrig. Plötzlich konnte er den Gestank, die Tränen und das Elend nicht mehr ertragen, machte kehrt und lief die Treppe hinunter. Als er in die etwas frischere Luft des Presshofs kam, überfiel ihn für einen Augenblick die Angst, die Wärter könnten sich weigern, ihm das Tor zum Tunnel zu öffnen, aber das taten sie natürlich nicht.

Der Pförtner schloss seinen Schrank auf und holte Sandmans Uhr heraus, eine goldene Breguet, die Eleanor ihm geschenkt hatte. Sandman hatte sie ihr zusammen mit ihren Briefen zurückgeben wollen, aber sie hatte beides nicht angenommen. »Haben Sie Ihren Mann gefunden, Sir?«, erkundigte sich der Pförtner.

»Ja.«

»Bestimmt hat er Ihnen ein schönes Garn gesponnen«, kicherte der Pförtner. »Er hat Ihnen ein Garn gesponnen, was? Sie können den schönsten Humbug erzählen wie die Pfaffen, Sir. Aber es ist ganz einfach zu wissen, wann ein Busche lügt, Sir, ganz einfach.«

»Das würde ich gern hören«, sagte Sandman.

»Sie reden, Sir, daher wissen Sie, dass sie lügen, sie reden.« Der Pförtner hielt das für einen guten Witz und schüttelte sich vor Lachen, als Sandman die Treppe hinunterging.

Er stand auf dem Bürgersteig, ohne die Passanten zu bemerken. Er fühlte sich besudelt durch den Gefängnisbesuch. Er ließ den Deckel seiner Breguet aufspringen, sah, dass es kurz nach halb zwei Uhr nachmittags war, und fragte sich, wo sein Tag geblieben war. *Für Rider, in aeternam*, lautete Eleanors Inschrift im Uhrendeckel, und dieses erwiesenermaßen falsche Versprechen trug auch nicht zur Besserung seiner Stimmung bei. Er ließ gerade den Deckel zuschnappen, als ein Arbeiter ihm eine Warnung zurief. Nachdem Falltür, Pavillon und Treppe des Galgengerüsts abgebaut waren, wurden die Dielenbretter des Podests heruntergeworfen, und die Planken fielen gefährlich dicht neben Sandman zu Boden. Ein Fuhrmann mit einem riesigen Wagen Backsteine peitschte die Flanken seiner Pferde blutig, obwohl die Tiere in dem Gewirr der Fahrzeuge, die die Straße blockierten, nicht weiterkommen konnten.

Sandman steckte die Uhr in die Tasche und wandte sich nach Norden. Er war hin- und hergerissen. Das Gericht hatte Corday schuldig befunden, doch obwohl Sandman keinerlei Sympathien für den jungen Mann aufzubringen vermochte, fand er seine Geschichte glaubwürdig. Der Pförtner hatte sicher Recht, in Newgate war jeder von seiner eigenen Unschuld überzeugt, aber Sandman war auch nicht völlig naiv. Er hatte mit großem Geschick eine Kompanie Soldaten geführt und hielt sich für fähig zu erkennen, wann ein Mann die Wahrheit sagte. Wenn Corday unschuldig war, ließen sich die fünfzehn Guineen, die Sandman schwer in der Tasche lasteten, weder schnell noch leicht verdienen.

Er brauchte Rat.

Also ging er zum Kricket.

2

Sandman erreichte die Bunhill Row, kurz bevor die Uhren der Stadt drei schlugen und die Glocken vorübergehend den Aufprall des Schlägers auf dem Ball, die lauten Rufe und den Applaus der Zuschauer übertönten. Es klang nach einer großen Zuschauermenge und einem guten Spiel. Der Wachposten am Tor winkte ihn durch. »Von Ihnen nehme ich den Sixpence nicht, Captain.«

»Sollten Sie aber, Joe.«

»Ja, und Sie sollten spielen, Captain.« Joe Mallock, Wächter des Artilleriegeländes, hatte früher als Werfer für die vornehmsten Clubs von London gespielt, bis ihm seine schmerzenden Gelenke zu schaffen machten. Er erinnerte sich noch gut an eines seiner letzten Spiele, bei dem ein junger Armeeoffizier, der kaum die Schule hinter sich hatte, ihn über das gesamte Außenfeld an der New Road in Marylebone gejagt hatte. »Wir haben Sie schon viel zu lange nicht mehr spielen sehen, Captain.«

»Ich habe meine besten Zeiten hinter mir, Joe.«

»Ihre besten Zeiten hinter sich, Junge? Ihre besten Zeiten hinter sich! Sie sind doch noch keine dreißig. Gehen Sie nur rein. Das Letzte, was ich gehört habe, war, dass England mit sechsundfünfzig Läufen vorne liegt und nur noch vier ausstehen. Sie brauchen Sie!«

Als Sandman zum Spielfeld kam, erntete gerade ein Spielzug lautes Gejohle. Die Elf des Marquess of Canfield spielte gegen eine englische Mannschaft, und einer der Feldspieler des Marquess hatte einen einfachen Ball fallen lassen und sich den Zorn der Menge zugezogen. »Rutschige Finger!«, grölten sie. »Holt ihm einen Eimer!«

Mit einem Blick auf die Tafel sah Sandman, dass England im zweiten Innings nur sechzig Läufe vorn lag und noch vier

Schläger ausstanden. Der größte Teil der Zuschauer feuerte die englische Mannschaft an und bejubelte einen guten Schlag, der den Ball an das andere Ende des Spielfelds beförderte. Der Werfer in der Mannschaft des Marquess, ein bärtiger Riese, spuckte auf den Rasen und starrte ins Blaue, als sei er taub für den Lärm der Menge. Sandman beobachtete, wie der Schlagmann, es war Budd, zum Tor ging und ein ohnehin schon glattes Rasenstück glättete.

Sandman schlenderte an den Kutschen vorbei, die am Spielfeldrand standen. Der weißhaarige, weißbärtige Marquess of Canfield, der mit einem Fernglas in einem Landauer saß, bedachte Sandman mit einem kurzen Kopfnicken und schaute dezidiert fort. Noch vor einem Jahr, bevor Sandmans Vater der Familie Schande gemacht hatte, hätte der Marquess ihn gegrüßt, ein paar Worte mit ihm gewechselt und Sandman gebeten, für seine Mannschaft zu spielen, aber da nun der Name Sandman besudelt war, schnitt der Marquess ihn bewusst. Doch wie zur Entschädigung winkte eine Hand auffällig aus einem offenen Wagen, der ein Stück weiter entfernt am Spielfeldrand stand, und eine Stimme rief eifrig: »Rider! Hierher! Rider!«

Hand und Stimme gehörten einem großen jungen Mann mit markantem Gesicht, der auffallend dünn und schlaksig war, schäbige schwarze Kleidung trug und eine Tonpfeife rauchte, aus der Asche auf seine Weste und seinen Gehrock rieselte. Sein rotes Haar hätte dringend einer Schere bedurft, denn es fiel ihm in sein Gesicht mit der langen Nase und legte sich flammrot über seinen breiten, altmodischen Kragen. »Lass den Kutschentritt herunter«, empfahl er Sandman. »Komm rein. Du kommst viel zu spät. Heydell hat dreiundvierzig Läufe im ersten Durchgang gemacht, hervorragend gespielt. Wie geht es dir, mein Lieber? Fowkes wirft unglaublich gut, aber ein bisschen ungenau. Budd ist noch an der Reihe als Schlagmann, und der Bursche, der gerade reingekommen ist, heißt Fellowes, ich weiß rein gar nichts über ihn. Eigentlich solltest du hier spielen. Du siehst blass aus. Isst du überhaupt ordentlich?«

»Ich esse, und du?«, antwortete Sandman.

»Gott erhält mich in seiner unendlichen Weisheit, er erhält mich.« Reverend Lord Alexander Pleydell lehnte sich zurück. »Wie ich sehe, hat mein Vater dich ignoriert?«

»Er hat mir zugenickt.«

»Er hat genickt? Ach! Welche Gnade. Stimmt es, dass du für Sir John Hart gespielt hast?«

»Gespielt und verloren!«, sagte Sandman verbittert. »Sie waren bestochen.«

»Mein lieber Rider! Ich habe dich vor Sir John gewarnt! Der Mann ist die reine Gier. Er wollte nur, dass du für ihn spielst, damit alle glauben, seine Mannschaft sei unbestechlich, und das hat ja auch funktioniert, oder? Ich hoffe nur, er hat dich gut bezahlt, denn deine Gutgläubigkeit muss ihm einen Haufen Geld eingebracht haben. Möchtest du Tee? Natürlich. Hughes soll uns Tee und Kuchen von Mrs. Hillmans Stand holen, meinst du nicht auch? Budd macht einen guten Eindruck, nicht? Was für ein Schlagmann! Hast du je seinen Schläger hochgehoben? Das ist eine Keule, ein richtiger Knüppel! Ja, gut gemacht, Sir! Gut getroffen! Geh ran, Sir, geh ran!« Er feuerte die englische Mannschaft so lautstark an, dass sein Vater, dessen Mannschaft gegen England spielte, es hören musste. »Kapital, Sir, gut gemacht! Hughes, lieber Freund, wo stecken Sie?«

Hughes, Lord Alexanders Diener, trat an den Wagen. »Mylord?«

»Begrüßen Sie Captain Sandman, Hughes, und ich denke, wir könnten eine Kanne von Mrs. Hillmans Tee vertragen, meinen Sie nicht? Vielleicht auch etwas von ihrem Aprikosenkuchen?« Seine Lordschaft drückte seinem Diener Geld in die Hand. »Was sagen die Buchmacher, Hughes?«

»Sie favorisieren die Mannschaft Ihres Vaters, Mylord.«

Lord Alexander gab seinem Diener zwei weitere Münzen. »Captain Sandman und ich setzen jeder eine Guinee auf einen Sieg Englands.«

»So etwas kann ich mir nicht leisten«, wandte Sandman ein, »außerdem verabscheue ich Kricketwetten.«

»Blas dich nicht so auf«, antwortete Lord Alexander, »wir bestechen nicht die Spieler, wir riskieren bloß etwas Geld auf unsere Würdigung ihres Könnens. Du siehst wirklich blass aus, Rider, wirst du krank? Vielleicht die Cholera? Die Pest? Auszehrung?«

»Gefängnisfieber.«

»Mein lieber Freund!« Lord Alexander war entsetzt. »Gefängnisfieber? Mein Gott, setz dich hin«. Der Wagen schwankte, als Sandman sich seinem Freund gegenüber setzte. Sie hatten dieselbe Schule besucht, waren dort zu unzertrennlichen Freunden geworden, und Sandman, der immer schon ein herausragender Sportler und damit einer der Schulhelden war, hatte Lord Alexander vor den Rüpeln beschützt, die glaubten, sich über den Klumpfuß Seiner Lordschaft lustig machen zu können. Nach dem Schulabschluss hatte Sandman sich ein Offizierspatent bei der Infanterie gekauft, während Lord Alexander als zweiter Sohn des Marquess of Canfield in Oxford studiert und dort einen Doppelabschluss mit Auszeichnung gemacht hatte. »Erzähl mir nicht, dass man dich ins Gefängnis gesteckt hat«, schimpfte Lord Alexander nun.

Grinsend zeigte Sandman seinem Freund das Schreiben des Innenministeriums und schilderte ihm seine Erlebnisse, wobei er ständig durch Lord Alexanders Jubelrufe oder Zornausbrüche über den Spielverlauf unterbrochen wurde. Unterdessen vertilgte er Mrs. Hillmans Aprikosenkuchen, dessen Krümel sich zu der Asche auf seiner Weste gesellten. Er hatte immer eine Tasche mit gestopften Tonpfeifen zur Hand, und sobald eine sich zusetzte, nahm er eine andere heraus und schlug mit einem Feuerstein auf Stahl. Die Funken, die der Feuerstein sprühte, glimmten auf seinem Gehrock und dem Ledersitz des Wagens weiter, wo Seine Lordschaft sie entweder ausschlug oder von allein verlöschen ließ, während er weiterrauchte. »Ich muss sagen, ich halte es für äußerst unwahrscheinlich, dass der junge Corday schuldig ist«, sagte er, nachdem er über Sandmans Bericht nachgedacht hatte.

»Aber er wurde verurteilt.«

»Mein lieber Rider! Mein lieber, lieber Rider! Rider, Rider. Rider! Warst du je bei einer Gerichtsverhandlung in Old Bailey? Natürlich nicht, du warst viel zu beschäftigt, die Franzosen zu schlagen, du armer Teufel. Aber ich wage zu behaupten, dass die vier Richter dort in einer Woche hundert Fälle verhandeln. Fünf pro Tag? Oft sogar noch mehr. Diese Leute bekommen keinen Prozess, Rider, sie werden durch den Tunnel von Newgate herübergeschleift, treten blinzelnd in den Gerichtssaal, kommen unter den Hammer wie die Ochsen und werden in Fußeisen abgeführt. Das ist keine Gerechtigkeit!«

»Sie werden doch aber verteidigt?«

Lord Alexander schaute seinen Freund entsetzt an. »Diese Verhandlungen finden nicht vor deinem Kriegsgericht statt, Rider. Wir sind hier in England! Welcher Anwalt verteidigt schon einen mittellosen Jugendlichen, der wegen Schafdiebstahl angeklagt ist?«

»Corday ist nicht mittellos.«

»Aber ich wette, er ist auch nicht reich. Mein Gott, Rider, die Frau wurde nackt und blutüberströmt aufgefunden mit seinem Farbmesser in der Kehle.«

Sandman schaute zu, wie die Schlagpartei einen kurzen Lauf errang, während der Ball nach einem wenig eleganten Schlag zum Fänger trudelte, und nahm amüsiert zur Kenntnis, dass sein Freund über die Details des Corday-Falles im Bilde war. Das ließ vermuten, dass er sich in vulgäre Schilderungen der blutigen Gewaltverbrechen Englands vertiefte, wenn er nicht gerade philosophische, theologische oder literarische Werke studierte. »Du nimmst also an, dass Corday schuldig ist«, sagte Sandman.

»Nein, Rider, ich nehme an, dass es aussieht, als sei er schuldig. Das ist ein Unterschied. In jedem ordentlichen Rechtssystem würden wir auf Mittel und Wege sinnen, zwischen dem Anschein von Schuld und tatsächlicher Schuld zu unterscheiden. Aber nicht in Sir John Silvesters Gerichtssaal. Der Mann ist ein Rohling, ein gewissenloser Rohling. Aaah, guter Schlag, Budd, guter Schlag! Lauf, Mann, lauf doch! Trödel nicht rum!« Seine Lordschaft nahm eine neue Pfeife und schickte sich an, sich in Brand zu stecken. »Das ganze System ist verderbt! Völlig verderbt! Sie verurteilen Hunderte Leute zum Tode, richten aber nur zehn hin, weil bei den übrigen das Urteil umgewandelt wird. Und wie erreichst du eine Umwandlung? Indem du den Gutsbesitzer, den Pfarrer oder Seine Lordschaft gewinnst, die Petition zu unterschreiben. Aber was ist, wenn du keine hoch gestellten Leute kennst? Dann richten sie dich hin. Am Galgen. Dummkopf! Dummkopf! Hast du das gesehen? Fellowes ist aus, meine Güte! Mittelpfosten! Hat die Augen zugemacht und geschwankt! Man sollte ihn aufhängen. Siehst du, was passiert, Rider? Die Gesellschaft, also anständige Leute wie du und ich, also zumindest du, haben eine Möglichkeit entwickelt, die unteren Stände im Griff zu halten. Wir machen sie von unserer Gnade und unserem gütigen Wohlwollen abhängig. Wir verurteilen sie zum Tod durch den Strang, anschließend verschonen wir sie, und sie sollen dafür dankbar sein. Dankbar! Es ist verderbt.« Lord Alexander regte sich gründlich auf. Er rang die Hände und brachte sein ohnehin schon zerzaustes Haar in noch größere Unordnung. »Diese verdammten Tories«, schimpfte er auf Sandman ein, den er in dieses vernichtende Urteil einbezog, »völlig verderbt!« Er runzelte die Stirn, doch dann kam ihm ein guter Einfall. »Rider, du und ich, wir gehen zu einer Hinrichtung!«

»Nein!«

»Es ist deine Pflicht, mein lieber Freund. Da du jetzt eine Amtsperson dieses unterdrückerischen Staates bist, solltest du wissen, welche Brutalität diese unschuldigen Seelen erwartet. Ich schreibe an den Gefängnisverwalter von Newgate und bitte ihn, dir und mir privilegierten Zugang zur nächsten Hinrichtung zu verschaffen. Ach, ein Schlagmannwechsel. Dieser Bursche soll angeblich ein Könner sein. Kommst du heute Abend zu mir zum Abendessen?«

»Nach Hampstead?«

»Natürlich nach Hampstead«, antwortete Lord Alexander, »schließlich lebe und esse ich dort, Rider.«

»Dann komme ich nicht.«

Lord Alexander seufzte. Er hatte Sandman eindringlich zu überreden versucht, in sein Haus zu ziehen, und Sandman mit diesem Angebot ernstlich in Versuchung geführt. Denn Lord Alexanders Vater war zwar mit den radikalen Ansichten seines Sohnes durchaus nicht einverstanden, verwöhnte ihn aber trotzdem mit einer großzügigen Zuwendung, die den Radikalen in den Genuss eines Gespanns, eines Reitstalls, mehrerer Bediensteter und einer erlesenen Bibliothek brachte, aber Sandman hatte die Erfahrung gemacht, dass sein Freund und er unweigerlich in heftigen Streit gerieten, wenn sie länger als einige Stunden zusammen waren. Es war wesentlich besser, unabhängig zu bleiben.

»Ich habe Eleanor letzten Samstag getroffen«, sagte Lord Alexander in seiner üblichen Taktlosigkeit.

»Ich nehme an, es geht ihr gut?«

»Davon bin ich überzeugt, aber ich glaube, ich habe ganz vergessen, sie danach zu fragen. Aber warum sollte ich auch? Es erscheint mir völlig überflüssig. Sie lag offensichtlich nicht im Sterben, sah gut aus, wieso sollte ich also fragen? Erinnerst du dich an Paleys *Prinzipien*?«

»Ist das ein Buch?«, fragte Sandman, wofür er einen fassungslosen Blick erntete. »Ich habe es nicht gelesen«, fügte er hastig hinzu.

»Was hast du eigentlich mit deinem Leben gemacht?«, fragte Lord Alexander gereizt. »Ich werde es dir borgen, aber nur damit du die üblen Argumente verstehst, die für den Galgen vorgebracht werden.« Zur Untermauerung seiner folgenden Worte bohrte Lord Alexander Sandman das Mundstück seiner Pfeife in die Brust. »Weißt du, dass Paley es tatsächlich verzeihlich findet, Unschuldige hinzurichten, und zwar mit dem Scheinargument, dass die Todesstrafe notwendig ist, Irrtümer sich in einer unvollkommenen Welt nicht ausschließen lassen und die Unschuldigen daher für die Sicherheit der ganzen Gesellschaft leiden. Unschuldige, die hingerichtet werden, stellen somit also ein unvermeidliches, wenn auch bedauerliches Opfer dar. Kannst du eine solche Argumentation nachvollziehen? Dafür sollte man Paley aufhängen!«

»War er nicht ein Mann der Kirche?«, fragte Sandman, während er einem gekonnten Spielzug Beifall zollte, der einen Feldspieler bis an die Außenlinie an der Chiswell Street laufen ließ.

»Sicher war er ein Mann der Kirche, aber was hat das mit der Sache zu tun? Ich bin auch ein Mann der Kirche, verleiht das meinen Argumenten göttliche Macht? Manchmal bist du wirklich absurd.« Lord Alexander hatte seine Pfeife zerbrochen, als er sie seinem Freund fest auf die Brust drückte, und musste sich nun eine neue anzünden. »Ich gebe natürlich zu, dass Thomas Jefferson den gleichen Standpunkt vertritt, aber seine Begründung finde ich eleganter als Paleys.«

»Soll heißen, dass Jefferson einer deiner Helden ist und sich nicht irren kann«, merkte Sandman an.

»Ich hoffe doch, dass ich besser differenzieren kann, als du mir unterstellst«, entgegnete Lord Alexander verstimmt, »und selbst du musst zugeben, dass Jefferson politische Gründe für seine Überzeugungen hat.«

»Was sie um so tadelnswerter macht«, sagte Sandman, »außerdem stehst du in Flammen«.

»Ja, wahrhaftig.« Lord Alexander schlug auf seinen Gehrock. »Eleanor hat nach dir gefragt, soweit ich mich erinnere.«

»Ach ja?«

»Habe ich das nicht gerade gesagt? Und ich habe sicher geantwortet, dass du in bester Verfassung bist. Ja, guter Treffer, Sir, guter Treffer. Budd schlägt fast so kraftvoll wie du! Ich habe sie in der Ägyptischen Halle getroffen. Es gab da einen Vortrag über«, er stockte stirnrunzelnd und starrte auf den Schlagmann, »meine Güte, ich habe völlig vergessen, weshalb ich da war, jedenfalls war Eleanor mit Doktor Vaux und seiner Frau da. Gott, ist der Mann dumm.«

»Vaux?«

»Nein, der neue Schlagmann! Es hat keinen Sinn, den

Schläger in der Luft zu schwenken! Schlag zu, Mann, schlag zu, dafür ist der Schläger da! Ich sollte dir etwas von Eleanor ausrichten.«

»Wirklich?« Sandmans Herz schlug schneller. Seine Verlobung mit Eleanor mochte zwar gelöst sein, aber er liebte sie immer noch. »Was denn?«

»Ja, was war es noch gleich?« Lord Alexander runzelte die Stirn. »Es ist mir entfallen, Rider, völlig entfallen. Aber es kann nichts Wichtiges gewesen sein. Überhaupt nicht wichtig. Und was die Countess of Avebury angeht!« Er schauderte, offensichtlich außer Stande, eine Meinung über die Ermordete zu äußern.

»Was ist mit Ihrer Ladyschaft?«, fragte Sandman, denn er wusste, dass es sinnlos wäre, ihn weiter nach Eleanors vergessener Nachricht auszufragen.

»Ladyschaft! Ha!« Lord Alexanders Ausruf war so laut, dass hundert Zuschauer sich nach ihm umsahen. »Dieses Luder!«, sagte er. Doch dann fiel ihm sein geistlicher Stand ein. »Arme Frau, aber sicher ist sie nun an einem glückseligeren Ort. Wenn jemand ihren Tod gewünscht hat, dann war es ihr Mann, sollte ich meinen. Der Ärmste muss unter der Last seiner Hörner förmlich zusammengebrochen sein.«

»Du glaubst, der Earl hat sie getötet?«, fragte Sandman.

»Sie lebten getrennt, Rider, ist das kein Indiz?«

»Getrennt?«

»Du klingst überrascht. Darf ich fragen, wieso? Die Hälfte der Ehemänner in England scheinen doch von ihren Ehefrauen getrennt zu sein. Das ist ja wohl kaum etwas Ungewöhnliches.«

Sandman war überrascht, weil er hätte schwören können, dass Corday gesagt hatte, der Earl habe das Porträt seiner Frau in Auftrag gegeben, aber warum sollte er das tun, wenn sie getrennt lebten? »Bist du sicher, dass sie getrennt waren?«, fragte er noch einmal nach.

»Ich weiß es aus erster Quelle«, erklärte Lord Alexander abwehrend. »Ich bin mit dem Sohn des Earl befreundet. Er heißt Christopher und ist ein überaus herzlicher Mann. Er war in Brasenose, als ich am Trinity College war.«

»Herzlich?« Die Wortwahl erschien Sandman merkwürdig.

»Ja, sehr!«, bekräftigte Lord Alexander. »Er machte einen ganz respektablen Abschluss und ging dann an die Sorbonne, um bei Lasalle zu studieren. Sein Fachgebiet ist die Etymologie.«

»Käfer?«

»Wörter, Rider, Wörter.« Lord Alexander verdrehte die Augen über Sandmans Unwissenheit. »Das Studium der Herkunft von Wörtern. Kein ernsthaftes Wissensgebiet, finde ich immer, aber Christopher schien zu glauben, dass man daran arbeiten müsse. Die Tote war natürlich seine Stiefmutter.«

»Hat er mit dir über sie gesprochen?«

»Wir sprechen über ernsthafte Dinge«, sagte Alexander vorwurfsvoll, »aber im Laufe jeder Bekanntschaft erfährt man natürlich auch Banalitäten. Viel Liebe gab es nicht in der Familie, das kann ich dir sagen. Der Vater verachtet seinen Sohn und seine Ehefrau, die Frau verabscheut den Ehemann und der Sohn hegt gegen beide bittere Gefühle. Ich muss sagen, der Earl und die Countess of Avebury sind ein Lehrbeispiel für die Gefahren des Familienlebens. Guter Schlag! Guter Schlag! Hervorragender Mann! Gute Arbeit! Hüpf, hüpf!«

Sandman applaudierte dem Schlagmann und trank den Rest Tee aus. »Es wundert mich zu hören, dass der Earl und die Countess getrennt waren«, sagte er, »denn Corday behauptete, der Earl habe das Porträt in Auftrag gegeben. Warum sollte er das tun, wenn sie sich getrennt hatten?«

»Da musst du ihn selbst fragen«, sagte Lord Alexander, »aber ich könnte mir vorstellen, dass Avebury zwar eifersüchtig, aber immer noch vernarrt in sie war. Sie war eine anerkannte Schönheit, und er ist ein anerkannter Narr. Rider, ich möchte niemandem etwas anlasten. Ich behaupte lediglich, wenn jemand die Dame gern tot gesehen hätte, könnte es durchaus ihr Mann gewesen sein, obwohl ich bezweifele, dass er den Todesstoß selbst ausgeführt hat. Selbst Avebury besitzt genug Verstand, jemand anderen für die schmutzige Arbeit anzuheuern. Außerdem leidet er an Gicht. Aah, guter Treffer! Guter Treffer! Geh rann, los!«

»Ist der Sohn immer noch in Paris?«

»Er ist wieder zurück. Ab und an treffe ich ihn, auch wenn unsere Verbindung nicht mehr so eng ist wie in Oxford. Schau dir das an! Fuchtelt mit dem Schläger herum. Es hat doch keinen Sinn, so nach den Bällen zu stochern!«

»Könntest du mich mit ihm bekannt machen?«

»Mit Aveburys Sohn? Ich denke schon.«

Kurz nach acht Uhr war das Spiel beendet, als die Mannschaft des Marquess zusammenbrach, obwohl ihr nur noch dreiundneunzig Läufe zum Sieg fehlten. Ihre Niederlage freute Lord Alexander, schürte allerdings in Sandman den Verdacht, dass Bestechung wieder einmal ein Spiel zunichte gemacht hatte, aber er konnte es nicht beweisen. Lord Alexander tat die Vermutung ab und wollte nichts davon hören, als Sandman seinen Wettgewinn ablehnte. »Natürlich musst du ihn nehmen«, beharrte Lord Alexander. »Wohnst du immer noch im Wheatsheaf? Du weißt ja wohl, dass es eine Unterweltspelunke ist?«

»Inzwischen weiß ich es«, gab Sandman zu.

»Wieso essen wir nicht da zusammen zu Abend? Vielleicht kann ich ja ein paar volkstümliche Unterweltausdrücke lernen, aber Unterweltausdrücke sind wohl immer volkstümlich, oder? Hughes? Lassen Sie die Pferde anspannen und sagen Sie Williams, dass wir in die Drury Lane fahren.«

Die Londoner Unterwelt und die ihr eigene Sprache nannten sich Flash. Niemand stahl eine Geldbörse, sondern man filzte, rupfte Kohl oder ließ eine Tasche mitgehen. Das Gefängnis hieß Schafweide oder Kittchen, Newgate war der King's Head Inn, und die Wärter hießen Schinder. Ein guter Dieb war ein Halunke und sein Opfer eine Mumme. Als solche galt Lord Alexander, wenngleich als geniale. Er lernte das Flash-Vokabular, zahlte für jedes neue Wort mit Bier und Gin und ging erst weit nach Mitternacht. Als Lord Alexander an seiner Kutsche stand, die eigentlich eine Ratter war und statt Lampen ein Paar Schimmer besaß, wie er zu seiner Freude erfahren hatte, kam Sally Hood am Arm ihres Bruders nach Hause, beide recht angeheitert. Lord Alexander hielt sich an einem Rad fest, als Sally vorübereilte. Er starrte ihr mit offenem Mund nach. »Ich bin verliebt, Rider«, erklärte er allzu laut.

Sally schaute über die Schulter zurück und bedachte Sandman mit einem strahlenden Lächeln. »Du bist nicht verliebt, Alexander«, erklärte Sandman bestimmt.

Lord Alexander starrte hinter Sally her, bis sie durch die Tür des Wheatsheaf verschwunden war. »Ich bin verliebt«, beharrte Lord Alexander. »Cupidos Pfeil hat mich getroffen. Ich bin verzaubert. Ich bin unsterblich verliebt.«

»Du bist ein sehr betrunkener Geistlicher, Alexander.«

»Ich bin ein sehr betrunkener und verliebter Geistlicher. Kennst du die Dame? Kannst du es einrichten, mich ihr vorzustellen?« Er machte einen Satz hinter Sally her, rutschte aber mit seinem Klumpfuß auf dem Pflaster aus und schlug der Länge nach hin. »Ich bestehe darauf, Rider!«, sagte er vom Boden aus. »Ich bestehe darauf, der Dame meine Aufwartung zu machen. Ich möchte sie heiraten.« In Wahrheit war er so betrunken, dass er nicht mehr stehen konnte, aber Sandman, Hughes und dem Kutscher gelang es gemeinsam, Seine Lordschaft in seinen Wagen zu befördern, der mit schimmernden Schimmern nach Norden ratterte.

Am nächsten Morgen regnete es, und ganz London schien schlecht gelaunt. Sandman hatte Kopfschmerzen, Magendrücken und ständig das Galgenlied im Kopf, das Lord Alexander am Abend zuvor in der Schänke gelernt hatte:

Und wenn ich nun zur Hölle fahr, zur Hölle fahr,
dann geh ich nicht allein führwahr, allein führwahr,
du, mein Freund, bist auch schon da, auch schon da,
auf alle Zeit verdammt!

Die Melodie hatte sich in Sandmans Kopf festgesetzt und ging ihm nicht aus dem Sinn, als er sich rasierte und sich über dem Feuer im Hinterzimmer Tee kochte, in dem die Mieter sich Wasser heiß machen durften. Sally kam mit zerzausten Haaren, aber bereits geschlossenem Kleid herein. Sie schöpfte sich Wasser in eine Tasse und hob sie scherzhaft zu einem Toast. »Frühstück«, sagte sie zu Sandman, und fügte grinsend hinzu: »Wie ich höre, waren Sie gestern Abend ganz schön lustig?«

»Guten Morgen, Miss Hood«, stöhnte Sandman.

Sie lachte. »Wer war der Krüppel, der bei Ihnen war?«

»Er ist mein bester Freund, Reverend Lord Alexander Pleydell, Magister Artium, zweiter Sohn des Marquess und der Marchioness of Canfield.«

Sally starrte Sandman an. »Sie wollen mich auf den Arm nehmen.«

»Bestimmt nicht, das versichere ich Ihnen.«

»Er hat gesagt, er ist in mich verliebt.«

Sandman hatte gehofft, sie habe es nicht gehört. »Wenn er heute Morgen wieder nüchtern ist, wird er sicher immer noch in Sie verliebt sein, Miss Hood«, antwortete er.

Sally lachte über Sandmans Takt. »Ist er wirklich Reverend? Er zieht sich nicht so an.«

»Er hat die Weihen empfangen, als er Oxford verließ«, erklärte Sandman, »aber ich glaube, er tat es, um seinen Vater zu ärgern. Vielleicht wollte er aber auch damals Professor an seiner Hochschule werden. Allerdings hat er sich nie um eine Anstellung bemüht. Er braucht keine Pfarrgemeinde oder sonstige Stelle, um seinen Lebensunterhalt zu verdienen, er ist ziemlich reich. Er behauptet, er schreibt ein Buch, aber ich habe bislang noch keinen Beleg dafür gesehen.«

Sally trank ihr Wasser und verzog das Gesicht über den Geschmack. »Ein reicher, verkrüppelter Geistlicher?« Sie überlegte ein Weilchen und grinste schelmisch. »Ist er verheiratet?«

»Nein«, antwortete Sandman, fügte aber nicht hinzu, dass

Alexander sich mit schöner Regelmäßigkeit in jede hübsche Verkäuferin verliebte, die ihm zu Gesicht kam.

»Na ja, ich kann mir Schlimmeres vorstellen, als mir einen hinkenden Pastor zu angeln, oder?«, sagte Sally. Als die Uhr neun schlug, fuhr sie zusammen. »Allmächtiger, ich bin spät dran. Dieser blöde Kerl, für den ich arbeite, fängt gern früh an.« Damit lief sie davon.

Sandman zog seinen grauen Mantel an und machte sich auf den Weg in die Mount Street. Alexander hatte ihn gedrängt, Nachforschungen anzustellen, und das wollte er nun tun. Er hatte sechs Tage Zeit, die Wahrheit herauszufinden, und er beschloss, bei der vermissten Zofe, Meg, anzufangen. Falls es sie gab, und an diesem regnerischen Morgen neigte Sandman zu Zweifeln an Cordays Darstellung, könnte sie Sandman Gewissheit verschaffen, indem sie die Geschichte des Malers bestätigte oder bestritt. Auf dem Weg zur Bond Street fiel ihm mit einem Mal ein, dass er an Eleanors Haus in der Davies Street vorbei musste. Da er aber nicht den Eindruck erwecken wollte, aufdringlich zu sein, nahm er einen Umweg, um es zu meiden, und erreichte schließlich völlig durchnässt das Haus in der Mount Street, in dem der Mord stattgefunden hatte.

Das Stadthaus des Earl of Avebury war mühelos zu erkennen, denn selbst bei diesem Wetter kauerte trotz der wenigen Fußgänger eine Straßenhändlerin unter einer Plane und bot unmittelbar vor dem Mordhaus ihre Flugschriften feil. »Mordbericht, Sir, nur einen Penny«, grüßte sie Sandman. »Schauriger Mord, Sir.«

»Geben Sie mir eine.« Sandman wartete, bis sie eine Flugschrift aus ihrer Tasche gezogen hatte, dann ging er die Stufen hinauf und klopfte an die Tür. Die Fensterläden des Hauses waren geschlossen, aber das besagte noch nicht viel. Viele Angehörige der Gesellschaft, die außerhalb der Saison in London festsaßen, schlossen ihre Fensterläden, um den Eindruck zu erwecken, sie seien auf dem Land. Aber anscheinend war das Haus tatsächlich unbewohnt, denn auf Sandmans Klopfen geschah nichts.

»Da ist keiner zu Hause«, sagte die Straßenhändlerin, »schon seit dem Mord nicht, Sir.« Der Straßenkehrer kam, angelockt von Sandmans Gehämmer, über die Straße und bestätigte, dass es leer stand.

»Aber das ist doch das Haus des Earl of Avebury?«, fragte Sandman.

»Ja, ja, Sir«, bestätigte der Straßenkehrer, ein etwa zehnjähriger Junge, in der Hoffnung auf ein Trinkgeld, »aber es ist leer, Eure Lordschaft.«

»Es gab hier eine Zofe namens Meg«, sagte Sandman, »kanntet Ihr sie?«

Der Straßenkehrer schüttelte den Kopf. »Ich kenne hier keinen, Euer Ehren.« Zwei weitere Jungen, die dafür bezahlt wurden, den Pferdedung von der Straße zu sammeln, gesellten sich zu ihnen. »Die sind weg«, erklärte einer von ihnen.

Ein Nachtwächter mit Stab stellte sich dazu und gaffte, mischte sich aber nicht ein. In diesem Augenblick öffnete sich die Haustür des benachbarten Gebäudes, und eine Frau mittleren Alters in schäbigen Kleidern kam heraus. Sie schauderte angesichts des Regens, musterte ängstlich das Grüppchen vor dem Nachbarhaus und spannte einen Regenschirm auf. »Madam!«, rief Sandman. »Madam!«

»Sir?« Die Kleidung der Frau ließ darauf schließen, dass sie ein Dienstbote war, vielleicht die Haushälterin.

Sandman schob sich an dem Grüppchen vorbei und zog den Hut. »Verzeihen Sie, Madam, aber Viscount Sidmouth hat mich beauftragt, die traurigen Ereignisse zu untersuchen, die hier vorgefallen sind.« Er stockte, aber die Frau starrte ihn nur durch den Regen an, der von ihrem Schirm triefte, obgleich die Erwähnung eines Viscount sie zu beeindrucken schien. Aus diesem Grund hatte Sandman überhaupt von ihm gesprochen. »Madam, stimmt es, dass in diesem Haus eine Zofe namens Meg gearbeitet hat?«

Die Frau schaute sich nach ihrer geschlossenen Haustür um, als suche sie einen Fluchtweg, nickte aber schließlich. »Ja, Sir.«

»Wissen Sie, wo sie ist?«

»Sie sind weg, Sir. Alle weg, Sir.«

»Aber wohin?«

»Sie sind aufs Land gefahren, Sir, glaube ich.« Sie knickste, offensichtlich in der Hoffnung, dass er gehen möge.

»Aufs Land?«

»Sie sind weg, Sir. Und der Earl hat ein Haus auf dem Land, Sir, bei Marlborough, Sir.«

Mehr wusste sie nicht. Sandman fragte weiter, aber je mehr er sie bedrängte, umso unsicherer wurde sie in dem, was sie ihm bereits gesagt hatte. Eigentlich wusste sie nur, dass Köchinnen, Lakaien, Kutscher und Zofen der Countess alle fort waren, und sie vermutete, wusste es aber nicht genau, dass sie wohl in das Landhaus des Earl in der Nähe von Marlborough gefahren waren. »Hab ich Ihnen doch gesagt, sie sind alle weg«, sagte einer der Straßenkehrer.

»Ihre Ladyschaft ist weg«, sagte der Nachtwächter lachend, »hinüber.«

»Hier gibt es alles darüber zu lesen«, rief die Straßenhändlerin zuversichtlich.

Da in der Mount Street offensichtlich nichts weiter in Erfahrung zu bringen war, ging Sandman wieder. Es gab also eine Meg? Das bestätigte Cordays Darstellung zumindest teilweise, aber der Malerlehrling konnte den Mord dennoch begangen haben, als die Zofe nicht im Zimmer war. Sandman fiel die Versicherung des Gefängnispförtners ein, alle Schurken seien Lügner, und er fragte sich, ob es unverzeihlich naiv von ihm sei, an Cordays Schuld zu zweifeln. Der Elende war schließlich in einem ordentlichen Gerichtsverfahren verurteilt worden, und so vehement Lord Alexander auch gegen die britische Justiz wüten mochte, fiel es Sandman schwer, die herrschende Ordnung in seinem Heimatland rundweg abzutun. Er hatte in den vergangenen zehn Jahren für sein Land gegen eine Tyrannei gekämpft, die Lord Alexander bewunderte. Bei seinem Freund hing ein Porträt Napoleons neben George Washington und Thomas Paine an der Wand. Nach Sandmans

Eindruck fand Lord Alexander an nichts Englischem Gefallen, bevorzugte alles Ausländische und würde sich von all dem Blut, das von der Guillotine getropft war, nie überzeugen lassen, dass Freiheit und Gleichheit unvereinbar waren, was Sandman völlig offenkundig zu sein schien. Daher waren sie also anscheinend dazu verurteilt, unterschiedlicher Meinung zu sein. Lord Alexander kämpfte für Gleichheit, während Sandman an Freiheit glaubte, und für Sandman war es unvorstellbar, dass ein frei geborener Engländer keinen fairen Prozess bekommen sollte, doch zu eben dieser Ansicht veranlasste ihn die Tatsache, dass er mit einer Untersuchung betraut war. Bequemer wäre es, Corday für einen Lügner zu halten, aber Meg existierte ohne Zweifel, und ihre Existenz brachte Sandmans unerschütterlichen Glauben an die britische Justiz ins Wanken.

In diese aufrührerischen Gedanken vertieft, ging er auf den Burlington Gardens ostwärts und nahm das Rattern der Pferdegespanne kaum wahr, die spritzend durch den Regen fuhren. Als er bemerkte, dass am Ende der Straße ein Steinmetz mit Fuhrwerk und Gerüst den Durchgang versperrte, bog er in die Sackville Street, wo er in die Gosse ausweichen musste, weil sich unter dem Vordach des Juweliers Gray ein Grüppchen gesammelt hatte. Die meisten suchten Schutz vor dem Regen, aber manche bewunderten die Rubine und Saphire eines prachtvollen Halsbandes, das in einem vergoldeten Käfig im Schaufenster ausgestellt war. Gray. Der Name erinnerte Sandman an etwas, und so blieb er auf der Straße stehen und schaute an dem Vordach vorbei nach oben.

»Sind Sie lebensmüde?«, brüllte ein Fuhrmann Sandman zu und zerrte an seinen Zügeln. Sandman achtete nicht auf ihn. Corday hatte gesagt, in diesem Haus habe Sir George Phillips sein Atelier, aber Sandman entdeckte in den Fenstern über dem Juweliergeschäft keinerlei Hinweis. Er ging wieder auf den Bürgersteig und fand neben dem Laden einen separaten Hauseingang, aber kein Schild, das erkennen ließ, wer hinter der grün gestrichenen Tür mit dem blank polierten Messingklopfer wohnte oder arbeitete. Ein einbeiniger Bettler, dessen Gesicht von Schwären entstellt war, saß im Eingang. »Eine Münze für einen alten Soldaten, Sir?«

»Wo hast du gedient?«, fragte Sandman.

»Portugal, Sir, Spanien, Sir, und Waterloo, Sir.« Der Bettler klopfte auf seinen Beinstumpf. »Das habe ich in Waterloo verloren, Sir. Hab alles mitgemacht, Sir. Wahrhaftig.«

»Welches Regiment?«

»Artillerie, Sir. Schütze, Sir.« Er klang etwas nervös.

»Welches Bataillon, welche Kompanie?«

»Achtes Bataillon, Sir.« Nun war dem Bettler erkennbar unbehaglich, seine Antwort war wenig überzeugend.

»Kompanie?«, fragte Sandman. »Und der Name des Kompaniechefs?«

»Hau ab«, schnaubte der Mann.

»Ich war nicht lange in Portugal«, sagte Sandman, »aber in Spanien habe ich gekämpft und in Waterloo.« Er hob den Türklopfer und klopfte laut. »In Spanien haben wir schwere Zeiten durchgemacht, aber Waterloo war bei weitem das Schlimmste, ich habe große Sympathien für alle, die da gekämpft haben.« Er klopfte noch einmal. »Aber ich kann wütend werden, verdammt wütend, wenn Männer behaupten, da gekämpft zu haben, die gar nicht da waren! Das ärgert mich maßlos!«

Der Bettler kroch vor Sandmans Zorn davon, als die grüne Tür sich öffnete und ein schwarzer Page von dreizehn oder vierzehn Jahren vor Sandmans wütender Miene zurückschreckte. Offenbar befürchtete er Ärger, denn er versuchte sofort, die Tür zu schließen, aber Sandman schob seinen Fuß in den Türspalt. Hinter dem Jungen lag eine elegante Diele und ein schmales Treppenhaus. »Ist hier das Atelier von Sir George Phillips?«, fragte Sandman.

Der Page, der eine schäbige Livree und eine Perücke trug, die dringend hätte gepudert werden müssen, stemmte sich gegen die Tür, kam aber gegen Sandmans Kraft nicht an. »Wenn Sie nicht angemeldet sind, sind Sie nicht willkommen«, sagte der Junge.

»Ich bin angemeldet.«

»Wirklich?« Überrascht ließ der Junge die Tür los, die plötzlich aufschwang und Sandman stolpern ließ. »Sind Sie wirklich angemeldet?«, fragte der Junge noch einmal.

»Ich komme im Auftrag des Viscount Sidmouth«, erklärte Sandman großspurig.

»Wer ist da, Sammy?«, rief eine Stimme von oben.

»Er sagt, er kommt von Viscount Sidmouth.«

»Dann lass ihn herauf! Lass ihn herauf! Wir sind nicht zu stolz, Politiker zu malen. Wir verlangen von den Schweinehunden nur mehr.«

»Soll ich Ihnen den Mantel abnehmen, Sir?«, fragte Sammy mit einer flüchtigen Verneigung.

»Ich behalte ihn an.« Sandman schob sich in den engen Flur, der mit modischer Streifentapete und einem kleinen Lüster ausgestattet war. Sir Georges reiche Auftraggeber sollten von einem livrierten Pagen in einem mit Teppichen ausgelegten Entree empfangen werden. Als Sandman die Treppe hinaufging, störte Terpentingestank das elegante Erscheinungsbild, und der Raum in der ersten Etage, der ebenso vornehm wirken sollte wie die Diele, versank in Unordnung. Es war ein Salon, in dem Sir George seine fertigen Gemälde präsentieren konnte, der aber mittlerweile wohl eher als Abstellkammer für halb fertige Arbeiten, farbverkrustete Paletten, eine verschimmelte Wildpastete, alte Pinsel, Lappen und einen Haufen Männer- und Frauenkleider diente. Sammy deutete auf eine zweite Treppe, die ins Obergeschoss führte. »Möchten Sie Kaffee?«, fragte er auf dem Weg zu einer Türöffnung mit Vorhang, der offenbar eine Küche verbarg. »Oder Tee?«

»Tee wäre angenehm.«

Da man im Obergeschoss die Zimmerdecke entfernt und zwischen die nun sichtbaren Dachbalken Fenster eingebaut hatte, gewann Sandman den Eindruck, er steige ins Licht hinauf. Regen prasselte auf die Dachpfannen und tropfte so reichlich durch, dass überall im Atelier Eimer aufgestellt waren. Ein schwarzer dickbauchiger Ofen beherrschte die Raummitte, diente aber im Augenblick lediglich als Ablage für eine Flasche Wein und ein Glas. Neben dem Ofen stand eine Staffelei mit einer riesigen Leinwand, und auf einem Podest am anderen Ende des Raumes standen ein Marineoffizier und ein Matrose mit einer Frau Modell. Die Frau kreischte, als Sandman erschien, und griff hastig nach einem graubraunen Tuch auf einer Kiste, auf der der Marineoffizier saß.

Es war Sally Hood. Sandman verneigte sich vor ihr, seinen nassen Hut in der Hand. Sie hielt einen Dreizack und trug außer einem Messinghelm kaum etwas. Eigentlich trug sie gar nichts, wie Sandman bemerkte, aber ihre Hüften und Schenkel waren weitgehend von einem ovalen Schild verdeckt, auf das mit flüchtigen Kohlestrichen die britische Flagge skizziert war. Sie stellte wohl Britannia dar, erkannte Sandman. »Sie weiden Ihre Augen an Miss Hoods Brüsten. Wieso auch nicht? Im Vergleich zu anderen sind sie wunderbar, der Inbegriff von Titten.«

»Captain«, grüßte Sally Sandman kleinlaut.

»Ihr Diener, Miss Hood«, antwortete Sandman mit einer weiteren Verbeugung.

»Grundgütiger Gott!«, sagte der Maler. »Sind Sie meinetwegen oder wegen Sally hier?« Er war beleibt, ja, dick wie ein Fass, hatte aufgedunsene Wangen, eine dicke Nase und einen Bauch, über dem sich ein farbverschmiertes Rüschenhemd spannte. Sein weißes Haar steckte unter einer engen Kappe, wie man sie unter Perücken trug.

»Sir George?«, fragte Sandman.

»Zu Ihren Diensten, Sir.« Sir George deutete eine Verbeugung an, die aber bei seiner Leibesfülle lediglich zum leichten Hüftschwung geriet, und machte mit dem Pinsel in seiner Hand eine hübsch ausladende Geste, als sei es ein Fächer. »Seien Sie willkommen«, sagte er, »solange Sie einen Auftrag mitbringen. Ich verlange achthundert Guineen für ein Ganzfigurstück, sechshundert für ein Kniestück, und Brustbilder mache ich nur, wenn ich zu verhungern drohe, was seit 1799 nicht mehr vorgekommen ist. Viscount Sidmouth schickt Sie?«

»Er möchte sich nicht malen lassen, Sir George.«

»Dann können Sie gleich wieder verschwinden!«, sagte der Maler. Sandman überhörte den Vorschlag und schaute sich im Atelier um, das mit seinem Gewirr aus Gipsstatuen, Draperien, alten Lappen und halb fertigen Gemälden einen wilden Eindruck machte. »Fühlen Sie sich ganz wie zu Hause«, schnaubte Sir George, dann rief er die Treppe hinunter: »Sammy, wo bleibt der Tee?«

»Kommt gleich!«, antwortete Sammy.

»Beeil dich!« Sir George warf Palette und Pinsel beiseite. Neben ihm malten zwei Jungen Wellen auf die Leinwand, Sandman nahm an, dass sie seine Lehrlinge waren. Das Gemälde war riesig, mindestens zehn Fuß breit, und zeigte einen einsamen Felsen in einem sonnenbeschienenen Meer mit einer erst zur Hälfte gemalten Flotte. Auf dem Felsen saß ein Admiral, flankiert von einem gut aussehenden jungen Mann in Matrosenuniform und von Sally Hood als Britannia. Warum sich der Admiral, der Matrose und Britannia einsam auf diesem ausgesetzten Felsen befanden, war nicht ganz ersichtlich, aber Sandman wollte auch nicht fragen. Ihm fiel auf, dass der Offizier, der für den Admiral Modell stand, kaum älter als achtzehn sein konnte, aber eine Uniform mit goldenen Tressen und zwei juwelenbesetzten Sternen trug. Das wunderte Sandman einen Augenblick, bis er sah, dass der rechte Ärmel des Jungen leer auf die Brust der Uniformjacke geheftet war. »Der echte Nelson ist tot.« Sir George war Sandmans Blick gefolgt und ahnte seinen Gedankengang. »Wir müssen uns also, so gut es geht, mit dem jungen Master Corbett behelfen. Wissen Sie, was die Tragödie in Master Corbetts Leben ist? Er kehrt Britannia den Rücken zu und muss so tagtäglich stundenlang in dem Wissen da sitzen, dass sich ein Paar der üppigsten Brüste von ganz London kaum zwei Fuß hinter seinem linken Ohr befindet und er sie nicht sehen kann. Ha! Meine Güte, Sally, hör auf, dich zu verstecken.«

»Sie malen doch gar nicht, dann kann ich mich auch bedecken«, sagte Sally. Sie hatte das graue Tuch, das die Kiste in einen Felsen verwandelte, gegen ihren Mantel eingetauscht.

Sir George griff zum Pinsel. »Jetzt male ich«, knurrte er.

»Mir ist kalt«, jammerte Sally.

»Bist dir wohl plötzlich zu fein, dich zu zeigen, was?«, schnaubte Sir George und schaute Sandman an. »Hat Sie Ihnen von ihrem Lord erzählt? Von dem, der sich in sie verguckt hat? Bald müssen wir uns vor ihr verneigen und Kratzfüße machen, was? Ja, Ihre Ladyschaft, zeigen Sie uns Ihre Brüste, Ihre Ladyschaft.« Er lachte, und seine Lehrjungen grinsten.

»Sie hat Sie nicht belogen«, sagte Sandman. »Seine Lordschaft existiert, ich kenne ihn, und er ist tatsächlich bezaubert von Miss Hood. Außerdem ist er sehr reich. Mehr als reich genug, um ein Dutzend Porträts bei Ihnen in Auftrag zu geben, Sir George.«

Sally schaute ihn voller Dankbarkeit an, während Sir George unbehaglich den Pinsel in die Farbe auf seiner Palette tauchte. »Wer zum Teufel sind Sie denn nun?«, herrschte er Sandman an. »Abgesehen davon, dass Sie von Sidmouth kommen?«

»Mein Name ist Captain Rider Sandman.«

»Marine, Armee, Landwehr, Miliz oder sind Sie ein Fantasiehauptmann? Das gilt ja heutzutage für die meisten militärischen Ränge.«

»Ich war in der Armee«, sagte Sandman.

»Du kannst dich wieder ausziehen«, sagte Sir George zu Sally, »der Captain war Soldat, er hat also bestimmt schon mehr Brüste gesehen als ich.«

»Aber meine noch nicht«, sagte Sally und hielt sich den Mantel vor der Brust zu.

»Woher kennen Sie sie eigentlich?«, erkundigte Sir George sich misstrauisch bei Sandman.

»Wir wohnen im selben Gasthaus, Sir George.«

Sir George schnaubte verächtlich. »Dann wohnt sie entweder in besseren Verhältnissen, als sie verdient, oder Sie leben in schlechteren. Zieh den Mantel aus, du dumme Gans.«

»Es ist mir peinlich«, gestand Sally errötend.

»Er hat schon Schlimmeres gesehen als deinen nackten Körper«, erklärte Sir George säuerlich und trat einen Schritt zurück, um sein Gemälde zu begutachten. »*Die Apotheose des Lord Nelson*. Sicher wundern Sie sich, warum ich den Burschen nicht mit Augenklappe male? Wundert Sie das nicht?«

»Nein«, sagte Sandman.

»Weil er nie eine Augenklappe getragen hat, deshalb. Nie! Ich habe ihn zu Lebzeiten zwei Mal gemalt. Manchmal trug er eine grüne Schirmmütze, aber nie eine Augenklappe, also wird er auf diesem Meisterwerk, das die Lords der Admiralität in Auftrag gegeben haben, auch keine tragen. Als er noch lebte, konnten sie den Kerl nicht ausstehen, aber jetzt wollen sie ihn sich an die Wand hängen. Eigentlich wollen sie Sally Hoods Brüste an ihre Täfelung hängen, Captain Sandman. Sammy, du schwarzer Hund! Was zum Teufel treibst du da unten? Müssen die verdammten Teeblätter erst noch wachsen? Bring mir Brandy!« Er funkelte Sandman wütend an. »Und was wollen Sie von mir, Captain?«

»Über Charles Corday reden.«

»Heiliger Strohsack«, fluchte Sir George und starrte Sandman streitlustig an. »Charles Corday?«, sagte er finster. »Sie meinen den schäbigen kleinen Charlie Cruttwell?«

»Der sich mittlerweile Corday nennt, ja.«

»Spielt ja wohl keine Rolle, wie er sich nennt«, sagte Sir George, »nächsten Montag knüpfen sie ihn so oder so auf. Ich habe überlegt, ob ich es mir nicht anschauen soll. Schließlich sieht man nicht alle Tage, wie einer der eigenen Lehrlinge gehenkt wird.« Er gab einem der Jungen, die emsig an den weiß gefleckten Wellen pinselten, einen Klaps und maulte seine drei Modelle an. »Sally, meine Güte, deine Titten kosten mein Geld. Jetzt stell dich in Pose, dafür wirst du schließlich bezahlt!«

Sandman kehrte ihr taktvoll den Rücken zu, als sie den Mantel fallen ließ. »Der Innenminister hat mich gebeten, den Fall Corday zu untersuchen«, erklärte er.

Sir George lachte. »Seine Mutter hat also der Königin in den Ohren gelegen, was?«

»Ja.«

»Ein Glück für den kleinen Charlie, dass er so eine Mutter hat. Wollen Sie wissen, ob er es getan hat?«

»Er sagt, er war es nicht.«

»Klar sagt er Ihnen das«, antwortete Sir George boshaft. »Er wird Ihnen ja wohl kaum ein Geständnis ablegen, oder? Aber so seltsam es auch ist, vermutlich sagt er Ihnen die Wahrheit. Zumindest was die Vergewaltigung angeht.«

»Er hat sie nicht vergewaltigt?«

»Er könnte es getan haben.« Mit zarten Farbtupfern erweckte Sir George Sallys Gesicht unter dem Helm zu erstaunlichem Leben. »Er könnte es getan habe, aber es wäre gegen seine Natur.« Sir George musterte Sandman verstohlen. »Unser Monsieur Corday ist ein Sodomit, Captain.« Er lachte über Sandmans Miene. »Dafür wird man gehenkt, es spielt für Charlie also keine große Rolle, ob er den Mord begangen hat oder nicht, stimmt's? Der Sodomie ist er gewiss schuldig, also hat er den Galgen verdient. Das gilt für sie alle. Diese widerlichen warmen Brüder. Ich würde sie alle aufknüpfen, allerdings nicht am Hals.«

Sammy kam ohne Livree und Perücke, aber mit einem Tablett, auf dem bunt zusammengewürfelte Tassen, eine Kanne Tee und eine Flasche Brandy standen. Der Junge schenkte Sir George und Sandman Tee ein, aber nur Sir George bekam ein Glas Branntwein. »Ihr bekommt euren Tee gleich, wenn ich fertig bin«, sagte Sir George den drei Modellen.

»Sind Sie sicher?«, fragte Sandman.

»Dass sie gleich ihren Tee bekommen? Oder dass Charlie ein Sodomit ist? Natürlich bin ich sicher. Sie könnten Sally und ein Dutzend von ihrer Sorte bis auf die Haut ausziehen, und er würde nicht mal hinschauen, aber Sammy hat er ständig an die Wäsche gewollt, stimmt's, Sammy?«

»Ich habe ihm gesagt, er soll abhauen«, antwortete Sammy.

»Gut so, Samuel!«, sagte Sir George, legte den Pinsel ab

und stürzte den Brandy hinunter. »Und jetzt fragen Sie sich, Captain, warum ich einen dreckigen Sodomiten in diesem Tempel der Kunst dulde? Ich will es Ihnen sagen. Weil Charlie gut war, o ja, er war gut.« Er schenkte sich noch einen Brandy ein, trank ihn zur Hälfte und wandte sich wieder seiner Leinwand zu. »Er konnte wunderbar zeichnen, Captain, wie der junge Raffael. Es war eine Freude, ihm zuzusehen. Er hatte Talent, was mehr ist, als ich von diesen beiden Metzgerburschen behaupten kann.« Er gab dem zweiten Lehrling einen Klaps. »Nein, Charlie war gut. Er konnte malen und zeichnen, daher konnte ich ihm nicht nur Draperien überlassen, sondern auch Fleisch. In einem oder zwei Jahren hätte er sich selbständig gemacht. Das Gemälde der Countess? Es steht da drüben, wenn Sie sehen möchten, wie gut er war.« Er deutete auf einige ungerahmte Gemälde, die an einem Tisch voller Töpfe, Leim, Messer, Mörser und Ölfläschchen lehnten. »Hole es her, Barney«, befahl Sir George einem seiner Lehrlinge. »Das hat alles er gemalt, Captain, es war noch nicht so weit gediehen, dass es mein Können erfordert hätte.«

»Er hätte es nicht allein fertig stellen können?«, fragte Sandman und trank von seinem Tee, einer exzellenten Mischung aus schwarzem und grünem Tee.

Sir George lachte. »Was hat er Ihnen erzählt, Captain? Nein, lassen Sie mich raten. Charlie hat Ihnen erzählt, ich könnte es nicht mehr? Er hat gesagt, ich sei ein Trinker, deshalb habe er Ihre Ladyschaft malen müssen. Hat er Ihnen das erzählt?«

»Ja«, gab Sandman zu.

Sir George war amüsiert. »Dieser miese kleine Lügner. Dafür hat er den Galgen verdient.«

»Warum haben Sie ihn die Countess denn malen lassen?«

»Denken Sie mal nach«, sagte Sir George. »Sally, Schultern zurück, Kopf hoch, Brust heraus, so ist es recht, Mädchen. Du bist Britannia, du beherrschst die Meere, du bist nicht irgendeine verdammte Hure aus Brighton, die schlaff auf einem Stein hängt.«

»Warum?«, hakte Sandman nach.

»Captain«, Sir George hielt für einen Pinselstrich inne, »weil wir die Dame reinlegen wollten. Wir haben sie in Kleidern gemalt, aber später sollte sie hier im Atelier nackt dargestellt werden. Der Earl wollte es so, und das hätte Charlie erledigt. Wenn ein Mann einen Maler bittet, seine Frau nackt zu malen, und das tun erstaunlich viele, können Sie sicher sein, dass das fertige Porträt nicht öffentlich gezeigt wird. Hängt ein Mann so ein Bild in sein Morgenzimmer, damit seine Freunde sich daran aufreizen? Nein. Zeigt er es in seinem Londoner Haus zur Erbauung der Gesellschaft? Nein. Er hängt es in sein Ankleidezimmer oder in sein Arbeitszimmer, wo niemand außer ihm es zu sehen bekommt. Und was nützt mir das? Wenn ich ein Bild male, möchte ich, dass ganz London es bestaunt, Captain. Ich möchte, dass sie auf dieser Treppe hier Schlange stehen und mich anbetteln, das gleiche für sie zu malen. Das heißt also, mit den Brüsten der Gesellschaft ist kein Geld zu verdienen. Ich male die Gewinn bringenden Bilder, Charlie war für die Boudoirporträts zuständig.« Er trat einen Schritt zurück und musterte den jungen Mann, der als Matrose Modell stand. »Du hältst das Ruder völlig falsch, Johnny. Vielleicht sollte ich dich nackt malen. Als Neptun.« Er drehte sich um und beäugte Sandman. »Wieso ist mir das nicht früher eingefallen? Sie gäben einen guten Neptun ab, Captain. Gute Figur haben Sie. Wären Sie so nett, sich nackt auszuziehen und sich Sally gegenüber zu stellen? Wir geben Ihnen ein Tritonshorn, das Sie aufrecht in der Hand halten. Irgendwo habe ich ein Tritonshorn, ich habe es damals für die Apotheose des Earl of Vincent gebraucht.«

»Was zahlen Sie?«, fragte Sandman.

Die Antwort überraschte Sir George. »Fünf Schillinge pro Tag.«

»Das bezahlen Sie mir nicht!«, beschwerte sich Sally.

»Weil du bloß eine Frau bist!«, fuhr Sir George sie an und musterte Sandman. »Also?«

»Nein«, antwortete Sandman, verstummte aber schlagartig.

Der Lehrling hatte die Gemälde nacheinander umgedreht, nun hielt Sandman ihn auf. »Lass mich dieses mal sehen.« Er deutete auf ein Ganzfigurstück.

Der Lehrling zog es aus dem Stapel und stellte es so auf einen Stuhl, dass es voll im Licht eines Dachfensters stand. Es zeigte eine junge Frau an einem Tisch, die den Kopf beinahe kampflustig schräg legte. Ihre rechte Hand lag auf einem Stapel Bücher, während die Linke ein Stundenglas hielt. Ihr rotes Haar war hoch gesteckt und ließ einen langen, schlanken Hals mit einer Saphirkette erkennen. Sie trug ein silbern-blaues Kleid mit weißen Spitzen an Kragen und Manschetten. Ihre Augen schauten kühn aus dem Gemälde, was den Eindruck des Streitlustigen noch verstärkte, aber vom Anflug eines Lächelns gemildert wurde.

»Das ist eine sehr gescheite junge Dame«, sagte Sir George ehrfürchtig. »Sei vorsichtig damit, Barney, es geht heute Nachmittag zum Firnissen. Gefällt es Ihnen, Captain?«

»Es ist ...« Sandman stockte und suchte nach einem Wort, das Sir George schmeicheln würde. »Es ist wunderbar«, sagte er schließlich lahm.

»Das ist es wahrhaftig«, sagte Sir George begeistert und trat von Nelsons Apotheose fort, um die junge Frau zu bewundern. Ihr rotes Haar war aus der hohen, breiten Stirn gekämmt, die Nase war lang und gerade, der Mund breit und voll. Sie war in einem luxuriösen Wohnzimmer dargestellt vor einer Wand voller Ahnenporträts, die den Anschein erweckten, als käme sie aus einer sehr alten Familie, obwohl ihr Vater in Wahrheit der Sohn eines Apothekers und ihre Mutter eine Pfarrerstochter war, die nach allgemeiner Auffassung unter Stand geheiratet hatte. »Miss Eleanor Forrest«, sagte Sir George. »Ihre Nase ist zu lang, ihr Kinn zu spitz, ihre Augen stehen zu weit auseinander, um im herkömmlichen Sinne als schön zu gelten, ihr Haar ist bedauerlich rot, und ihr Mund ist zu üppig, aber die Wirkung ist außergewöhnlich, nicht wahr?«

»Ja«, bestätigte Sandman inbrünstig.

»Doch von allen Eigenschaften der jungen Dame bewundere ich am meisten ihre Intelligenz.« Sir George hatte seine spöttische Art nun fallen lassen und sprach mit echter Wärme. »Ich fürchte, sie ist in der Heirat verschwendet.«

»Tatsächlich?« Sandman rang um einen Ton, der seine Gefühle nicht verriet.

»Nach allem, was ich zuletzt gehört habe, sprach man von ihr als der zukünftigen Lady Eagleton.« Sir George wandte sich wieder Nelson zu. »Das Porträt soll, glaube ich, ein Geschenk für ihn sein, aber Miss Eleanor ist zu klug, um mit einem Narren wie Eagleton verheiratet zu werden. Die reinste Verschwendung.«

»Eagleton?« Sandman hatte das Gefühl, eine kalte Hand habe nach seinem Herzen gegriffen. War das die Nachricht, die Lord Alexander ihm von Eleanor hatte ausrichten sollen? Dass Eleanor sich mit Lord Eagleton verlobt hatte?

»Lord Eagleton, Erbe des Earl of Bridport und ein Langweiler. Ein Langweiler, Captain, ein Langweiler, und ich verabscheue Langweiler. Soll Sally Hood tatsächlich eine Lady werden? Gütiger Himmel, mit England geht's bergab. Brust raus, Schätzchen, noch bist du nicht adelig und genau dafür zahlt die Admiralität. Barney, hole das Bild der Countess.«

Der Lehrling suchte eifrig die Gemälde durch. Ein böiger Wind ließ die Dachbalken knarren. Sammy leerte zwei der Eimer, in die der Regen tropfte, indem er sie zum rückwärtigen Fenster hinausschüttete und unten erboste Proteste auslöste. Sandman schaute aus dem vorderen Fenster, an der Markise des Juweliers Gray vorbei auf die Sackville Street. Sollte Eleanor wirklich bald heiraten? Er hatte sie seit mehr als sechs Monaten nicht mehr gesehen, es war also durchaus möglich. Ihre Mutter hatte es jedenfalls eilig, Eleanor vor den Traualtar zu bringen, vorzugsweise mit einem Adeligen, da Eleanor inzwischen fünfundzwanzig Jahre alt war und bald als sitzen gebliebene alter Jungfer gelten würde. Verdammt, vergiss sie, dachte Sandman. »Das ist es, Sir«, unterbrach Barney, der Lehrling, seine Grübeleien. Er stellte das unfertige Gemälde vor Eleanors Bild. »Die Countess of Avebury, Sir.«

Noch eine Schönheit, dachte Sandman. Das Gemälde war kaum begonnen, aber dennoch von seltsamer Wirkung. Auf die grundierte Leinwand war mit Kohle eine liegende Frau auf einem Bett gezeichnet, das von einem spitz zulaufenden Baldachin wie ein Zelt überragt wurde. Corday hatte an einigen Stellen Proben der Tapete, des Baldachins, der Bettdecke, des Teppichs gemalt sowie das Gesicht der Frau. Das Haar war leicht angedeutet, was es wild erscheinen ließ, als liege die Countess nicht in einem Londoner Schlafzimmer sondern im Wind auf dem Lande, und obwohl der Rest des Gemäldes kaum Farben aufwies, wirkte es atemberaubend lebendig.

»Ja, malen konnte er, unser Charlie, malen konnte er.« Sir George hatte sich die Hände an einem Lappen abgewischt und war herübergekommen, um sich das Gemälde anzusehen. Seine Stimme klang respektvoll, und seine Augen verrieten eine Mischung aus Bewunderung und Neid. »Er ist ein schlauer kleiner Teufel, nicht wahr?«

»Ist die Ähnlichkeit gut?«

»O ja«, nickte Sir George, »wahrhaftig. Sie war eine Schönheit, Captain, eine Frau, die Männern den Kopf verdrehen konnte, aber das war auch schon alles. Sie kam aus der Gosse, Captain. Sie war das gleiche wie unsere Sally. Tänzerin.«

»Ich bin Schauspielerin«, wehrte Sally sich vehement.

»Schauspielerin, Tänzerin, Hure, das ist doch alles das Gleiche«, knurrte Sir George. »Und Avebury war ein Narr. Er hätte sie sich als Mätresse halten, aber niemals heiraten sollen.«

»Der Tee ist kalt«, schimpfte Sally. Sie hatte das Podest verlassen und ihren Helm abgelegt.

»Geh Mittag essen, Kind«, sagte Sir George großzügig, »aber um zwei Uhr bist du wieder hier. Sind Sie fertig, Captain?«

Sandman nickte. Er starrte auf das Gemälde der Countess. Ihr Kleid war nur mit ganz leichten Strichen angedeutet, vermutlich weil es später fortgelassen werden sollte, aber ihr zugleich auffallendes und reizvolles Gesicht war fast fertig. »Sagten Sie, der Earl of Avebury habe das Porträt in Auftrag gegeben?«, fragte er.

»Das sagte ich, und das entspricht den Tatsachen«, bestätigte Sir George.

»Ich habe aber gehört, dass er und seine Frau sich getrennt hatten«, sagte Sandman.

»Das stimmt, soviel ich weiß«, sagte Sir George munter und lachte boshaft. »Hörner hat sie ihm bestimmt aufgesetzt. Ihre Ladyschaft hatte einen gewissen Ruf, Captain, und der bezog sich nicht darauf, sich um die Armen und Kranken zu kümmern.« Er zog einen altmodischen Rock mit weiten Stulpen, breitem Kragen und vergoldeten Knöpfen über. »Sammy«, rief er zur Treppe hinunter. »Ich esse die Wildpastete hier oben! Und etwas von dem Salat mit dem kalten Braten, wenn er noch nicht schimmelig ist. Du kannst auch noch eine Flasche von dem Claret öffnen.« Er schlenderte zum Fenster und schimpfte über den Regen, der gegen den Rauch aus unzähligen Schornsteinen ankämpfte.

»Warum sollte ein Mann ein Vermögen für ein Porträt seiner Frau ausgeben, von der er getrennt lebt?«, fragte Sandman.

»Die Welt ist selbst mir ein Rätsel«, sagte Sir George finster. »Woher zum Teufel soll ich das wissen?« Er wandte sich vom Fenster ab. »Da müssten Sie schon Seine gehörnte Lordschaft fragen. Ich glaube, er lebt in der Nähe von Marlborough, ist allerdings als Einsiedler bekannt, eine Reise dorthin wäre also vermutlich vergebens. Andererseits ist es vielleicht doch kein Rätsel. Vielleicht wollte er sich an ihr rächen? Sie nackt an seine Wand zu hängen wäre ja wohl eine Art Rache, oder?«

»Wäre es das?«

Sir George kicherte. »Niemand legt so großen Wert auf seine Stellung wie eine geadelte Hure, Captain, warum sollte man das Flittchen also nicht daran erinnern, was ihr den Titel eingebracht hat? Ohne ihre guten Titten und langen Beine würde sie heute noch zehn Schillinge pro Nacht verlangen.

Aber hat Charlie, der kleine Sodomit, sie getötet? Ich bezweifle es, Captain, ich bezweifle es sehr, aber es kümmert mich nicht weiter. Der kleine Charlie wurde allmählich allzu übermütig, ich werde also nicht um ihn trauern, wenn ich ihn am Galgen baumeln sehe. Ach!« Er rieb sich die Hände, als sein Diener mit einem schweren Tablett die Treppe heraufkam. »Mittagessen! Ich wünsche einen guten Tag, Captain, ich hoffe, ich konnte Ihnen behilflich sein.«

Sandman war sich nicht sicher, ob Sir George ihm hatte helfen können, es sei denn, man schätzte es als nützlich ein, dass er seine Verwirrung nur noch verstärkt hatte. In jedem Fall war das Gespräch für Sir George beendet und Sandman entlassen.

Also ging er. Inzwischen regnete es noch stärker.

»Das fette Schwein gibt uns nie Mittagessen«, beschwerte sich Sally Hood. Sie saß Sandman gegenüber in einer Schänke am Piccadilly, wo sie sich, von Sir George Phillips' Mahlzeit inspiriert, gemeinsam eine Schüssel Salat mit gekochtem Fleisch, Sardellen, hart gekochten Eiern und Zwiebeln teilten. »Er frisst sich voll, und wir sollen verhungern.« Sie brach sich ein Stück Brot ab, schüttete noch etwas Öl in die Schüssel und lächelte Sandman schüchtern an. »Es war mir so peinlich, als Sie reingekommen sind.«

»Es muss Ihnen nicht peinlich sein«, sagte Sandman. Als er Sir Georges Atelier verließ, hatte er Sally eingeladen, mit ihm essen zu gehen. Gemeinsam waren sie durch den Regen ins Three Ships gelaufen, wo er von dem Vorschuss des Innenministeriums den Salat und einen großen Krug Ale bestellt hatte.

Sally streute Salz in die Schüssel und rührte den Salat kräftig um. »Sie erzählen es doch keinem?«, fragte sie sehr ernst.

»Natürlich nicht.«

»Ich weiß, dass es keine Schauspielerei ist, und ich mag es auch nicht, dass dieser fette Kerl mich den ganzen Tag anstarrt, aber schließlich ist es Zaster, oder?«

»Zaster?«

»Geld.«

»Es ist Zaster«, bestätigte Sandman.

»Ich hätte nichts von Ihrem Freund erzählen sollen«, sagte Sally. »Ich bin mir so dumm vorgekommen.«

»Sie meinen Lord Alexander?«

»Ich bin dumm, was?« Sie grinste ihn an.

»Natürlich nicht.«

»Doch«, wandte sie vehement ein, »aber ich will so was nicht ewig machen. Ich bin jetzt zweiundzwanzig und muss bald etwas finden, oder? Und gegen einen echten Lord hätte ich nichts einzuwenden.«

»Sie möchten heiraten?«

Sie nickte, zuckte die Achseln und spießte ein halbes Ei auf ihre Gabel. »Ich weiß nicht«, gab sie zu. »Ich meine, wenn das Leben schön ist, ist es sehr schön. Vor zwei Jahren hat es mir nie an Arbeit gefehlt. Ich war die Dienerin einer Hexe in einem Theaterstück über einen schottischen König.« Sie überlegte angestrengt, wie er geheißen hatte, schüttelte dann aber den Kopf. »Ein Mistkerl war das, und dann war ich Tänzerin in einem Historienspiel über einen schwarzen König, der in Indien umgekommen ist, der war auch ein Mistkerl, aber in den letzten zwei, drei Monaten? Nichts! Nicht einmal in den Vauxhall Gardens gibt es Arbeit!«

»Was haben Sie da gemacht?«

Sally schloss die Augen, als müsse sie nachdenken. »Tabbel, Tabbler?«

»*Tableaux vivants?* Lebende Bilder?«

»Genau! Letzten Sommer war ich drei Monate lang eine Göttin. Ich saß auf einem Baum, spielte Harfe, und der Zaster war nicht schlecht. Dann bekam ich eine Stelle im Astley's bei den tanzenden Pferden, das hat mich über den Winter gebracht, aber jetzt gibt es gar nichts, nicht mal auf dem Strand!« Sie meinte die neueren Theater, die mehr Musik und Tanz boten als die älteren Bühnen in der Drury Lane und am Covent Garden. »Aber demnächst trete ich in einer Privatvorstellung auf.« Sie schnaubte verächtlich über diese Aussicht.

»Privat?«, fragte Sandman.

»Ein reicher Knopf will, dass seine Freundin Schauspielerin wird, verstehen Sie? Also mietet er das Theater außerhalb der Saison und bezahlt uns fürs Singen und Tanzen, das Publikum fürs Klatschen und die Schreiberlinge dafür, dass sie sie in der Zeitung als neue Vestris feiern. Möchten Sie kommen? Es ist am Donnerstagabend in Covent Garden, aber es ist nur für einen Abend, reicht also nicht mal für die Miete.«

»Wenn ich kann, komme ich gern«, versprach Sandman.

»Was ich brauche, ist eine feste Anstellung am Theater«, sagte Sally. »Die könnte ich auch bekommen, wenn ich bereit wäre, eine Dirne zu werden. Und dieses fette Schwein«, mit einer Kopfbewegung deutete sie an, dass sie Sir George Phillips meinte, »hält mich für eine Dirne, aber das bin ich nicht.«

»Das habe ich auch nie angenommen.«

»Dann sind Sie aber der Einzige.« Sie grinste ihn an. »Na ja, Sie und mein Bruder. Jack würde jeden umbringen, der behauptete, ich sei eine Dirne.«

»Das spricht für Jack. Ich mag Ihren Bruder«, sagte Sandman.

»Jeder mag Jack.«

»Eigentlich kenne ich ihn kaum«, sagte Sandman, »aber er macht einen netten Eindruck.« Die wenigen Male, als Sandman Sallys Bruder begegnet war, hatte er auf ihn selbstbewusst und ungezwungen gewirkt. Er war beliebt, trat im Schankraum des Wheatsheaf als großzügiger Gastgeber auf, sah auffallend gut aus und lockte einen Schwarm junger Frauen an. Ihn umwitterte etwas Geheimnisvolles, da niemand im Gasthaus so recht sagen wollte, womit er seinen Lebensunterhalt verdiente. Aber offensichtlich hatte er ordentliche Einkünfte, denn er und Sally hatten im ersten Stock des Wheatsheaf zwei große Zimmer gemietet. »Was macht Ihr Bruder eigentlich?«, fragte Sandman nun, wofür er von Sally einen überaus merkwürdigen Blick erntete. »Nein, wirklich, was macht er?«, wiederholte Sandman. »Ich frage nur, weil er zu ungewöhnlichen Tageszeiten arbeitet.«

»Sie wissen nicht, wer er ist?«, fragte Sally.

»Sollte ich?«

»Er ist Robin Hood«, sagte Sally und musste über Sandmans Miene lachen. »Das ist mein Jack, Captain. Robin Hood.«

»Mein Gott«, sagte Sandman. Robin Hood war der Spitzname eines Straßenräubers, der in ganz London gesucht wurde. Als Belohnung für seinen Kopf waren weit über hundert Pfund ausgesetzt, und die Summe stieg stetig.

Sally zuckte die Achseln. »Er ist wirklich verrückt. Ständig sage ich ihm, dass er am Ende noch nach Jemmy Bottings Pfeife tanzen wird, aber er will nicht hören. Aber er kümmert sich um mich. Na ja, bis zu einem gewissem Punkt jedenfalls, bei Jack heißt es immer, feiern oder verhungern, und wenn er flüssig ist, gibt er das Geld für seine Weiber aus. Aber zu mir ist er gut, wirklich, und er würde nie zulassen, dass jemand mich anfasst.« Sie runzelte die Stirn. »Sie sagen es doch niemandem?«

»Natürlich nicht!«

»Ich meine, im Wheatsheaf weiß jeder, wer er ist, aber niemand würde ihn verraten.«

»Ich ebenfalls nicht«, versicherte Sandman ihr.

»Natürlich nicht«, sagte Sally grinsend. »Und was ist mit Ihnen? Was wünschen Sie sich vom Leben?«

Überrascht über die Frage dachte Sandman nach. »Ich schätze, ich wünsche mir mein Leben von früher zurück.«

»Krieg? Soldat sein?« Sie klang missbilligend.

»Nein. Nur den Luxus, mir keine Sorgen machen zu müssen, woher der nächste Schilling kommt.«

Sally lachte. »Das wollen wir alle.« Sie schüttete noch mehr Öl und Essig in die Schüssel und rührte um. »Sie hatten also Geld, ja?«

»Mein Vater. Er war ein sehr reicher Mann, aber dann machte er einige schlechte Investitionen, lieh sich zu viel Geld, spielte und verlor. Er fälschte ein paar Wechsel und legte sie bei der Bank vor ...«

»Wechsel?« Sally verstand nicht, was er meinte.

»Anweisungen, Geld auszuzahlen«, erklärte Sandman. »Es war natürlich dumm von ihm, aber vermutlich war er verzweifelt. Er wollte etwas Geld auftreiben und nach Frankreich fliehen, aber die Fälschungen wurden entdeckt, und er stand kurz vor der Verhaftung. Sie hätten ihn aufgehängt, aber bevor die Polizei kam, schoss er sich eine Kugel in den Kopf.«

»Gooott«, sagte Sally und starrte ihn an.

»Meine Mutter hat also alles verloren. Sie lebt jetzt mit meiner jüngeren Schwester in Winchester, und ich versuche sie am Leben zu erhalten, zahle die Miete, kümmere mich um die Rechnungen und Ähnliches.« Er zuckte die Achseln.

»Warum arbeiten sie denn nicht?«, fragte Sally aufsässig.

»An diesen Gedanken sind sie nicht gewöhnt«, antwortete Sandman. Sally wiederholte diesen Satz stumm, was Sandman zum Lachen brachte. »Das alles ist vor über einem Jahr passiert, damals hatte ich die Armee bereits verlassen«, erzählte er. »Ich stand kurz vor meiner Heirat. Wir hatten schon ein Haus in Oxfordshire ausgesucht, aber nachdem ich mittellos wurde, konnte sie mich natürlich nicht mehr heiraten.«

»Wieso denn nicht?«, fragte Sally.

»Weil ihre Mutter nicht zulässt, dass sie einen armen Schlucker heiratet.«

»War sie denn auch arm?«,

»Im Gegenteil«, sagte Sandman, »ihr Vater hatte versprochen, ihr sechstausend im Jahr auszusetzen. Mein Vater hatte mir mehr versprochen, aber nachdem er bankrott war ...« Sandman zuckte die Achseln, ohne den Satz zu beenden.

Sally starrte ihn aus großen Augen an. »Sechstausend?«, fragte sie. »Pfund?« Das letzte Wort hauchte sie nur, da sie derartigen Reichtum gar nicht fassen konnte.

»Pfund«, bestätigte Sandman.

»Verdammt!« Für eine Weile verschlug es ihr den Atem, bis ihr Hunger sich wieder meldete und sie weiter aß. »Erzählen Sie weiter.«

»Ich blieb also einige Zeit bei meiner Mutter und meiner Schwester, aber auf Dauer ging es nicht. Da es in Winchester keine Arbeit für mich gab, kam ich vor einem Monat nach London.«

Das fand Sally lustig. »Sie haben wohl noch nie in Ihrem Leben richtig gearbeitet, was?«

»Ich war ein guter Soldat«, erklärte Sandman schlicht.

»Ich schätze, das ist auch Arbeit«, gestand Sally ihm widerstrebend zu, »gewissermaßen.« Sie jagte in der Schüssel hinter einem Hühnerbein her. »Aber was wollen Sie jetzt machen?«

Sandman schaute an die verräucherte Zimmerdecke. »Einfach arbeiten«, sagte er unbestimmt. »Ich habe nichts gelernt. Ich bin kein Anwalt, kein Priester. Ich habe zwei Trimester am Winchester College studiert«, bei der Erinnerung schauderte ihn, »ich dachte, ich könnte es in London bei einem Kaufmann versuchen. Wissen Sie, sie stellen Leute als Aufseher für ihre Ländereien an. Tabak- und Zuckerplantagen.«

»In Übersee?«

»Ja«, sagte Sandman leise. Man hatte ihm tatsächlich eine solche Stelle auf einer Zuckerrohrplantage auf Barbados angeboten, da er aber wusste, dass er dort Sklaven beaufsichtigen müsste, hatte er abgelehnt. Seine Mutter hatte ihn deshalb als willensschwach beschimpft, aber Sandman war mit seiner Entscheidung zufrieden.

»Sie brauchen aber doch gar nicht nach Übersee zu gehen, wenn Sie für das Innenministerium arbeiten«, wandte Sally ein.

»Ich fürchte, diese Anstellung ist nur sehr vorübergehend.«

»Leute in letzter Minute vor dem Galgen zu bewahren? Das ist doch nicht vorübergehend! Wenn Sie mich fragen, ist das eine Dauerbeschäftigung.« Sie knabberte das Hähnchenfleisch vom Knochen. »Glauben Sie, dass Sie Charlie aus dem Bau holen können?«

»Kennen Sie ihn?«

»Habe ihn einmal gesehen«, sagte sie mit vollem Mund, »der fette Sir George hat Recht. Er ist andersrum.«

»Andersrum? Ach, ich verstehe. Und glauben Sie, dass er unschuldig ist?«

»Na klar ist er unschuldig«, erklärte sie mit Nachdruck.

»Er wurde vom Gericht für schuldig befunden«, wies Sandman sie behutsam zurecht.

»Etwa in Old Bailey? Wer war denn der Richter?«

»Sir John Silvester.«

»Zum Teufel! Der schwarze Jack?« Sally wurde wild. »Er ist ein Schwein. Ich sage Ihnen, Captain, wegen dem schwarzen Jack liegen Dutzende unschuldige Seelen im Grab. Und Charlie ist unschuldig. Er muss unschuldig sein. Er ist doch vom anderen Ufer. Er würde gar nicht wissen, was er mit einer Frau anfangen sollte, von Vergewaltigung gar nicht erst zu reden! Wer immer sie umgebracht hat, hat sie ordentlich verdroschen, und für so was hat Charlie gar nicht genug Fleisch auf den Knochen. Sie haben ihn doch gesehen, oder? Sieht er aus, als ob er ihr die Kehle durchschneiden könnte? Was steht denn da?« Sie deutete auf die billige Flugschrift, die Sandman aus der Tasche gezogen und auf dem Tisch ausgebreitet hatte. Oben links befand sich ein schlecht gedrucktes Bild, das die bevorstehende Hinrichtung Charles Cordays darstellen sollte und einen Mann in Kapuze auf einem Karren unter dem Galgen zeigte. »Dieses Bild nehmen sie immer«, sagte Sally. »Ich wünschte, sie würden sich mal ein Neues suchen. Der Karren wird ja gar nicht mehr benutzt. Hau ab, Mann!«, fuhr sie einen gut gekleideten Herrn an, der zu ihr getreten war, sich verbeugt hatte und etwas sagen wollte. Erschrocken wich er zurück. »Ich weiß, was er will«, erklärte Sally.

Ihr Ausbruch hatte Sandman zum Lachen gebracht, aber nun betrachtete er wieder die Flugschrift. »Nach dem, was hier steht, war die Countess nackt, als man sie fand. Nackt und blutüberströmt.«

»Sie wurde doch erstochen, oder?«

»Hier steht, dass Cordays Messer in ihrer Kehle steckte.«

»Damit hätte er sie gar nicht erstechen können«, tat Sally diese Darstellung ab, »das ist nicht scharf. Es ist ein, ich weiß nicht, wie man das nennt. Es ist, um die Farben zu mischen, nicht zum Schnibbeln.«

»Schnibbeln?«

»Schneiden.«

»Es ist also ein Palettenmesser«, sagte Sandman. »Aber hier steht, sie wurde zwölf Mal in die ...« Er stockte.

»In die Titten gestochen«, sagte Sally. »Das schreiben sie immer, wenn es um eine Frau geht. Die Stiche treffen nie woanders. Immer in die Brust.« Sie schüttelte den Kopf. »Für mich hört sich das nicht nach einer Schwuchtel an. Warum sollte er sie ausziehen, geschweige denn vergewaltigen? Möchten Sie noch Salat?« Sie schob ihm die Schüssel hin.

»Nein, bitte, Sie können ihn aufessen.«

»Ich könnte ein ganzes Pferd verschlingen.« Sie schob ihren Teller beiseite und stellte einfach die Schüssel vor sich hin. »Nein«, sagte sie nach kurzem Überlegen, »er hat es nicht getan, oder?« Stirnrunzelnd hielt sie inne. Sandman spürte, dass sie mit sich kämpfte, ob sie ihm etwas sagen sollte, aber er besaß genügend Verstand zu schweigen. Sie schaute zu ihm auf, als wolle sie abschätzen, ob sie ihn mochte oder nicht, und zuckte schließlich die Achseln. »Er hat Sie angelogen«, sagte sie leise.

»Corday?«

»Nein! Sir George! Er hat gelogen. Ich habe gehört, wie er Ihnen erzählt hat, dass der Earl das Bild haben wollte, aber das stimmt nicht.«

»Nicht?«

»Sie haben gestern darüber geredet«, erklärte Sally ernst. »Er und ein Freund, aber er glaubte, ich hörte nicht zu. Ich stehe da und hole mir einen Schnupfen, und er redet, als ob ich nichts anderes wäre als ein Stück Fleisch.« Sie schenkte sich Bier nach. »Es war nicht der Earl, der das Bild bestellt hat. Sir George hat es seinem Freund erzählt, wirklich, und dann hat er mich angeguckt und gesagt: ›Du hast nichts gehört, Sally Hood.‹ Das hat er wirklich gesagt.«

»Hat er gesagt, wer das Bild in Auftrag gegeben hat?«

Sally nickte. »Es war ein Club, der das Bild bestellt hat, aber wenn er wüsste, dass ich Ihnen das erzählt habe, würde er fuchsteufelswild, er hat nämlich eine Todesangst vor den Kerlen.«

»Ein Club hat es bestellt?«

»So ein Club für feine Herren. So was wie Boodles oder Whites; aber die sind es nicht, er hatte so einen komischen Namen. Sephamore Club? Nein, das stimmt nicht. Sema? Serra? Ich weiß es nicht. Es hatte was mit Engeln zu tun.«

»Engel?«

»Engel«, bestätigte Sally. »Sephamore? So was Ähnliches.«

»Seraphim?«

»Genau!« Sie war stark beeindruckt, dass Sandman den richtigen Namen gefunden hatte. »Seraphim Club.«

»Davon habe ich noch nie gehört.«

»Er soll ganz geheim sein«, sagte Sally. »Ich meine, richtig geheim! Es ist nicht weit von hier. Am St. James' Square, sie müssen also Geld haben. Zu reich für meinen Geschmack.«

»Wissen Sie etwas darüber?«

»Nicht viel«, sagte sie. »Man hat mich mal gefragt, ob ich mit hingehe, aber das habe ich natürlich nicht gemacht, so eine bin ich nicht.«

»Aber warum sollte der Seraphim Club das Porträt der Countess haben wollen?«, fragte Sandman.

»Weiß der Himmel.«

»Ich werde sie danach fragen müssen.«

Sally schaute erschrocken drein. »Aber sagen Sie ihnen bloß nicht, dass Sie es von mir haben! Sir George bringt mich um! Und schließlich brauche ich doch die Arbeit.«

»Ich sage ihnen nichts von Ihnen«, versprach er ihr. »Außerdem glaube ich nicht, dass sie die Countess umgebracht haben.«

»Und wie wollen Sie herauskriegen, wer es war?«, fragte Sally.

Das war eine gute Frage, fand Sandman und gab ihr eine ehrliche Antwort. »Ich weiß es nicht. Als der Innenminister mich bat, den Fall zu untersuchen, dachte ich, ich bräuchte nur nach Newgate zu gehen und ein paar Fragen zu stellen. Ähnlich wie ich es bei meinen Soldaten gemacht habe. Aber es ist ganz anders. Ich muss die Wahrheit herausfinden und weiß gar nicht, wo ich anfangen soll. So etwas habe ich noch nie gemacht. Ich kenne auch niemanden, der Erfahrung damit hätte. Also werde ich wohl Fragen stellen müssen, oder? Ich spreche mit allen, frage sie, was mir gerade einfällt, und hoffe, dass ich die Zofe auftreibe.«

»Welche Zofe?«

Sandman erzählte ihr von Meg und von seinem Besuch in der Mount Street, wo man ihm gesagt hatte, dass alle Dienstboten fort seien. »Sie könnten im Landhaus des Earl sein oder sie wurden einfach entlassen«, sagte er.

»Fragen Sie die Dienstboten«, sagte Sally. »Fragen Sie alle anderen Dienstboten in der Straße oder den umliegenden Straßen. Einer von ihnen kennt sie bestimmt. Meine Güte, ist es schon so spät?« Eine Uhr in der Schänke hatte gerade zwei geschlagen. Sally nahm ihren Mantel, schnappte sich das letzte Stück Brot und lief los.

Sandman blieb sitzen und las noch einmal die Flugschrift durch. Sie sagte ihm sehr wenig, gab ihm aber Zeit nachzudenken.

Und er begann sich zu fragen, warum ein Geheimclub, ein sehr geheimer Club mit engelhaftem Namen, eine Dame der Gesellschaft nackt malen lassen wollte.

Es war Zeit, es herauszufinden, beschloss er. Es war Zeit, die Seraphim zu besuchen.

3

Der Regen hatte aufgehört, aber die Luft fühlte sich schmierig an, und das Pflaster der St. James Street glitzerte wie poliert. Der kalte Wind drückte Rauch aus unzähligen Schornsteinen in die Straßen und wirbelte Ruß und Asche umher wie schwarzen Schnee. Zwei vornehme Kutschen ratterten den Hügel hinauf, vorbei an einer dritten, die ein Rad verloren hatte. Einige Männer waren mit guten Ratschlägen zur Stelle, was mit dem schräg stehenden Gefährt zu machen sei, während der Kutscher die Pferde, ein lebhaftes Gespann Brauner, hin und her führte. Zwei Betrunkene in modischer Kleidung stützten sich gegenseitig, als sie sich vor einer Frau verbeugten, die ebenso elegant gekleidet war wie ihre Bewunderer und mit einem zusammengeklappten Schirm über den Bürgersteig schlenderte. Sie ignorierte die Betrunkenen ebenso wie die obszönen Angebote, die man ihr von den Fenstern der Herrenclubs zurief. Sie war keine Dame, vermutete Sandman, denn keine anständige Dame würde je durch die St. James' Street gehen. Sie bedachte ihn mit einem unverfrorenen Blick, als er ihr entgegenkam, worauf er lediglich die Hand zum Gruß an den Hut hob, ihr auf dem Gehsteig Platz machte und weiterging. »Die ist wohl zu heiß für dich, was?«, rief ein Mann Sandman von einem Fenster aus zu.

Sandman überhörte den Zuruf. Denk nach, sagte er sich, denk nach. Zu diesem Zweck blieb er an der Ecke der King Street stehen und schaute auf St. James' Palace, als erhoffe er von seinen altehrwürdigen Mauern eine Eingebung.

Warum ging er zum Seraphim Club, fragte er sich. Wenn Sally Recht hatte, kam der Auftrag für das Porträt von ihnen, aber was hatte das schon zu bedeuten? Sandman vermutete allmählich, dass dieses Gemälde gar nichts mit dem Mord zu tun hatte. Wenn Corday die Wahrheit sagte, war der Mörder höchstwahrscheinlich die Person, die den Maler bei seiner Arbeit unterbrochen hatte, als sie an der Hintertür klopfte. Sandman hatte allerdings nicht die geringste Ahnung, wer das gewesen sein könnte. Weshalb ging er also zum Seraphim Club? Die geheimnisvollen Clubmitglieder hatten die Ermordete offenbar gekannt, hatten viel Geld für ein Porträt von ihr ausgegeben, das die Dame ohne ihr Wissen nackt zeigen sollte, was vermuten ließ, dass ein Clubmitglied entweder ihr Liebhaber war oder von ihr als Liebhaber abgewiesen wurde, und Liebe war ebenso wie Zurückweisung ein Weg zum Hass, Hass führte zum Mord, und dieser Gedankengang brachte Sandman zu der Überlegung, ob das Gemälde nicht doch etwas mit dem Mord zu tun hatte. Es war alles überaus verwirrend, und da es ihn kein Stück weiterbrachte, hier zu stehen und nachzudenken, ging er weiter.

Von außen ließ nichts erkennen, wo sich der Seraphim Club befand, aber ein Straßenkehrer wies Sandman den Weg zu einem Haus mit geschlossenen Fensterläden an der Ostseite des Platzes. Als Sandman den Platz überquerte, sah er eine vierspännige Kutsche am Bordstein vor dem Club stehen. Sie war dunkelblau und hatte auf den Türen rote Wappen mit fliegenden Engeln in goldenen Gewändern. Offensichtlich hatte die Kutsche gerade einen Fahrgast aufgenommen, denn sie fuhr an, als Sandman an die glänzend blau lackierte Tür trat, die kein Namensschild aufwies. Eine vergoldete Kette hing an der flachen Wange des Türrahmens.

Als Sandman daran zog, hörte er tief im Inneren des Gebäudes eine Glocke anschlagen. Gerade wollte er ein zweites Mal läuten, als er einen Lichtschimmer in der Mitte der Tür bemerkte und sah, dass sich dort ein Guckloch befand. Er vermutete, dass jemand ihn beäugte, und hielt dem Blick stand, bis er hörte, wie ein Riegel zurückgeschoben wurde. Ein zweiter Riegel schabte, dann wurde ein Schloss entriegelt und schließlich öffnete ein Diener in wespenhaft schwarz-gelber Livree zögernd die Tür. Er musterte Sandman. »Sind Sie sicher, dass Sie sich nicht im Haus geirrt haben, Sir?«, fragte er nach einer Weile. In diesem »Sir« lag keinerlei Respekt, es war lediglich eine Floskel.

»Ist das der Seraphim Club?«

Der Diener zögerte. Er war groß, bis auf ein oder zwei Jahre im gleichen Alter wie Sandman und hatte ein von der Sonne gegerbtes, von Gewalt zernarbtes und von Erfahrung gehärtetes Gesicht. Ein brutaler, aber gut aussehender Mann, der Kompetenz ausstrahlte, fand Sandman. »Dies ist ein Privathaus, Sir«, erklärte der Diener bestimmt.

»Das, wie ich annehme, dem Seraphim Club gehört, mit dem ich zu sprechen habe«, sagte Sandman barsch. Er schwenkte das Schreiben des Innenministers. »Im ministeriellen Auftrag«, fügte er hinzu und trat an dem Diener vorbei in die hohe, elegante und teure Eingangshalle, ohne eine Antwort abzuwarten. Der Boden bestand aus glänzenden schwarzen und weißen Marmorfliesen im Schachbrettmuster, auch der Kamin, in dem ein kleines Feuer brannte, war mit Marmor eingefasst und schloss mit einem Sims ab, der mit vergoldeten Cherubim, Blumenranken und Akanthusblättern verziert war. Im Treppenhaus hing ein Kronleuchter mit mindestens hundert frischen Kerzen. Finstere Gemälde hingen an den Wänden. Mit einem flüchtigen Blick erkannte Sandman Landschaften und Seestücke, aber nicht ein Aktgemälde.

»Hier hat kein Ministerium etwas zu suchen, Sir, rein gar nichts«, sagte der große Diener. Er schien überrascht, dass Sandman es gewagt hatte, an ihm vorbeizugehen, und hielt tadelnd die Tür auf als Aufforderung an Sandman, wieder zu gehen. Zwei weitere Diener, beide groß und in der gleichen schwarz-gelben Livree, waren aus einem Nebenraum gekommen, um den unerwünschten Besucher zum Verlassen des Hauses zu bewegen.

Sandman musterte die beiden Neuankömmlinge und den größeren Diener, der die Tür hielt, und bemerkte, dass das gut geschnittene Gesicht des Mannes von winzigen Narben auf der rechten Wange entstellt war. Die meisten würden sie gar nicht wahrgenommen haben, da sie kaum mehr waren als dunkle Flecke unter der Haut, aber Sandman hatte die Angewohnheit, auf Verbrennungen von Schießpulver zu achten. »Welches Regiment?«, fragte er den Mann. In der Miene des Dieners zuckte ein flüchtiges Lächeln auf. »First Foot Guards, Sir.«

»Ich habe neben Ihnen in Waterloo gekämpft«, sagte Sandman, steckte das Schreiben in die Tasche, zog sich den nassen Mantel und Hut aus und legte beides auf einen vergoldeten Stuhl. »Vermutlich haben Sie Recht, dass kein Ministerium hier etwas zu suchen hat«, bestätigte er dem Mann, »aber ich denke, das muss ich von einem leitenden Mitglied des Clubs hören. Gibt es einen Sekretär? Einen Präsidenten? Ein Komitee?« Sandman zuckte die Achseln. »Entschuldigen Sie, aber Ministerien sind wie die französischen Dragoner. Wenn man sie nicht gleich beim ersten Mal vernichtend schlägt, kommen sie beim nächsten Mal nur um so stärker wieder.«

Der Diener war hin- und hergerissen zwischen seiner Pflicht gegenüber dem Club und seiner Verbundenheit mit einem ehemaligen Kameraden, aber seine Loyalität zum Seraphim Club behielt die Oberhand. Er ließ die Haustür los und ballte die Hände kampfbereit zur Faust. »Es tut mir Leid, Sir, aber man wird Ihnen lediglich sagen, dass Sie eine Verabredung treffen sollen«, erklärte er.

»Dann warte ich hier, bis man mir das sagt.« Sandman trat vor das kleine Kaminfeuer und wärmte sich die Hände. »Mein Name ist übrigens Sandman, und ich bin im Auftrag von Lord Sidmouth hier.«

»Sir, es ist nicht erlaubt, hier zu warten«, sagte der Diener, »aber wenn Sie vielleicht Ihre Karte in der Schale auf dem Tisch hinterlassen möchten?«

»Ich habe keine Karte«, sagte Sandman munter.

»Es ist Zeit zu gehen«, sagte der Diener. Dieses Mal nannte er Sandman nicht »Sir«, sondern kam mit erschreckender Selbstsicherheit auf den Besucher zu.

»Schon gut, Sergeant Berrigan«, schaltete sich eine ruhige Stimme von hinten ein. »Mister Sandman kann bleiben.«

»Captain Sandman«, korrigierte Sandman und drehte sich um.

Ein Stutzer, ein Geck, ein Beau stand vor ihm. Es war ein großer, ausnehmend gut aussehender junger Mann in einem schwarzen Gehrock mit Messingknöpfen, enger weißer Kniebundhose, die aussah, als sei sie auf seine Schenkel geschweißt, und glänzenden schwarzen Stiefeln. Ein steifes weißes Halstuch bauschte sich über seinem Hemd, gerahmt von einem hohen Jackenkragen, der bis an die Ohren reichte. Sein schwarzes Haar war sehr kurz geschnitten und rahmte ein blasses Gesicht, das so glatt rasiert war, dass die weiße Haut glänzte. Er hatte ein amüsiertes, kluges Gesicht und trug ein Monokel, durch das er Sandman kurz musterte, bevor er sich leicht verbeugte. »Captain Sandman«, er betonte das erste Wort leicht, »entschuldigen Sie bitte. Ich hätte Sie gleich erkennen müssen. Letztes Jahr habe ich gesehen, wie Sie Martingale und Bennett fünfzig Läufe abgejagt haben. Schade, dass wir in dieser Saison Ihr Können auf keinem der Londoner Plätze bewundern konnten. Mein Name ist übrigens Skavadale, Lord Skavadale. Kommen Sie doch bitte in die Bibliothek.« Er deutete auf das Zimmer hinter ihm. »Sergeant, wären Sie so nett, den Mantel des Captain aufzuhängen? Am Kaminfeuer des Portiers, denken Sie nicht? Und was hätten Sie gern zum Aufwärmen, Captain? Kaffee? Tee? Glühwein? Geschmuggelten Cognac?«

»Kaffee«, sagte Sandman. Als er an Lord Skavadale vorbeiging, roch er Lavendelwasser.

»Ein scheußliches Wetter, nicht wahr?«, fragte Skavadale auf dem Weg in die Bibliothek. »Und gestern war es noch so schön. Wie Sie sehen, habe ich Feuer anzünden lassen, weniger wegen der Wärme, als vielmehr um die Feuchtigkeit zu vertreiben.« Die Bibliothek war ein großer, gut geschnittener Raum, wo ein großzügiges Feuer in einem breiten Kamin zwischen hohen Bücherregalen brannte. Ein Dutzend Stühle standen im Zimmer verteilt, aber Skavadale und Sandman waren allein. »Die meisten Clubmitglieder sind um diese Zeit auf dem Land«, erklärte Skavadale den leeren Raum, »aber ich habe geschäftlich in der Stadt zu tun. Recht langweilige Geschäfte, fürchte ich.« Er lächelte. »Und welche Angelegenheit führt Sie her, Captain?«

Sandman ging nicht auf die Frage ein. »Seraphim Club, ein merkwürdiger Name.« Er schaute sich in der Bibliothek um, fand aber nichts Ungewöhnliches. Das einzige Gemälde im Raum war ein lebensgroßes Ganzfigurporträt über dem Kamin, das einen dünnen Mann mit verwegen gut aussehendem Gesicht und üppigen, schulterlangen Locken zeigte. Er trug einen eng anliegenden Rock aus geblümter Seide mit Spitzenkragen und -manschetten und einen Degen an einer breiten Schärpe.

»John Wilmot, zweiter Earl of Rochester«, stellte Lord Skavadale den Mann vor. »Kennen Sie sein Werk?«

»Ich weiß, dass er ein Dichter war«, sagte Sandman, »und ein Freidenker.«

»Beides zu sein ist ein Glück«, sagte Skavadale lächelnd. »Er war tatsächlich ein überaus geistreicher und talentierter Dichter, wir sehen in ihm unser Vorbild, Captain. Die Seraphim sind höhere Wesen, sogar die höchsten unter den Engeln. Das ist eine kleine Eitelkeit unsererseits.«

»Höher als bloße Sterbliche wie der Rest von uns?«, fragte Sandman säuerlich. Lord Skavadale war so höflich, vollkommen und formvollendet, dass es Sandman ärgerte.

»Wir bemühen uns lediglich um Vortrefflichkeit, wie Sie es sicher ebenfalls tun, Captain, im Kricket wie in allem anderen, was Sie anfangen«, erwiderte Skavadale freundlich, »und es ist nachlässig von mir, dass ich Ihnen keine Gelegenheit gebe, mir zu sagen, um was es sich dabei handelt.«

Diese Gelegenheit musste noch ein Weilchen auf sich warten lassen, denn ein Diener brachte ein silbernes Tablett mit Porzellantassen und einer silbernen Kaffeekanne. Während der Kaffe eingeschenkt wurde, sprachen weder Lord Skavadale noch Sandman. In der Stille hörte Sandman aus einem Zimmer in der Nähe ein merkwürdiges regelmäßiges Quietschen.

An metallischen Geräuschen erkannte er, dass dort gefochten wurde und das Quietschen von Schuhen auf mit Kreide abgestumpftem Boden stammen musste. »Nehmen Sie doch Platz«, sagte Skavadale, als der Diener Holz nachgelegt und das Zimmer verlassen hatte. »Und sagen Sie mir, wie Sie unseren Kaffee finden.«

»Charles Corday«, sagte Sandman, als er sich setzte.

Lord Skavadale schaute ihn verwundert an, lächelte dann aber. »Für einen Augenblick haben Sie mich verwirrt, Captain. Charles Corday, natürlich, das ist doch der junge Mann, der wegen Mordes an der Countess of Avebury zum Tode verurteilt wurde. Sie sind wahrhaftig ein rätselhafter Mann. Sagen Sie mir doch bitte, warum Sie ihn erwähnen.«

Sandman nippte an seinem Kaffee. Die Untertasse zierte ein Wappen mit einem fliegenden goldenen Engel auf rotem Schild. Es war ganz ähnlich wie das Wappen, das Sandman auf der Kutsche vor dem Haus gesehen hatte, nur war dieser Engel vollkommen unbekleidet. »Der Innenminister hat mich damit beauftragt, die Fakten des Falles Corday zu überprüfen«, erklärte Sandman.

Skavadale hob eine Augenbraue. »Warum?«

»Weil Zweifel an seiner Schuld bestehen«, sagte Sandman, allerdings ohne zu erwähnen, dass der Innenminister diese Zweifel nicht teilte.

»Es ist beruhigend zu wissen, dass unsere Regierung sich solche Mühe gibt, ihre Untertanen zu schützen«, erklärte Skavadale andächtig. »Aber wieso führt Sie das in unser Haus, Captain?«

»Weil wir wissen, dass das Porträt der Countess of Avebury vom Seraphim Club in Auftrag gegeben wurde«, sagte Sandman.

»Ach, tatsächlich?«, fragte Skavadale verbindlich. »Das finde ich erstaunlich.« Er setzte sich auf das Lederpolster des Kamingitters, wobei er sorgsam bedacht war, weder Rock noch Hose zu verknittern. »Der Kaffee kommt aus Java«, sagte er. »Wir finden ihn recht gut. Was meinen Sie?«

»Was die Angelegenheit besonders interessant macht, ist der Umstand, dass der Auftrag lautete, die Dame unbekleidet abzubilden«, führte Sandman weiter aus.

Der Anflug eines Lächelns umspielte Skavadales Mund. »Das klingt überaus mutig von der Countess, finden Sie nicht?«

»Sie sollte es nicht erfahren«, sagte Sandman.

»Das ist ja unerhört«, äußerte Skavadale mit betonter Entrüstung, doch trotz des spöttischen Funkelns wirkten seine dunklen Augen überaus scharfsichtig, aber keineswegs überrascht. Er legte das Monokel auf einen Tisch und trank seinen Kaffee. »Darf ich fragen, wie Sie von diesen bemerkenswerten Fakten erfahren haben, Captain?«

»Ein Mann, dem der Galgen droht, kann sich als sehr gesprächig erweisen«, wich Sandman der Frage aus.

»Wollen Sie mir sagen, dass Corday Ihnen das erzählt hat?«

»Ich habe ihn gestern aufgesucht.«

»Hoffen wir, dass der bevorstehende Tod ihn bewegt, die Wahrheit zu sagen«, erklärte Skavadale lächelnd. »Ich gestehe, dass mir davon nichts bekannt ist. Es ist möglich, dass eines unserer Mitglieder das Porträt in Auftrag gegeben hat, aber leider haben sie mich nicht ins Vertrauen gezogen. Ich muss mich allerdings fragen, welche Rolle das spielt? Wie sollte sich das auf die Schuld des jungen Mannes auswirken?«

»Sie sprechen für den Seraphim Club, nicht wahr?«, fragte Sandman, seiner Frage erneut ausweichend. »Sind Sie der Sekretär? Oder ein Angestellter?«

»So etwas Gewöhnliches wie Angestellte haben wir nicht. Captain. Wir sind nur wenige Mitglieder und betrachten uns als Freunde. Allerdings beschäftigen wir einen Mann, der die Bücher führt, aber er trifft keine Entscheidungen. Solche werden von uns gemeinsam als Freunde und Gleichrangige getroffen.«

»Wenn der Seraphim Club ein Porträt in Auftrag gäbe, wüssten Sie also davon?«, hakte Sandman nach.

»Gewiss«, erklärte Skavadale nachdrücklich. »Der Club hat

kein solches Porträt bestellt. Aber, wie gesagt, es ist möglich, dass eines der Mitglieder es privat in Auftrag gegeben hat.«

»Ist der Earl of Avebury ein Mitglied?«, fragte Sandman.

Skavadale zögerte. »Ich kann Ihnen wirklich nicht sagen, wer unsere Mitglieder sind, Captain. Dies ist ein Geheimclub. Aber ich denke, ich darf Ihnen sagen, dass der Earl uns nicht mit seiner Gesellschaft beehrt.«

»Kannten Sie die Countess?«, fragte Sandman.

Skavadale lächelte. »Allerdings, Captain. Viele von uns haben ihrem Schrein gehuldigt, denn sie war eine Dame von göttlicher Schönheit, und wir bedauern ihren Tod unendlich. Unendlich.« Er stellte seine halb volle Kaffeetasse auf einen kleinen Tisch und stand auf. »Ich fürchte, Ihr Besuch bei uns war vergebens, Captain. Der Seraphim Club hat keinerlei Porträts in Auftrag gegeben, das versichere ich Ihnen. Ich fürchte, Mister Corday hat Sie falsch informiert. Darf ich Sie zur Tür begleiten?«

Sandman stand auf. Er hatte nichts erfahren und fühlte sich zum Narren gemacht. In diesem Augenblick flog hinter ihm eine Tür auf. Als er sich umdrehte, sah er, dass eines der Bücherregale in Wahrheit aus falschen Lederrücken bestand, die auf eine Tür geklebt waren. Ein junger Mann in Hemd und Kniebundhose stand mit Florett in der Hand und feindseliger Miene da. »Ich dachte, du hättest den Kerl rausgeworfen, Johnny«, sagte er zu Skavadale.

Skavadale lächelte zuckersüß. »Erlaube mir, dir Captain Sandman, den Kricketspieler vorzustellen. Das ist Lord Robin Holloway.«

»Kricketspieler?« Lord Robin Holloway war verwirrt. »Ich dachte, er wäre ein Lakai von Sidmouth?«

»Das bin ich ebenfalls«, sagte Sandman.

Als Lord Robin Sandmans streitlustigen Ton hörte, zuckte sein Florett. Er besaß nichts von Skavadales Höflichkeit. Nach Sandmans Schätzung war er wohl Anfang zwanzig, ebenso groß und gut aussehend wie sein Freund, allerdings nicht dunkelhaarig wie Skavadale, sondern blond. Sein Haar war so golden wie die Ringe an seinem Finger und die Kette an seinem Hals. Er leckte sich die Lippen und hob das Florett an. »Und was will Sidmouth von uns?«, fragte er ungehalten.

»Captain Sandman wollte gerade gehen«, stellte Skavadale nachdrücklich fest.

»Ich bin gekommen, um mich nach der Countess of Avebury zu erkundigen«, erklärte Sandman.

»Sie liegt im Grab, Mann«, sagte Holloway. Hinter ihm erschien ein zweiter Mann ebenfalls mit Florett, allerdings in einfacher Kleidung, woraus Sandman schloss, dass es der Fechtmeister des Clubs sein musste. Der Raum jenseits der Geheimtür war offenbar ein Fechtsaal, denn er wies Ständer mit Floretten und Degen und einen glatten Hartholzboden auf. »Was sagten Sie noch, wie Sie heißen?«, herrschte Holloway Sandman an.

»Ich habe gar nichts gesagt«, erwiderte Sandman, »aber ich heiße Sandman, Rider Sandman.«

»Der Sohn von Ludovic Sandman?«

Sandman neigte den Kopf. »Ja.«

»Der verdammte Kerl hat mich betrogen«, sagte Lord Holloway und schaute Sandman aus leicht vortretenden Augen herausfordernd an. »Schuldet mir Geld!«

»Eine Angelegenheit für die Anwälte«, beschwichtigte Lord Skavadale.

»Sechstausend Guineen«, sagte Robin Holloway, »und weil Ihr verdammter Vater sich eine Kugel zwischen die Augen gejagt hat, bekommen wir keinen Penny! Was wollen Sie dagegen machen, Mann?«

»Captain Sandman möchte jetzt gehen«, sagte Lord Skavadale bestimmt und nahm Sandmans Ellbogen.

Sandman schüttelte ihn ab. »Ich habe begonnen, einige Schulden meines Vaters zu begleichen«, erklärte er Lord Robin in nach wie vor respektvollem Ton, obwohl unter der scheinbar ruhigen Oberfläche sein Zorn brodelte. »Ich bezahle die Schulden bei den Kaufleuten, die der Selbstmord meines Vaters in Schwierigkeiten gebracht hat. Und was Ihre Schulden angeht?« Er stockte. »Ich habe nicht vor, irgendetwas in dieser Hinsicht zu unternehmen.«

»Verdammter Kerl.« Lord Robin hob das Florett, als wolle er Sandman damit ins Gesicht schlagen.

Lord Skavadale ging dazwischen. »Es reicht! Der Captain geht jetzt.«

»Du hättest ihn gar nicht erst hereinlassen sollen«, sagte Lord Robin. »Er ist nur ein schleimiger kleiner Spitzel von Sidmouth. Das nächste Mal benutzen Sie gefälligst den Lieferanteneingang, Sandman. Der Vordereingang ist für Gentlemen.« Sandman hatte sein Temperament in Zaum gehalten und war Richtung Eingangshalle gegangen, doch nun machte er plötzlich kehrt und ging an Skavadale und Holloway vorbei.

»Wo zum Teufel wollen Sie hin?«, fragte Holloway.

»Zur Hintertür natürlich«, sagte Sandman, blieb aber neben dem Fechtmeister stehen und streckte die Hand aus. Der Mann zögerte, schaute verstohlen zu Skavadale und runzelte die Stirn, als Sandman ihm das Florett einfach abnahm. Sandman drehte sich zu Holloway um: »Ich habe es mir anders überlegt. Ich glaube, ich nehme doch den Vordereingang. Heute fühle ich mich als Gentleman. Oder hat Seine Lordschaft vor, mich aufzuhalten?«

»Robin«, warnte Lord Skavadale seinen Freund.

»Verflucht«, sagte Holloway, zückte sein Florett, schlug Sandmans Klinge beiseite und machte einen Ausfallschritt.

Sandman parierte, dass Holloways Klinge hoch in die Luft schnellte, und schlug Seiner Lordschaft das Florett quer über das Gesicht. Da es mit einem Spitzenschutz versehen war, hinterließ die Klinge keinen Schnitt, sondern lediglich einen roten Striemen auf Holloways rechter Wange. Mit dem nächsten Hieb markierte Sandman gleich noch die linke Wange, trat drei Schritte zurück und senkte die Waffe. »Was bin ich nun?«, fragte er. »Lieferant oder Gentleman?«

»Zum Teufel mit Ihnen!« Holloway war wütend und erkannte nicht, dass sein Gegner ebenfalls außer sich war, aber Sandmans Zorn war kaltblütig und grausam, während Holloways hitzig und daher leichtsinnig war. Holloway schwang das Florett wie einen Säbel in der Hoffnung, allein durch die Kraft des peitschenähnlichen Schlags Sandmans Gesicht aufzuschlitzen, aber Sandman wich zurück, ließ die Klinge zwei Finger vor seiner Nase vorbei zischen, sprang vor und stieß seine Waffe so fest gegen Holloways Bauch, dass sie sich wie ein Bogen spannte, dank des Spitzenschutzes aber weder Stoff noch Haut durchdrang. Die Federkraft der Klinge nutzte Sandman, um zurückzuschnellen, als Lord Robin erneut zuschlug. Sandman wich einen weiteren Schritt zurück, was Holloway irrtümlich als Nervosität auslegte und mit der Klinge nach Sandmans Hals schlug.

»Versager«, sagte Sandman mit ungeheurer Verachtung in der Stimme. »Sie schwacher kleiner Versager.« Nun focht er mit entfesselter Wut, einer lodernden, tödlichen Rage, gegen die er ankämpfte, die er hasste, die zu überwinden er betete. Aber es ging ihm nicht mehr ums Fechten, es ging ihm ums Töten. Er sprang mit gefährlich zischender Klinge vor, der Spitzenschutz traf Lord Holloway ins Gesicht, stach ihm beinahe ein Auge aus, die Klinge peitschte über Lord Holloways Nase, hinterließ einen blutenden Schnitt, der Stahl schnellte zurück wie eine Schlange; Lord Holloway krümmte sich vor Schmerz, und plötzlich schlangen sich zwei kräftige Arme um Sandmans Brust. Sergeant Berrigan hielt ihn fest, und der Fechtmeister stand vor Lord Robin Holloway, während Lord Skavadale seinem Freund das Florett entwand.

»Genug!« sagte Skavadale. »Genug!« Er warf Holloways Florett ans andere Ende des Raumes, nahm Sandman die Waffe ab und schleuderte sie hinterher. »Sie gehen, Captain«, befahl er. »Sofort!«

Sandman schüttelte Berrigans Arme ab. Er sah Angst in Lord Robins Augen. »Ich habe schon mit richtigen Männern gekämpft, als Sie sich noch in die Windeln gemacht haben«, sagte er.

»Gehen Sie!«, fuhr Skavadale ihn an.

»Sir?« Berrigan, der ebenso groß war wie Sandman, deutete

mit dem Kopf auf die Eingangshalle. »Ich denke, es ist das Beste, wenn Sie gehen, Captain.«

»Wenn Sie herausfinden, wer das Porträt in Auftrag gegeben hat, wäre ich Ihnen für Ihre Mitteilung sehr verbunden«, sagte er zu Skavadale. Er hoffte nicht ernstlich, dass Lord Skavadale etwas in dieser Richtung unternehmen würde, aber diese Aufforderung gab ihm die Möglichkeit, sich mit einem gewissen Maß an Würde zu verabschieden. »Sie können mir eine Nachricht in das Wheatsheaf in der Drury Lane senden.«

»Guten Tag, Captain«, sagte Skavadale kalt. Lord Robin funkelte Sandman wütend an, sagte aber nichts. Er war geschlagen und wusste es. Der Fechtmeister schaute respektvoll drein, da er etwas von Fechtkunst verstand.

Sandmans Hut und Mantel wurden ihm halb getrocknet und vollständig ausgebürstet in die Diele gebracht, wo Sergeant Berrigan die Haustür öffnete. Er nickte Sandman ausdruckslos zu, als dieser an ihm vorbei hinausging. »Sie kommen besser nicht wieder, Sir«, sagte Berrigan und schlug die Tür zu.

Es hatte wieder angefangen zu regnen.

Langsam ging Sandman nordwärts.

Er war nun wirklich nervös, so nervös, dass er sich fragte, ob er lediglich zum Seraphim Club gegangen war, um seine nächste Pflicht aufzuschieben.

War es tatsächlich eine Pflicht? Er redete es sich ein, obwohl er vermutete, dass es lediglich eine Schwäche war, eine Dummheit war es gewiss. Aber Sally hatte Recht. Er musste die Zofe Meg finden, um die Wahrheit herauszufinden, und die beste Möglichkeit einen Dienstboten zu finden war, andere Dienstboten zu fragen, und zu diesem Zweck war er nun auf dem Weg in die Davies Street, die er seit sechs Monaten sorgsam gemieden hatte.

Als er an der Tür klopfte, erschien ihm alles vertraut, und Hammond, der Butler, zuckte nicht einmal mit der Wimper. »Captain Rider«, sagte er, »welche Freude, Sir, darf ich Ihnen den Mantel abnehmen? Sie sollten einen Schirm mitnehmen, Sir.«

»Sie wissen doch, dass der Duke Regenschirme nie gebilligt hat, Hammond.«

»Der Duke of Wellington mag die Kleiderordnung für Soldaten bestimmen, Sir, aber Seine Gnaden besitzt kein Bestimmungsrecht über Londoner Fußgänger. Darf ich fragen, wie es Ihrer Mutter geht, Sir?«

»Sie ändert sich nicht, Hammond. Die Welt bekommt ihr schlecht.«

»Es tut mir Leid, das zu hören, Sir.« Hammond hängte Sandmans Mantel und Hut an einen Garderobenständer, an dem bereits viele andere Mäntel hingen. »Haben Sie eine Einladung?«, fragte er.

»Lady Forrest gibt einen musikalischen Nachmittag? Ich fürchte, ich war nicht eingeladen. Ich hatte gehofft, Sir Henry zu Hause anzutreffen, wenn nicht, kann ich ihm eine Nachricht hinterlassen.«

»Er ist zu Hause, Sir, ich bin sicher, dass er Sie gerne empfängt. Wenn Sie bitte im kleinen Salon warten würden?«

Der kleine Salon war doppelt so groß wie das Wohnzimmer des Hauses, das Sandman für seine Mutter und Schwester in Winchester gemietet hatte, was seine Mutter nie zu erwähnen vergaß, woran er aber im Augenblick nicht denken mochte. Also betrachtete er ein Gemälde mit weidenden Schafen und lauschte einem schmetternden Tenor, der hinter der Flügeltür zu den größeren Räumen im hinteren Teil des Hauses sang. Der Mann endete trällernd, Beifall erklang, und dann ging die Tür zur Diele auf und Sir Henry Forrest kam herein. »Mein lieber Rider!«

»Sir Henry.«

»Ein neuer französischer Tenor«, sagte Sir Henry bekümmert, »den man in Dover hätte aufhalten sollen.« Sir Henry hatte noch nie viel für die musikalischen Nachmittagsgesellschaften seiner Frau übrig gehabt und war gewöhnlich sorgsam darauf bedacht, sie zu meiden. »Ich hatte völlig vergessen, dass heute Nachmittag eine Gesellschaft stattfindet, sonst wäre ich in der Bank geblieben«, erklärte er und grinste Sandman verschmitzt an. »Wie geht es Ihnen, Rider?«

»Danke, gut. Und Ihnen, Sir?«

»Immer beschäftigt, Rider, immer beschäftigt. Der Stadtrat nimmt viel Zeit in Anspruch, Europa braucht Geld, das wir bereit stellen, zumindest klauben wir die Geschäfte auf, die Rothschild und Baring nicht wollen. Haben Sie die Getreidepreise gesehen? Letzte Woche kostete es in Norwich dreiundsechzig Schillinge. Können Sie das glauben?« Mit einem raschen Blick hatte Sir Henry Sandmans Kleidung gemustert, um festzustellen, ob seine Lage sich gebessert habe, und war zu dem Schluss gekommen, dass dies nicht der Fall war. »Wie geht es Ihrer Mutter?«

»Sie jammert«, sagte Sandman.

Sir Henry verzog das Gesicht. »Jammert, ja. Arme Frau.« Er schauderte. »Hat sie immer noch die Hunde?«

»Ich fürchte ja, Sir.« Sandmans Mutter überschüttete zwei laute, schlecht erzogene und stinkende Schoßhündchen mit ihrer Liebe.

Sir Henry holte zwei Zigarren aus der Schublade einer Anrichte. »Heute kann ich nicht im Wintergarten rauchen«, sagte er, »also lassen wir uns dafür hängen, dass wir den Salon verräuchern, was?« Er zündete eine Zunderbüchse und dann seine Zigarre an. Mit seiner leicht gebeugten Haltung, dem silbergrauen Haar und der bekümmerten Miene hatte er Sandman schon immer an Don Quixote erinnert, dieser Eindruck täuschte jedoch, wie zahlreiche seiner Konkurrenten zu spät erkannt hatten. Sir Henry, Sohn eines Apothekers, besaß ein Gespür für Geld, wie man es verdiente, einsetzte und vermehrte. Diese Fähigkeiten hatten dazu beigetragen, die Schiffe zu bauen, die Armee zu verpflegen und die Kanonen zu gießen, mit denen Napoleon besiegt wurde, und Sir Henry hatten sie den Adelstitel eingebracht, wofür seine Frau mehr als dankbar war. Kurz, er war ein talentierter Mann, wenn auch zögerlich im Umgang mit Menschen. »Es ist schön, Sie zu sehen, Rider«, sagte er nun aufrichtig, denn Sandman war einer der wenigen Menschen, in deren Gesellschaft Sir Henry sich wohl fühlte. »Wir haben uns viel zu lange nicht gesehen.«

»Ja, Sir Henry.«

»Was treiben Sie denn so?«

»Ich habe einen recht ungewöhnlichen Auftrag, Sir, der mich veranlasst, Sie um eine Gefälligkeit zu bitten.«

»Eine Gefälligkeit?« Sir Henry klang immer noch freundlich, aber aus seinem Blick sprach Vorsicht.

»Eigentlich möchte ich Hammond um etwas bitten, Sir.«

»Hammond?« Sir Henry schaute Sandman an, als sei er nicht sicher, ob er recht gehört habe. »Meinen Butler?«

»Vielleicht sollte ich es erst einmal erklären«, sagte Sandman.

»Das sollten Sie wohl.« Immer noch vor Verwunderung die Stirn runzelnd ging Sir Henry an die Anrichte und schenkte zwei Glas Brandy ein. »Sie trinken doch ein Gläschen mit mir? Es ist immer noch merkwürdig, Sie ohne Uniform zu sehen. Was möchten Sie denn nun von Hammond?«

Doch bevor Sandman zu einer Erklärung kam, öffnete sich die Flügeltür und Eleanor erschien. Das Licht aus dem großen Salon, das sie von hinten beschien, ließ ihr rotes Haar wie einen Heiligenschein wirken. Sie schaute Sandman an, atmete tief durch und strahlte dann ihren Vater an. »Mutter macht sich Sorgen, dass du das Duett versäumst, Papa.«

»Das Duett?«

»Die Schwestern Pearman haben wochenlang geübt, Papa«, erklärte Eleanor und schaute erneut Sandman an. »Rider«, sagte sie leise.

»Miss Eleanor«, sagte er förmlich und verbeugte sich.

Sie starrte ihn an. Hinter ihr im Salon saßen eine Reihe Gäste auf vergoldeten Stühlen mit Blick zum Wintergarten, wo zwei junge Damen gerade auf der Klavierbank Platz nahmen. Eleanor warf einen Blick auf sie und machte entschlossen die Tür zu. »Ich glaube, die Schwestern Pearman kommen auch ohne mich aus. Wie geht es dir, Rider?«

»Danke, gut.« Einen Augenblick hatte er gedacht, er bringe kein Wort über die Lippen. Er spürte Tränen in den Augen. Eleanor trug ein blassgrünes Seidenkleid mit gelben Spitzen an Brust und Manschetten. Ihr goldenes Halsband mit Bernstein hatte Sandman noch nie an ihr gesehen, was eine seltsame Eifersucht auf ihr Leben in den letzten sechs Monaten in ihm weckte. Ihm fiel ein, dass sie verlobt war und bald heiraten sollte, was ihn zutiefst verletzte, aber er bemühte sich, es nicht zu zeigen. »Mir geht es gut, und dir?«, wiederholte er.

»Ich bin untröstlich, dass es dir gut geht«, sagte Eleanor mit gespieltem Ernst. »Zu denken, dass es dir ohne mich gut gehen kann? Das ist Elend, Rider.«

»Eleanor«, mahnte ihr Vater.

»Ich mache nur Spaß, Papa, das ist erlaubt, was für so Weniges gilt.« Sie wandte sich an Sandman. »Bist du nur heute in der Stadt?«

»Ich wohne hier«, antwortete Sandman.

»Das wusste ich nicht.« Ihre grauen Augen wirkten riesig. Was hatte Sir George Phillips über sie gesagt? Ihre Nase sei zu lang, ihr Kinn zu spitz, ihr Haar zu rot und ihr Mund zu üppig. Alles das entsprach der Wahrheit, aber wenn Sandman sie nur anschaute, wurde ihm ganz schwindelig, als ob er die ganze Flasche Brandy getrunken hätte und nicht nur zwei Schluck. Er starrte sie an, sie erwiderte seinen Blick unverwandt, keiner sagte ein Wort.

»Hier in London?« Sir Henry brach das Schweigen.

»Sir?« Sandman zwang sich, Sir Henry anzusehen.

»Sie wohnen hier, Rider? In London?«

»In der Drury Lane, Sir.«

Sir Henry runzelte die Stirn. »Ist das nicht ein bisschen ...«, er stockte, »gefährlich?«

»Es ist ein Gasthaus«, erklärte Sandman. »Ein Schütze aus Winchester hat es mir empfohlen, und erst als ich mich dort eingemietet hatte, merkte ich, dass es vielleicht keine sonderlich empfehlenswerte Adresse ist. Aber mir gefällt es.«

»Bist du schon lange hier?«, fragte Eleanor.

»Seit drei Wochen«, gab er zu, »ein bisschen länger.«

Sandman fand, sie sah aus, als habe er sie ins Gesicht geschlagen. »Und du hast dich nicht gemeldet?«

Sandman spürte, dass er rot wurde. »Ich wusste nicht recht, weshalb ich mich melden sollte«, antwortete er. »Ich dachte, dir wäre es lieber, wenn ich es nicht täte.«

»Falls du überhaupt gedacht hast«, sagte Eleanor schnippisch. Ihre Augen waren grau, fast rauchig, mit grünen Punkten.

Sir Henry deutete mit einer matten Geste auf die Tür. »Du versäumst das Duett, meine Liebe, und Rider ist gekommen, um Hammond zu sprechen, ausgerechnet Hammond. Stimmt es nicht, Rider? Eigentlich handelt es sich gar nicht um einen Besuch.«

»Hammond, ja«, bestätigte Sandman.

»Was willst du denn von Hammond?«, fragte Eleanor mit vor Neugier leuchtenden Augen.

»Ich denke, das besprechen die beiden besser miteinander«, sagte Sir Henry förmlich, »und natürlich mit mir«, fügte er hastig hinzu.

Eleanor überhörte ihren Vater völlig. »Was?«, fragte sie Sandman noch einmal.

»Das ist eine lange Geschichte, fürchte ich«, antwortete Sandman entschuldigend.

»Besser, als zuzuhören, wie die Schwestern Pearman das Mozartarrangement ihres Musiklehrers quälen«, sagte Eleanor, setzte sich und schaute ihn erwartungsvoll an.

»Meine Liebe«, setzte ihr Vater an, wurde aber sofort unterbrochen.

»Papa«, sagte Eleanor streng, »ich bin sicher, dass Rider von Hammond nichts möchte, was für die Ohren einer jungen Frau unschicklich wäre, und das ist mehr, als ich von den Vorträgen der Pearman-Mädchen sagen kann. Rider?«

Sandman unterdrückte ein Grinsen und erzählte seine Geschichte, die einige Verwunderung auslöste, da weder Eleanor noch ihr Vater Charles Corday mit Sir George Phillips in Verbindung gebracht hatten. Schlimm genug, dass die Countess of Avebury in der benachbarten Straße ermordet wurde, aber jetzt kam offenbar noch hinzu, dass Eleanor einige Zeit in Gesellschaft des verurteilten Mörders verbracht hatte. »Ich bin sicher, es ist derselbe junge Mann, obwohl sie ihn in meiner Gegenwart immer nur Charlie genannt haben«, sagte Eleanor. »Aber er übernahm allem Anschein nach einen Großteil der Arbeit.«

»Das war er wahrscheinlich«, bestätigte Sandman.

»Erzähle das besser nicht deiner Mutter«, mahnte Sir Henry leise.

»Sie wird glauben, ich sei um Haaresbreite einem Mord entgangen«, sagte Eleanor.

»Ich bezweifle, dass er ein Mörder ist«, wandte Sandman ein.

»Außerdem hattest du doch sicher eine Anstandsdame bei dir, nicht wahr?«, fragte Sir Henry seine Tochter.

»Selbstverständlich, Papa. Wir sind doch eine anständige Familie«, sagte sie mit einem Seitenblick auf Sandman.

»Die Countess war ebenfalls in Begleitung einer Anstandsdame«, sagte Sandman und erzählte von Meg. Er erklärte, dass er Dienstboten suche, die aus Gesprächen in der Nachbarschaft in Erfahrung bringen könnten, wo das Personal des Avebury-Hauses geblieben sei. Er entschuldigte sich ausgiebig, dass er überhaupt auf die Idee gekommen sei, Hammond in diese Sache hineinzuziehen. »Ich möchte natürlich den Dienstbotenklatsch keineswegs fördern.«

Eleanor fiel ihm ins Wort: »Sei nicht so zimperlich, Rider. Klatsch lässt sich weder fördern noch verhindern, er passiert einfach.«

»Die Wahrheit ist, dass die Dienstboten alle miteinander reden«, fuhr Sandman fort, »und wenn Hammond die Mädchen fragen könnte, was sie gehört haben ...«

»Dann wirst du gar nichts erfahren«, unterbrach Eleanor ihn erneut.

»Meine Liebe«, mahnte ihr Vater.

»Nichts!«, bekräftigte Eleanor. »Hammond ist ein sehr guter Butler und ein bewundernswerter Christ, ich habe mir schon oft gedacht, dass er einen hervorragenden Bischof abgäbe, aber die Dienstmädchen haben alle Angst vor ihm. Nein, meine Zofe Lizzie müssen wir fragen.«

»Du kannst doch Lizzie nicht da hineinziehen!«, wandte ihr Vater ein.

»Warum denn nicht?«

»Weil das nicht geht«, erklärte ihr Vater, dem kein triftiger Grund einfiel. »Es wäre einfach nicht in Ordnung.«

»Es ist nicht in Ordnung, dass Corday hängen soll! Nicht, wenn er unschuldig ist. Und du, Papa, solltest das eigentlich wissen! Ich habe dich noch nie so entsetzt erlebt!«

Sandman schaute Sir Henry fragend an, der nur die Achseln zuckte. »Die Pflicht hat mich nach Newgate geführt«, erklärte er. »Wir Stadträte sind, wie ich erfahren habe, die Arbeitgeber des Henkers, und der Bursche hat einen Helfer beantragt. Da man nur ungern unnötig Geld ausgibt, sind zwei von uns hingegangen, um uns die Erfordernisse seiner Arbeit anzusehen.«

»Und habt ihr schon eine Entscheidung getroffen?«, fragte Eleanor.

»Wir folgen dem Rat des Sheriffs«, sagte Sir Henry. »Ich persönlich war eher geneigt, den Antrag abzulehnen, aber ich räume ein, dass es sich dabei lediglich um ein Vorurteil gegen den Henker gehandelt haben mag. Ich hielt ihn für einen üblen Burschen.«

»Kein Beruf, der Menschen mit besonderen charakterlichen Qualitäten anlocken würde«, merkte Eleanor trocken an.

»Botting, er heißt James Botting.« Sir Henry schauderte. »Eine Hinrichtung ist keine schöne Sache, Rider, haben Sie je eine gesehen?«

»Ich habe Männer gesehen, nachdem sie gehenkt wurden«, sagte Sandman und dachte an Badajoz mit seinen blutigen Feldern und den von Schreien erfüllten Straßen. Nachdem die britische Armee trotz heftigen Widerstandes der Franzosen die spanische Stadt eingenommen hatte, rächte sie sich furchtbar an den Bewohnern, und Wellington hatte dem Scharfrichter befohlen, die Wut der Rotröcke abzukühlen. »Plünderer wurden von uns aufgehängt«, erklärte er Sir Henry.

»Das mussten Sie wohl tun«, sagte Sir Henry. »Es ist ein grauenvoller Tod, grauenvoll. Aber natürlich notwendig, das bestreitet niemand ...«

»Doch«, warf seine Tochter ein.

»Niemand, der bei gesundem Verstand ist, bestreitet es«, korrigierte ihr Vater seine Äußerung. »Aber ich hoffe, dass ich mir nie wieder eine Hinrichtung ansehen muss.«

»Ich würde gern eine sehen«, sagte Eleanor.

»Sei nicht albern«, herrschte ihr Vater sie an.

»Wirklich!«, beharrte Eleanor. »Ständig sagt man uns, Hinrichtungen dienten einem doppelten Zweck: den Schuldigen zu bestrafen und andere vor Straftaten abzuschrecken, aus diesem Grund werden sie auch als öffentliches Spektakel vollzogen. Meiner unsterblichen Seele wäre es also nur zuträglich, wenn ich eine Hinrichtung ansehen würde und damit gegen jegliches Verbrechen gefeit wäre, das zu begehen ich versucht sein könnte.« Sie schaute von ihrem verwirrten Vater zu Sandman und wieder zurück. »Du hältst es für unwahrscheinlich, dass ich eine Verbrecherin werden könnte, Papa? Das ist lieb von dir, aber ich bin sicher, bei dem Mädchen, das vergangenen Montag gehängt wurde, war es ebenso unwahrscheinlich.«

Sandman schaute Sir Henry an, der widerstrebend nickte. »Ja, sie haben ein junges Mädchen gehenkt, Rider. Ein ganz junges Ding.«

»Wenn ihr Vater sie mit zu einer Hinrichtung genommen hätte, hätte die Abschreckung sie vielleicht von ihrem Verbrechen abgehalten«, sagte Eleanor. »Man könnte sogar behaupten, dass du deiner Pflicht als Christ und Vater nicht nachkommst, wenn du mich nicht mit nach Newgate nimmst.«

Sir Henry starrte sie an und war sich nicht sicher, ob sie scherzte. Dann schaute er achselzuckend zu Sandman, als wolle er sagen, man könne seine Tochter nicht ernst nehmen. »Sie glauben also, dass meine Dienstboten etwas über diese Zofe Meg gehört haben könnten, Rider?«

»Ich habe es gehofft, Sir. Oder dass sie sich vielleicht bei anderen Dienstboten aus der Mount Street erkundigen könnten. Das Avebury-Haus ist kaum einen Steinwurf entfernt, und ich bin sicher, alle Dienstboten der Nachbarschaft kennen sich untereinander.«

»Lizzie kennt bestimmt alle«, sagte Eleanor spitz.

»Meine Liebe«, antwortete ihr Vater streng, »es geht hier um heikle Angelegenheiten, nicht um ein Spiel.«

Eleanor schaute ihren Vater entrüstet an. »Es geht um Dienstbotenklatsch, Papa, und darüber ist Hammond erhaben. Lizzie dagegen lebt davon.«

Sir Henry rutschte unbehaglich hin und her. »Es ist doch nicht gefährlich, oder?«, fragte er Sandman.

»Das kann ich mir nicht vorstellen, Sir. Wie Eleanor ganz richtig sagt, möchten wir lediglich wissen, wo die Zofe Meg ist, und das ist bloß Klatsch.«

»Lizzie kann ihre Frage ja damit erklären, dass einer unserer Kutscher ein Auge auf sie geworfen hat«, sagte Eleanor begeistert. Ihr Vater war nicht glücklich bei dem Gedanken, Eleanor in diese Geschichte hineinzuziehen, aber er war nahezu unfähig, seiner Tochter etwas abzuschlagen. Sie war sein einziges Kind, und er liebte sie so sehr, dass er ihr vielleicht sogar erlaubt hätte, Sandman trotz seiner Armut und der Schande seiner Familie zu heiraten, wenn Lady Forrest nicht andere Vorstellungen gehabt hätte. Eleanors Mutter hatte Rider Sandman immer nur als zweitbeste Wahl angesehen. Als die Verlobung stattfand, hatte Sandman zwar Aussichten auf erheblichen Wohlstand, der ihn in Lady Forrests Augen knapp zu einem passablen Schwiegersohn gemacht hätte, aber ihm fehlte das eine, was sie sich mehr als alles andere für ihre Tochter wünschte. Er hatte keinen Titel, und Lady Forrest träumte davon, dass Eleanor eines Tages Duchess, Marchioness, Countess oder zumindest eine Lady wäre. Sandmans plötzliche Mittellosigkeit hatte Lady Forrest einen Vorwand geliefert, zuzuschlagen, und so sehr Sir Henry seine Tochter auch verwöhnte, kam er doch nicht gegen den festen Entschluss seiner Frau an, dass ihr Kind die adelige Herrin marmorner Treppen, ausgedehnter Ländereien und weitläufiger Ballsäle werden sollte, die groß genug für eine Gästeschar in Brigadestärke wären.

Wenn Eleanor also schon nicht den Mann heiraten durfte, den sie wollte, würde er ihr wenigstens erlauben, ihre Zofe den Klatsch und Tratsch der Mount Street aufschnappen zu lassen. »Ich werde dir schreiben«, sagte Eleanor zu Sandman. »Wohin?«

»In das Wheatsheaf in der Drury Lane«, sagte Sandman.

Eleanor stand auf, stellte sich auf die Zehenspitzen und küsste ihren Vater auf die Wange. »Danke, Papa.«

»Wofür?«

»Weil du mich etwas Nützliches tun lässt, auch wenn es nur darin besteht, Lizzies Hang zu Tratsch zu fördern, und dir ebenfalls danke, Rider.« Sie schüttelte ihm die Hand. »Ich bin stolz auf dich.«

»Ich hoffe, das warst du immer schon.«

»Natürlich, aber es ist eine gute Sache, die du machst.« Sie hielt immer noch seine Hand, als die Tür aufging.

Lady Forrest kam herein. Sie hatte ebenso rotes Haar, war ebenso schön und ebenso willensstark wie ihre Tochter, auch wenn Eleanor die grauen Augen und die Intelligenz von ihrem Vater hatte. Lady Forrest machte große Augen, als sie sah, dass ihre Tochter Sandmans Hand hielt, aber sie rang sich ein Lächeln ab. »Captain Sandman«, begrüßte sie ihn in einem Ton, der Glas hätte zerschneiden können, »was für eine Überraschung.«

»Lady Forrest.« Sandman gelang es, sich trotz seiner gefangenen Hand zu verbeugen.

»Was machst du hier, Eleanor?« Lady Forrests Ton war nur knapp über dem Gefrierpunkt.

»Ich lese Rider aus der Hand, Mama.«

»Ach!« Lady Forrest war auf der Stelle fasziniert. Sie fürchtete die unpassende Zuneigung ihrer Tochter zu einem Habenichts, fühlte sich aber magisch zu der Idee übernatürlicher Kräfte hingezogen. »Mir will sie nie aus der Hand lesen«, sagte Lady Forrest. »Sie weigert sich. Also, was siehst du?«

Eleanor tat, als prüfe sie aufmerksam Sandmans Hand. »Ich sehe eine Reise.«

»Etwas Angenehmes, hoffe ich?«, sagte Lady Forrest.

»Nach Schottland«, sagte Eleanor.

»Um diese Jahreszeit kann es dort sehr schön sein«, stellte Lady Forrest fest.

Sir Henry war scharfsichtiger als seine Frau und erkannte darin einen drohenden Hinweis auf Gretna Green. »Es reicht, Eleanor«, sagte er ruhig.

»Ja, Papa.« Eleanor ließ Sandmans Hand los und knickste vor ihrem Vater.

»Was führt Sie her, Rider ...« Fast hätte Lady Forrest sich vergessen, berichtigte sich aber schnell. »Captain?«

»Rider hat mir freundlicherweise ein Gerücht zugetragen, dass die Portugiesen ihre kurzfristigen Anleihen möglicherweise nicht einlösen können«, antwortete Sir Henry an Sandmans Stelle. »Was mich nicht überrascht, muss ich sagen. Wir haben von der Konversion abgeraten, wie du dich sicher erinnerst, meine Liebe.«

»Ja, Lieber, gewiss.« Lady Forrest war sich ganz und gar nicht sicher, gab sich aber mit dieser Erklärung zufrieden. »So, nun komm, Eleanor«, sagte sie. »Der Tee wird serviert, und du vernachlässigst unsere Gäste. Wir haben Lord Eagleton hier«, erklärte sie Sandman stolz.

Lord Eagleton war der Mann, den Eleanor angeblich heiraten sollte. Seine Erwähnung ließ Sandman zusammenzucken. »Ich bin mit Seiner Lordschaft nicht bekannt«, sagte er steif.

»Das ist kaum verwunderlich«, erwiderte Lady Forrest. »Er verkehrt nur in den besten Kreisen. Henry, musst du hier drin rauchen?«

»Ja, ich muss«, antwortete Sir Henry.

»Ich hoffe, Sie genießen Ihre Reise nach Schottland, Captain«, sagte Lady Forrest, führte ihre Tochter hinaus und schloss die Tür gegen den Zigarrenrauch.

»Schottland«, sagte Sir Henry finster und schüttelte den Kopf. »In Schottland werden nicht annähernd so viele gehenkt wie bei uns in England und Wales. Aber die Mordrate ist dort auch nicht höher, glaube ich.« Er schaute Sandman an. »Merkwürdig, finden Sie nicht?«

»Sehr merkwürdig, Sir.«

»Nun ja, ich nehme an, das Innenministerium weiß, was es tut.« Er drehte sich um und schaute brütend in den Kamin. »Es ist kein schneller Tod, Rider, ganz und gar nicht schnell, aber der Gefängnisverwalter war ungeheuer stolz auf das ganze Verfahren. Wollte unseren Beifall und bestand darauf, uns das ganze Gefängnis zu zeigen.« Sir Henry schwieg nachdenklich. »Wissen Sie, es gibt einen Korridor vom Gefängnis zum Gerichtsgebäude. Damit die Gefangenen zum Prozess nicht über die Straße gehen müssen. Vogelkäfiggang nennen sie ihn, dort werden die Gehenkten begraben. Frauen wohl auch, nehme ich an, aber das Mädchen, dessen Hinrichtung ich gesehen habe, wurde zu den Wundärzten gebracht, um aufgeschnitten zu werden.« Er hatte bisher auf die leere Feuerstelle gestarrt, aber nun schaute er zu Sandman auf. »Die Steinplatten in dem Gang wackelten, Rider, sie wackelten. Das kommt von den Gräbern darunter, die absacken. Sie hatten Fässer mit Kalk, um den Zerfall zu beschleunigen. Es war übel. Unglaublich übel.«

»Es tut mir Leid, dass Sie diese Erfahrung machen mussten«, sagte Sandman.

»Ich hielt es für meine Pflicht«, antwortete Sir Henry schaudernd. »Ich war mit einem Freund dort, er fand ein geradezu unanständiges Vergnügen an allem. Der Galgen ist gewiss notwendig, aber doch wohl nichts, woran man Gefallen finden könnte? Oder bin ich zu skrupulös?«

»Sie sind sehr hilfsbereit, Sir Henry, und ich bin Ihnen dankbar.«

Sir Henry nickte. »Es wird einen oder zwei Tage dauern, bis

Sie eine Antwort bekommen, nehme ich an, aber hoffen wir, dass es hilft. Gehen Sie schon? Sie müssen unbedingt wiederkommen, Rider, kommen Sie wieder.« Er brachte Sandman in die Diele und half ihm in den Mantel.

Als Sandman ging, merkte er nicht einmal, ob es regnete.

Er dachte an Lord Eagleton. Eleanor hatte sich nicht benommen, als sei sie in Seine Lordschaft verliebt, sie hatte sogar ein eher angewidertes Gesicht gemacht, als sein Name fiel. Und das machte Sandman Hoffnung. Aber was hatte Liebe mit Ehe zu tun, fragte Sandman sich. Bei einer Heirat ging es um Geld, Land und Ansehen. Um ein Leben jenseits des wirtschaftlichen Ruins. Um den guten Ruf.

Und Liebe? Verdammt, dachte Sandman, aber er liebte.

Es regnete nicht mehr, der Spätnachmittag präsentierte sich sogar mit einem für London selten klaren Himmel. Alles wirkte klar, frisch gewaschen und unverdorben. Die Regenwolken waren nach Westen abgezogen und das vornehme London strömte auf die Straße. Offene Pferdewagen, gezogen von Gespannen mit gestriegeltem Fell und geflochtenen Mähnen, klapperten elegant zur täglichen Parade in den Hyde Park. Straßenkapellen wetteiferten miteinander, Trompeten schmetterten, Trommeln schlugen und Sammler schüttelten ihre Sammelbüchsen. Sandman nahm von alledem nichts wahr.

Er dachte an Eleanor, und als er keinem der Blicke und Nuancen in seiner Erinnerung mehr neue Hinweise auf ihre Absichten zu entringen vermochte, überlegte er, was er an diesem Tag erreicht hatte. Er hatte erfahren, dass Corday ihm weitgehend die Wahrheit gesagt hatte, er hatte seine Ansicht bestätigt gefunden, dass gelangweilte junge Aristokraten zu den unhöflichsten Menschen gehörten, und er hatte veranlasst, dass Eleanors Zofe sich auf die Suche nach Klatschgeschichten machte, aber in Wahrheit hatte er nicht viel in Erfahrung gebracht. Es gab nichts, was er Viscount Sidmouth hätte berichten können. Was sollte er also tun?

Darüber dachte er nach, als er in das Wheatsheaf zurückkehrte und seine Wäsche zu der Frau hinunterbrachte, die für jedes Hemd einen Penny verlangte und mit der er zwanzig Minuten plaudern musste, um sie nicht zu beleidigen. Anschließend flickte er seine Stiefel mit einer Segelmachernadel und Lederhandschutz, die er sich vom Wirt ausborgte, und versuchte einen Fleck im Ärmel seines Gehrocks auszubürsten. Von allen Nachteilen der Armut empfand er das Fehlen eines Dienstboten, der die Kleidung sauber hielt, als zeitraubendsten Mangel. Zeit hätte er dringend gebraucht. Er überlegte, wie er weiter vorgehen sollte. Nach Wiltshire fahren, sagte er sich. Lieber würde er auf die Fahrt verzichten, da sie weit und kostspielig war und er nicht die geringste Gewähr besaß, dort die Zofe Meg zu finden, aber wenn er wartete, bis er von Eleanor hörte, könnte es bereits zu spät sein. Es bestand eine gewisse Chance, dass man sämtliche Dienstboten aus dem Londoner Haus auf das Landgut des Earl geholt hatte. Also fahre hin, sagte er sich. Wenn er morgen früh die Postkutsche nähme, wäre er am frühen Nachmittag dort und könnte am nächsten Morgen mit der Postkutsche zurückfahren. Aber er scheute die Ausgaben. Er könnte auch die Frachtpostkutsche nehmen, die in jeder Richtung nicht mehr als ein Pfund kosten dürfte, damit würde er aber Wiltshire nicht vor dem Abend erreichen. Da er vermutlich zwei oder drei Stunden brauchen würde, das Haus des Earl of Avebury zu finden, würde er kaum vor Einbruch der Dunkelheit dort ankommen und müsste bis zum nächsten Morgen warten, bevor er dort vorsprechen könnte, während er das Gut des Earl mit der Postkutsche spätestens am Nachmittag erreichen würde. Die Fahrt käme mindestens doppelt so teuer, aber Corday blieben nur noch fünf Tage Zeit. Sandman zählte sein Geld und wünschte, er hätte Sally nicht so großzügig zum Mittagessen eingeladen, schalt sich aber gleich für diesen wenig galanten Gedanken. Er ging zur Poststation Charing Cross und bezahlte zwei Pfund sieben Schillinge für den letzten von vier Sitzplätzen in der nächsten Morgenkutsche nach Marlborough.

Als er wieder ins Wheatsheaf kam, ging er in die Abstellkammer, wo er zwischen Bierfässern und reparaturbedürftigen Möbelstücken seine frisch geflickten Stiefel putzte. Die finstere, muffige Kammer wurde nicht nur von Ratten, sondern auch von Dodds, dem Laufburschen des Gasthauses, heimgesucht. Sandman saß auf einem Fass in einer dunklen Ecke, hörte Dodds' unmelodisches Pfeifen und wollte ihm schon einen Gruß zurufen, als er eine fremde Stimme hörte. »Sandman ist nicht oben.«

»Ich habe ihn aber reinkommen sehen«, sagte Dodds in seiner üblichen aufsässigen Art.

Ganz leise zog Sandman seine Stiefel an. Die Stimme des Fremden war barsch und lud Sandman keineswegs dazu ein, sich zu erkennen zu geben. Vielmehr veranlasste sie ihn, sich eine Waffe zu suchen, er fand aber nur eine Fassdaube. Es war nicht viel, aber er hielt sie wie einen Degen, als er sich vorsichtig zur Tür schlich.

»Hast du was gefunden?«, fragte der Fremde.

»Das hier und einen Kricketschläger«, antwortete ein anderer Mann. Sandman, der immer noch im Schatten stand, beugte sich leicht vor und sah einen jungen Mann, der seinen Schläger und seinen Armeedegen hielt. Die beiden Männer waren offenbar in Sandmans Abwesenheit in seinem Zimmer gewesen, worauf einer von ihnen heruntergekommen war, um ihn zu suchen, während der andere sich in seinem Zimmer umgesehen und die beiden einzigen Dinge von Wert entdeckt hatte. Da Sandman es sich nicht leisten konnte, beides zu verlieren, blieb ihm nichts anderes übrig, als Schläger und Degen zu holen und herauszufinden, wer die beiden Männer waren.

»Ich schaue im Schankraum nach«, sagte der erste Mann.

»Bring ihn mir her«, befahl der Zweite und lieferte sich Sandman auf Gedeih und Verderb aus.

Sandman brauchte nur abzuwarten. Der erste Mann ging mit Dodds durch die Dienstbotentür und ließ den Zweiten im Gang stehen, wo er Sandmans Degen halb aus der Scheide zog und die Inschrift auf der Klinge betrachtete. So stand er immer noch da, als Sandman aus der Abstellkammer kam und ihm die

Fassdaube wie einen Schlagstock in die Nieren rammte. Der Aufprall ließ das Holz zersplittern, der Mann machte stöhnend einen Satz nach vorn. Sandman ließ die Daube los, packte den Mann an den Haaren und zog ihn nach hinten. Der Mann ruderte mit den Armen, um das Gleichgewicht zu halten, aber Sandman brachte ihn zu Fall, dass er rückwärts auf den Boden prallte, wo Sandman ihm in die Lenden trat. Der Mann schrie und krümmte sich vor Schmerz.

Sandman nahm Schläger und Degen, die auf den Boden gefallen waren. Der Kampf hatte nur wenige Sekunden gedauert, der Mann stöhnte und wand sich vor Schmerz, was allerdings nicht hieß, dass er sich nicht bald erholen würde. Da Sandman fürchtete, er könnte eine Schusswaffe bei sich haben, schob er mit der Degenscheide seinen Mantel auseinander.

Er erkannte eine schwarz-gelbe Livree. »Sie kommen aus dem Seraphim Club?«, fragte er. Der Mann keuchte etwas unter Schmerzen, allerdings eine Aufforderung, der Sandman nicht nachzukommen gedachte. Er beugte sich über den Mann, tastete seine Manteltaschen ab und fand eine Pistole, die er hastig herauszog, wobei er mit dem Spannhahn das Taschenfutter aufriss. »Ist sie geladen?«, fragte er.

Da der Mann lediglich seine Beschimpfung wiederholte, legte Sandman ihm den Lauf an die Schläfe und spannte die Waffe. »Ich frage noch einmal«, sagte er, »ist sie geladen?«

»Ja!«

»Warum sind Sie hier?«

»Sie wollten, dass wir Sie in den Club bringen.«

»Warum?«

»Ich weiß es nicht! Sie haben uns geschickt.«

Es war durchaus wahrscheinlich, dass der Mann mehr nicht wusste, daher trat Sandman einen Schritt zurück. »Verschwinden Sie«, sagte er. »Holen Sie Ihren Freund aus dem Schankraum und sagen Sie ihm, wenn er einem Soldaten Ärger machen will, soll er eine Armee mitbringen.«

Der Mann schaute ihn vom Boden her ungläubig an. »Ich kann gehen?«

»Raus«, sagte Sandman und schaute zu, wie der Mann aufstand und aus dem Flur humpelte. Warum wollte man ihn im Seraphim Club haben? Warum schickten sie zwei Schläger, ihn zu holen? Warum schickten Sie ihm nicht einfach eine Einladung?

Er folgte dem humpelnden Mann in die Schänke, wo zahlreiche Gäste an den Tischen saßen. Ein blinder Fiedler stimmte in der Kaminecke sein Instrument und schaute mit blicklosen weißen Augen auf, als Sally Hood ängstlich aufschrie. Sie starrte auf die Waffe in Sandmans Hand. Er hob sie an und richtete die schwarze Mündung gegen die Decke, was die beiden Männer als Hinweis nahmen, die Flucht zu ergreifen. Sorgsam senkte Sandman die Waffe und schob sie in seinen Gürtel, als Sally zu ihm lief. »Was ist passiert?«, fragte sie und umklammerte in ihrer Angst Sandmans Arm.

»Alles in Ordnung, Sally«, beruhigte er sie.

»Das ist es verdammt noch mal nicht«, sagte sie. Sie schaute mit großen Augen an ihm vorbei, und Sandman hörte, wie eine Waffe gespannt wurde.

Er machte seinen Arm aus Sallys Umklammerung los, drehte sich um und sah eine Pistole mit langem Lauf, die zwischen seine Augen gerichtet war. Der Seraphim Club hatte nicht zwei Männer geschickt, ihn zu holen, sondern drei. Und dieser Dritte war, wie Sandman vermutete, der Gefährlichste von allen, denn es war Sergeant Berrigan, ehemals Feldwebel Seiner Majestät First Foot Guards. Er saß grinsend in einer Nische. Sally griff wieder nach Sandmans Arm und stöhnte leise vor Furcht.

»Es ist wie bei den französischen Dragonern, Captain«, sagte Sergeant Berrigan. »Wenn Sie die Kerle nicht gleich beim ersten Mal richtig verabschieden, kommen sie mit Sicherheit wieder, um Sie in die Falle zu locken.«

Und Sandman saß in der Falle.

4

Sergeant Berrigan richtete die Pistole noch einen Augenblick auf Sandman, bevor er sie senkte, auf den Tisch legte und mit dem Kopf auf die Bank ihm gegenüber deutete. »Dank Ihnen habe ich gerade ein Pfund gewonnen, Captain.«

»Schwein!«, spie Sally Berrigan ins Gesicht.

»Sally! Sally!«, beruhigte Sandman sie.

»Er hat verdammt noch mal kein Recht, Sie mit der Waffe zu bedrohen«, protestierte Sally und fuhr dann Berrigan an: »Wofür halten Sie sich eigentlich?«

Sandman schob sie auf die Bank und setzte sich neben sie. »Erlauben Sie mir, Ihnen Sergeant Berrigan vorzustellen, ehemals Feldwebel Seiner Majestät First Foot Guards. Das ist Miss Sally Hood.«

»Sam Berrigan«, sagte der Sergeant, offenkundig amüsiert über Sallys Wutausbruch, »es ist mir eine Ehre, Miss.«

»Mir überhaupt nicht.« Sie funkelte ihn wütend an.

»Ein Pfund?«, fragte Sandman Berrigan.

»Ich habe gesagt, diese beiden dusseligen Kerle würden Sie nicht zu packen kriegen, Sir. Nicht Captain Sandman vom 52.«

Sandman musste beinahe grinsen. »Lord Skavadale schien mich als Kricketspieler zu kennen, nicht als Soldat.«

»Ich wusste, in welchem Regiment Sie gedient haben«, sagte Berrigan. Er schnippte mit den Fingern, und sofort eilte eine der Kellnerinnen herbei. Dass Berrigan sein ehemaliges Regiment kannte, beeindruckte Sandman nicht annähernd so sehr wie die Tatsache, dass ein Fremder im Wheatsheaf so prompt bedient wurde. Sam Berrigan strahlte etwas überaus Kompetentes aus. »Ich nehme ein Ale, Miss«, sagte Sergeant Berrigan dem Mädchen und schaute Sally fragend an. »Was hätten Sie gern, Miss Hood?«

Sally rang einen Augenblick mit sich, ob sie Sam Berrigans Angebot nicht am liebsten ausschlagen würde, kam aber zu dem Schluss, dass das Leben zu kurz sei, um eine Einladung abzulehnen. »Ich nehme einen Ginpunsch, Molly«, sagte sie schmollend.

»Ale«, bestellte Sandman.

Berrigan drückte Molly eine Münze in die Hand und hielt sie fest. »Einen Krug Ale, Molly, und sorgen Sie dafür, dass der Ginpunsch so gut ist wie bei Limmer's.«

Fasziniert knickste Molly vor dem Sergeant. »Sir, Mister Jenkins mag keine Waffen auf seinen Tischen«, flüsterte sie.

Lächelnd ließ Berrigan ihre Hand los und steckte die Pistole in eine tiefe Jackentasche. Er schaute Sandman an. »Lord Robin Holloway hat die beiden geschickt«, sagte er abfällig, »und der Marquess hat mich geschickt.«

»Marquess?«

»Skavadale, Captain. Er wollte nicht, dass Ihnen etwas zustößt.«

»Seine Lordschaft ist plötzlich sehr großzügig.«

»Nein, Sir«, antwortete Berrigan. »Der Marquess möchte keinen Ärger, aber Lord Robin? Ihm ist das egal. Er ist ein Trottel, das ist er. Er hat die beiden geschickt, damit sie Sie in den Club bringen, wo er Sie herausfordern wollte.«

»Zu einem Duell?« Sandman war amüsiert.

»Pistolen, denke ich.« Berrigan war ebenfalls amüsiert. »Ich kann mir nicht vorstellen, dass er noch einmal mit Ihnen fechten will. Aber ich habe dem Marquess gesagt, dass die beiden es nie schaffen werden, Sie in ihre Gewalt zu bringen. Sie waren ein zu guter Soldat.«

Sandman grinste. »Woher wissen Sie, was für ein Soldat ich war, Sergeant?«

»Ich weiß genau, was für ein Haudegen Sie waren«, sagte Berrigan. Er hatte ein gutes Gesicht, fand Sandman, breit, zäh und mit selbstbewusstem Blick.

Sandman zuckte die Achseln. »Ich glaube nicht, dass ich einen besonderen Ruf hatte.«

Berrigan schaute Sally an. »Es war an einem Abend in Waterloo, Miss, und wir waren geschlagen. Ich wusste es. Ich habe genug Kämpfe erlebt, um zu wissen, wann man geschlagen ist. Wir standen einfach da und starben. Wir gaben nicht auf, verstehen Sie mich nicht falsch, Miss, aber die verdammten Franzen hatten uns geschlagen. Sie waren einfach zu viele. Den ganzen Tag hatten wir sie getötet, und ständig kamen mehr, der Tag ging zu Ende, und die letzten von ihnen kamen den Hügel herauf. Es waren vier Mal so viele wie wir. Ich beobachtete ihn«, er deutete mit dem Kopf auf Sandman, »er ging in vorderster Front auf und ab, als ob nichts auf der Welt ihm Sorgen machte. Sie hatten Ihren Hut verloren, nicht wahr, Sir?«

Sandman lachte bei der Erinnerung. »Ja, Sie haben Recht.« Eine französische Musketensalve hatte ihm seinen Zweispitz weggeblasen, er war verschwunden. Sofort hatte er den verbrannten Boden um sich her abgesucht, aber der Hut war fort. Er fand ihn nie wieder.

»Es war sein blondes Haar«, erklärte Berrigan Sally. »An einem dämmrigen Tag fiel es auf. Er ging auf und ab, keine fünfzig Schritte entfernt hatten die Franzen einen Vorposten. Alle schossen auf ihn, aber er zuckte nicht mal mit der Wimper. Ging einfach weiter.«

Sandman war verlegen. »Ich habe lediglich meine Pflicht getan, Sergeant, genau wie Sie, und ich hatte Angst, das kann ich Ihnen versichern.«

»Aber bei Ihnen konnten wir sehen, dass Sie Ihre Pflicht taten«, sagte Berrigan und schaute Sally an, die mit offenem Mund zuhörte. »Er ging auf und ab, und die kaiserliche Garde kam den Hügel herauf, und ich dachte schon, das war's. Das war's, Sam. Ein kurzes Leben und ein flaches Grab, denn es waren nur noch wenige von uns übrig, aber der Captain hier, der schlenderte immer noch umher wie an einem Sonntag im Hyde Park, und dann blieb er stehen, beobachtete die Franzen so kühl, wie man sich es nur denken kann, und lachte.«

»Daran erinnere ich mich nicht«, sagte Sandman.

»Doch«, beharrte Berrigan, »Der Tod kam in blauer Uniform den Hang herauf, und Sie lachten!«

»Ich hatte einen Oberfeldwebel, der immer im unpassenden Augenblick schlechte Witze machte«, sagte Sandman. »Ich vermute, er hatte gerade etwas Unanständiges gesagt.«

»Dann sah ich, wie er seine Männer um die gegnerische Flanke führte und die Feinde zum Teufel jagte«, erzählte Berrigan Sally weiter.

»Das war ich nicht«, wandte Sandman vorwurfsvoll ein. »Johnny Colborne führte uns um die Flanke. Es war sein Regiment.«

»Aber Sie übernahmen die Führung«, beharrte Berrigan. »Sie hatten die Führung.«

»Nein, nein, nein«, entgegnete Sandman. »Ich war Ihnen nur am nächsten, Sergeant, und die französischen Garden haben wir bestimmt nicht allein geschlagen. Wenn ich mich recht erinnere, steckte Ihr Regiment mitten drin?«

»Wir waren gut an dem Tag«, räumte Berrigan ein. »Wir waren sehr gut, und das mussten wir auch sein, zum Teufel, denn die Franzen waren verdammt stark.« Er schenkte zwei Humpen Ale ein und hob seinen an. »Auf Ihre Gesundheit, Captain.«

»Darauf trinken wir«, sagte Sandman, »obwohl ich bezweifle, dass Ihre Arbeitgeber sich diesem Wunsch anschließen würden.«

»Lord Robin mag Sie nicht«, bestätigte Berrigan, »weil Sie ihn zum Narren gemacht haben, aber das ist nicht schwer, weil er ein verdammter Idiot ist.«

»Vielleicht mögen sie mich nicht, weil sie nicht wollen, dass der Mord an der Countess untersucht wird«, stellte Sandman fest.

»Ich glaube, das ist ihnen gleich«, vermutete Berrigan.

»Wie ich höre, haben sie das Porträt in Auftrag gegeben, und der Marquess hat zugegeben, dass er die Tote kannte.« Sandman führte auf, was gegen Berrigans Arbeitgeber sprach. »Und sie weigern sich, Fragen zu beantworten. Ich traue ihnen nicht.«

Berrigan trank seinen Humpen leer und schenkte sich nach. Er schaute Sandman ein Weilchen an und zuckte die Achseln. »Das ist der Seraphim Club, Captain; es ist wahr, sie haben gemordet, gestohlen, bestochen und es sogar mit Straßenraub versucht. Sie bezeichnen das als Ulk. Aber die Countess umbringen? Davon habe ich nichts gehört.«

»Hätten Sie es denn erfahren?«, fragte Sandman.

»Nicht unbedingt«, räumte Berrigan ein. »Aber wir Dienstboten wissen meist, was sie treiben, weil wir hinter ihnen herräumen.«

»Weil sie sich wie die Ganoven benehmen?« Sally klang ärgerlich. Dass ihre Freunde im Wheatsheaf Straftaten begingen, war etwas völlig anderes, weil sie arm geboren wurden. »Warum wollen sie Ganoven sein? Sie sind doch schon reich, oder?«

Berrigan schaute sie an. Offensichtlich gefiel ihm, was er sah. »Genau aus dem Grund tun sie es: Eben weil sie reich sind«, sagte er. »Reich, adelig, privilegiert, und deshalb halten sie sich für besser als alle anderen. Und sie langweilen sich. Sie nehmen sich, was sie wollen, und was ihnen im Weg steht, vernichten sie.«

»Oder lassen es von Ihnen vernichten?«, vermutete Sandman.

Berrigan schaute Sandman fest an. »Es gibt achtunddreißig Seraphim und zwanzig Diener, das Küchenpersonal und die Stubenmädchen nicht mitgerechnet. Und wir zwanzig werden alle gebraucht, um ihren Dreck wegzuräumen. Sie sind reich genug, dass sie sich darum nicht zu kümmern brauchen.« Sein Ton schien Sandman warnen zu wollen. »Und sie sind Schweine, Captain, richtige Schweine.«

»Dennoch arbeiten Sie für sie«, stellte Sandman fest.

»Ich bin kein Heiliger, Captain«, sagte Berrigan, »und sie bezahlen mich gut.«

»Weil sie auf Ihr Stillschweigen angewiesen sind?«, fragte Sandman. Als er keine Antwort bekam, hakte er nach: »Über was sollen Sie Stillschweigen bewahren?«

Berrigan warf einen Seitenblick auf Sally und schaute wieder Sandman an. »Das wollen Sie gar nicht wissen.«

Sandman begriff, was der flüchtige Blick auf Sally besagen sollte. »Vergewaltigung?«

Berrigan nickte, sagte aber nichts.

»Ist das der Zweck dieses Clubs?«

»Der Zweck ist, dass sie tun können, was sie wollen«, antwortete Berrigan. »Sie sind alle Lords, Baronets oder stinkreich, und alle anderen auf der Welt sind für sie nur Bauern. Sie glauben, sie hätten das Recht, zu tun, was ihnen gefällt. Es ist nicht einer unter ihnen, der es nicht verdient hätte, gehenkt zu werden.«

»Sie inbegriffen?«, fragte Sandman. Als der Sergeant keine Antwort gab, fragte er: »Warum erzählen Sie mir das?«

»Lord Robin Holloway will Sie tot sehen, weil Sie ihn gedemütigt haben«, sagte Berrigan, »aber das lasse ich nicht zu, Captain, nicht nach Waterloo. Das war ein ...« Er stockte auf der Suche nach dem passenden Wort. »Ich habe gedacht, das überlebe ich nicht«, gestand er schließlich. »Seitdem ist nichts mehr wie vorher. Wir sind durch die Hölle gegangen, Miss.« Er schaute Sally an. »Wir haben uns verbrannt, aber wir sind wieder herausgekommen.« Die Stimme des Sergeant war rau vor Erschütterung, was Sandman verstand. Er kannte viele Soldaten, die zu weinen anfingen, wenn sie nur an ihre Dienstjahre, die Kämpfe und die Kameraden dachten, die sie verloren hatten. Sam Berrigan sah hart wie Stein aus, was er zweifellos auch war, aber er war auch sehr sentimental. »Es ist kaum ein Tag vergangen, an dem ich Sie nicht vor meinem inneren Auge gesehen habe«, sagte Berrigan. »Da draußen auf dem Hügel in dem verdammten Rauch. Das ist das Einzige von der ganzen Schlacht, woran ich mich erinnere, und ich weiß nicht, warum. Deshalb will ich nicht, dass Ihnen ein lahmer Schwachkopf wie Lord Robin Holloway etwas tut.«

Sandman grinste. »Ich glaube, Sie sind hier, weil Sie den Seraphim Club verlassen wollen, Sergeant.«

Berrigan lehnte sich zurück, musterte Sandman und anschließend wohlwollender auch Sally. Unter seinem prüfenden Blick errötete sie. Er zog eine Zigarre aus seiner Innentasche und zündete mit einer Zunderbüchse ein Zündholz an. »Ich habe nicht vor, lange Diener fremder Herren zu sein«, erklärte er, als seine Zigarre brannte. »Aber wenn ich meinen Dienst quittiere, werde ich ein eigenes Geschäft eröffnen, Captain.«

»Womit?«, fragte Sandman.

»Damit.« Berrigan tippte auf seine Zigarre. »Viele Herren haben während des Spanienkrieges eine Vorliebe für diese Zigarren entwickelt, aber sie sind erstaunlich schwer zu bekommen. Ich treibe sie für die Clubmitglieder auf und verdiene damit genauso viel, wie ich an Lohn bekomme. Sie verstehen, Captain?«

»Ich bin nicht ganz sicher.«

»Ich brauche Ihren Rat nicht, ich brauche Ihre Predigten nicht und ich brauche Ihre Hilfe nicht. Sam Berrigan kann selbst auf sich aufpassen. Ich bin nur gekommen, um Sie zu warnen, sonst nichts. Verschwinden Sie aus der Stadt, Captain.«

»Im Himmel herrscht Freude über einen Sünder, der bereut«, sagte Sandman.

»O nein. Nein, nein, nein«, wehrte Berrigan kopfschüttelnd ab. »Ich habe Ihnen bloß einen Gefallen getan, Captain!« Er stand auf. »Nur deshalb bin ich hergekommen.«

Sandman grinste. »Ich könnte Hilfe brauchen, Sergeant, wenn Sie sich also entschließen sollten, den Club zu verlassen, kommen Sie zu mir. Morgen verlasse ich London, aber am Donnerstagnachmittag bin ich wieder zurück.«

»Das will ich doch hoffen«, warf Sally ein.

Amüsiert hob Sandman eine Augenbraue.

»Wegen der Privatvorstellung«, erklärte Sally. »Sie kommen doch nach Covent Garden, um mir zuzujubeln, oder? Wir spielen Aladdin.«

»Aladdin?«

»Ein verdammt schlecht geprobter Aladdin. Morgen früh muss ich hin, um die Schritte zu lernen. Sie kommen doch, Captain?«

»Aber sicher«, sagte Sandman und schaute Berrigan an. »Ich bin also am Donnerstag wieder hier. Danke für das Bier, und falls Sie sich entschließen sollten, mir zu helfen, wissen Sie ja, wo Sie mich finden.«

Berrigan starrte ihn einen Augenblick lang an, sagte aber nichts. Dann nickte er Sally zu und ging, nachdem er einige Münzen auf den Tisch geworfen hatte. Sandman schaute ihm nach. »Ein überaus bekümmerter junger Mann, Sally.«

»Ich fand ihn gar nicht bekümmert. Aber gut sah er aus, nicht?«

»Ach ja?«

»Na klar!«, sagte Sally nachdrücklich.

»Trotzdem ist er bekümmert«, sagte Sandman. »Er möchte gut sein, aber das Schlechtsein fällt ihm leichter.«

»Willkommen im Leben«, sagte Sally.

»Dann müssen wir ihm wohl helfen, gut zu werden, nicht wahr?«

»Wir?« Sie klang beunruhigt.

»Ich habe beschlossen, dass ich die Welt nicht ganz allein auf den rechten Weg bringen kann«, erklärte Sandman. »Ich brauche Verbündete, meine Liebe, und Sie sind eine der Auserwählten. Bislang gehören Sie dazu sowie jemand, den ich heute Nachmittag aufgesucht habe, vielleicht Sergeant Berrigan ...« Sandman drehte sich um, als ein neuer Gast einen Stuhl umstieß, sich ausgiebig entschuldigte, mit seinem Gehstock fuchtelte und sich den Kopf an einem Deckenbalken stieß. »... und Ihr Verehrer, das macht vier«, schloss Sandman.

Vielleicht sogar fünf, denn Lord Alexander war in Begleitung eines jungen Mannes mit offenem Gesicht und bedrückter Miene. »Sind Sie Captain Sandman?« Der junge Mann wartete nicht, bis man ihn vorgestellt hatte, sondern kam durch den Raum geeilt und streckte die Hand aus.

»Zu Diensten«, sagte Sandman vorsichtig.

»Gott sei Dank, dass ich Sie gefunden habe!«, sagte der junge Mann.. »Mein Name ist Carne, Christopher Carne.«

»Ich freue mich, Ihre Bekanntschaft zu machen«, antwortete Sandman höflich, obwohl ihm der Name nichts sagte und das Gesicht des jungen Mannes ihm nicht bekannt vorkam.

»Die Countess of Avebury war meine Stiefmutter«, erklärte Carne. »Ich bin der einzige Sohn meines Vaters, sogar sein einziges Kind, und daher der Erbe seines Titels.«

»Aha«, sagte Sandman.

»Wir müssen miteinander sprechen«, sagte Carne. »Bitte, wir müssen uns unterhalten.«

Lord Alexander verbeugte sich vor Sally, wobei er tief rot wurde. Da Sandman wusste, dass er seinen Freund ein Weilchen sich selbst überlassen konnte, führte er Carne in den hinteren Teil des Schankraumes, wo sie in einer Nische recht ungestört waren.

»Wir müssen miteinander reden«, wiederholte Carne. »Mein Gott, Sandman, Sie können eine große Ungerechtigkeit verhindern. Und das müssen Sie, weiß Gott, tun.«

Also unterhielten sie sich.

Es handelte sich natürlich um Lord Christopher Carne. »Bitte, nennen Sie mich Kit«, bot er an.

Sandman war kein Radikaler. Er hatte nie die Meinung Lord Alexanders geteilt, eine auf Wohlstand und Privilegien gegründete Gesellschaftsordnung zu stürzen, aber er nannte Männer nur dann »Mylord«, wenn er sie oder ihr Amt solchen Respekts für würdig hielt. Er hegte keinen Zweifel, dass der Marquess of Skavadale dieses Zögern bemerkt hatte, ebenso wie Sandman erkannt hatte, dass der Marquess Gentleman genug war, es zu übergehen. Doch obwohl Sandman nicht bereit war, Lord Christopher Carne als Mylord anzureden, wollte er ihn auch nicht Kit nennen, daher war es besser, auf jede Anrede zu verzichten.

Sandman hörte lediglich zu. Lord Christopher Carne war ein nervöser, zögerlicher junger Mann mit dicken Brillengläsern. Er war sehr klein, hatte dünnes Haar und litt unter einem leichten Stottern. Alles in allem wirkte er durchaus nicht einnehmend, besaß aber eine eindringliche Art, die seine offenkundigen Schwächen ausglich. »Mein Vater ist ein grässlicher Mensch«, erklärte er Sandman, »einfach grässlich.«

»Grässlich?«

»Es ist, als seien die zehn Gebote eigens aufgestellt, um ihn herauszufordern, Sandman. Besonders das siebte Gebot!«

»Ehebruch?«

»Gewiss. Er beachtet es einfach nicht, Sandman!« Lord Christophers Augen hinter den dicken Brillengläsern weiteten sich und er errötete, als sei allein schon der Gedanke an Ehebruch ein Gräuel und die Nennung dieses Wortes eine Schande. Wie Sandman auffiel, trug er einen gut geschnittenen Rock und ein feines Hemd, aber an beiden wiesen die Manschetten Tintenflecke auf, die auf eine Vorliebe für Bücher hindeuteten. Lord Christopher fühlte sich unter Sandmans prüfendem Blick offenkundig unbehaglich. »Ich m-meine, wie jeder gewohnheitsmäßige Sünder nimmt mein Vater Anstoß daran, wenn man sich gegen ihn versündigt.«

»Ich verstehe nicht.«

Lord Christopher blinzelte. »Er hat mit den Frauen vieler Männer gesündigt, Captain Sandman«, erklärte er verlegen, »aber als seine eigene Frau ihm untreu war, wurde er wütend.«

»Ihre Stiefmutter?«

»Genau. Er drohte, sie zu töten! Ich habe es selbst gehört.«

»Die Drohung, jemanden zu töten, ist nicht dasselbe, wie tatsächlich zu töten«, stellte Sandman fest.

»Der Unterschied ist mir klar«, erwiderte Lord Christopher überraschend scharf, »aber ich habe mit Alexander gesprochen, und wie er mir sagt, haben Sie eine Verpflichtung gegenüber dem Maler Cordell übernommen?«

»Corday.«

»Genau, und ich kann einfach nicht glauben, dass er es getan hat! Welchen Grund sollte er haben? Aber mein Vater, Sandman, mein Vater hatte Grund dazu.« Lord Christopher sprach mit ungestümer Vehemenz, beugte sich sogar vor und packte Sandmans Handgelenk, während er diese Beschuldigung vorbrachte. Als ihm sein Tun klar wurde, ließ er Sandman errötend los. »Sie verstehen es vielleicht besser, wenn ich Ihnen etwas mehr über meinen Vater erzähle«, fuhr er gemäßigter fort.

Die Geschichte war bald erzählt. Die erste Frau des Earl, Lord Christophers Mutter, stammte aus einer Adelsfamilie und war, wie Lord Christopher beteuerte, eine Heilige. »Er behandelte sie schändlich, Sandman, erniedrigte, misshandelte und beschimpfte sie, aber sie ertrug es in christlicher Demut, bis sie starb. Das war 1809. Gott sei ihrer lieben Seele gnädig.«

»Amen«, fügte Sandman fromm hinzu.

»Er trauerte kaum um sie«, empörte sich Lord Christopher, »er holte sich einfach weiter Frauen ins Bett, darunter auch Celia Collett. Sie war fast noch ein Kind, Sandman, er war drei Mal so alt wie sie. Aber er war von ihr besessen.«

»Celia Collett?«

»Meine Stiefmutter, und sie war schlau, Sandman, sehr schlau.« In seinem Ton lag wieder jene Wildheit. »Sie war Tänzerin im Sans Pareil. Kennen Sie es?«

»Ich habe davon gehört«, sagte Sandman zurückhaltend. Das Sans Pareil auf dem Strand war eines der neuen Theater, die ihr Publikum mit Tanz und Gesang unterhielten. Wenn Celia, die Countess of Avebury, dort auf der Bühne gestanden hatte, musste sie schön gewesen sein.

»Sie wehrte seine Avancen ab«, nahm Lord Christopher seinen Bericht wieder auf, »sie lehnte ihn rundweg ab! Sie ließ ihn erst in ihr Bett, nachdem er sie geheiratet hatte, und dann führte sie ihn an der Nase herum, Sandman! Ich sage nicht, dass er es nicht verdient hätte, denn das hatte er, aber sie nahm alles Geld, das sie bekommen konnte, und nutzte es, um ihm Hörner aufzusetzen.«

»Sie mochten sie offensichtlich nicht?«, stellte Sandman fest.

Lord Christopher wurde erneut rot. »Ich kannte sie kaum«, erklärte er unbehaglich, »aber was hätte man an ihr schon mögen sollen? Die Frau besaß keinen Glauben, kaum Manieren und so gut wie keine Bildung.«

»Machte Ihr Vater – macht Ihr Vater sich etwas aus Glauben, Manieren oder Bildung?«, fragte Sandman.

Lord Christopher runzelte die Stirn, als habe er die Frage nicht verstanden, schließlich nickte er. »Sie haben ihn richtig erfasst. Mein Vater macht sich nicht das Geringste aus Gott, Büchern und Anstand. Er hasst mich, Sandman, und wissen Sie warum? Weil der Familienbesitz als Erbgut an mich geht, das hat sein Vater veranlasst, sein eigener Vater!« Lord Christopher klopfte auf den Tisch, um seinen Worten Nachdruck zu verleihen. Sandman schwieg, aber er verstand durchaus, dass die Umwandlung in ein Erbgut für den gegenwärtigen Earl of Avebury eine schwere Beleidigung darstellte, da sein Vater, Lord Christophers Großvater, aus Misstrauen gegenüber seinem Sohn dafür gesorgt hatte, dass er keine Verfügungsgewalt über das Familienvermögen bekam. Der jetzige Earl konnte zwar vom Ertrag des Gutes leben, aber Kapital, Land und Investitionen wurden von Treuhändern verwaltet, bis sie alles nach seinem Tod Lord Christopher übergeben würden. »Er hasst mich«, wiederholte Lord Christopher, »und zwar nicht nur wegen des Erbgutes, sondern auch weil ich den Wunsch geäußert habe, Priester zu werden.«

»Den Wunsch?«, fragte Sandman.

»Das ist kein Schritt, den man leichtfertig tun darf«, erklärte Lord Christopher streng.

»Wahrhaftig nicht«, bestätigte Sandman.

»Und mein Vater weiß, wenn er stirbt und das Familienvermögen an mich fällt, wird es zum Dienste Gottes verwendet. Das ärgert ihn.«

Sandman fand, dass das Gespräch von Lord Christophers Anschuldigung, sein Vater habe den Mord begangen, recht weit abgekommen war. »Ich nehme an, es handelt sich um ein beträchtliches Vermögen«, fragte er vorsichtig.

»Sehr beträchtlich«, bestätigte Lord Christopher gleichmütig.

Sandman lehnte sich zurück. Gelächter hallte durch die mittlerweile volle Schänke, die Gäste mieden jedoch instinktiv die Nische, in der Sandman und Lord Christopher sich so ernsthaft unterhielten. Lord Alexander starrte Sally mit hündischer Ergebenheit an, ohne die Männer zu bemerken, die ihre Aufmerksamkeit zu erregen suchten. Sandman schaute wieder den kleinen Lord Christopher an. »Ihre Stiefmutter führte ein großes Haus in der Mount Street«, stellte er fest. »Was ist aus den Dienstboten geworden?«

Lord Christopher blinzelte, als habe ihn diese Frage überrascht. »Ich habe keine Ahnung.«

»Sind sie auf dem Landsitz Ihres Vaters?«

»Schon möglich.« Lord Christopher klang skeptisch. »Wieso fragen Sie?«

Sandman zuckte die Achseln, als seien seine Fragen nicht sonderlich von Belang, in Wahrheit mochte er Lord Christopher nicht und wusste, dass seine Abneigung ebenso ungerecht und unvernünftig war wie sein Widerwille gegen Charles Corday. Lord Christopher fehlte es ebenso wie Corday an einer Eigenschaft, die Sandman in Ermangelung eines besseren Wortes nur als Mannhaftigkeit bezeichnen konnte. Er bezweifelte, dass Lord Christopher eine Schwuchtel war, wie Sally es nennen würde – die Blicke, die er Sally zuwarf, ließen auf das Gegenteil schließen –, dennoch steckte offenbar eine ärgerliche Schwäche in ihm. Sandman konnte sich diesen kleinen, belesenen Mann gut als Priester vorstellen, der von den geringfügigsten Sünden seiner Schäfchen ganz besessen wäre. Wegen seiner Abneigung gegen Lord Christopher hatte er keinerlei Verlangen, das Gespräch mit ihm in die Länge zu ziehen, und statt ihm zu erzählen, dass er von Megs Existenz erfahren hatte, erklärte er daher lediglich, er würde von den Dienstboten gern erfahren, was an dem Tag des Mordes geschehen sei.

»Wenn sie meinem Vater treu ergeben sind, werden sie Ihnen nichts sagen«, antwortete Lord Christopher.

»Wieso sollte diese Ergebenheit sie taub und stumm machen?«

»Weil er sie getötet hat!«, schrie Lord Christopher zu laut

und errötete tief, sobald er bemerkte, dass er die Aufmerksamkeit der anderen Gäste erregt hatte. »Zumindest hat er veranlasst, dass sie getötet wurde. Er hat Gicht und kann nicht mehr weit gehen, aber er hat Männer, die ihm treu ergeben sind und tun, was er will, üble Burschen.« Er schauderte. »Sie müssen dem Innenminister sagen, dass Corday unschuldig ist.«

»Ich bezweifle, dass es viel bewirkt, wenn ich ihm das sage«, wandte Sandman ein.

»Nicht? Wieso? Wieso in Gottes Namen?«

»Lord Sidmouth ist der Ansicht, dass Cordays Schuld bereits bewiesen wurde«, erklärte Sandman, »um das Urteil zu ändern, muss ich ihm entweder den wahren Mörder mit einem Geständnis oder unwiderlegbare Beweise für Cordays Unschuld liefern. Meinungen allein genügen leider nicht.«

Lord Christopher starrte Sandman ein Weilchen schweigend an. »Das müssen Sie?«

»Natürlich.«

»Mein Gott!« Lord Christopher lehnte sich offensichtlich erstaunt und bleich zurück. »Sie haben also fünf Tage Zeit, den wahren Täter zu finden?«

»Ja.«

»Der Junge ist also verloren, nicht wahr?«

Sandman befürchtete es, wollte es aber nicht zugeben. Noch nicht. Denn es blieben ihm immer noch fünf Tage Zeit, die Wahrheit herauszufinden und damit eine Seele vor dem Galgen von Newgate zu bewahren.

Um halb fünf Uhr morgens glimmten zwei Lampen matt aus den Hoffenstern des George Inn. Über den Dächern zeigte sich eine fahle Morgendämmerung. Ein Kutscher in warmem Umhang gähnte ungeniert und schlug mit der Peitsche nach einem knurrenden Terrier, der von dem massiven Remisentor fortschlich. Sobald es geöffnet war, zogen einige Männer eine blau lackierte Postkutsche, deren Türen, Fenster, Deichsel und Ortscheit scharlachrot abgesetzt waren, auf das Hofpflaster hinaus, wo ein Junge die Öllaternen anzündete und ein halbes Dutzend Männer die Postsäcke in den Frachtraum luden. Acht Pferde, deren Atem in der kühlen Nachtluft Wölkchen bildete, wurden aus dem Stall geführt. Die beiden Postkutscher in königsblauer und roter Uniform, beide mit Donnerbüchsen und Pistolen bewaffnet, verschlossen die Ladeluke und schauten zu, wie die Pferde eingespannt wurden. »Noch eine Minute!«, rief eine Stimme. Sandman trank den glühend heißen Kaffee, den das Gasthaus den Passagieren der Postkutsche serviert hatte. Der Hauptkutscher stieg gähnend auf den Bock. »Alles einsteigen!«

Vier Passagiere fuhren mit. Sandman und ein Priester mittleren Alters nahmen die vorderen Sitze mit dem Rücken zu den Pferden ein, während ein ältliches Ehepaar sich ihnen gegenüber setzte. Es war so eng, dass ihre Knie zwangsläufig Sandmans berührten. Postkutschen waren leicht und beengt, aber doppelt so schnell wie die größeren Frachtkutschen. Mit quietschenden Angeln öffnete sich das Hoftor, der Kutscher gab dem Gespann die Peitsche und die Kutsche bog schwankend in die Tothill Street. Das Schlagen von zweiunddreißig Hufen hallte scharf von den Hauswänden wider, die Räder knarrten und rumpelten, als die Kutsche schneller wurde, aber noch bevor sie Knightsbridge erreichte, war Sandman fest eingeschlafen.

Gegen sechs Uhr wachte er auf und stellte fest, dass sie mit beträchtlicher Geschwindigkeit schwankend und holpernd durch eine Landschaft fuhren, die einem Flickenteppich aus Feldern und buschigen Hecken glich. Der Priester hatte ein Notizbuch auf dem Schoß, eine halbmondförmige Brille auf der Nase und eine Uhr in der Hand. Er schaute zu beiden Seiten aus dem Fenster, hielt Ausschau nach Meilensteinen und bemerkte, dass Sandman aufgewacht war.

»Etwas über neun Meilen in der Stunde!«, rief er aus.

»Tatsächlich?«

»Wahrhaftig!« Ein weiterer Meilenstein huschte vorüber, und der Priester stellte erneut Berechnungen in seinem Notizbuch an. »Zehn und drei im Sinn, das ist noch einmal eine halbe, minus sechzehn, zwei im Sinn. Also wirklich! Eindeutig neun und eine viertel Meile! Einmal bin ich mit einer Durchschnittsgeschwindigkeit von elf Meilen in der Stunde gereist, aber das war 1804 in einem sehr trockenen Sommer. Sehr trocken, und die Straßen waren eben ...« Die Kutsche holperte durch ein Schlagloch, schwankte heftig und schleuderte den Priester gegen Sandmans Schulter. »Völlig eben«, wiederholte er und schaute wieder aus dem Fenster. Der ältere Mann drückte ängstlich einen Koffer an seine Brust, als könnten Sandman oder der Priester sich als Diebe erweisen, obwohl Straßenräuber wie Sallys Bruder eine wesentlich größere Gefahr darstellten. Allerdings nicht heute Morgen, denn Sandman sah, dass zwei Rotwämse sie eskortierten. Diese berittenen Patrouillen rekrutierten sich aus ehemaligen Kavalleristen, die in blauen Uniformen mit roten Westen, bewaffnet mit Pistolen und Degen, die Straßen rund um London bewachten. Die beiden Wachen begleiteten die Kutsche, bis sie durch ein Dorf ratterte. Dort bogen sie zu einer Schänke ab, wo trotz der frühen Stunde bereits einige Männer in langen Kitteln vor der Tür saßen und Bier tranken.

Sandman schaute starren Blicks aus dem Fenster und genoss es, von London fort zu sein. Die Luft erschien ihm erstaunlich sauber. Ohne den beißenden Rauch der Kohlenfeuer und den durchdringenden Gestank nach Pferdeäpfeln leuchtete die Morgensonne auf sommerlichem Laub und ein gewundenes Flüsschen glitzerte unter Buchen und Erlen am Rand einer Weide, von der grasendes Vieh aufschaute, als der Kutscher in sein Horn stieß. Sie waren immer noch in der Umgebung von London, und die Landschaft war flach, aber gut entwässert. Gute Jagdgründe, dachte Sandman und stellte sich eine Fuchsjagd in dieser Gegend vor. Er spürte förmlich, wie sein Traumpferd über eine Hecke setzte, und hörte das Jagdhorn und die anschlagende Meute.

»Fahren Sie weit?«, unterbrach der Priester ihn in seinen Träumereien.

»Bis Marlborough.«

»Schöne Stadt, schöne Stadt.« Der Priester, ein Erzdiakon, hatte seine Berechnungen zur Geschwindigkeit der Kutsche aufgegeben und plauderte nun unermüdlich über seine Schwester, die er in Hungerford besuchen wollte. Sandman flocht einige höfliche Laute ein, schaute aber weiter aus dem Fenster. Die Ernte stand kurz bevor, und Roggen, Gerste und Weizen wiegten sich mit schweren Ähren im Wind. Allmählich wurde die Landschaft hügeliger, aber die Kutsche ratterte, schwankte und holperte mit gleich bleibender Geschwindigkeit weiter und wirbelte eine Staubwolke auf, die sich weißlich auf die Hecken legte. Das Posthorn kündete den Menschen warnend die nahende Kutsche an, und Kinder winkten, wenn die acht Pferde vorüberdonnerten. Ein Schmied stand mit rußgeschwärzter Lederschürze in der Tür. Eine Frau schwenkte wütend die Faust, als ihre Ziegenherde vor dem Lärm der Kutsche auseinander stob, ein Kind klapperte mit seiner Rassel in dem vergeblichem Bemühen, räuberische Eichelhäher aus einer Reihe Erbsenpflanzen zu verscheuchen, dann hallten Kettengerassel, Hufgeklapper und Rädergepolter von der schier endlosen Mauer eines großen Landgutes wider.

In einem solchen ummauerten Anwesen dürfte wohl auch der Earl of Avebury leben, überlegte Sandman, auf einem großen Landsitz, der durch Backsteinmauern, Jagdhüter und Wachen abgeschirmt war. Angenommen, der Earl weigerte sich, ihn zu empfangen? Es hieß, Seine Lordschaft lebe wie ein Einsiedler, und je weiter westlich die Reise Sandman führte, umso mehr fürchtete er, dass man ihn auf dem Landgut schlichtweg abweisen würde, aber dieses Risiko musste er eingehen. Er vergaß seine Befürchtungen, als die Kutsche eine Straße mit modernen Häusern erreichte, das Horn durchdringend erschallte und ihm klar wurde, dass sie in Reading waren, wo die Kutsche in den Hof eines Gasthauses bog, um die Pferde zu wechseln.

»Keine zwei Minuten, Gentlemen!« Die beiden Kutscher sprangen vom Bock und zogen ihre wollenen Umhänge aus, da es inzwischen wärmer wurde. »Keine zwei Minuten, und wir warten nicht auf Nachzügler, Mylords.«

Sandman und der Erzdiakon erleichterten sich gemeinsam in einer Ecke des Hofes und tranken in aller Eile eine Tasse lauwarmen Tees, während die frischen Pferde eingespannt und das alte Gespann nass geschwitzt an die Tränke geführt wurde. Ein Postsack war aus dem Laderaum gezerrt und ein neuer verstaut worden, bevor die beiden Kutscher wieder auf ihren Kutschbock stiegen. »Zeit, meine Herren! Zeit!«

»Eine Minute und fünfundvierzig Sekunden!«, rief ein Mann von der Gasthaustür. »Gut gemacht, Josh! Gut gemacht, Tim!«

Das Horn ertönte, die frischen Pferde spitzten die Ohren, und Sandman zog die Kutschentür zu und wurde auf den rückwärtigen Sitz geschleudert, als das Gefährt schwungvoll anfuhr. Das ältere Paar war ausgestiegen, an ihrer Stelle saß nun eine Dame mittleren Alters, die sich bereits nach einer Meile zum Fenster hinaus erbrach. »Verzeihen Sie«, stöhnte sie.

»Das Schwanken ist ganz ähnlich wie auf einem Schiff, Madam«, stellte der Erzdiakon fest und zog ein Silberflakon aus der Tasche. »Ob ein Brandy vielleicht hilft?«

»O, gütiger Gott!«, jammerte die Frau entsetzt, reckte den Hals und erbrach sich erneut aus dem Fenster.

»Die Federung ist recht weich«, erklärte der Erzdiakon.

»Und die Straße ist sehr holperig«, fügte Sandman hinzu.

»Besonders bei einer Geschwindigkeit von achteinhalb Meilen in der Stunde.« Der Erzdiakon machte sich wieder mit Taschenuhr und Stift zu schaffen und mühte sich, trotz des Schaukelns lesbare Ziffern zu schreiben.

Sandmans Laune besserte sich mit jeder Meile. Er war glücklich, wie ihm schlagartig auffiel, obwohl er nicht recht wusste, wieso. Vielleicht war es der Umstand, dass er wieder eine Aufgabe, eine ernsthafte Aufgabe im Leben hatte, vielleicht lag es aber auch daran, dass er Eleanor gesehen hatte und, wie er fand, nichts in ihrem Verhalten auf eine bevorstehende Heirat mit Lord Eagleton hindeutete.

Lord Alexander Pleydell hatte sich am Abend zuvor in der gleichen Richtung geäußert, obwohl er meist Sally Hood angehimmelt hatte, die allerdings von der Erinnerung an Sergeant Berrigan abgelenkt zu sein schien. Nicht dass es Lord Alexander aufgefallen wäre. Ihn hatte Sally ebenso wie Lord Christopher Carne so fasziniert, dass die beiden Aristokraten sie fast den ganzen Abend nur mit offenem Mund angestarrt und gelegentlich einen Gemeinplatz gestammelt hatten, bis Sandman Lord Alexander schließlich ins Hinterzimmer geführt hatte. »Ich muss mit dir reden«, hatte er ihm gesagt.

»Ich möchte mich weiter mit Miss Hood unterhalten«, hatte Lord Alexander sich aus Sorge beschwert, dass sein Freund Kit nun freie Bahn bei Sally hatte.

»Das sollst du auch«, versicherte Sandman ihm, »aber zuerst sprichst du bitte mit mir. Was weißt du über den Marquess of Skavadale?«

»Erbe des Dukedom of Ripon«, antwortete Lord Alexander auf Anhieb, »stammt aus einer der alten katholischen Familien Englands. Kein besonders kluger Mann, und Gerüchten zufolge steckt seine Familie in Geldnöten. Früher waren sie einmal sehr reich und besaßen Ländereien in Cumberland, Yorkshire, Cheshire, Hertfordshire, Kent und Sussex, aber da Vater und Sohn beide Spieler sind, könnte an den Gerüchten durchaus etwas Wahres sein. In Eton war er ein recht ordentlicher Schlagmann, kann aber nicht werfen. Wieso fragst du?«

»Und Lord Robin Holloway?«

»Jüngster Sohn des Marquess of Bleasby und ein ungemein übler Bursche, der nach seinem Vater schlägt. Hat viel Geld, keinen Verstand und hat im vergangenen Jahr einen Mann bei einem Duell getötet. Kein Kricketspieler, fürchte ich.«

»Hat er das Duell mit Degen oder Pistolen ausgetragen?«

»Degen. Es fand in Frankreich statt. Holst du Erkundigungen über den gesamten Hochadel ein?«

»Und Lord Eagleton?«

»Ein Geck, aber als linker Schlagmann recht brauchbar, er spielt gelegentlich in der Mannschaft des Viscount Barchester, ansonsten zeichnet er sich durch rein gar nichts aus. Abgesehen davon, dass er passabel Kricket spielt, ist er ein Langweiler.«

»Die Sorte Mann, die Eleanor gefallen könnte?«

Alexander starrte Sandman verwundert an. »Sei nicht albern, Rider«, antwortete er und zündete seine Pfeife an. »Sie würde ihn keine zwei Minuten ertragen!« Er runzelte die Stirn, als versuche er sich an etwas zu erinnern, aber es fiel ihm offenbar nicht ein.

»Dein Freund Lord Christopher ist überzeugt, dass sein Vater den Mord begangen hat«, sagte Sandman.

»Oder ihn begehen ließ«, warf Lord Alexander ein. »Es klingt wahrscheinlich. Kit kam zu mir, als er erfahren hatte, dass du den Fall untersuchst, was ich nur gutheißen kann. Ihm liegt ebenso wie mir daran, dass am nächsten Montag kein Unschuldiger hingerichtet wird. Darf ich jetzt gehen und mich weiter mit Miss Hood unterhalten?«

»Sag mir noch, was du über den Seraphim Club weißt.«

»Ich habe nie davon gehört, aber es klingt nach einer Vereinigung edler Kleriker.«

»Das ist es nicht, glaube mir. Hat das Wort Seraphim irgendeine besondere Bedeutung?«

Lord Alexander seufzte. »Die Seraphim gelten als die höchste Ordnung der Engel, Rider. Nach Überzeugung der Gläubigen gibt es neun Stufen: Seraphim, Cherubim, Throni, die Herrscher, die Tugenden, die Mächte, die Fürsten, die Erzengel und ganz unten die einfachen Engel. Das entspricht allerdings nicht der Glaubenslehre der Kirche von England, versichere ich dir. Das Wort Seraphim soll von einem hebräischen Wort für Schlange abstammen, was eine obskure, aber viel sagende Verbindung ist. Im Singular bedeutet Seraph eine glorreiche Kreatur mit einem Biss wie Feuer. Die Seraphim sollen zugleich auch die Schutzpatrone der Liebe sein. Ich habe keine Ahnung, warum das so ist, aber so heißt es nun einmal, ebenso wie die Cherubim die Schutzpatrone des Wissens sind. Was die anderen Chöre tun, ist mir im Augenblick entfallen. Habe ich deine Neugier befriedigt, oder soll ich meine Vorlesung fortsetzen?«

»Die Seraphim sind Engel der Liebe und des Gifts?«

»Eine grobe, aber zutreffende Zusammenfassung«, bestätigte Lord Alexander großzügig und bestand darauf, wieder in den Schankraum zu gehen, wo er sich erneut von Sally in den Bann ziehen ließ. Er blieb bis nach Mitternacht, betrank sich, redete zu viel und musste sich beim Hinausgehen von Lord Christopher stützen lassen, der kaum etwas getrunken hatte. Während Lord Alexander aus dem Wheatsheaf torkelte, beteuerte er Sally in trunkenem Nuscheln seine unsterbliche Liebe.

Als seine Kutsche fort war, fragte Sally stirnrunzelnd: »Wieso hat er mich stupide genannt?«

»Das hat er gar nicht, er hat gesagt, Sie seien der *stupor mundi*, das Weltwunder«, erklärte Sandman.

»Verdammt, was ist los mit ihm?«

»Er ist von Ihrer Schönheit eingeschüchtert«, sagte Sandman, was ihr gefiel. Als er zu Bett ging, fragte er sich, wie er rechtzeitig wach werden sollte, um die Morgenpostkutsche zu erreichen, doch nun saß er hier und wurde an einem Sommertag, wie man ihn sich schöner nicht träumen konnte, durchgeschüttelt.

Die Straße führte an einem Kanal entlang, und Sandman bewunderte die bunt gestrichenen Barken, die von großen Pferden mit Bändern in der Mähne und Messingschmuck am Zaumzeug gezogen wurden. Ein Kind trieb einen Reifen über den Treidelpfad, Enten schwammen auf dem Wasser, Gott saß im Himmel und es bedurfte schon eines scharfen Auges, um zu sehen, dass nicht alles so schön war, wie es aussah. Die Reetdächer wiesen an vielen Stellen Lücken auf, und in jedem Dorf fanden sich zwei oder drei eingestürzte, überwucherte Häuser. Auf den Straßen lungerten zu viele Vagabunden herum, zu viele Bettler vor den Kirchen, und viele von ihnen waren früher Rotröcke, Schützen oder Seeleute gewesen, wie Sandman klar war. Hier gab es Elend und Not inmitten des Überflusses, das

Elend steigender Preise und fehlender Arbeit. Hinter Cottages, alten Kirchen und großen Ulmen verbargen sich die Arbeitshäuser voller Flüchtlinge der Brotaufstände, die in den größeren Städten Englands aufgeflammt waren, aber dennoch war es hier atemberaubend schön. Unter rosa Heckenrosen bildete der Fingerhut ein scharlachrotes Dickicht. Sandman konnte sich an diesem Anblick gar nicht satt sehen. Er war noch keinen Monat in London, doch schon jetzt erschien ihm die Zeit zu lang.

Gegen Mittag ratterte die Kutsche über eine Steinbrücke und einen kurzen Hang hinauf in die breite Hauptstraße von Marlborough mit seinen beiden Kirchen und den geräumigen Gasthöfen. Eine kleine Menschenansammlung wartete schon auf die Postkutsche. Sandman schob sich zwischen den Leuten durch und trat unter den Torbogen der Schänke. Er fragte einen Fuhrmann, der seinen Weg kreuzte, wo er den Landsitz des Earl of Avebury finden könne. Carne Manor sei nicht weit, antwortete der Fuhrmann, nur eben über den Fluss, den Hügel hinauf bis zum Rand des Savernake. Eine halbe Stunde Fußweg, meinte er, und so ging Sandman mit knurrendem Magen südwärts auf den dichten Savernake-Wald zu.

Ihm war heiß. Er trug seinen Mantel, den er an diesem warmen Tag nicht brauchte, aber als er bei Morgengrauen aus dem Wheatsheaf aufgebrochen war, hatte er ihm gute Dienste geleistet. In einem Weiler fragte er erneut nach dem Weg und wurde auf eine gewundene Straße geschickt, die zwischen Buchenwäldern bis an die hohe Backsteinmauer von Carne Manor führte. Ihr folgte er, bis er ein Pförtnerhaus und ein schmiedeeisernes Tor erreichte, dessen steinerne Pfosten Greifskulpturen krönten. Hinter dem verschlossenen Tor führte ein von Unkraut überwucherter Kiesweg weiter. Am Pförtnerhaus hing eine Glocke, doch auf Sandmans wiederholtes Läuten antwortete niemand. Er sah auch niemanden auf dem Gutsgelände. Zu beiden Seiten der Zufahrt erstreckte sich eine Parklandschaft mit Wiesen und vereinzelten Ulmen, Buchen und Eichen, wo kein Vieh oder Rotwild weidete und das inzwischen spärliche Gras mit Kornblumen und Klatschmohn durchsetzt war. Sandman entlockte der Glocke ein letztes verlorenes Läuten. Als es im warmen Nachmittag verklang, trat er zurück und musterte die Zacken des Tores. Da sie imposant wirkten, ging er ein Stück an der Mauer entlang zurück, bis er eine Stelle fand, wo eine Ulme, die zu dicht an der Mauer wuchs, die Backsteine hochgedrückt hatte. Die Nähe des Baums zur Mauer erleichterte das Klettern. Auf der verputzten Mauerkrone hielt Sandman kurz inne, bevor er auf der anderen Seite in den Park sprang. Das Gras war hoch genug, eine Wildererfalle darin zu verstecken, daher ging er vorsichtig bis zu dem Kiesweg und wandte sich dem Haus zu, das verborgen hinter einem bewaldeten Hügel stand.

Er ging langsam und rechnete halbwegs damit, dass ein Jagdaufseher oder ein anderer Dienstbote ihn aufhalten würde, aber er sah niemanden, während er dem Weg durch einen schönen Buchhain folgte, in dessen Mitte sich eine überwucherte Lichtung mit der vermoosten Statue einer nackten Frau mit biblischem Wasserkrug auf der Schulter befand. Als Sandman den Hain durchquert hatte, sah er endlich Carne Manor eine halbe Meile entfernt liegen. Es war ein schöner Natursteinbau mit drei Spitzgiebeln und efeuumrankten Fenstern mit Mittelpfosten. Stallungen, Remise und der ummauerte Küchengarten lagen an der Westseite, während sich hinter dem Haus Rasenterassen bis an einen ruhig fließenden Bach erstreckten. Auf dem langen Weg erschien ihm seine kostspielige Reise mit einem Mal sinnlos, da der Earl im Ruf stand, wie ein Einsiedler zu leben, und man Sandman vermutlich mit der Reitgerte empfangen würde.

Seine Schritte erschienen ihm ungewöhnlich laut, als er die weite, kiesbedeckte Auffahrt vor dem Haus überquerte, auf der Kutschen wenden konnten, obwohl dichtes Unkraut, Gras und Moos erkennen ließen, dass hier nur noch selten eine Kutsche vorfuhr. Sandman ging die Stufen zum Haupteingang hinauf. Bei einer der beiden Laternen, die den Eingang flankierten, fehlte eine Glasscheibe, und auf dem Kerzenhalter thronte ein

Vogelnest. Sandman zog an der Glockenkette. Als er nichts hörte, läutete er noch einmal und wartete. Die Holztür war altersgrau und fleckig vom Rost der Beschlagnägel. Bienen flogen unter das flache Vordach. Ein junger Kuckuck, der gespenstische Ähnlichkeit mit einem Falken hatte, huschte über die Auffahrt. Der Nachmittag war warm, und Sandman wünschte, er könnte seine Suche nach einem einsiedlerischen Earl aufgeben und sich im Schatten eines großen Baumes am Bachufer schlafen legen.

Ein lautes Geräusch zu seiner Rechten ließ Sandman zurücktreten. Er sah, dass ein Mann versuchte, ein Bleiglasfenster neben dem Eingang zu öffnen. Offensichtlich klemmte es, denn der Mann schlug so fest dagegen, dass Sandman glaubte, die Scheiben müssten bersten, doch schließlich gab es nach, und der Mann beugte sich heraus. Er hatte die mittleren Jahre beinahe hinter sich, war sehr blass, und sein ungekämmtes Haar ließ erkennen, dass er gerade aus tiefem Schlaf erwacht war. »Das Haus steht Besuchern nicht offen«, erklärte er.

»Das hatte ich auch nicht erwartet«, antwortete Sandman, obwohl ihm in den Sinn gekommen war, die Haushälterin, falls eine solche ihm geöffnet hätte, zu bitten, ihm die Gesellschaftsräume zu zeigen. Die meisten großen Häuser erlaubten solche Besichtigungen, doch der Earl hielt von solchem Entgegenkommen offenbar nichts. »Sind Sie Seine Lordschaft?«, fragte er.

»Sehe ich so aus?«, erwiderte der Mann gereizt.

»Ich habe geschäftlich mit Seiner Lordschaft zu sprechen«, erklärte Sandman.

»Geschäftlich? Geschäftlich?«, sagte der Mann, als habe er so etwas noch nie gehört. Unruhe schlich sich in seine bleichen Züge. »Sind Sie Anwalt?«

»Es ist eine heikle Angelegenheit«, erklärte Sandman nachdrücklich und gab damit zu verstehen, dass sie einen Dienstboten nichts anging. »Meine Name ist Captain Sandman.« Seinen Namen sagte er aus reiner Höflichkeit und als Zurechtweisung, weil man ihn nicht danach gefragt hatte.

Der Mann starrte ihn ein Weilchen an, bevor er sich ins Haus zurückzog. Sandman wartete. Die Bienen summten im Efeu, und Hausschwalben schwirrten über den überwucherten Kies, aber der Diener kam nicht wieder. Verärgert läutete Sandman erneut.

Ein Fenster an der anderen Seite des Eingangs wurde geöffnet, und derselbe Diener erschien. »Was für ein Captain?«, fragte er herrisch.

»52. Infanterieregiment«, antwortete Sandman, worauf der Diener zum zweiten Mal verschwand.

»Seine Lordschaft wünscht zu wissen, ob Sie mit dem 52. in Waterloo waren«, erklärte der Diener, als er wieder ans Fenster kam.

»Ja«, sagte Sandman.

Der Diener verschwand, doch nach einer Weile hörte Sandman, dass die Tür von innen entriegelt wurde. Endlich öffnete sie sich quietschend, und der Diener verbeugte sich flüchtig. »Wir bekommen selten Besuch«, sagte er. »Ihren Mantel und Hut, Sir? Sandman, sagten Sie?«

»Captain Sandman.«

»Ja, Sir, hier entlang, Sir.«

Aus der dunkel vertäfelten Eingangshalle führte eine weiß lackierte Treppe unter den Porträts von Männern mit kräftigen Wangen und Rüschenhemden nach oben. Der Diener ging Sandman voraus durch einen Flur in eine lange Galerie, in deren einer Wand sich hohe Fenster mit Samtvorhängen befanden, während an der anderen große Gemälde hingen. Sandman hatte erwartet, das Haus sei ebenso ungepflegt wie der Park, aber alles war sauber und roch nach Bohnerwachs. Soweit er es im Dämmerlicht der geschlossenen Vorhänge erkennen konnte, waren die Bilder von außergewöhnlicher Qualität. Italienische Gemälde, meinte er, von Göttern und Göttinnen in Weinlauben und Schwindel erregenden Berglandschaften. Satyre verfolgten nackte Nymphen. Es dauerte ein Weilchen, bis Sandman bemerkte, dass sämtliche Gemälde Akte zeigten: Eine Galerie üppig weiblichen Fleisches. Plötzlich fiel ihm ein, wie einige seiner Soldaten ein solches Gemälde bestaunt hatten, das bei der Schlacht von Vitoria gegen die Franzosen in ihre Hände gefallen war. Ein spanischer Maultiertreiber hatte die Leinwand aus dem Rahmen geschnitten und gestohlen, um sie als wasserdichte Markise zu verwenden, und die Rotröcke hatten sie ihm für zwei Pence abgekauft, um sie als Zeltboden zu benutzen. Sandman hatte sie den neuen Besitzern für ein Pfund abgekauft und ans Hauptquartier geschickt, wo man sie als eines der vielen Meisterwerke identifizierte, die bei der Plünderung aus dem Escorial, dem Palast des Königs von Spanien, entwendet worden waren.

»Hier entlang, Sir«, unterbrach der Diener ihn in seinen Träumereien. Der Mann öffnete eine Tür und meldete Sandman an, der in diesem Moment völlig geblendet war. Der riesige Raum, in den der Diener ihn geführt hatte, lag nach Südwesten, und da die Vorhänge hier geöffnet waren, schien die Sonne hell auf einen großen Tisch. Es dauerte ein Weilchen, bis Sandman den grünen, höckerigen Tisch einzuordnen vermochte, der ihm zunächst mit Blumen oder Blütenblättern übersät schien. Sobald seine Augen sich an das Sonnenlicht gewöhnt hatten, erkannte er jedoch, dass die bunten Tupfer Zinnsoldaten waren. Tausende Zinnsoldaten standen auf dem mit grünem Stoff bedeckten Tisch, auf dem das Tal nachgebildet war, in dem die Schlacht von Waterloo stattgefunden hatte. Er staunte über die Größe dieses Modells, das mindestens dreißig Fuß lang und zwanzig Fuß breit war. An einem Nebentisch saßen zwei Mädchen mit Pinseln und Farben und malten Zinnsoldaten an. Ein Quietschen lenkte seinen Blick in das gleißende Licht eines Südfensters, wo er den Earl erblickte.

Seine Lordschaft saß in einem Rollstuhl, wie Sandmans Mutter ihn in Bath gern benutzt hatte, wenn sie sich besonders schlecht fühlte, und das Quietschen kam von den ungeölten Achsen, als ein Diener den Earl zu seinem Besucher schob.

Der Earl war nach alter Mode gekleidet, bevor Männer zu nüchternem Schwarz oder Dunkelblau übergingen. Sein Rock aus rot-blau geblümter Seide hatte weit fallende Ärmel und einen breiten Kragen mit Spitzenrüschen. Eine Allongeperücke rahmte sein altes, runzeliges Gesicht, das stark gepudert, mit Rouge und einem samtenen Schönheitsfleck auf der eingefallenen Wange versehen war. Da er nicht ordentlich rasiert war, lugten weiße Bartstoppeln aus seinen Hautfalten. »Sie fragen sich gewiss, wie die Zinnsoldaten in der Tischmitte aufgestellt werden«, wandte er sich mit schriller Stimme an Sandman.

Die Frage war Sandman noch gar nicht in den Sinn gekommen, aber nun fand er sie recht verwirrend, da der Tisch viel zu breit war, um die Mitte von den Seiten aus zu erreichen. Wäre aber jemand über das Modell gegangen, hätte er unweigerlich die aus Schwamm gefertigten Bäumchen zertreten oder die unregelmäßigen Reihen der Zinnsoldaten in Unordnung gebracht. »Wie wird es gemacht, Mylord?«, fragte Sandman. Den Earl mit »Mylord« anzureden machte ihm nichts aus, da er ein alter Mann war und die Jugend dem Alter diese Höflichkeit schuldete.

»Betty, Liebste, zeige es ihm«, befahl der Earl. Eines der Mädchen legte den Pinsel beiseite und tauchte unter den Tisch. Mit einem schabenden Geräusch hob sich ein ganzer Teil des Tales in die Höhe und saß wie ein Hut auf dem Kopf der grinsenden Betty. »Das ist ein Modell von Waterloo«, sagte der Earl stolz.

»Das sehe ich, Mylord.«

»Maddox sagt, Sie waren dort. Zeigen Sie mir, welche Position das Regiment hatte.«

Sandman ging um den Tisch und deutete auf eines der Bataillone in roten Uniformröcken auf dem Hügel oberhalb des Château de Hougoumont. »Wir standen hier, Mylord«, sagte er. Das Modell war tatsächlich außergewöhnlich. Es zeigte die beiden Armeen zu Beginn der Schlacht, bevor der blutige Kampf die Reihen gelichtet hatte und Hougoumont völlig ausgebrannt war. Sandman erkannte sogar seine eigene Kompanie und nahm an, dass die kleine Figur zu Pferd unmittelbar vor den Soldatenreihen ihn selbst darstellte. Ein seltsamer Gedanke.

»Wieso lächeln Sie?«, fragte der Earl.

»Ohne besonderen Grund, Mylord.« Sandman betrachtete wieder das Modell. »Nur war ich an diesem Tag nicht zu Pferd.«

»Welche Kompanie?«

»Grenadiere.«

Der Earl nickte: »Ich werde Sie durch einen Fußsoldaten ersetzen.« Sein Rollstuhl quietschte, als er Sandman um den Tisch folgte. Seine Lordschaft trug Seidenstrümpfe mit blauen Strumpfbändern, aber ein Fuß war bandagiert. »Sagen Sie, hat Bonaparte die Schlacht verloren, weil er den Beginn hinausgezögert hat?«

»Nein«, sagte Sandman kurz angebunden.

Der Earl bedeutete dem Diener mit einer Geste, er solle den Stuhl anhalten. Er war Sandman nun so nah, dass er mit seinen verbitterten, rot geränderten Augen zu ihm aufschauen konnte. Er war wesentlich älter, als Sandman erwartet hatte. Sandman wusste, dass die Countess noch jung war, als sie starb, und schön genug für ein Aktbild, aber ihr Mann wirkte trotz Perücke, Schminke und Spitzenrüschen uralt. Außerdem stank er nach altem Puder, ungewaschenen Kleidern und Schweiß. »Wer zum Teufel sind Sie?«, knurrte der Earl.

»Ich komme von Viscount Sidmouth, Mylord, und ...«

»Sidmouth?«, fiel der Earl ihm ins Wort. »Ich kenne keinen Viscount Sidmouth. Wer zum Teufel ist Viscount Sidmouth?«

»Der Innenminister, Mylord.« Da diese Mitteilung keinerlei Reaktion hervorrief, führte Sandman weiter aus: »Früher Henry Addington, Mylord, er war Premierminister. Jetzt ist er Innenminister.«

»Also kein richtiger Lord, was?«, erklärte der Earl. »Kein Aristokrat! Ist Ihnen aufgefallen, wie diese verdammten Politiker sich zu Adeligen machen? Als ob man eine Toilette in einen Brunnen verwandelte, ha! Viscount Sidmouth? Er ist kein

Gentleman. Er ist bloß ein verfluchter Politiker! Ein aufgeblasener Lügner! Ein Betrüger! Ich nehme an, er ist der erste Viscount seiner Familie?«

»Das ist wohl sicher so, Mylord«, antwortete Sandman.

»Ha! Ein Gassenaristokrat? Ein gottverdammter Schleimer! Ein gut gekleideter Dieb! Ich bin der 16. Earl.«

»Wir alle bewundern Ihre Familie, Mylord«, sagte Sandman mit einer Ironie, die dem Earl völlig entging, »aber so neu sein Adelstitel auch sein mag, komme ich doch im Auftrag des Viscount.« Er zog das Schreiben des Innenministers heraus, aber der Earl winkte ab. »Wie ich gehört habe, befinden sich die Dienstboten aus Ihrem Stadthaus nun hier, Mylord?«, fragte Sandman. Er hatte zwar nichts in dieser Richtung gehört, aber vielleicht würde diese kühne Behauptung dem Earl eine Bestätigung entlocken. »Falls dies so ist, würde ich gern mit einem von ihnen sprechen, Mylord.«

Der Earl rutschte in seinem Rollstuhl herum. »Wollen Sie etwa behaupten, dass Blücher früher gekommen wäre, wenn Bonaparte früher angegriffen hätte?«, fragte er in bedrohlichem Ton.

»Nein, Mylord.«

»Hätte er früher angegriffen, hätte er also gewonnen!«, beharrte der Earl.

Sandman betrachtete das Modell. Es war beeindruckend, überaus genau, aber völlig falsch. Vor allem war es zu sauber. Selbst am Morgen vor dem Angriff der Franzosen waren alle schmutzig, weil der größte Teil der Armee am Tag zuvor auf dem Rückweg von Quatre Bras durch tiefen Morast gewatet war und anschließend die Nacht bei ständigen Regenschauern im Freien verbracht hatte. Sandman erinnerte sich an Donner und Blitz auf der fernen Hügelkette und an den Schrecken, als einige Kavalleriepferde sich nachts losgerissen und mitten durch die durchnässten Truppen galoppiert waren.

»Warum hat Bonaparte also verloren?«, fragte der Earl verdrossen.

»Weil er seine Kavallerie ohne Unterstützung durch Fußtruppen oder Artillerie hat kämpfen lassen«, erklärte Sandman kurz und bündig. »Dürfte ich Euer Lordschaft fragen, was mit den Dienstboten aus dem Haus in der Mount Street geschehen ist?«

»Und warum gefährdete er seine Kavallerie? Sagen Sie mir das?«

»Es war ein Fehler, Mylord, wie selbst die besten Generäle ihn machen. Sind die Dienstboten hierher gekommen?«

Gereizt schlug der Earl auf die geflochtenen Armlehnen seines Rollstuhls. »Bonaparte machte keine oberflächlichen Fehler! Der Mann mag Abschaum gewesen sein, aber er war gerissener Abschaum. Also warum?«

Sandman seufzte. »Unsere Reihen waren gelichtet, wir standen auf dem abgewandten Hang des Hügels, von ihrer Seite des Tales muss es so ausgesehen haben, als seien wir geschlagen.«

»Geschlagen?« Bei diesem Wort fuhr der Earl auf.

»Ich bezweifle, dass wir überhaupt zu sehen waren«, erklärte Sandman. »Der Duke hatte den Männern befohlen sich hinzulegen, aus Sicht der Franzosen muss es ausgesehen haben, als seien wir einfach verschwunden. Die Franzosen sahen einen leeren Hügel, sicher sahen sie auch unsere Verwundeten, die sich im Hintergrund in den Wald zurückzogen, sie müssen wohl gedacht haben, wir seien alle auf dem Rückzug, also griffen sie an. Mylord, sagen Sie mir, was mit den Dienstboten Ihrer Frau ist.«

»Frau? Ich habe keine Frau. Maddox!«

»Mylord?« Der Diener, der Sandman ins Haus gelassen hatte, trat vor.

»Das kalte Hühnchen, denke ich, und etwas Champagner«, befahl der Earl und bellte Sandman an: »Wurden Sie verwundet?«

»Nein, Mylord.«

»Sie waren also dabei, als die kaiserliche Garde angriff?«

»Ich war dabei, Mylord, von den ersten Kanonenschüssen der Franzosen bis zum letzten Schuss des Tages.«

Der Earl schien zu schaudern. »Ich hasse die Franzosen«, sagte er plötzlich. »Ich verabscheue sie. Eine Rasse von Tanzmeistern, und wir haben uns in Waterloo alle Ehre gemacht, Captain, alle Ehre!«

Sandman fragte sich, wieso es eine Ehre sei, Tanzmeister zu besiegen, sagte aber nichts. Er hatte schon öfter Männer wie den Earl getroffen, die völlig von Waterloo besessen waren und jede Einzelheit der Schlacht erfahren wollten, Männer, die gar nicht genug über diesen grauenvollen Tag hören konnten. Sandman wusste, dass all diese Männer eines gemeinsam hatten: Nicht einer von ihnen war dabei gewesen. Dennoch verherrlichten sie diesen Tag, hielten ihn für den erhabensten Augenblick ihres Lebens und der britischen Geschichte. Manche hatten offenbar den Eindruck, dass die Geschichte am 18. Juni 1815 zum Stillstand gekommen sei und die Welt nie wieder eine Rivalität wie die zwischen Großbritannien und Frankreich erleben würde. Diese Rivalität hatte das Leben einer ganzen Generation entscheidend geprägt, den Globus in Brand gesetzt, Flotten und Armeen in Asien, Amerika und Europa gegeneinander geführt, und da nun alles vorüber war, erschien das Leben vielen trostlos und leer. Für den Earl of Avebury wie für viele andere ließ sich diese Leere nur damit ausfüllen, dass sie die alte Rivalität immer wieder neu belebten. »Sagen Sie, wie oft hat die französische Kavallerie angegriffen?«, fragte der Earl.

»Haben Sie die Dienstboten aus der Mount Street hier ins Haus geholt?«, antwortete Sandman mit einer Gegenfrage.

»Dienstboten? Mount Street? Was faseln Sie da? Waren Sie überhaupt bei der Schlacht dabei?«

»Den ganzen Tag, Mylord. Und ich möchte lediglich von Ihnen wissen, ob eine Zofe namens Meg aus London hierher gekommen ist.«

»Wie zum Teufel soll ich wissen, was mit dem Personal dieser Hexe passiert ist? Wieso fragen Sie überhaupt danach?«

»Ein Mann ist im Gefängnis, Mylord, ihn erwartet die Hinrichtung wegen Mordes an Ihrer Frau, und es gibt allen

Grund zu der Annahme, dass er unschuldig ist. Deshalb bin ich hier.«

Der Earl schaute zu Sandman auf und fing an zu lachen. Das Lachen kam tief aus seiner schmächtigen Brust, schüttelte ihn, trieb ihm Tränen in die Augen und ließ ihn beinahe an seinem Auswurf ersticken, dass er nach Atem rang. Er zog ein Taschentuch unter den Spitzenrüschen seines Ärmels hervor, wischte sich die Augen und spuckte in das Tuch. »Selbst mit ihrem Ende hat sie noch einem Mann Unrecht getan, was?«, fragte er heiser. »O ja, darin war sie gut. Meine Celia, schlecht sein konnte sie gut.« Er spuckte erneut in sein Taschentuch und funkelte Sandman wütend an. »Also, wie viele von Napoleons Bataillonen kamen den Hügel hinauf?«

»Nicht genug, Mylord. Was ist mit den Dienstboten Ihrer Frau?«

Der Earl überhörte Sandmans Frage, da inzwischen das kalte Hühnchen und der Champagner auf dem Rand des Modelltischs standen. Er befahl Betty, das Hühnchen zu schneiden, und legte ihr dabei den Arm um die Taille. Sie schauderte offenbar leicht, als er sie berührte, duldete aber seine Zärtlichkeit.

Der Earl schaute Sandman aus schmerzerfüllten Augen an; etwas Auswurf hing an seinem stoppeligen Kinn. »Ich mochte schon immer junge Frauen, junge Zarte.« Dem anderen Mädchen befahl er: »Du! Schenk den Champagner ein, Kind.« Das Mädchen trat an seine andere Seite. Während sie den Champagner einschenkte, fuhr der Earl ihr mit der Hand unter den Rock und blickte Sandman weiter herausfordernd an. »Junges Fleisch, jung und zart.« Seine Dienstboten starrten die getäfelten Wände an, und Sandman schaute aus dem Fenster, wo zwei Männer mit der Sense den Rasen schnitten, während ein Dritter das Heu rechte. Zwei Reiher flogen in der Ferne über den Bach.

Der Earl ließ die beiden Mädchen los, verschlang sein Hühnchen und schlürfte Champagner. Mit einem Klaps auf den Hintern schickte er die Mädchen wieder an ihre Malarbeit. »Ich habe gehört, die Franzosen hätten mindestens zwanzig Mal angegriffen. Stimmt das?«

»Ich habe es nicht gezählt«, sagte Sandman, der immer noch aus dem Fenster schaute.

»Vielleicht waren Sie doch nicht dabei?«, vermutete der Earl.

Sandman biss nicht an. Er schaute immer noch aus dem Fenster, sah aber nicht die langen Sensen, die durch das Gras zischten, sondern einen belgischen Hang unter Rauchschwaden. Er durchlebte seinen wiederkehrenden Traum, sah die französische Kavallerie den Hang hinaufstürmen, die Pferde mühsam durch den nassen Boden pflügen. Die Luft über den britischen Stellungen schien so heiß, als habe jemand die Höllenpforten geöffnet, und in Hitze und Rauch stürmten unentwegt weitere Franzosen heran. Sandman hatte ihre Angriffe nicht gezählt, denn es waren zu viele, eine endlose Abfolge von Kavalleristen donnerte mit blutenden, hinkenden Pferden über die britischen Stellungen, Rauch von Musketen und Kanonen trieb über die britischen Standarten, der Boden unter den Füßen ein Gewirr aus zertrampelten Roggenhalmen, dick wie eine Binsenmatte, aber regennass und faulig. Die Franzosen schnitten mit rauchgeröteten Augen Grimassen und schrien mit offenem Mund für ihren untergehenden Kaiser. »Das Einzige, woran ich mich klar und deutlich erinnere, ist, dass ich Dankbarkeit gegenüber den Franzosen empfand«, sagte Sandman und wandte sich vom Fenster ab.

»Dankbarkeit, wieso?«

»Weil ihre Artillerie nicht auf uns schießen konnte, solange ihre Reiter so dicht durch unsere Stellungen stürmten.«

»Aber wie viele Angriffe führten sie? Jemand muss es doch wissen!«, sagte der Earl verärgert.

»Zehn?«, sagte Sandman. »Zwanzig? Sie kamen unentwegt. Es war wegen des Rauchs schwer zu zählen. Ich erinnere mich, dass ich sehr durstig war. Wir standen auch nicht einfach herum und schauten zu, wie sie kamen, wir schauten auch zurück.«

»Zurück? Warum?«

»Weil sie wieder zurückkommen mussten, sobald ein Angriff unsere Stellungen überrannt hatte.«

»Sie griffen also von beiden Seiten an?«

»Von allen Seiten«, sagte Sandman. Er erinnerte sich an die wirbelnden Reiter, den Morast, das von den Hufen aufspritzende Stroh und das Schreien der sterbenden Pferde.

»Wie viel Kavallerie?«, wollte der Earl wissen.

»Ich habe nicht gezählt, Mylord. Wie viele Dienstboten hatte Ihre Frau?«

Der Earl wandte sich grinsend von Sandman ab. »Bring mir einen Reiter, Betty«, befahl er. Das Mädchen brachte ihm gehorsam einen Zinnsoldaten, der einen französischen Dragoner in grüner Uniform darstellte. »Sehr hübsch, meine Liebe«, sagte der Earl, stellte den Dragoner auf den Tisch und zog Betty auf seinen Schoß. »Ich bin ein alter Mann, Captain, und wenn Sie etwas von mir wollen, müssen Sie mir schon entgegenkommen. Betty weiß das, nicht wahr, mein Kind?«

Das Mädchen nickte und zuckte zusammen, als der Earl ihr mit knochiger Hand ins Kleid fuhr, um ihre Brust zu packen. Sie war etwa fünfzehn oder sechzehn Jahre alt, ein Mädchen vom Land mit lockigem Haar, Sommersprossen und rundem, gesundem Gesicht.

»Wie muss ich Ihnen entgegenkommen, Mylord?«, fragte Sandman.

»Nicht wie Betty! Nein, nein!« Der Earl schaute Sandman verschlagen an. »Sie werden mir alles erzählen, was ich wissen will, Captain, und vielleicht, wenn Sie fertig sind, sage ich Ihnen ein bisschen von dem, was Sie wissen wollen. Der Adel hat seine Privilegien.«

Draußen in der Eingangshalle schlug die Uhr sechs, ein Geräusch, das in dem großen, leeren Haus etwas Melancholisches hatte. Sandman hatte das verzweifelte Gefühl, seine Zeit zu verschwenden. Er musste erfahren, ob Meg hier war, und er musste zurück nach London, aber er spürte, dass der Earl den ganzen Abend mit ihm spielen und ihn letzten Endes fortschicken würde, ohne seine Fragen zu beantworten. Der Earl, der Sandmans Missbilligung spürte und genoss, zog die Brust des Mädchens aus dem Kleid. »Fangen wir ganz am Anfang an, Captain«, sagte er und nuckelte an dem warmen Fleisch. »Fangen wir bei Morgengrauen an, ja? Es regnete, nicht wahr?«

Sandman ging um den Tisch, bis er hinter dem Earl stand, und beugte sich herunter, dass seine Nase beinahe die steifen Haare der Perücke berührte. »Warum sprechen wir nicht über das Ende der Schlacht, Mylord?«, fragte Sandman leise. »Sprechen wir doch über den Angriff der kaiserlichen Garde. Denn ich war dabei, als wir aus der Linie ausbrachen und die Bastarde von der Flanke angriffen.« Er beugte sich noch tiefer herunter und roch den Gestank des Lords, sah eine Laus über den Rand seiner Perücke krabbeln. Seine Stimme war nur noch ein heiseres Flüstern. »Sie hätten die Schlacht gewonnen, Mylord, es war alles vorbei, bis auf die Verfolgung, aber wir drehten die Geschichte im Handumdrehen um. Wir marschierten aus der Linie und belegten sie mit Salvenfeuer, Mylord, und dann pflanzten wir unsere Bajonette auf. Ich kann Ihnen genau erzählen, wie es war. Ich kann Ihnen erzählen, wie wir gewonnen haben, Mylord.« Sandman geriet in Wut, in seiner Stimme lag Bitterkeit. »Wir haben gewonnen! Aber Sie werden diese Geschichte niemals erfahren, Mylord, niemals, weil ich verdammt noch mal dafür sorgen werde, dass kein einziger Offizier des 52. Regiments je mit Ihnen reden wird! Haben Sie verstanden? Kein einziger Offizier wird je mit Ihnen reden. Guten Tag, Mylord. Wenn Ihr Diener vielleicht so freundlich wäre, mich zur Tür zu bringen?« Er ging auf die Tür zu. Er würde den Diener fragen, ob Meg hierher gekommen war, und wenn nicht, womit er rechnete, wäre diese ganze Reise reine Zeit- und Geldverschwendung gewesen.

»Captain!« Der Earl hatte das Mädchen von seinem Schoß geschoben. »Warten Sie!« Sein Gesicht zuckte unter dem Rouge. Es lag Bosheit darin, eine alte, verbitterte, hartherzige Bosheit, aber da er unbedingt wissen wollte, wie sie Bonapartes hoch gelobte Garde besiegt hatten, knurrte er die beiden Mädchen und den Diener an: »Lasst mich mit dem Captain allein.«

Es verstrich viel Zeit, bis Sandman ihm seine Geschichte entlockt hatte. Aber Geduld und eine Flasche geschmuggelter französischer Cognac ließen den Earl schließlich die bittere Wahrheit über seine Ehe ausspeien, die sich weitgehend mit dem deckte, was Lord Christopher bereits erzählt hatte. Der Earl of Avebury hatte seine zweite Frau, Celia, auf der Bühne zum ersten Mal gesehen. »Beine«, sagte er verträumt, »was für Beine, Captain, was für Beine. Das war das Erste, was ich von ihr sah.«

»Im Sans Pareil?«, warf Sandman ein.

Der Earl warf ihm einen verschlagenen Blick zu. »Mit wem haben Sie gesprochen?«

»Die Leute in der Stadt reden«, sagte Sandman.

»Mein Sohn?«, erriet der Earl und lachte. »Dieser kleine Dummkopf? Dieser teigige kleine Schwächling? Gütiger Gott, Captain, den hätte ich prügeln sollen, als er noch ein Kind war. Seine Mutter war eine verdammte dumme Heilige, sie zu begatten war, als triebe man es mit einer frommen Maus, und der blöde Kerl glaubt, er schlägt nach ihr, aber das stimmt nicht. Es steckt viel von mir in ihm. Da kann er noch so lange auf Knien herumrutschen, Captain, aber er denkt immer nur an Hintern und Busen, Beine und noch mal Busen. Sagt, er will Priester werden! Aber das wird er nicht. Er will nur, dass ich sterbe und der Besitz ihm gehört, Captain. Er ist ihm als Erbgut übertragen, hat er Ihnen das erzählt? Und er wird alles für Busen, Beine und Hintern ausgeben, genau wie ich es getan hätte, der einzige Unterschied zwischen diesem stotternden Narren und mir ist, dass ich mich nie dafür geschämt habe. Ich habe es genossen, Captain, genieße es immer noch, und er leidet unter seinen Schuldgefühlen. Schuld!« Der Earl spie das Wort aus, wobei seine Spucke durch den Raum flog. »Was hat der farblose Idiot Ihnen denn nun erzählt? Dass ich Celia getötet habe? Vielleicht war ich es, Captain, vielleicht ist aber auch Maddox in die Stadt gefahren und hat es für mich erledigt, doch wie wollen Sie das beweisen, he?« Der Earl erwartete eine Antwort, aber Sandman schwieg. »Wussten Sie, dass Aristokraten an einem seidenen Strang aufgehängt werden?«

»Nein, das wusste ich nicht, Mylord.«

»So heißt es jedenfalls, so heißt es«, erklärte der Earl. »Das gemeine Volk wird mit einem Stück einfachen Hanfs aufgeknüpft, aber wir Lords bekommen einen Seidenstrang, und für den Tod dieser Hexe würde ich gern einen Seidenstrang in Kauf nehmen. Sie hat mich ausgeraubt bis aufs Hemd. Ich wusste gar nicht, dass eine Frau so viel Geld ausgeben kann! Als ich wieder zur Besinnung kam, versuchte ich, ihr die Zuwendungen zu entziehen. Ich lehnte es ab, ihre Schulden zu bezahlen, und sagte den Vermögenstreuhändern, sie sollten sie aus dem Haus werfen, aber die Mistkerle ließen sie da. Vielleicht hat sie ja einen von ihnen mit ihrer Gunst bestochen. So machte sie nämlich ihr Geld, Captain, mit gekonnter Fleischeslust.«

»Wollen Sie behaupten, dass sie eine Hure war, Mylord?«

»Keine gewöhnliche Hure«, sagte der Earl. »Sie war nicht nur ein Stück käufliches Fleisch, so viel muss ich zu ihrer Verteidigung sagen. Sie nannte sich Sängerin, Schauspielerin, Tänzerin, aber in Wahrheit war sie eine gerissene Hexe, und ich war so dumm, sie zu heiraten.« Er grinste in sich hinein und schaute dann Sandman aus rheumatischen Augen an. »Celia war eine Erpresserin, Captain. Sie nahm sich einen jungen Mann aus der Gesellschaft zum Liebhaber, brachte den armen Dummkopf dazu, ihr einen oder zwei Briefe zu schreiben, worin er um ihre Gunst bettelte, und wenn er sich mit einer reichen Erbin verlobte, drohte sie, die Briefe öffentlich zu machen. Sie hat ganz schönes Geld damit gemacht! Das hat sie mir selbst erzählt! Ins Gesicht hat sie es mir gesagt, dass sie mein Geld nicht braucht, weil sie selbst Geld hat.«

»Wissen Sie, welche Männer sie auf diese Weise erpresst hat, Mylord?«

Der Earl schüttelte den Kopf und starrte auf das Schlachtenmodell, um Sandmans Blick auszuweichen. »Ich wollte keine Namen wissen«, sagte er leise. Zum ersten Mal empfand Sandman Mitleid mit dem alten Mann.

»Und die Dienstboten, Mylord? Die Dienstboten aus Ihrem Londoner Haus. Was ist aus ihnen geworden?«

»Woher zum Teufel soll ich das wissen? Hier sind sie nicht«, schimpfte er. »Wieso sollte ich das Personal dieser Hexe hier haben wollen? Ich habe Faulkner gesagt, er soll sehen, dass er sie los wird, einfach los wird.«

»Faulkner?«

»Ein Anwalt, einer der Treuhänder, und wie alle Anwälte ein kriecherisches Miststück.« Der Earl schaute zu Sandman auf. »Ich weiß nicht, was aus Celias verdammten Dienstboten geworden ist, und es kümmert mich auch nicht. So, und jetzt holen Sie Maddox und sagen Sie ihm, dass Sie und ich zum Abendessen Rindfleisch möchten, und dann erzählen Sie mir verdammt noch mal, was passiert ist, als die kaiserliche Garde angegriffen hat.«

Und das tat Sandman.

Er hatte Meg zwar nicht gefunden, aber doch etwas erfahren. Ob es allerdings ausreichte, wusste er nicht.

Am nächsten Morgen fuhr er zurück nach London.

5

Am späten Donnerstagnachmittag traf Sandman wieder in London ein. Er hatte die Postkutsche genommen und die Ausgabe mit der Zeitersparnis vor sich gerechtfertigt, aber kurz vor Thatcham hatte eines der Pferde ein Hufeisen verloren, und anschließend hatte ein Heuwagen mit Achsbruch eine Brücke bei Hammersmith blockiert. Sandman vermutete, dass er die letzten Meilen bis London zu Fuß schneller zurückgelegt hätte, als wenn er abwartete, bis die Straße geräumt war, aber nachdem er die Nacht in unruhigem Schlaf im Stroh des King's Head in Marlboruogh verbracht hatte, war er müde und blieb in der Kutsche sitzen. Außerdem ärgerte er sich, weil er die Reise nach Wiltshire für vergebens hielt. Er bezweifelte, dass der Earl of Avebury seine Frau getötet hatte oder hatte töten lassen, aber er hatte ohnehin nie an seine Schuld geglaubt. Das einzig Nützliche, was Sandman erfahren hatte, war, dass die Countess ihren Lebensunterhalt mit der Erpressung ihrer Liebhaber bestritten hatte, aber das half ihm nicht herauszufinden, wer diese Liebhaber waren.

Er betrat das Wheatsheaf durch den Hofeingang, wo er sich Wasser in einen Blechbecher pumpte, der mit einer Kette am Schwengel befestigt war. Er trank ihn aus, pumpte noch einmal und drehte sich um, als er Hufschläge im Eingang zum Stall hörte. Jack Hood sattelte einen großen, prachtvollen Rappen. Der Straßenräuber grüßte Sandman mit einem knappen Kopfnicken und beugte sich herunter, um den Sattelgurt zu schließen. Jack Hood war ebenso schwarz und groß wie sein Pferd. Er trug schwarze Stiefel, eine schwarze Hose und dazu einen eng taillierten schwarzen Rock, sein langes, dunkles Haar hatte er mit einem schwarzen Seidenband im Nacken zusammengebunden. Als er sich aufrichtete, bedachte er Sandman mit einem schiefen Grinsen. »Sie sehen müde aus, Captain.«

»Müde, arm, hungrig und durstig«, bestätigte Sandman und pumpte sich einen dritten Becher Wasser.

»Das kommt vom rechtschaffenen Leben«, erklärte Hood munter und steckte zwei Pistolen in die Satteltaschen. »Sie sollten es mit der schiefen Bahn versuchen wie ich.«

Sandman trank das Wasser aus und ließ den Becher los. »Und was machen Sie, wenn man Sie erwischt, Mister Hood?«

Hood führte das Pferd in das Licht der untergehenden Sonne. Es war ein hochgezüchtetes, nervöses Tier, hochtrabend und kapriziös. Ein Pferd, das schnell war wie der Nachtwind, wenn man fliehen musste, vermutete Sandman. »Wenn ich erwischt werde?«, fragte Hood. »Dann komme ich zu Ihnen und bitte Sie um Hilfe. Sally sagt, Sie sind ein Strangmopser.«

»Ein Galgendieb.« Sandman hatte die Gaunersprache mittlerweile gut genug kennen gelernt, um den Ausdruck übersetzen zu können. »Bis jetzt habe ich aber noch niemanden vor dem Galgen bewahrt.«

»Und ich bezweifle, dass es Ihnen je gelingen wird«, sagte Hood finster. »So läuft es nicht in der Welt. Denen da oben ist doch völlig egal, wie viele sie henken, solange wir Übrigen nur merken, dass sie Leute aufknüpfen, Captain.«

»Es ist ihnen durchaus nicht gleichgültig, warum hätten sie mir sonst diesen Auftrag erteilen sollen«, entgegnete Sandman.

Hood bedachte Sandman mit einem skeptischen Blick, stellte den Fuß in den Steigbügel und saß auf. »Wollen Sie mir sagen, dass man Ihnen diesen Auftrag aus reiner Herzensgüte gegeben hat?«, fragte er, während er den linken Fuß in den Steigbügel schob. »Sind dem Innenminister plötzlich Zweifel an der Rechtsprechung in Black Jacks Gericht gekommen?«

»Nein«, räumte Sandman ein.

»Sie wurden beauftragt, weil jemand Einflussreiches wollte, dass Cordays Fall überprüft wird. Jemand Mächtiges, habe ich Recht?«

Sandman nickte. »Genau.«

»Ein Bursche kann unschuldig sein wie ein Neugeborenes, aber wenn er keine einflussreichen Freunde hat, hängt er hoch, stimmt es nicht?«, sagte Hood wütend, warf seine Rockschöße über den Rücken seines Pferdes und griff nach den Zügeln. »Und wahrscheinlich ende ich auf James Bottings Tanzboden, aber das raubt mir weder den Schlaf, noch weine ich eine Träne darüber. Der Galgen ist da, Captain, und wir leben damit, bis wir daran sterben, das werden wir nicht ändern, weil die Schweine es nicht ändern wollen. Das ist ihre Welt, nicht unsere, und sie kämpfen darum, sie so zu erhalten, wie sie sie haben wollen. Sie bringen uns um, schicken uns nach Australien oder brechen uns den Rücken in der Tretmühle, und wissen Sie, warum? Weil sie Angst vor uns haben. Sie haben Angst, dass wir es machen wie der französische Pöbel. Sie haben Angst vor einem Schafott in Newgate. Vielleicht lassen sie zu, dass Sie einen Mann retten, Captain, aber glauben Sie ja nicht, dass Sie etwas ändern könnten.« Er zog dünne schwarze Lederhandschuhe über. »Im Hinterzimmer warten ein paar Burschen auf Sie, Captain. Aber bevor Sie mit ihnen reden, sollten Sie wissen, dass ich gestern Abend im Dog and Duck gegessen habe.«

»In St. George's Field?«, fragte Sandman, verwundert über diese Bemerkung, die scheinbar in keinerlei Zusammenhang zu der vorherigen Mitteilung stand.

»Da wohnen und essen viele Straßenritter«, sagte Hood, »weil es bequem für die westlichen Landstraßen ist.« Er meinte, dass in der Schänke viele Straßenräuber verkehrten. »Und da habe ich etwas flüstern hören, Captain. Fünfzig Mäuse für Ihr Leben.« Er hob eine Augenbraue. »Sie haben wohl jemanden geärgert, Captain. Im 'Sheaf habe ich klar gemacht, dass niemand Ihnen ein Haar krümmen darf, weil Sie nett zu meiner Sal waren, und ich passe auf jeden auf, der auf sie aufpasst, aber ich habe nicht jede Spelunke in London im Griff.«

Sandmans Herz stockte. Fünfzig Guineen für sein Leben? War das ein Kompliment oder eine Beleidigung? »Sie wissen nicht zufällig, wer die Belohnung ausgesetzt hat?«, fragte er.

»Ich habe gefragt, aber niemand wusste es. Aber es ist eine Menge Geld, Captain, also passen Sie auf sich auf. Vielen

Dank.« Der Dank galt der Tatsache, dass Sandman ihm das Hoftor geöffnet hatte.

Sandman schaute zu dem Reiter auf. »Sie schauen sich heute Abend Sally nicht auf der Bühne an?«

Hood schüttelte den Kopf. »Hab sie schon oft genug gesehen«, sagte er kurz und bündig. »Und ich habe selbst was zu erledigen, was sie sich auch nicht anschaut.« Grußlos gab er seinem Pferd die Sporen und ritt nordwärts hinter einem Fuhrwerk her, das frisch gebrannte Ziegel geladen hatte.

Sandman schloss das Tor. Als Viscount Sidmouth ihm diesen Auftrag erteilt hatte, hatte er angedeutet, es sei eine leichte Aufgabe, ein Monatsgehalt für einen Tag Arbeit, doch plötzlich stand für ein Monatsgehalt sein Leben auf dem Spiel. Sandman drehte sich um und starrte auf die schmutzigen Fenster des Hinterzimmers, da sich aber die Abendsonne in den kleinen Fensterscheiben spiegelte, konnte er nicht hineinsehen. Aber wer immer dort warten mochte, hatte ihn im Blick. Daher ging er nicht geradewegs ins Hinterzimmer, sondern nahm den Umweg durch das Fasslager zu dem Flur, wo sich eine Durchreiche befand. Vorsichtig schob er das Schiebefenster ein Stückchen auf und beugte sich herunter, um durch den Spalt zu lauern.

Hinter sich hörte er Schritte, doch bevor er sich umdrehen konnte, spürte er einen Pistolenlauf kalt an seinem Ohr. »Ein guter Soldat betreibt immer zuerst Aufklärung, was Captain?«, sagte Sergeant Berrigan. »Ich dachte mir schon, dass Sie zuerst hierher kommen.«

Als Sandman sich aufrichtete, sah er, dass der Sergeant sich freute, Sandman übertölpelt zu haben. »Und, was haben Sie jetzt vor, Sergeant?«, fragte er. »Wollen Sie mich erschießen?«

»Ich will mich lediglich vergewissern, dass Sie keine Waffe tragen«, sagte Berrigan, schob mit seinem Pistolenlauf Sandmans Rock auseinander und überzeugte sich, dass der Captain unbewaffnet war. Dann deutete er mit dem Kopf auf die Tür des Hinterzimmers. »Nach Ihnen, Captain.«

»Sergeant«, setzte Sandman an in der Absicht, an das Gute

in Berrigan zu appellieren, aber von dieser Seite seines Wesens war nichts zu spüren, denn er richtete die Pistole auf Sandmans Brust. Sandman kam in den Sinn, den Lauf beiseite zu stoßen und Berrigan sein Knie zwischen die Beine zu rammen, aber der Sergeant schüttelte mit dem Anflug eines Grinsens fast unmerklich den Kopf, als wolle er Sandman warnen, es ja nicht zu versuchen. »Durch die Tür?«, fragte Sandman. Als Berrigan nickte, drehte er den Türknauf und betrat das Hinterzimmer.

Der Marquess of Skavadale und Lord Robin Holloway saßen auf dem Sofa hinter dem langen Tisch. Beide trugen elegant geschnittene schwarze Röcke, geblümte Krawatten und hautenge Hosen. Beim Anblick Sandmans flammte in Holloways Miene Zorn auf, aber Skavadale erhob sich höflich und lächelte. »Mein lieber Captain Sandman, wie nett, dass Sie sich zu uns gesellen.«

»Warten Sie schon lange?«, fragte Sandman aufsässig.

»Eine halbe Stunde«, antwortete Skavadale freundlich. »Wir hatten erwartet, Sie schon früher hier anzutreffen, aber das Warten war nicht übermäßig ermüdend. Nehmen Sie doch Platz, Sir.«

Zögernd setzte Sandman sich, nachdem er einen verstohlenen Blick auf Berrigan geworfen hatte, der die Tür des Hinterzimmers geschlossen und die Pistole gesenkt, aber nicht weggesteckt hatte. Der Sergeant blieb an der Tür stehen und beobachtete Sandman. Der Marquess of Skavadale nahm den Korken von einer Weinflasche und schenkte ein Glas ein. »Ein recht schlichter Claret, Captain, aber nach Ihrer Reise dürfte er Ihnen genehm sein. Schließlich ist das hier das Wheatsheaf, ein Etablissement nicht von Welt, sondern von Unterwelt. Das ist gut, Robin, nicht wahr? Nicht von Welt, sondern von Unterwelt?«

Lord Robin Holloway schwieg, lächelte nicht einmal, sondern starrte Sandman unverwandt an. Auf seinen Wangen prangten immer noch zwei rote Striemen, wo Sandman ihn mit dem Degen getroffen hatte. Skavadale schob das Glas

Wein über den Tisch und wirkte bekümmert, als Sandman es mit einem Kopfschütteln ablehnte. »Ach kommen Sie, Captain, wir sind in freundlicher Absicht hier«, sagte Skavadale stirnrunzelnd.

»Und ich bin hier, weil man mich mit der Pistole bedroht hat.«

»Stecken Sie sie weg, Sergeant«, befahl Skavadale und prostete Sandman zu. »Ich habe in den letzten Tagen einiges über Sie erfahren, Captain. Dass Sie ein ausgezeichneter Kricketspieler sind, wusste ich selbstverständlich, aber Sie haben sich auch in anderer Hinsicht einen Namen gemacht.«

»In welcher Hinsicht?«, fragte Sandman düster.

»Sie waren ein guter Soldat«, sagte Skavadale.

»So?«

»Aber Sie hatten wenig Glück mit Ihrem Vater«, sagte Skavadale taktvoll. »Wie ich höre, unterstützen Sie nun Ihre Mutter und Ihre Schwester, nicht wahr, Captain?« Er wartete auf eine Antwort, aber Sandman rührte sich nicht. »Eine Schande, wenn Menschen von Stand zur Armut verdammt sind. Ohne Sie wäre Ihre Mutter schon lange auf Almosen angewiesen und Ihre Schwester wäre was? Gouvernante? Mätresse? Aber mit einer kleinen Mitgift könnte sie immer noch eine recht ordentliche Partie machen, nicht wahr, Captain?«

Sandman sprach immer noch nicht, aber Lord Skavadale hatte nichts als die Wahrheit gesagt. Sandmans Schwester Belle war neunzehn Jahre alt, und ihre einzige Chance, der Armut zu entkommen, bestand in einer vorteilhaften Heirat, aber ohne Mitgift konnte sie nicht auf einen respektablen Ehemann hoffen. Mit etwas Glück fände sich vielleicht ein Kaufmann, der bereit wäre, sie zu heiraten, doch Sandman wusste, dass sie einen solchen Ehemann nie akzeptieren würde, da sie ebenso wie ihre Mutter einen übertriebenen Standesdünkel hegte. Vor einem Jahr, noch vor dem Tod ihres Vaters, hatte Belle mit einer Mitgift von mehreren tausend Pfund rechnen dürfen, die ausgereicht hätten, einen Aristokraten zu reizen und ein solides Einkommen zu sichern. Diesen Aussichten trauerte sie immer noch nach und machte aus unerfindlichen Gründen Sandman dafür verantwortlich, dass sie sich zerschlagen hatten. Sandman war in London, weil er die Vorwürfe seiner Mutter und Schwester nicht länger ertragen hatte, die von ihm erwarteten, dass er seinen Vater ersetzte und ihnen grenzenlosen Luxus bot.

»Nun«, sagte Skavadale, »die Spielsucht Ihres Vaters hat Ihre Familie in Not gebracht, nicht wahr, Captain? Aber Sie bemühen sich, einen Teil der Schulden abzutragen. Sie haben den schwierigen Weg gewählt, und das ist ehrenhaft, äußerst ehrenhaft. Ist das nicht ehrenhaft, Robin?«

Lord Robin Holloway schwieg, zuckte lediglich die Achseln und musterte Sandman mit kaltem Blick.

»Was haben Sie nun vor, Captain?«, fragte Skavadale.

»Was ich vorhabe?«

»Mutter und Schwester ernähren, Schulden bezahlen und keine Anstellung, außer gelegentlich ein Kricketspiel?«, fragte Skavadale und hob in gespielter Verwunderung die Augenbrauen. »Soviel ich gehört habe, ist der Auftrag des Innenministers sehr vorübergehender Natur und dürfte wohl kaum zu dauerhaften Einkünften führen. Was haben Sie also vor?«

»Was haben Sie vor?«, gab Sandman die Frage zurück.

»Verzeihung?«

»Soweit ich weiß, geht es Ihnen nicht viel besser als mir«, erwiderte Sandman, dem einfiel, was Lord Alexander ihm über den Marquess of Skavadale erzählt hatte. »Ihre Familie besaß früher ein beträchtliches Vermögen, aber es hat auch Spieler gegeben.«

Der Marquess wirkte für einen Moment verärgert, ging aber nicht auf die Beleidigung ein, sondern antwortete leichthin: »Ich werde eine gute Partie machen, also reich heiraten. Und Sie?«

»Vielleicht mache ich ja auch eine gute Partie«, sagte Sandman.

»Tatsächlich?« Skavadale hob skeptisch die Augenbrauen.

»Ich erbe den Titel eines Herzogs, Sandman, das ist für ein Mädchen eine große Verlockung. Und was haben Sie zu bieten? Ihr Können im Kricket? Faszinierende Erinnerungen an Waterloo?« Der Ton Seiner Lordschaft war immer noch höflich, aber sein Zorn war unverkennbar. »Mädchen mit Geld heiraten entweder Geld oder Adel, Captain, weil Geld und Adel das einzige ist, was in dieser Welt zählt.«

»Und was ist mit Ehrlichkeit? Und Ehre?«, fragte Sandman.

»Nur Geld und Adel«, wiederholte Skavadale ausdruckslos. »Meine Familie mag kurz vor dem Bankrott stehen, aber wir besitzen einen Adelstitel. Bei Gott, wir haben einen Adelstitel, und der wird uns wieder zu Geld verhelfen.«

»Geld und Adel«, sagte Sandman nachdenklich. »Welchen Trost haben Sie dann für einen Mann wie Sergeant Berrigan, der von niederem Stand ist und, wie ich annehme, nur über armseligen Besitz verfügt?«

Skavadale ließ den Blick müßig zum Sergeant schweifen. »Ich rate ihm, sich einem Mann von Adel und Besitz anzuschließen, Captain. So geht es in dieser Welt nun mal zu. Er dient, ich gebe ihm seinen Lohn, und es ist zu unser beider Nutzen.«

»Und wie passe ich in diesen gottgegebenen Plan?«, fragte Sandman.

Der Anflug eines Lächelns huschte über Skavadales Gesicht. »Sie sind ein Gentleman, Captain, Sie stammen aus vornehmem Haus, aber man hat Ihnen Ihren Anteil am Wohlstand versagt. Wenn Sie erlauben, möchten wir«, er deutete auf den blassen Lord Robin Holloway, »und mit wir meine ich sämtliche Mitglieder des Seraphim Clubs, diesem Mangel abhelfen.« Er zog ein Blatt Papier aus der Tasche, legte es auf den Tisch und schob es Sandman zu.

»Abhelfen?«, fragte Sandman verständnislos, aber Skavadale deutete nur schweigend auf das Papier, das Sandman nahm und auseinander faltete. Als Erstes sah er Lord Robin Holloways großzügige Unterschrift und als Zweites die Zahl.

Er starrte darauf und schaute Lord Skavadale an, der lächelte. Sandman schaute erneut auf das Papier. Es war ein Wechsel über zwanzigtausend Guineen, auszuzahlen an Rider Sandman, ausgestellt auf Lord Robin Holloways Konto bei der Courts Bank.

Zwanzigtausend. Seine Hände zitterten leicht. Er zwang sich, tief durchzuatmen.

Das löste all seine Probleme. Alle.

Mit zwanzigtausend Guineen könnte er die kleineren Schulden seines Vaters begleichen, seiner Mutter und Schwester ein hübsches Haus kaufen, und es bliebe noch genug übrig, um ein Einkommen von sechs- bis siebenhundert Pfund im Jahr zu sichern, was zwar wenig war im Vergleich zu dem, was seine Mutter gewohnt war, aber mit sechshundert Pfund im Jahr konnte eine Frau mit ihrer Tochter ihre Stellung im Landadel aufrecht erhalten. Es war ein respektables Einkommen. Sie konnten sich vielleicht keine Kutsche mit Pferden leisten, aber doch immerhin ein Dienstmädchen und eine Köchin, und sie konnten jeden Sonntag ein Goldstück in den Klingelbeutel werfen und ihre Nachbarinnen ausreichend stilvoll empfangen. Sie würden sich nicht länger bei Rider Sandman über ihre Armut beklagen.

Mit lautem Hufschlag und Kettengerassel fuhr ein Tafelwagen in den Hof, aber Sandman bemerkte den Lärm gar nicht. Er hing dem verlockenden Gedanken nach, die Ansprüche der Kaufleute zu ignorieren, die der Selbstmord seines Vaters an den Rand des Ruins gebracht hatte, da er schließlich nicht für die Schulden seines Vaters verantwortlich sei; damit könnte er seiner Mutter sogar ein Jahreseinkommen von achthundert Pfund sichern. Das Beste aber war, dass zwanzigtausend Guineen ein ausreichend großes Vermögen darstellen dürften, um Lady Forrests Vorbehalte gegen seine Heirat mit Eleanor zunichte zu machen. Er starrte den Wechsel an. Alles wäre wieder möglich. Eleanor, dachte er, Eleanor; er dachte an das Geld, das Eleanor mit in die Ehe bringen würde, und wusste, dass er wieder reich wäre, Pferde im Stall hätte, den ganzen

Sommer Kricket spielen und den ganzen Winter zur Jagd gehen könnte. Er wäre wieder ein richtiger Gentleman und bräuchte nicht mehr auf den Penny zu achten oder sich selbst um seine Wäsche zu kümmern.

Er schaute in Lord Robin Holloways Augen. Der junge Mann war ein Dummkopf, der Sandman zum Duell hatte herausfordern wollen, und nun wollte er ihm ein Vermögen schenken? Lord Robin ignorierte Sandmans Blick und starrte auf ein Spinnennetz an der Zimmerdecke. Lord Skavadale lächelte Sandman an. Es war das wohlwollende Lächeln eines Mannes, der sich über das Glück eines anderen freute, ein Lächeln, das Sandman beschämte. Er schämte sich, weil er in Versuchung geraten war, in echte Versuchung. »Sie glauben, wir wollen Sie bestechen?«, fragte Lord Skavadale besorgt, als er die Veränderung in Sandman Miene bemerkte.

»Mit solcher Großzügigkeit von Lord Robin habe ich nicht gerechnet«, sagte Sandman trocken.

»Alle Mitglieder des Seraphim Clubs haben sich beteiligt«, erklärte der Marquess, »und mein Freund Robin hat das Geld eingesammelt. Es ist natürlich ein Geschenk, kein Bestechungsgeld.«

»Ein Geschenk?«, wiederholte Sandman bitter. »Keine Bestechung?«

»Selbstverständlich ist es keine Bestechung«, bekräftigte Skavadale bestimmt, »wahrhaftig nicht.« Er stand auf, trat ans Fenster und beobachtete, wie die Bierfässer vom Tafelwagen über eine Planke heruntergerollt wurden. Schließlich drehte er sich lächelnd wieder um. »Ich empfinde es als Beleidigung, wenn ein Gentleman in Not gerät, Captain Sandman. So etwas verstößt gegen die natürliche Ordnung, finden Sie nicht auch? Und wenn dieser Gentleman ein Offizier ist, der ritterlich für sein Land gekämpft hat, ist die Beleidigung umso größer. Wie ich Ihnen bereits erklärt habe, besteht der Seraphim Club aus Männern, die bestrebt sind, die Besten zu sein. Was sind Engel denn anderes als Wesen, die Gutes tun? Wir sähen Sie und Ihre Familie also gern wieder an Ihrem angestammten Platz in der Gesellschaft. Das ist alles.« Er zuckte die Achseln, als handele es sich tatsächlich bloß um eine kleine Geste.

Sandman hätte ihm nur zu gern geglaubt. Lord Skavadale klang so vernünftig und ruhig, als ob dieser Vorgang etwas ganz Alltägliches sei. Aber Sandman wusste es besser. »Sie bieten mir ein Almosen an«, sagte er.

Lord Skavadale schüttelte den Kopf. »Lediglich eine Korrektur blinden Schicksals, Captain.«

»Und was erwarten Sie von mir als Gegenleistung, wenn ich mein Schicksal von Ihnen korrigieren lasse?«, fragte Sandman.

Lord Skavadale schaute gekränkt drein, als sei es ihm nicht im Traum eingefallen, von Sandman als Gegenleistung für ein kleines Vermögen eine Gefälligkeit zu erwarten. »Ich erwarte lediglich, dass Sie sich wie ein Gentleman verhalten, Captain«, antwortete er steif.

Sandman warf einen Blick auf Lord Robin Holloway, der immer noch kein Wort gesprochen hatte. »Ich denke, das tue ich immer«, erwiderte Sandman frostig.

»Dann wissen Sie ja wohl, dass Gentlemen keine bezahlte Tätigkeit ausüben, Captain«, sagte Skavadale spitz.

Sandman schwieg.

Lord Skavadale schien leicht pikiert über sein Schweigen. »Daher werden Sie selbstverständlich jegliche bezahlte Tätigkeit aufgeben, wenn Sie diesen Wechsel annehmen, Captain.«

Sandman schaute auf das kleine Vermögen in seiner Hand. »Ich schreibe also an den Innenminister und lege das Amt als sein Ermittler nieder?«

»Das wäre sicherlich die ehrenwerteste Handlungsweise«, stellte Skavadale fest.

»Wie ehrenhaft ist es, einen Unschuldigen hinrichten zu lassen?«, fragte Sandman.

»Ist er unschuldig?«, fragte Skavadale. »Sie haben dem Sergeant gesagt, Sie wollten von Ihrer Reise aufs Land Beweise mitbringen. Ist es Ihnen gelungen?« Er wartete, aber Sandmans Miene ließ deutlich erkennen, dass er keine Beweise hatte. Skavadale zuckte die Achseln, als wolle er sagen, dann könne Sandman ja durchaus einen hoffnungslos Verlorenen aufgeben und das Geld annehmen.

Sandman war in Versuchung, ernstlich in Versuchung, aber zugleich schämte er sich dafür. So zwang er sich, den Wechsel in Stücke zu reißen. Beim ersten Riss sah er Lord Skavadale verwundert blinzeln und gleich darauf zornig werden. Plötzlich überfiel Sandman Angst, nicht vor Skavadales Wut, sondern vor seiner eigenen Zukunft und der ungeheuren Größe des Vermögens, das er ausgeschlagen hatte.

Er streute die Schnipsel auf den Tisch. Der Marquess of Skavadale und Lord Robin Holloway standen auf. Keiner sagte ein Wort. Sie schauten Sergeant Berrigan an, als erteilten sie ihm einen unausgesprochenen Befehl, und gingen, ohne Sandman eines Blickes zu würdigen. Ihre Schritte hallten noch durch den Flur, als Sandman kaltes Metall im Nacken spürte und erkannte, dass es die Pistole war. Sandman spannte sämtliche Muskeln an und überlegte, sich nach hinten zu werfen, um Berrigan aus dem Gleichgewicht zu bringen, aber der Sergeant grub den kalten Lauf fest in Sandmans Nacken. »Sie hatten Ihre Chance, Captain.«

»Sie haben immer noch eine Chance, Sergeant«, antwortete Sandman.

»Aber ich bin kein Narr«, sagte Berrigan, »und ich werde Sie nicht hier töten. Nicht hier und jetzt. Zu viele Leute in der Schänke. Wenn ich Sie hier töte, tanze ich in Newgate, Captain.« Der Druck der Pistole wich, und der Sergeant flüsterte Sandman ins Ohr: »Passen Sie auf sich auf, Captain, passen Sie auf sich auf.« Den gleichen Rat hatte ihm auch Jack Hood gegeben.

Sandman hörte, wie die Tür sich öffnete und wieder schloss und die Schritte des Sergeant leiser wurden.

Zwanzigtausend Guineen, dachte er. Dahin.

Reverend Lord Alexander Pleydell hatte sich für die Vorstellung eine Loge im Covent-Garden-Theater gesichert. »Ich kann nicht sagen, dass ich große Kunst erwarte«, erklärte er, als er Sandman durch die Menge folgte, »außer von Miss Hood. Ich bin sicher, sie wird mehr als hinreißend sein.« Seine Lordschaft hielt ebenso wie Sandman die Hände fest in den Taschen, da das dichte Gedränge im Theater ein berüchtigtes Jagdrevier für Taschendiebe war. Mit schriller Stimme fragte er: »Weißt du eigentlich, dass es bei Taschendieben eine richtige Hierarchie gibt?«

»Ich habe das Gespräch mit angehört, Alexander«, antwortete Sandman. Bevor sie das Wheatsheaf verlassen hatten, hatte Lord Alexander sich eine weitere Lektion in der Unterweltsprache erteilen lassen, dieses Mal von dem Wirt Jenkins, dem es gefiel, einen adeligen Reverend zu seinen Gästen zählen zu dürfen. Lord Alexander hatte sich Notizen gemacht und zu seiner Freude erfahren, dass der niedrigste Rang der Taschendiebe die Kinder waren, die Taschentücher stahlen, während die Könige dieses blühenden Gewerbes die Diebe von Taschenuhren waren. Es gab unterschiedliche Bezeichnungen für die verschiedenen Taschendiebe wie auch für die einzelnen Taschenarten. *»Garret, Hoxter, Kickseys, Pit, Rough-fammy, Salt Box Cly* und *Slip«*, leierte Lord Alexander herunter. »Habe ich eine vergessen?«

»Ich habe nicht aufgepasst.« Sandman schob sich näher an das hell erleuchtete Vordach des Theaters heran.

»Garret, Hoxter, Kickseys, Pit, Rough-fammy, Salt Box Cly und *Slip«*, wiederholte Lord Alexander sehr zur Verwirrung der Umstehenden. *Garret* war das Uhrtäschchen in einer Weste, *Rough-fammies* waren die unteren Westentaschen, *Hoxter* hieß die Innentasche eines Gehrocks, *Kickseys* die Hosentaschen, *Pit* eine Brusttasche ohne Klappe, eine Jackentasche mit Klappe hieß *Salt Box Cly* und eine hintere Tasche, die am einfachsten auszuräubern war, hieß *Slip*. »Meinst du, Miss Hood geht nach der Vorstellung mit uns essen?«, rief Lord Alexander über den Lärm der Menge hinweg.

»Ich bin überzeugt, sie schwelgt nur zu gern in der Bewunderung einer ihrer Verehrer.«

»Einer ihrer Verehrer?«, fragte Lord Alexander besorgt. »Du denkst doch wohl nicht an Kit Carne, oder?«

Sandman dachte keineswegs an Lord Christopher Carne, zuckte aber die Achseln, als sei der Erbe des Earl of Avebury tatsächlich ein Rivale um Sallys Gunst. Lord Alexander schaute ihn äußerst missbilligend an. »Kit ist als Mann nicht ernst zu nehmen, Rider.«

»Ich fand ihn sehr ernsthaft.«

»Ich habe den Eindruck, dass er schwach ist«, sagte Lord Alexander hochmütig.

»Schwach?«

»Neulich Abend hat er Miss Hood ständig mit abwesendem Blick angestarrt!«, sagte Lord Alexander. »Lächerliches Benehmen. Ich unterhielt mich mit ihr, und er stierte nur mit offenem Mund! Weiß Gott, was sie von ihm dachte.«

»Das kann ich mir nicht vorstellen«, sagte Sandman.

»Er stierte wie ein Fisch!« Als ein Kind aufschrie, drehte Lord Alexander sich erschrocken um. »Was ist passiert?«, fragte er besorgt.

»Jemand hat wohl Angelhaken in seiner Tasche, und ein kleiner Taschendieb hat sich die Finger aufgerissen«, vermutete Sandman. Es war eine gängige Methode, sich vor Taschendieben zu schützen.

»Diese Lektion wird das Kind wohl nicht so bald vergessen«, erklärte Lord Alexander fromm. »Aber ich darf nicht so hart über Kit urteilen. Er hat wenig Erfahrung mit Frauen und ist gegen ihre Reize nicht gefeit, fürchte ich.«

»Von einem Mann, der darauf brennt, Sally Hood tanzen zu sehen, ist das ein starkes Urteil.«

Lord Alexander grinste. »Selbst ich bin nicht vollkommen. Kit wollte heute Abend ebenfalls kommen, aber ich habe ihm gesagt, er soll sich selbst eine Eintrittskarte kaufen. Meine Güte, wahrscheinlich hätte er sogar anschließend mit zu dem Abendessen mit Miss Hood gehen wollen! Glaubst du, sie würde mit uns nach Newgate gehen?«

»Nach Newgate?«

»Zu einer Hinrichtung! Ich habe dir doch gesagt, dass ich die Gefängnisverwaltung um einen bevorzugten Platz bitten würde. Ich habe bereits einen Brief geschrieben, aber bisher noch keine Antwort bekommen. Ich bin aber sicher, dass sie meiner Bitte nachkommen werden.«

»Und ich bin sicher, dass ich nicht mitkommen werde«, rief Sandman über den Lärm hinweg. In diesem Augenblick ging es aus unerfindlichen Gründen ruckartig vorwärts, und Sandman erreichte den Eingang. Wenn das Gedränge durch bezahlte Zuschauer verursacht war, hatte Mister Spofforth ein kleines Vermögen dafür zahlen müssen. Mister Spofforth war der Mann, der das Theater an diesem Abend für seinen Schützling, Miss Sacharissa Lasorda, gemietet hatte, die als neue Vestris angekündigt wurde. Die alte Vestris war eine erst zwanzigjährige italienische Schauspielerin von atemberaubender Schönheit, die in dem Ruf stand, die Abendeinnahmen eines Theaters um dreihundert Pfund zu erhöhen, indem sie nur ihre Beine entblößte. Den Durchbruch zu einer ähnlich einträglichen Karriere versuchte Mister Spofforth nun für Miss Lasorda zu organisieren.

»Kennst du Spofforth?«, fragte Sandman seinen Freund. Sie befanden sich inzwischen im Inneren des Theaters, wo eine alte Frau sie eine muffige Treppe zu ihrer Loge hinaufführte.

»Selbstverständlich kenne ich William Spofforth.« Lord Alexanders Klumpfuß schlug laut gegen die Stufen, als er sich mannhaft die dunkle Treppe hinaufkämpfte. »Er war in Marlborough. Ein ziemlich dummer Bursche, dessen Vater ein Vermögen mit Zucker gemacht hat. Der junge Spofforth, der heute Abend unser Gastgeber ist, konnte beim Kricket zwar den Dreistab verteidigen, hatte aber keine Ahnung, wie man Feldspieler aufstellt.«

»Ich finde, das ist Aufgabe des Mannschaftskapitäns oder des Werfers«, wandte Sandman nachsichtig ein.

»Eine absurde Behauptung«, fuhr Lord Alexander ihn an. »Kricket ist kein Kricket mehr, wenn der Torhüter seine

Pflicht vernachlässigt, die Spielaufstellung zu bestimmen. Er sieht genauso gut wie der Schlagmann, wer wäre also in einer besseren Position, die Aufstellung zu bestimmen, als er? Wirklich, Rider, ich bewundere deine Qualitäten als Schlagmann wie kein anderer, aber wenn es um ein theoretisches Spielverständnis geht, bist du wahrhaftig wie ein Kind.« Es war ein uralter Streit, auf den sie sich auch nun munter einließen, während sie ihre Plätze oberhalb der Bühne einnahmen. Lord Alexander hatte sein Pfeifenetui mit und zündete sich die erste Pfeife des Abends an. Der Rauch zog in Kringeln an einem großen Schild vorüber, das Rauchen im Theater verbot. Das Haus war mit über dreihundert Zuschauern voll besetzt, sie waren allerdings rüpelhaft und viele schon angetrunken, was vermuten ließ, dass Mister Spofforths Diener die Claqueure aus den Schänken geholt hatten. In einer gegenüberliegenden Loge wurden einige Zeitungsschreiber mit Champagner, Brandy und Austern bei Laune gehalten. In der benachbarten Loge saß Mister Spofforth, ein reservierter Beau mit einem Kragen bis an die Ohren, und behielt besorgt die Journalisten im Auge, die ihn so viel Geld kosteten und mit ihrem Verdikt über Wohl und Wehe seiner Geliebten entscheiden würden. Schon jetzt war einer der Kritiker eingeschlafen, ein anderer machte sich an einer Frau zu schaffen, während die beiden Übrigen den Logenkellner bedrängten, mehr Champagner zu bringen. Ein Dutzend Musiker kamen nacheinander in den Orchestergraben und stimmten ihre Instrumente.

»Ich stelle eine Mannschaft aus Gentlemen zusammen, die Ende des Monats gegen Hampshire spielen soll«, sagte Lord Alexander. »Ich hatte gehofft, dass du mitspielst.«

»Ja, gern. Soll das Spiel in Hampshire stattfinden?«, fragte Sandman besorgt, weil ihm nicht sonderlich daran gelegen war, in die Nähe von Wiltshire zu fahren und sich dem Gejammer und den Ansprüchen seiner Mutter auszusetzen.

»Hier in London«, antwortete Lord Alexander, »auf dem Thomas-Lord-Platz.«

Sandman verzog das Gesicht. »Auf diesem elenden Hügel?«

»Der Platz ist völlig in Ordnung«, sagte Lord Alexander beleidigt, »vielleicht ein bisschen abschüssig. Außerdem habe ich schon fünfzig Guineen auf den Ausgang des Spiels gesetzt. Deshalb möchte ich ja, dass du mitspielst. Wenn du in meiner Mannschaft bist, erhöhe ich den Einsatz noch.«

Sandman stöhnte. »Geld verdirbt das Spiel, Alexander.«

»Deshalb müssen wir alle, die wir gegen Korruption sind, das Spiel tatkräftig unterstützen«, beharrte Lord Alexander. »Also, spielst du?«

»Ich bin ganz aus der Übung«, warnte Sandman seinen Freund.

»Dann solltest du anfangen zu trainieren«, erklärte Lord Alexander gereizt und zündete sich eine neue Pfeife an. Er musterte Sandman stirnrunzelnd. »Glaubst du, Miss Hood hätte Spaß an Kricket?«

»Ich kann mir irgendwie nicht vorstellen, dass sie Kricket spielt.«

»Sei nicht absurd, Rider, ich meine doch als Zuschauerin.«

»Da musst du sie schon selbst fragen, Alexander«, antwortete Sandman und beugte sich über die Balustrade, um in den Saal zu schauen, wo ein Grüppchen aus dem Wheatsheaf sich anschickte, Sally zuzujubeln. Zwei Dirnen, die am Orchestergraben vorübergingen und bemerkten, dass er nach unten schaute, bedeuteten ihm mit Gesten, dass sie gern bereit wären, in die Loge hinaufzukommen. Hastig schüttelte Sandman den Kopf und zog sich außer Sichtweite zurück. »Und wenn sie tot ist?«, sagte er unvermittelt.

»Miss Hood? Tot? Warum sollte sie?« Lord Alexander wirkte sehr besorgt. »War sie krank? Das hättest du mir sagen müssen!«

»Ich spreche doch von dieser Zofe Meg.«

»Ach, von der«, sagte Lord Alexander geistesabwesend und musterte nachdenklich seine Pfeife. »Erinnerst du dich an diese spanischen Zigarren, die so in Mode waren, als du in Spanien gegen die Truppen der Aufklärung gekämpft hast?«

»Selbstverständlich.«

»Sie sind nirgendwo zu bekommen, dabei mochte ich sie gern.«

»Versuche es mal bei Pettigrews in der Old Bond Street«, empfahl Sandman leicht verärgert, weil sein Freund seine Sorge um Meg völlig ignorierte.

»Da habe ich es schon versucht. Sie haben keine. Dabei mochte ich sie wirklich gern.«

»Ich kenne jemanden, der überlegt, sie zu importieren«, sagte Sandman, dem plötzlich Sergeant Berrigans Vorhaben einfiel.

»Sag mir Bescheid, wenn es so weit ist.« Lord Alexander blies den Rauch in Richtung der vergoldeten Cherubim an die Decke. »Wissen deine Freunde aus dem Seraphim Club, dass du hinter Meg her bist?«

»Nein.«

»Sie haben also keinen Grund, sie zu suchen und zu töten. Und sollten sie ihren Tod bereits beim Mord der Countess gewollt haben – vorausgesetzt, sie haben diese grauenhafte Tat wirklich begangen –, dann hätten sie ihre Leiche neben der ihrer Herrin liegen lassen, damit Corday für beide Morde verurteilt würde. Das deutet doch wohl darauf hin, dass dieses Mädchen noch lebt. Rider, mir scheint, dein Ermittlungsauftrag verlangt sehr viel logisches Denken, und deshalb bist du eine ganz schlechte Wahl für dieses Amt. Aber du kannst mich jederzeit um Rat fragen.«

»Das ist sehr nett von dir, Alexander.«

»Ich gebe mir alle Mühe, immer nett zu sein, mein Lieber«, strahlte Lord Alexander selbstzufrieden.

Jubel wurde laut, als einige Jungen im Saal herumgingen und die Lampen löschten. Die Musiker zupften ein letztes Mal versuchsweise auf ihren Instrumenten und warteten dann auf den Einsatz des Dirigenten. Einige Zuschauer im Saal forderten mit Pfiffen, dass der Vorhang sich öffne. Das Kulissenschieben erledigten meist Matrosen, die den Umgang mit Seilen und das Arbeiten in großer Höhe gewohnt waren, und wie auf See wurden auch die Kommandos durch Pfiffe erteilt und das Pfeifen des Publikums verriet die Ungeduld, aber der Vorhang blieb beharrlich geschlossen. Weitere Lampen wurden gelöscht und schließlich die Scheinwerfer am Bühnenrand geöffnet. Ein Trommelwirbel erschallte, und ein Schauspieler in wehendem Umhang sprang hinter dem Vorhang hervor, um den Prolog des Stückes auf der breiten Vorbühne zu rezitieren.

In Afrika, der Heimat fern,
ein Junge streift umher so gern,
Aladdin war unseres Helden Name ...

Weiter kam er nicht, da das Publikum ihn mit einer Kakophonie aus Rufen und Pfiffen übertönte. »Wir wollen die Beine des Mädchens sehen!«, brüllte ein Mann aus der Loge neben Sandman. »Zeig uns ihre Beine!«

»Ich glaube, die Anhänger der Vestris sind hier!«, brüllte Lord Alexander seinem Freund ins Ohr.

Mister Spofforth wirkte besorgter denn je. Die Zeitungsschreiber wurden allmählich aufmerksam, nachdem die Menge laut grölte, aber die Musiker, die das alles schon kannten, begannen unbeirrt zu spielen, was die Zuschauer ein wenig beruhigte. Sie jubelten, als der Prolog abgebrochen wurde und der schwere scharlachrote Vorhang sich öffnete. Auf einer Lichtung in Afrika rahmten Eichen und gelbe Rosen ein Götzenbild, das den Eingang einer Höhle bewachte, wo ein Dutzend weiße Eingeborene schliefen. Sally war eine der Eingeborenen, die aus unerfindlichen Gründen weiße Strümpfe, schwarze Samtjäckchen und sehr kurze Schottenröckchen trugen. Lord Alexander johlte, als die zwölf Mädchen aufstanden und zu tanzen begannen. Auch die Stammkunden des Wheatsheaf, die unten im Saal saßen, jubelten laut, während die Vestris-Anhänger höhnische Kommentare grölten, da sie annahmen, der Jubel stamme von Spofforths Claqueuren. »Bringt das Mädchen raus!«, brüllte der Mann in der Nachbarloge. Eine Pflaume flog in hohem Bogen auf die Bühne und zerplatzte an dem Götzenbild, das dem Totempfahl der Indianer verdächtig ähnlich sah. Mister Spofforth versuchte mit hilflosen Gesten, das Publikum zu beruhigen, das offenbar fest entschlossen war, Unruhe zu stiften. Zumindest galt das für die Hälfte der Zuschauer, die von den Vestris-Anhängern angeheuert waren, während die andere Hälfte, von Mister Spofforth bezahlt, zu eingeschüchtert war, um dagegen anzukämpfen. Einige Zuschauer hatten Rasseln, die den hohen vergoldeten Saal mit lautem Knattern erfüllten. »Das wird übel«, sagte Lord Alexander genüsslich. »Herrlich!«

Die Theaterleitung nahm offenbar an, Miss Sacharissa Lasordas Auftritt würde die Menge beruhigen, denn das Mädchen wurde vorzeitig auf die Bühne geschoben. Mister Spofforth stand auf und klatschte, als sie von der Seite auf die Bühne stolperte. Seine Claqueure verstanden das Signal und jubelten so inbrünstig, dass sie die Buhrufe tatsächlich für eine Weile übertönten. Miss Lasorda, die die Tochter des Sultans von Afrika spielte, war dunkelhaarig und durchaus hübsch, ob aber ihre Beine den gleichen Ruhm verdienten wie die der Vestris, blieb vorerst ein Geheimnis, da sie einen langen, mit Halbmonden, Kamelen und Krummsäbeln bestickten Rock trug. Für einen Augenblick wirkte sie erschrocken, sich auf der Bühne wiederzufinden, doch dann verbeugte sie sich vor ihren Anhängern und begann zu tanzen.

»Zeig deine Beine!«, grölte der Mann in der Nachbarloge.

»Rock aus! Rock aus! Rock aus!«, skandierte die Menge auf den Sperrsitzen, und Pflaumen und Äpfel regneten auf die Bühne. »Rock aus! Rock aus! Rock aus!« Mister Spofforth machte immer noch beruhigende Handzeichen, was ihn jedoch nur zur Zielscheibe machte. Er duckte sich, als ein gut gezielter Früchtehagel seine Loge traf.

Lord Alexander liefen vor Lachen Tränen über die Wangen. »Ich liebe das Theater«, sagte er. »Mein Gott, wie ich das liebe. Das muss diesen jungen Narren mindestens zweitausend Pfund gekostet haben.«

Da Sandman seinen Freund nicht verstanden hatte, beugte er sich vor und fragte: »Was?«

Er hörte, wie etwas hinter ihm in die Logenwand einschlug, und sah dort im Schatten eine Staubwolke. Nun erst wurde ihm klar, dass ein Schuss gefallen war. Verwundert schaute er sich um und sah ein Rauchwölkchen in der dämmrigen Höhe einer der oberen Logen. Ein Gewehr, dachte er. Das Geräusch war anders als das einer Muskete. Er erinnerte sich an die Grünröcke in Waterloo, den unverwechselbaren Klang ihrer Waffen und erkannte schlagartig, dass gerade jemand auf ihn geschossen hatte. Er war so erschrocken, dass er sich zunächst nicht rühren konnte. Er starrte lediglich auf den sich ausbreitenden Rauch und merkte, dass das Publikum verstummte. Einige hatten den Schuss über das tosende Rattern, Pfeifen und Schreien hinweg gehört, andere rochen den Pulvergestank, und plötzlich schrie jemand auf der oberen Galerie. Miss Lasorda starrte mit offenem Mund nach oben.

Sandman riss die Logentür auf und sah zwei Männer mit gezückten Pistolen die Treppe herauflaufen. Er schlug die Tür zu. »Wir treffen uns im Wheatsheaf«, sagte er Lord Alexander, schwang die Beine über die Balustrade der Loge, hielt kurz inne und sprang. Er landete unsanft, knickte mit dem linken Knöchel um und wäre beinahe gefallen. Das Publikum johlte, da es Sandman für einen Bestandteil der Vorstellung hielt, einige schrien jedoch, als sie die beiden bewaffneten Männer in Lord Alexanders Loge bemerkten.

»Captain!«, rief Sally und deutete auf die Seitenkulisse.

Sandman stolperte. Der heftige Schmerz in seinem Knöchel ließ ihn gegen das Götzenbild taumeln, das den Höhleneingang bewachte. Als er sich umdrehte, sah er, dass die beiden Männer in der Loge ihre Pistolen auf ihn richteten, aber keiner wagte es, auf eine Bühne voller Tänzerinnen zu schießen. Einer der Männer schwang ein Bein über die vergoldete Balustrade der Loge. Sandman humpelte in die Seitenkulisse, wo ein als Harlekin verkleideter Mann und ein weiterer mit geschwärztem Gesicht, großer Krone und Wunderlampe warteten. Sandman schob sich zwischen ihnen durch, stolperte durch das Gewirr von Seilen eine Treppe hinunter und bog unten in einen Gang. Sein Knöchel war zwar nicht gebrochen, aber doch so verstaucht, dass jeder Schritt eine Qual bedeutete. Im Gang blieb er mit pochendem Herzen stehen und lehnte sich gegen die Wand. Er hörte die Tänzerinnen auf der Bühne kreischen, dann Schritte auf der Holztreppe und kurz darauf bog ein Mann um die Ecke. Sandman stellte ihm ein Bein, brachte ihn zu Fall und setzte ihm den Fuß in den Nacken. Der Mann stöhnte. Sandman nahm ihm die Pistole aus der plötzlich kraftlosen Hand und drehte den Mann um. »Wer bist du?«, fragte er, aber der Mann spuckte Sandman bloß an. Sandman schlug ihn mit dem Pistolenlauf und durchsuchte seine Taschen, wo er eine Hand voll Patronen fand. Er stand auf, verzog das Gesicht vor Schmerz und humpelte den Gang entlang zum Bühnenausgang. Als er erneut Schritte hinter sich hörte, drehte er sich um und hob die Pistole, aber es war Sally, die auf ihn zulief, ihre Straßenkleider als Bündel an sich gepresst.

»Alles in Ordnung?«, fragte sie ihn.

»Hab mir den Knöchel verstaucht.«

»Schöner Krawall da oben«, sagte Sally. »Auf den Brettern ist mehr Obst als auf dem Markt.«

»Brettern?«, fragte er.

»Auf der Bühne«, erklärte sie kurz und öffnete die Tür.

»Sie sollten wieder zurückgehen«, riet Sandman.

»Ich sollte verdammt viel, aber ich tu es nicht«, sagte Sally. »Kommen Sie.« Sie zog ihn auf die Straße. Ein Mann pfiff beim Anblick ihrer Beine in den weißen Strümpfen. Sie fauchte ihn an, er solle verschwinden, und legte sich ihren Umhang um die Schultern. »Stützen Sie sich auf mich«, sagte sie zu Sandman, der humpelte und vor Schmerz stöhnte. »Ihnen geht es verdammt schlecht, was?«

»Verstauchter Knöchel«, sagte er. »Ich glaube nicht, dass er gebrochen ist.«

»Woher wissen Sie das?«

»Weil er nicht bei jedem Schritt knirscht.«

»Verflucht, was ist passiert?«, fragte Sally.

»Jemand hat auf mich geschossen. Mit einem Gewehr.«

»Wer?«

»Ich weiß es nicht«, antwortete Sandman. Jemand vom Seraphim Club? Das schien am wahrscheinlichsten, vor allem nachdem Sandman das großzügige Bestechungsgeld abgelehnt hatte, aber es erklärte nicht das Kopfgeld, das nach Jack Hoods Aussage auf Sandman ausgesetzt war. Warum sollte der Seraphim Club Verbrecher für etwas bezahlen, was sie oder ihre Bediensteten durchaus selbst erledigen konnten? »Ich weiß es wirklich nicht«, wiederholte er verwirrt und erschrocken.

Sie hatten das Theater durch den Bühneneingang an der Rückseite verlassen und gingen – beziehungsweise humpelten – nun unter den Arkaden des Covent-Garden-Marktes entlang. Es war noch hell an diesem Sommerabend, aber lange Schatten lagen auf dem Pflaster, das mit den Überresten von Obst und Gemüse übersät war. Eine Ratte huschte Sandman über den Weg. Ständig schaute er sich um, entdeckte aber keine offensichtlichen Verfolger. Kein Zeichen von Sergeant Berrigan oder einem anderen in schwarz-gelber Livree. »Sie rechnen sicher damit, dass ich ins Wheatsheaf gehe«, sagte er zu Sally.

»Sie wissen aber nicht, durch welche Tür sie gehen, oder?«, wandte Sally ein. »Und wenn Sie erst mal drinnen sind, sind Sie in Sicherheit, Captain. Da gibt es keinen, der Sie nicht beschützen würde.« Als hinter ihnen eilige Schritte laut wurden, drehte sie sich erschrocken um, aber es war nur ein Kind, das vor einem wütenden Mann davon lief, der den Jungen beschuldigte, ein Taschendieb zu sein. Blumenverkäufer arrangierten ihre Körbe auf dem Bürgersteig und bereiteten sich auf die Theaterbesucher vor, die bald aus den beiden Theatern in der Nähe strömen würden. Pfiffe und Rasseln wurden laut. »Die verdammten Charlies auf dem Weg zum Einsatz«, sagte Sally. Sie meinte die Polizisten von der Bow Street, die zum Covent-Garden-Theater unterwegs waren. Stirnrunzelnd musterte sie die Pistole in Sandmans Hand. »Stecken Sie die Knarre weg. Sie wollen doch nicht, dass ein Charlie sie kassiert.«

Sandman steckte die Waffe in seine Tasche. »Sind Sie sicher, dass Sie nicht im Theater sein sollten?«

»Die kriegen den blöden Zirkus doch nie wieder in Gang, dabei hat es ja überhaupt nicht richtig angefangen, oder? Totgeburt. Nein, Miss Sacharissas kleiner Abend des Ruhmes ist durchgefallen, stimmt's? Sie heißt übrigens gar nicht Sacharissa Lasorda.«

»Das hatte ich auch nicht angenommen.«

»Flossie heißt sie und war früher die Freundin des Feuerschluckers im Astley. Muss schon dreißig sein und verdiente ihre Brötchen zuletzt in einem Institut, wie ich gehört habe.«

»Sie war Lehrerin?«, fragte Sandman überrascht. Nur wenige Frauen wählten diesen Beruf, und Miss Lasorda, oder wie sie heißen mochte, wirkte nicht wie eine Lehrerin.

Sally krümmte sich vor Lachen und musste sich auf Sandman stützen. »Gott, ich liebe Sie, Captain«, sagte sie immer noch lachend. »Ein Institut ist nicht zum Lernen. Jedenfalls nicht aus Büchern. Es ist ein Bordell!«

»Ach«, sagte Sandman.

»Jetzt ist es nicht mehr weit«, sagte Sally, als sie das Theater in der Drury Lane erreichten, aus dem lauter Beifall erklang. »Was macht Ihr Knöchel?«

»Ich denke, ich kann allein gehen«, sagte Sandman.

»Versuchen Sie es«, ermunterte Sally ihn und schaute zu, wie Sandman ein paar Schritte humpelte. »Heute Abend ziehen Sie den Stiefel besser nicht aus«, riet sie ihm. »Sonst wird der Knöchel unheimlich dick.« Sie ging vor und öffnete den Haupteingang zum Wheatsheaf. Sandman rechnete fast damit, dass dort bereits jemand mit einer Pistole wartete, aber der Eingang war leer.

»Ich schaue besser nach, ob das Hinterzimmer frei ist«, sagte Sandman, »wir wollen schließlich nicht den ganzen Abend über die Schulter schauen.« Er führte Sally durch den voll besetzten Schankraum, wo der Wirt an einem Tisch Hof hielt. »Ist das Hinterzimmer frei?«, fragte Sandman ihn.

Jenkins nickte. »Der Herr sagte, dass Sie wiederkommen würden, Captain, und hat es für Sie reserviert. Da ist auch ein Brief für Sie, ein Knecht hat ihn gebracht.«

»Ein Diener«, übersetzte Sally für Sandman und fragte: »Welcher Herr hat das Hinterzimmer reserviert?«

»Das muss Lord Alexander gewesen sein«, erklärte Sandman. »Er wollte, dass Sie und ich mit ihm zu Abend essen.« Er nahm den Brief von Mister Jenkins und lächelte Sally an. »Sie haben doch nichts gegen Alexanders Gesellschaft?«

»Gegen Lord Alexander? Er starrt mich doch bloß wieder an wie ein Stockfisch, oder?«

»Wie unbeständig Ihre Zuneigung doch ist, Miss Hood«, sagte Sandman und erntete dafür einen Schlag gegen die Schulter.

»Es stimmt doch«, sagte Sally und ahmte Lord Alexanders stieräugige Ergebenheit grausam treffend nach. »Der arme Krüppel«, sagte sie mitfühlend und musterte den kurzen Schottenrock unter ihrem Umhang. »Ich ziehe mir besser etwas Anständiges an, sonst fallen ihm noch die Augen raus.«

Sandman tat, als bräche es ihm das Herz. »Mir gefällt der Schottenrock.«

»Und ich dachte, Sie wären ein Gentleman, Captain«, antwortete Sally und lief lachend nach oben, während Sandman die Tür zum Hinterzimmer öffnete und erleichtert auf einen Stuhl sank. Es war dunkel im Zimmer, da die Fensterläden geschlossen und die Kerzen nicht angezündet waren. Sandman beugte sich vor, zog den Laden des nächst gelegenen Fensters auf und sah, dass nicht Lord Alexander das Hinterzimmer reserviert hatte, sondern ein anderer Herr, obwohl man Sergeant Berrigan wohl nicht unbedingt als Gentleman bezeichnen konnte.

Der Sergeant räkelte sich auf dem Sofa, hob aber nun seine Pistole und richtete sie auf Sandmans Stirn. »Sie wollen Ihren Tod, Captain«, sagte er. »Sie wollen Ihren Tod und haben mich geschickt, denn wenn man eine schmutzige Arbeit ordentlich erledigt wissen will, schickt man einen Soldaten. Stimmt's? Man schickt einen Soldaten.«

Also hatten sie Sam Berrigan geschickt.

Sandman wusste, dass er sofort etwas unternehmen sollte. Sich auf den Mann stürzen? Aber sein Knöchel pochte schmerzhaft, und er wusste, dass er sich auf keinen Fall würde schneller bewegen können als Berrigan, der gesund, kräftig und erfahren war. Er überlegte, ob er die Pistole ziehen sollte, die er seinem Angreifer im Theater abgenommen hatte, aber bis er sie aus seiner Tasche geholt hätte, hätte Berrigan längst geschossen, also beschloss Sandman, den Sergeant in ein Gespräch zu verwickeln, bis Sally wiederkäme und Alarm schlüge. Er hob den linken Fuß und legte ihn auf einen Stuhl. »Ich habe mir den Knöchel verstaucht, als ich auf die Bühne gesprungen bin«, erklärte er.

»Bühne?«

»Bei Miss Hoods Vorstellung. Jemand hat versucht, mich umzubringen.«

»Wir nicht, Captain«, sagte Berrigan.

»Jemand mit einem Gewehr.«

»Davon sind viele noch aus dem Krieg übrig«, sagte Berrigan. »Eine gebrauchte Baker ist für sieben oder acht Schillinge zu haben. Außer dem Seraphim Club will also noch jemand Ihren Tod, was?«

Sandman starrte den Sergeant an. »Sind Sie sicher, dass es nicht der Seraphim Club war?«

»Sie haben mich geschickt, Captain, nur mich«, erklärte Berrigan. »Und ich war nicht im Theater.«

Sandman überlegte, wer wohl einen Preis auf seinen Kopf ausgesetzt haben mochte. »Schlecht zu sein, muss eine große Erleichterung sein.«

Berrigan grinste. »Erleichterung?«

»Niemand versucht, einen umzubringen, man hat keine Skrupel, Tausende Guineen anzunehmen. Ich würde sagen, das ist eine Erleichterung. Wissen Sie, Sergeant, ich hatte solche Angst, zu werden wie mein Vater, dass ich anfing, mich genau gegenteilig zu verhalten. Ich wurde gewissenhaft und tugendsam. Es war aufsässig von mir und ärgerte meinen Vater sehr. Vermutlich tat ich es aus diesem Grund.«

Falls Berrigan über dieses seltsame Geständnis verwundert oder peinlich berührt war, ließ er es sich nicht anmerken. Er wirkte vielmehr interessiert. »Ihr Vater war schlecht?«

Sandman nickte. »Wenn es in dieser Welt Gerechtigkeit gäbe, wäre er am Galgen in Newgate geendet, Sergeant. Er war kein Gauner, wie sie hier wohnen. Er raubte keine Postkutschen aus, war kein Taschendieb oder Einbrecher, aber er machte faule Geschäfte mit dem Geld anderer und würde es immer noch tun, wäre er nicht an einen noch schlaueren Mann geraten, der es mit ihm ebenso machte. Und ich beanspruchte für mich, tugendhaft zu sein, nahm aber mein Leben lang sein Geld, nicht wahr?«

Sergeant Berrigan sicherte die Pistole und legte sie auf den Tisch. »Mein Vater war ein ehrlicher Mann.«

»War? Ist er es nicht mehr?«

Berrigan zündete zwei Kerzen an und hob einen Krug Bier vom Boden auf. »Mein Vater starb vor einigen Jahren. Er war Schmied in Putney und wollte, dass ich das Handwerk lerne, aber das wollte ich natürlich nicht. Ich wusste es ja besser, nicht wahr?« Er klang, als bereue er es. »Ich wollte es einfacher haben im Leben und nicht ständig Pferde beschlagen und Ketten schmieden.«

»Sie gingen also zur Armee, um der Schmiede zu entkommen?«

Berrigan lachte. »Ich ging zur Armee, um dem Galgen zu entkommen.« Er schenkte Bier ein und schob Sandman den Krug hinüber. »Ich war ein Kofferjäger. Wissen Sie, was das ist?«

»Vergessen Sie nicht, dass ich hier wohne«, antwortete Sandman. Kofferjäger waren Männer, die das hinten an einer Kutsche festgeschnallte Gepäck stahlen. Wenn man es geschickt anstellte, merkten Kutscher und Passagiere nichts davon. Um dies zu verhindern, sicherten viele Kutscher das Gepäck mit Stahlketten, aber ein guter Kofferjäger hatte immer ein Brecheisen bei sich, um die Ketten aus ihrer Verankerung im Chassis der Kutsche zu brechen.

»Ich wurde erwischt«, erzählte Berrigan, »und der Richter sagte, ich könnte mich verurteilen lassen oder zur Armee gehen. Neun Jahre später war ich Sergeant.«

»Und ein guter, nicht wahr?«

»Ich konnte Ordnung halten«, sagte Berrigan ausdruckslos.

»Das konnte ich merkwürdigerweise auch«, sagte Sandman, was keineswegs so befremdlich war, wie es klang. Viele Offiziere verließen sich voll und ganz auf ihre Feldwebel, wenn es um die Erhaltung der Ordnung ging, aber Sandman besaß eine natürliche Autorität und war ein guter Offizier, was er durchaus wusste. Wenn er ehrlich war, vermisste er das Militär. Er vermisste den Krieg, die Gewissheiten der Armee, die Erregung der Feldzüge und die Kameradschaft. »Spanien war das Beste«, sagte er. »In Spanien hatten wir schöne Zeiten. Natürlich auch blutige Zeiten, aber daran erinnere ich mich nicht. Waren Sie in Spanien?«

»Von 1812 bis 1814«, sagte Berrigan.

»Das waren größtenteils gute Zeiten«, sagte Sandman, »aber Waterloo war grauenhaft.«

Der Sergeant nickte. »Ja, es war schlimm.«

»In meinem ganzen Leben habe ich noch nie solche Angst gehabt«, gestand Sandman. Er hatte gezittert, als die kaiserliche Garde den Hügel stürmte. Er erinnerte sich, wie sein rechter Arm gezittert und er sich geschämt hatte, seine Angst zu zeigen. Erst sehr viel später fiel ihm auf, dass die meisten Männer auf dem Hügel und die meisten der Angreifer ebenso viel Angst hatten und sich ebenso schämten, ihre Angst zu zeigen. »Es war heiß«, sagte er, »als hätte jemand eine Backofentür aufgemacht. Erinnern Sie sich?«

»Heiß«, bestätigte Berrigan stirnrunzelnd. »Viele Leute wollen Ihren Tod, Captain.«

»Das wundert mich«, gab Sandman zu. »Als Skavadale mir das Geld anbot, war ich überzeugt, dass er oder Lord Robin die Countess ermordet haben, aber jetzt? Es gibt da noch jemanden. Vielleicht sind es die wahren Mörder, aber ich habe nicht die geringste Ahnung, wer es sein könnte. Es sei denn, die Antwort stünde hier drin.« Er hielt den Brief hoch, den der Wirt ihm gegeben hatte. »Können Sie mir eine Kerze herüberschieben?«

Der Brief war auf blassgrünem Papier in einer Handschrift geschrieben, die er nur zu gut kannte. Er kam von Eleanor. Ihm fiel ein, wie sein Herz jedes Mal einen Satz getan hatte, wenn einer ihrer Briefe in Spanien oder Frankreich eingetroffen war. Er erbrach ihr grünes Siegel und faltete den dünnen Briefbogen auseinander. Er hatte gehofft, aus dem Brief den Aufenthaltsort der Zofe Meg zu erfahren, aber Eleanor bat Sandman lediglich, sich am nächsten Morgen mit ihr in der Konditorei Gunter am Berkeley Square zu treffen. In einer Nachschrift hatte sie hinzugefügt: *Ich glaube, ich habe Neuigkeiten*, aber das war alles.

»Nein«, sagte er, »noch habe ich die Wahrheit nicht herausgefunden, aber ich glaube, dass ich sie bald erfahren werde.« Er legte den Brief beiseite. »Sollten Sie mich nicht erschießen?«

»In einer Schänke?« Berrigan schüttelte den Kopf. »Wohl eher die Kehle durchschneiden. Das ist leiser. Aber ich überlege, ob Miss Hood je wieder mit mir reden wird, wenn ich es tue.«

»Das bezweifle ich«, sagte Sandman grinsend.

»Und als ich das letzte Mal auf Ihrer Seite stand, sah es zwar schlimm aus, aber wir haben gewonnen«, sagte Berrigan.

»Und zwar gegen die Garde des Kaisers«, bestätigte Sandman.

»Also stelle ich mich wohl jetzt wieder auf Ihre Seite, Captain«, erklärte der Sergeant.

Lächelnd hob Sandman seinen Bierkrug zu einem scherzhaften Trinkspruch. »Können Sie denn in den Seraphim Club zurück, wenn Sie mich nicht töten, Sergeant? Oder wird man Ihren Ungehorsam als Grund für eine Entlassung nehmen?«

»Zurück kann ich nicht«, sagte Berrigan und deutete auf eine schwere Tasche, einen Proviantbeutel und einen alten Armeerucksack, die auf dem Boden lagen.

Sandman zeigte sich weder erfreut noch verwundert. Zwar freute er sich, aber überrascht war er nicht, da er von Anfang an gespürt hatte, dass Berrigan nach einem Weg, den Seraphim Club zu verlassen, suchte. »Erwarten Sie einen Lohn?«, fragte er den Sergeant.

»Wir teilen uns die Belohung, Captain.«

»Es gibt eine Belohnung?«

»Vierzig Pfund zahlt der Magistrat jedem, der einen echten Verbrecher überführt«, erklärte Berrigan. »Vierzig.« Als er sah, dass Sandman zum ersten Mal von einer solchen Belohnung hörte, schüttelte er fassungslos den Kopf. »Was dachten Sie denn, wovon die Wachleute leben?«

Sandman kam sich vor wie ein Narr. »Ich hatte keine Ahnung.«

Berrigan füllte beide Bierkrüge nach. »Zwanzig für Sie, Captain, und zwanzig für mich.« Er grinste. »Und was machen wir morgen?«

»Morgen gehen wir als Erstes nach Newgate«, sagte Sandman. »Anschließend treffe ich eine Dame, und Sie, nun ja, ich weiß nicht, was Sie vorhaben, aber das werden wir dann sehen, nicht wahr?« Er drehte sich um, als sich hinter ihm die Tür öffnete.

»Verdammt noch mal«, sagte Sally stirnrunzelnd, als sie die Pistole auf dem Tisch sah, und funkelte Berrigan wütend an. »Was zum Teufel machen Sie denn hier?«

»Ich bin natürlich gekommen, um mit Ihnen zu Abend zu essen«, sagte Berrigan.

Sally errötete, und Sandman schaute aus dem Fenster, um sie nicht in Verlegenheit zu bringen. Er überlegte, dass zu seinen Verbündeten mittlerweile ein adeliger Priester mit Klumpfuß und radikalen Ansichten, eine scharfzüngige Schauspielerin, ein verbrecherischer Sergeant und, wie er zu hoffen wagte, Eleanor zählten.

Es blieben ihnen noch drei Tage, um gemeinsam einen Mörder zu fangen.

6

Als Sandman und Berrigan am nächsten Morgen nach Newgate gingen, regnete es. Sandman humpelte immer noch stark und verzog jedes Mal das Gesicht, wenn er den linken Fuß belastete. Er hatte den Stiefel mit einer festen Bandage umwickelt, aber der Knöchel fühlte sich immer noch an wie glühend heißes Gelee. »Sie sollten nicht laufen«, sagte Berrigan.

»Ich hätte auch nicht laufen sollen, als ich mir damals den anderen Knöchel in Burgos verstauchte«, sagte Sandman, »aber ich konnte entweder laufen oder mich von den Franzen gefangen nehmen lassen. Also ging ich zu Fuß zurück nach Portugal.«

»Sie, als Offizier?« Berrigan war amüsiert. »Ohne Pferd?«

»Mein Pferd hatte ich jemandem geliehen, der wirklich verwundet war«, sagte Sandman.

Berrigan ging ein Weilchen schweigend weiter. »Wir hatten wirklich eine ganze Reihe guter Offiziere«, sagte er schließlich.

»Und ich dachte, ich wäre einzigartig«, entgegnete Sandman.

»Die schlechten Offiziere hielten sich nicht lang«, fuhr Berrigan fort, »besonders nicht im Kampf. Wunderbar, was eine Kugel im Rücken bewirkt.« Der Sergeant hatte im Hinterzimmer des Wheatsheaf übernachtet, nachdem klar wurde, dass Sally ihn nicht in ihr Bett einladen würde. Allerdings hatte Sandman, der die beiden den ganzen Abend beobachtete, den Eindruck, dass dazu nicht viel gefehlt hätte.

Lord Alexander hatte gar nicht bemerkt, dass er Sally an einen Rivalen niederen Standes verlor, und hatte Sally in gebannter Bewunderung angestarrt, bis er sich zu einem Scherz durchgerungen hatte, dessen Pointe jedoch eine genaue Kenntnis des lateinischen Gerundiums erforderte und daher jämmerlich fehlschlug. Als Lord Alexander schließlich eingeschlafen war, hatte der Sergeant ihn in seine Kutsche getragen, die ihn nach Hause brachte. »Der Bursche kann einen Stiefel vertragen«, sagte Berrigan voller Bewunderung.

»Er verträgt gar nichts, das ist sein Problem«, entgegnete Sandman. Insgeheim überlegte er, dass Lord Alexander sich langweilte und deshalb trank, während Sandman alles andere als gelangweilt war. Er hatte die ganze Nacht wach gelegen und nachgedacht, wer außer den Mitgliedern des Seraphim Clubs seinen Tod wünschen konnte. Erst als die Uhr der Paulskirche zwei schlug, war ihm die Lösung mit solcher Klarheit und Macht eingefallen, dass er sich schämte, nicht früher darauf gekommen zu sein. Als sie nun unter tief hängenden Wolken, die fast die rauchenden Schornsteine zu streifen schienen, durch Holborn gingen, teilte er Berrigan seine Erkenntnis mit.

»Ich weiß jetzt, wer dafür bezahlt, mich zu töten.«

»Der Seraphim Club ist es nicht«, beharrte Berrigan. »Sie hätten es mir gesagt, um sicherzugehen, dass ich dem anderen Burschen nicht in die Quere komme.«

»Der Club ist es nicht«, bestätigte Sandman, »denn sie wollten mich kaufen, aber das einzige Mitglied, das sofort über ausreichende Mittel verfügte, war Lord Robin Holloway, und er verabscheut mich.«

»Das stimmt, aber sie haben alle einen Beitrag geleistet«, wandte Berrigan ein.

»Nein, das haben sie nicht«, entgegnete Sandman. »Die meisten Mitglieder sind auf dem Land, es dürfte keine Zeit geblieben sein, sie zu Rate zu ziehen. Skavadale besitzt das Geld nicht. Vielleicht haben ein oder zwei Mitglieder etwas gestiftet, aber ich wette, der größte Teil der zwanzigtausend Pfund stammte von Lord Robin Holloway, und er stellte sie lediglich bereit, weil Skavadale ihn darum gebeten, es ihm befohlen oder dringend geraten hatte. Ich glaube, er willigte zwar ein, mich zu kaufen, arrangierte aber insgeheim, mich töten zu lassen, bevor ich das Angebot annehmen oder mir, Gott bewahre, seinen Wechsel auszahlen lassen konnte.«

Berrigan dachte darüber nach und nickte zögernd. »Zuzutrauen wäre es ihm. Ein übler Kerl ist er.«

»Aber vielleicht pfeift er seine Hunde jetzt zurück, wo er weiß, dass ich sein Geld nicht nehme«, sagte Sandman.

»Wenn er die Countess getötet hat, will er vielleicht immer noch, dass Sie sterben«, vermutete Berrigan. »Was ist denn hier los?« Seine Frage bezog sich auf die Tatsache, dass sich auf Newgate Hill nur noch ein Abwasserrinnsal in der Gosse bewegte. Fuhrwerke und Kutschen standen reglos auf der Straße, behindert durch einen Wagen, der an der Ecke Old Bailey und Newgate Street seine Ladung Birnensetzlinge verloren hatte. Männer schrien durcheinander, Peitschen knallten, Pferde gruben ihre Nasen in Futtersäcke. Es ging nicht weiter. Berrigan schüttelte den Kopf. »Wer will schon eine halbe Tonne Birnbäume?«

»Vielleicht jemand, der gern Birnen mag?«

»Jemand, dem man gehörig den Kopf zurechtrücken sollte«, schimpfte der Sergeant und blieb stehen, um die Granitfassade des Gefängnisses Newgate zu betrachten. Die tristen, finsteren Mauern mit ihren spärlichen Fensteröffnungen wirkten massiv und abweisend. Es regnete inzwischen stärker, aber der Sergeant starrte immer noch offensichtlich fasziniert auf das Gebäude. »Finden hier die Hinrichtungen statt?«

»Unmittelbar vor der Schuldnerpforte, welche das auch sein mag.«

»Ich war hier noch nie bei einer Hinrichtung«, gab Berrigan zu.

»Ich auch nicht.«

»Habe mal eine im Gefängnis in der Horsemonger Lane gesehen, aber da hängen sie sie auf dem Dach des Torhauses auf, von der Straße aus sieht man nicht viel. Ein bisschen Gezappel, das ist alles. Meine Mutter ging immer nach Tyburn.«

»Ihre Mutter?«

»Es war für sie eine Abwechslung.« Berrigan hatte die Verwunderung in Sandmans Ton gehört und klang entschuldigend. »Sie hat gern mal eine Abwechslung und sagt, bis Old

Bailey ist es ihr zu weit – eines Tages miete ich eine Kutsche und bringe sie her.« Er grinste, als er die Stufen zum Gefängnis hinaufging. »Ich hatte immer gedacht, dass ich eines Tages mal hier enden würde.«

Ein Wärter begleitete sie durch den Tunnel zum Presshof und deutete auf die große Zelle, in der die zum Tode Verurteilten ihre letzte Nacht verbrachten. »Wenn Sie eine Hinrichtung sehen wollen, sollten Sie am Montag kommen«, sagte er leutselig zu Sandman. »Dann befreien wir England von zwei Verbrechern, aber viele werden nicht kommen. Es ist keine große Hinrichtung, weil keiner von ihnen ein berüchtigter Verbrecher ist. Wenn Sie eine große Menge locken wollen, müssen Sie einen berüchtigten Verbrecher hängen, Sir, einen berüchtigten Verbrecher oder eine Frau. Am letzten Montag hat das Magpie and Stump so viel Bier ausgeschenkt wie sonst in vierzehn Tagen, und das nur, weil wir eine Frau aufgeknüpft haben. Die Leute sehen es gern, wenn eine Frau zappelt. Haben Sie gehört, wie die Sache ausgegangen ist?«

»Ausgegangen?«, fragte Sandman verständnislos. »Ich nehme an, sie ist gestorben.«

»Gestorben und in die Anatomie gewandert, Sir, die schneiden gern mal eine Junge auf. Aber sie wurde gehenkt, weil sie eine Perlenkette gestohlen hatte, und wie ich gehört habe, hat die Besitzerin die Kette letzte Woche wiedergefunden.« Der Mann kicherte. »War hinten in ein Sofa gerutscht! Vielleicht ist es ja bloß ein Gerücht.« Er schüttelte den Kopf über die Willkür des Schicksals. »Aber komisch ist die Sache schon, oder?«

»Der Tod ist merkwürdig«, sagte Sandman bitter.

Der Wärter fummelte am Vorhängeschloss des Presshofs herum, ohne zu merken, dass seine Oberflächlichkeit Sandman verärgert hatte. Berrigan sah es jedoch und versuchte, den Captain abzulenken. »Warum gehen wir überhaupt zu diesem Corday?«, fragte er.

Sandman zögerte. Er hatte dem Sergeant noch nichts von der vermissten Zofe Meg erzählt, da er nicht sicher war, ob

Berrigan tatsächlich die Seiten gewechselt hatte. Hatte der Seraphim Club ihn vielleicht als Spion geschickt? Es erschien ihm jedoch unwahrscheinlich. Er hatte den Eindruck, dass Berrigans Sinneswandel glaubwürdig war, auch wenn Sallys Anziehungskraft wohl mehr damit zu tun hatte als echte Reue. »Es gab eine Zeugin, und ich muss mehr über sie erfahren«, erklärte er Berrigan. »Wenn ich sie finde ...« Er ließ den Satz unbeendet.

»Und wenn Sie sie finden?«

»Dann wird jemand hängen«, sagte Sandman, »allerdings nicht Corday.« Er bedankte sich mit einem knappen Kopfnicken bei dem Wärter, der das Tor aufgeschlossen hatte, und ging Berrigan voraus über den stinkenden Hof in den Aufenthaltsraum. Es herrschte Gedränge, da der Regen die Gefangenen und ihre Besucher hineingetrieben hatte. Sie starrten Sandman und seinen Begleiter feindselig an, als die beiden sich zwischen den Tischen in den dunklen rückwärtigen Teil des Raumes schlängelten, wo Sandman Corday zu finden hoffte. Der Maler war offensichtlich völlig verändert, denn er hielt nun an dem Tisch am Kaminfeuer Hof, wo er mit einem dicken Stapel Papier und Kohlestiften das Porträt der Ehefrau eines Gefangenen zeichnete. Ein Grüppchen hatte sich um ihn gesammelt, bewunderte sein Können und ließ Sandman nur widerstrebend durch. Corday zuckte zusammen, als er seine Besucher erkannte, schaute aber rasch fort. »Ich muss mit Ihnen reden«, sagte Sandman.

»Er redet mit Ihnen, wenn er fertig ist«, knurrte ein großer Mann mit schwarzem Haar, langem Bart und breiter Brust, der neben Corday auf der Bank saß. »Und es dauert noch eine Weile, bis er fertig ist, ihr müsst also warten, Leute.«

»Und wer sind Sie?«, fragte Berrigan.

»Ich bin der Bursche, der sagt, dass ihr warten müsst«, antwortete der Mann. Seinem Akzent nach zu urteilen stammte er aus dem West County. Er trug schmutzige Kleider und einen verfilzten Bart. Während er Berrigan streitlustig anstarrte, steckte er einen Finger in sein großes Naseloch und inspizierte den Popel, den er herausgepult hatte. Nachdem er ihn an seinem Bart abgestreift hatte, schaute er Sandman aufsässig an. »Charlies Zeit ist kostbar, viel hat er nicht mehr davon.«

»Es ist Ihr Leben, Corday«, sagte Sandman.

»Hör dir den an, Charlie!«, sagte der große Mann. »Du hast keine Freunde auf dieser Welt außer mir, und ich weiß, was ...« Er verstummte abrupt, stöhnte und riss die Augen auf. Sergeant Berrigan war hinter ihn getreten und ließ den großen Mann mit einem Ruck seiner rechten Hand nun erneut vor Schmerz aufheulen.

»Sergeant!«, schaltete Sandman sich in gespielter Sorge ein.

»Ich bring dem Burschen nur Manieren bei«, sagte Berrigan und presste dem Mann ein zweites Mal die Daumen in die Nieren. »Wenn der Captain mit dir reden will, du Miststück, dann stehst du gefälligst stramm, Augen geradeaus, Mund zu, Hacken zusammen und Rücken gerade! Du sagst ihm nicht, dass er warten soll, das ist unhöflich.«

Corday schaute besorgt auf den Bärtigen. »Alles in Ordnung?«

»Dem geht's gut«, antwortete Berrigan für sein Opfer. »Red du nur mit dem Captain, Junge, denn er versucht, dein armseliges Leben zu retten. Willst du Zicken machen, Freundchen?« Der Bärtige war aufgestanden und versuchte, Berrigan den Ellbogen in den Bauch zu rammen, aber der Sergeant packte ihn am Ohr, und schleuderte ihn mit Wucht gegen einen Tisch. Er drückte das Gesicht des Mannes fest nach unten. »Bleib ja da, Freundchen, bis wir fertig sind.« Zur Bekräftigung klopfte er dem Mann auf den Hinterkopf, bevor er wieder an Cordays Tisch kam. »Alles angetreten, Captain«, meldete er.

Sandman schob eine Frau beiseite, um sich Corday gegenüberzusetzen. »Ich muss mit Ihnen über die Zofe sprechen«, sagte er leise, »über Meg. Ihren Nachnamen kennen Sie nicht zufällig? Nein? Wie sah diese Meg denn aus?«

»Ihr Freund hätte ihn nicht schlagen dürfen!« beschwerte

Corday sich bei Sandman, immer noch vom Schmerz seines Kameraden abgelenkt.

»Wie sah sie aus, verdammt noch mal?«, brüllte Berrigan in bester Feldwebelmanier. Corday zuckte vor Schreck zusammen, schob das halb fertige Porträt beiseite und zeichnete wortlos auf einem sauberen Blatt Papier eine neue Skizze. Er arbeitete schnell. In der Stille des großen Raumes war das leise Schaben der Kohle deutlich zu hören.

»Sie ist jung«, sagte Corday, »vierundzwanzig, vielleicht fünfundzwanzig. Ihre Haut ist pockennarbig, ihr Haar mausbraun. Ihre Augen sind grünlich, und hier hat sie ein Muttermal.« Er zeichnete ein Mal auf die Stirn des Mädchens. »Ihre Zähne sind gut. Ich habe nur ihr Gesicht gezeichnet, aber sie sollten noch wissen, dass sie breite Hüften und eine schmale Brust hat.«

»Kleine Brüste, meinst du?«, knurrte Berrigan.

Corday wurde rot. »Oberhalb der Taille war sie zierlich, aber darunter dick.« Er musterte die fertige Zeichnung eine Weile nachdenklich, nickte zufrieden und reichte sie Sandman.

Sandman betrachtete das Bild. Das Mädchen war hässlich, eigentlich mehr als hässlich, fand er. Es lag nicht nur an ihrer pockennarbigen Haut, dem schmächtigen Kinn, dem dünnen Haar und den kleinen Augen, sondern an einem Ausdruck, der Härte vermuten ließ und in einem derart jungen Gesicht seltsam anmutete. Falls das Porträt gut getroffen war, war Meg nicht nur abstoßend, sondern auch böse. »Warum hat die Countess ein solches Geschöpf eingestellt?«, fragte er.

»Sie haben zusammen am Theater gearbeitet«, sagte Corday.

»Zusammen gearbeitet? Meg war Schauspielerin?« Sandman klang erstaunt.

»Nein, sie war Garderobiere.« Corday schaute verlegen auf das Porträt. »Ich glaube, sie war mehr als nur Garderobiere.«

»Mehr?«

»Eine Kupplerin«, sagte Corday und schaute zu Sandman auf.

»Woher wissen Sie das?«

Der Maler zuckte die Achseln. »Es ist merkwürdig, wie die Leute sich unterhalten, wenn man ihr Porträt malt. Sie vergessen völlig, dass man da ist. Man wird zum Teil des Mobiliars. Die Countess und Meg unterhielten sich, und ich hörte zu.«

»Wussten Sie, dass der Earl das Porträt nicht in Auftrag gegeben hat?«, fragte Sandman.

»Nicht?« Das hörte Corday offenbar zum ersten Mal. »Sir George sagte das.«

Sandman schüttelte den Kopf. »Der Auftrag kam vom Seraphim Club. Haben Sie von dem schon gehört?«

»Ja«, antwortete Corday, »aber ich war nie da.«

»Sie wussten also nicht, dass sie das Porträt bestellt hatten?«

Berrigan war neben Sandman getreten. Als er Megs Porträt sah, verzog er das Gesicht, und Sandman drehte es so, dass Berrigan es besser betrachten konnte. »Haben Sie sie schon mal gesehen?«, fragte er und überlegte, ob das Mädchen je im Seraphim Club gewesen sein mochte, aber Berrigan schüttelte den Kopf.

Sandman wandte sich wieder an Corday. »Es besteht eine Chance, dass wir sie finden.«

»Wie groß ist die Chance?«, fragte Corday mit glitzernden Augen.

»Ich weiß es nicht«, antwortete Sandman. Er sah die Hoffnung in Cordays Augen verlöschen. »Haben Sie Tinte und Feder hier?«, fragte er.

Corday besaß beides. Sandman riss einen der großen Bögen Zeichenpapier in zwei Hälften, tauchte die Stahlfeder in die Tinte, ließ sie abtropfen und schrieb: *Lieber Witherspoon, der Überbringer dieses Schreibens, Sergeant Berrigan, ist ein Kamerad von mir. Er hat bei den First Foot Guards gedient, und ich vertraue ihm vorbehaltlos.* Sandman war nicht sicher, ob die letzte Äußerung ganz der Wahrheit entsprach, aber im Augenblick blieb ihm nichts anderes übrig, als anzunehmen, dass Berrigan vertrauenswürdig war. Er tauchte die Feder erneut in die Tinte und war sich bewusst, dass Corday jedes Wort von der anderen Tischseite aus lesen konnte. *Bedauerlicherweise könnte es notwendig werden, dass ich Seine Lordschaft am kommenden Sonntag erreichen muss, und in der Annahme, dass Seine Lordschaft an diesem Tag nicht im Innenministerium sein dürfte, möchte ich Sie bitten, mir mitzuteilen, wo ich ihn erreichen könnte. Ich bitte um Entschuldigung, dass ich Ihre Zeit in Anspruch nehme, und versichere Ihnen, dass ich dies lediglich tue, weil ich unter Umständen Dinge von äußerster Dringlichkeit zu berichten habe.* Sandman las den Brief noch einmal durch, unterschrieb und pustete auf die Tinte, bis sie getrocknet war. »Das wird ihm nicht gefallen«, sagte er vor sich hin, faltete den Brief zusammen und stand auf.

»Captain!« Corday schaute Sandman flehend und mit Tränen in den Augen an.

Sandman wusste, was der Junge hören wollte, konnte ihm aber keinen Trost bieten. »Ich tue mein Bestes«, sagte er lahm, »aber ich kann nichts versprechen.«

»Es kommt bestimmt alles in Ordnung, Charlie«, tröstete ihn der Bärtige aus dem West County, und Sandman, der nichts Hilfreiches mehr hinzuzufügen vermochte, steckte das Porträt in die Innentasche seines Gehrocks und ging Berrigan voraus zum Ausgang.

Offensichtlich verwundert, schüttelte Berrigan den Kopf, als sie das Pförtnerhäuschen erreichten. »Sie haben mir gar nicht gesagt, dass er eine verdammte Schwuchtel ist!«

»Spielt das eine Rolle?«

»Es wäre schön zu wissen, dass wir uns für einen richtigen Mann einsetzen«, knurrte Berrigan.

»Er ist ein sehr guter Maler.«

»Das ist mein Bruder auch.«

»Wirklich?«

»Er malt Häuser an, Captain. Dachrinnen, Türen und Fenster. Aber er ist kein warmer Bruder wie dieser kleine Wurm.«

Sandman öffnete die Außentür des Gefängnisses und schauderte beim Anblick des strömenden Regens. »Ich mag Corday auch nicht besonders«, gestand er, »aber er ist unschuldig, Sergeant, und er hat den Strang nicht verdient.«

»Das gilt für die meisten, die gehängt werden.«

»Schon möglich. Aber wir sind für Corday verantwortlich, ob Schwuchtel oder nicht.« Er reichte Berrigan den Brief. »Innenministerium. Fragen Sie nach einem Mann namens Sebastian Witherspoon, geben Sie ihm das, und anschließend treffen wir uns bei Gunter am Berkeley Square.«

»Und das alles für eine verdammte Schwuchtel, was?«, fragte Berrigan, steckte aber den Brief in die Tasche und stürzte sich mit einer Grimasse wegen des Regens in den Verkehr. Sandman humpelte langsam hinterher.

Er fürchtete, der Regen könnte Eleanor und ihre Mutter von ihren Besorgungen abhalten, ging aber dennoch zum Berkeley Square und traf völlig durchnässt vor der Konditorei Gunter ein. Ein Portier hatte unter der Markise Schutz gesucht und musterte Sandmans schäbigen Mantel mit schiefem Blick, bevor er zögernd die Tür öffnete, als wolle er Sandman Zeit lassen, sich zu überlegen, ob er tatsächlich hineingehen wolle.

Hinter den beiden großen Schaufenstern befanden sich im vorderen Teil der Konditorei vergoldete Theken, Stühle mit Spindelbeinen, hohe Spiegel und ausladende Kronleuchter, die an diesem trüben Tag angezündet waren. Ein Dutzend Damen kauften Gunters berühmtes Konfekt, Schokolade, Meringueskulpturen und Delikatessen aus Zuckerwatte, Marzipan und glasierten Früchten. Die Unterhaltung verstummte, als Sandman den Laden betrat. Die Damen starrten ihn an, wie er triefend dastand, nahmen ihre Gespräche aber wieder auf, sobald er in den großen rückwärtigen Raum ging, wo einige Tische unter großen Dachfenstern mit Buntglasscheiben standen. Da er Eleanor an keinem der sechs besetzten Tische sah, hängte Sandman Mantel und Hut an einen Bugholzständer und setzte sich an ein Tischchen im hinteren Teil des Raumes, wo er halb von einem Pfeiler verdeckt war. Er bestellte Kaffee und den *Morning Chronicle*.

In der Zeitung las er, dass in Sussex wieder Heuschober abgebrannt waren, es in Newcastle einen Brotaufstand gegeben hatte und in Derbyshire drei Fabriken angezündet und die Maschinen verwüstet worden waren. In Manchester, wo der Mehlpreis auf vier Schillinge, neun Pence für zwölf Pfund gestiegen war, hatte die Miliz für Ordnung sorgen müssen. In Lancashire forderte der Magistrat vom Innenminister, die *Habeas-corpus*-Akte auszusetzen, um die Ordnung aufrecht erhalten zu können. Sandman schaute auf die Uhr und sah, dass Eleanor bereits zehn Minuten zu spät war. Er trank seinen Kaffee und fühlte sich unbehaglich, weil Stuhl und Tisch zu klein waren und ihm das Gefühl vermittelten, in einem Klassenzimmer zu sitzen. Er wandte sich wieder der Zeitung zu. In Preußen hatte es eine Überschwemmung gegeben, bei der man mindestens hundert Todesopfer befürchtete. Der Walfänger *Lydia* aus Whitehaven war mit der gesamten Mannschaft vor den Grand Banks untergegangen. Der Ostindienfahrer *Calliope* war mit einer Ladung Porzellan, Ingwer, Indigo und Muskatnuss im Pool of London eingelaufen. Bei einem Tumult im Theater Covent Garden hatte es Kopfverletzungen und Knochenbrüche, aber keine Schwerverletzten gegeben. Meldungen, dass im Theater ein Schuss gefallen sei, wurden von der Theaterleitung dementiert. Leichte Schritte näherten sich, Parfüm wehte herüber und ein Schatten legte sich auf seine Zeitung. »Du siehst finster aus, Rider«, sagte Eleanor.

»Es gibt keine guten Nachrichten«, antwortete er und stand auf. Als er sie anschaute, stockte ihm das Herz und er brachte kaum ein Wort heraus. »Es gibt wahrhaftig keine guten Nachrichten auf der ganzen Welt«, brachte er mühsam hervor.

»Dann müssen wir welche machen«, antwortete Eleanor, »du und ich.« Sie reichte einer der Kellnerinnen ihren Schirm und den feuchten Mantel, trat dicht an Sandman heran und küsste ihn auf die Wange. »Ich glaube, ich bin böse auf dich«, sagte sie leise, immer noch dicht neben ihm.

»Auf mich?«

»Weil du nach London gekommen bist, ohne mir etwas zu sagen.«

»Unsere Verlobung ist gelöst, hast du das schon vergessen?«

»Ach, das hatte ich völlig vergessen«, sagte sie schnippisch und warf einen Blick auf die anderen Tische. »Es wird einen Skandal geben, weil ich mich allein mit einem nassen Mann sehen lasse.« Sie küsste ihn noch einmal und trat zurück, damit er ihr einen Stuhl zurechtrücken konnte. »Lass sie ihren Skandal haben, ich nehme ein Vanilleeis mit Schokolade und Mandelsplittern. Und du ebenfalls.«

»Ich bin ganz zufrieden mit Kaffee.«

»Unsinn, du wirst essen, was auf den Tisch kommt. Du bist dünn geworden.« Sie setzte sich und zog ihre Handschuhe aus. Ihr rotes Haar war unter ein schwarzes Hütchen gesteckt, das mit winzigen Jettperlen und einer bescheidenen Feder geschmückt war. Ihr dunkelbraunes Kleid mit unauffälligem, schwarzem Blumenmuster und hohem Kragen war dezent, fast schlicht und nur mit einer kleinen Jettbrosche geschmückt, dennoch sah sie reizvoller aus als die spärlich gekleideten Tänzerinnen, die auseinander gestoben waren, als Sandman am Abend zuvor auf die Bühne gesprungen war. »Mutter lässt sich ein neues Korsett ausmessen«, sagte Eleanor und tat, als bemerke sie seinen prüfenden Blick nicht, »das dauert mindestens zwei Stunden. Sie glaubt, ich suche mir bei Massingberds einen Hut aus. Meine Zofe Lizzie begleitet mich, aber ich habe sie mit zwei Schillingen bestochen. Sie schaut sich gerade im Lyzeum die dickköpfige Schweinefrau an.«

»Dickköpfig? Du meinst eigensinnig?«

»Sei nicht albern, Rider, alle Frauen sind eigensinnig. Diese hat einen hässlichen dicken Kopf, frisst aus einem Trog, und hat einen borstigen rosa Schnurrbart. Es klingt nach einem recht unwahrscheinlichen Monstrum, aber Lizzie war begeistert von der Aussicht, und ich war selbst versucht, sie mir anzuschauen, bin aber stattdessen hier. Habe ich dich humpeln sehen?«

»Ich habe mir gestern den Knöchel verstaucht«, sagte er und musste Eleanor die ganze Geschichte erzählen, die sie natürlich begeisterte.

»Ich bin eifersüchtig«, sagte sie, als er fertig erzählt hatte. »Mein Leben ist so langweilig! Ich springe nicht auf Bühnen, weil ich von Straßenräubern verfolgt werde! Ich bin wirklich eifersüchtig!«

»Aber du hast Neuigkeiten?«, fragte Sandman.

»Ich denke schon. Ja, gewiss.« Eleanor bestellte bei der Kellnerin Tee, Vanilleeis mit Schokolade und Mandelsplittern und Waffeln. »Sie haben hinten ein Eishaus, das ich mir vor ein paar Wochen ansehen durfte«, erzählte sie Sandman, als das Mädchen gegangen war. »Es ist wie ein Gewölbekeller, und jeden Winter holen sie Eis aus Schottland, eingepackt in Sägemehl, das sich den ganzen Sommer hält. Zwischen zwei Eisblöcken lag eine gefrorene Ratte, was ihnen sehr peinlich war.«

»Das will ich meinen.« Plötzlich war Sandman sich seiner schäbigen Erscheinung bewusst, der ausgefransten Manschetten seines Gehrocks und der geplatzten Naht an seinen Stiefeln. Es waren eigentlich gute Stiefel von Kennets in der Silver Street, aber selbst die besten Schuhe brauchten Pflege. Um anständig gekleidet zu sein, hätte Sandman sich mindestens eine Stunde am Tag um seine Kleidung kümmern müssen, aber diese Zeit hatte er nicht.

»Ich habe versucht, Vater zu überreden, dass er ein Eishaus bauen lässt«, sagte Eleanor, »aber er wurde ganz knurrig und schimpfte über die Kosten. Im Augenblick hat er einen seiner Sparsamkeitsanfälle, also habe ich ihm gesagt, dass ich ihm die Kosten einer großen Hochzeit ersparen werde.«

Sandman schaute in ihre grau-grünen Augen und fragte sich, was sie ihm mit ihrer scheinbaren Ungezwungenheit wohl sagen wollte. »Hat er sich gefreut?«

»Er hat nur gebrummt, eine der Tugenden sei Besonnenheit. Ich glaube, mein Angebot hat ihn in Verlegenheit gebracht.«

»Wie wolltest du ihm denn die Kosten ersparen? Indem du eine alte Jungfer wirst?«

»Indem ich durchbrenne«, sagte Eleanor mit festem Blick.

»Mit Lord Eagleton?«

Eleanors Lachen erfüllte das weite Hinterzimmer und ließ vorübergehend Stille an den übrigen Tischen eintreten. »Eagleton ist so ein Langweiler!«, sagte Eleanor viel zu laut. »Mama war sehr darauf erpicht, dass ich ihn heirate, weil ich dann eine Lady wäre. Sag mir ja nicht, du dachtest, ich wäre mit ihm verlobt?«

»Das hatte ich gehört. Man sagte mir, dein Porträt sei ein Geschenk für ihn.«

»Mutter sagte, wir sollten es ihm schenken, aber Vater möchte es selbst behalten. Mutter will mich bloß mit einem Adelstitel verheiraten, egal mit wem oder was, und Lord Eagleton möchte mich heiraten, was sehr lästig ist, weil ich ihn nicht ausstehen kann. Er schnieft, bevor er redet.« Sie schniefte leicht. »Liebe Eleanor, schnief, wie charmant Sie aussehen, schnief. Ich sehe den Mond, der sich in Ihren Augen spiegelt, schnief.«

Sandman bewahrte eine ernste Miene. »Ich habe dir nie gesagt, dass der Mond sich in deinen Augen spiegelt. Ich fürchte, das war sehr nachlässig von mir.«

Sie schauten sich an und brachen in Lachen aus. Sie hatten schon immer miteinander lachen können, schon seit ihrer ersten Begegnung, als Sandman nach seiner Verwundung in Salamanca zurückgekommen war und Eleanor erst zwanzig Jahre und fest entschlossen war, sich von einem Soldaten nicht beeindrucken zu lassen, aber dieser Soldat hatte sie zum Lachen gebracht und schaffte es immer noch, ebenso wie sie ihn zum Lachen bringen konnte.

»Ich glaube, Eagleton hat die Bemerkung über den Mond eine Woche lang geübt, aber mit seinem Schniefen hat er alles verdorben«, sagte Eleanor. »Wirklich, Rider, mit Eagleton zu reden ist, als würde man sich mit einem asthmatischen Schoßhündchen unterhalten. Mama und er scheinen zu glauben, wenn sie es nur lange genug wünschen, werde ich seinem Schniefen nachgeben. Als ich von dem Gerücht erfuhr, wir seien verlobt, bat ich Alexander ausdrücklich, dir zu sagen, dass ich diesen adeligen Schniefer nicht heiraten werde. Und jetzt stelle ich fest, dass er es dir nie gesagt hat?«

»Ich fürchte, nein.«

»Aber ich habe ihn ausdrücklich darum gebeten!«, sagte Eleanor verärgert. »Ich habe ihn in der Ägyptischen Halle getroffen.«

»Das hat er mir erzählt«, sagte Sandman. »Aber er hatte völlig vergessen, was du mir ausrichten ließest. Er hatte sogar vergessen, warum er in der Ägyptischen Halle war.«

»Zu einem Vortrag eines Mannes namens Professor Popkin über die kürzlich entdeckte Lage des Garten Eden. Er will uns glauben machen, das Paradies habe am Zusammenfluss von Ohio und Mississippi gelegen. Er erklärte uns, dort habe er einmal einen sehr guten Apfel gegessen.«

»Das klingt nach einem stichhaltigen Beweis«, sagte Sandman ernst, »und wurde er weise, nachdem er die Frucht gegessen hatte?«

»Er wurde gelehrt, gebildet, scharfsinnig und klug«, antwortete Eleanor, und Sandman sah Tränen in ihren Augen. »Außerdem forderte er uns auf, alle Brücken hinter uns abzubrechen und ihm in seine neue Welt aus Milch, Honig und Äpfeln zu folgen. Würdest du gern dorthin gehen, Rider?«

»Mit dir?«

»Wir könnten nackt am Fluss leben«, träumte Eleanor laut weiter. Eine Träne lief über ihre Wange. »Unschuldig wie neugeborene Kinder, und wir würden der Schlange aus dem Weg gehen.« Sie konnte nicht weiter sprechen und senkte den Kopf, damit er ihre Tränen nicht sah. »Es tut mir Leid, Rider.«

»Was?«

»Ich hätte nie zulassen dürfen, dass Mama unsere Verlobung löst. Sie sagte, die Schande deiner Familie sei zu groß, aber das ist Unsinn.«

»Die Schande ist groß«, gab Sandman zu.

»Das war dein Vater, nicht du!«

»Manchmal glaube ich, dass ich meinem Vater sehr ähnlich bin«, sagte Sandman.

»Dann war er besser, als ich dachte«, erwiderte Eleanor heftig und tupfte sich die Augen mit ihrem Taschentuch. Die Kellnerin brachte Eis und Waffeln, und da sie glaubte, Sandman habe Eleanor mit etwas, was er gesagt habe, aus der Fassung gebracht, bedachte sie ihn mit einem vorwurfsvollen Blick. Eleanor wartete, bis das Mädchen gegangen war, bevor sie sagte: »Ich hasse es zu weinen.«

»Du weinst ja nur selten.«

»In den letzten sechs Monaten habe ich geweint wie ein Springbrunnen«, sagte Eleanor und schaute zu ihm auf. »Gestern Abend habe ich Mama gesagt, dass ich mich immer noch als deine Verlobte betrachte.«

»Ich fühle mich geehrt.«

»Eigentlich solltest du sagen, dass es auf Gegenseitigkeit beruht.«

Sandman lächelte zögernd. »Ich wünschte, es wäre wahr, wirklich.«

»Vater hätte nichts dagegen«, sagte Eleanor, »zumindest glaube ich, dass er nichts dagegen hätte.«

»Aber deine Mutter?«

»Ja! Als ich ihr gestern Abend von meinen Gefühlen erzählte, bestand sie darauf, dass ich Doktor Harriman aufsuche. Hast du von ihm gehört? Natürlich nicht. Wie Mama mir sagt, ist er ein Experte für weibliche Hysterie, und es gilt als große Ehre, von ihm untersucht zu werden. Aber ich brauche ihn nicht! Ich bin nicht hysterisch, ich liebe nur unpassenderweise dich, und wenn dein verflixter Vater sich nicht getötet hätte, wären wir beide inzwischen längst verheiratet. Ich beneide Männer.«

»Wieso?«

»Sie dürfen fluchen, ohne dass jemand die Augenbrauen hebt.«

»Fluche ruhig, Liebes«, sagte Sandman.

Eleanor tat es und musste lachen. »Das war gut. O je, wenn wir eines Tages verheiratet sind, werde ich viel zu viel fluchen und du bist mich bald leid.« Sie schniefte und kostete seufzend ihr Eis. »Das ist das wahre Paradies«, sagte sie und schob den langen Silberlöffel tief in das Eis. »Ich schwöre, damit kann am Zusammenfluss von Ohio und Mississippi nichts mithalten. Armer Rider. Du dürftest nicht einmal im Traum daran denken, mich zu heiraten. Du solltest den Hut vor Caroline Standish ziehen.«

»Caroline Standish? Ich habe noch nie von ihr gehört.« Er kostete das Eis, das tatsächlich himmlisch war.

»Caroline Standish ist die wohl reichste Erbin Englands, Rider, und ein sehr hübsches Mädchen obendrein, aber ich muss dich warnen: Sie ist Methodistin. Goldblondes Haar, zum Teufel mit ihr, ein wirklich entzückendes Gesicht und ein Einkommen von geschätzten dreißigtausend im Jahr. Der Nachteil ist, dass du in ihrer Gegenwart keine geistigen Getränke zu dir nehmen, nicht rauchen, keine Gotteslästerung treiben, keinen Schnupftabak nehmen und dich in keiner Weise vergnügen darfst. Ihr Vater hat sein Geld mit Töpferwaren verdient, aber inzwischen leben sie in London und beten in dieser vulgären kleinen Kapelle in Spring Gardens. Ich bin überzeugt, du könntest ihre Blicke auf dich ziehen.«

»Das glaube ich gern«, sagte Sandman.

»Und ich bin überzeugt, dass sie Kricket billigen würde«, sagte Eleanor, »solange du es nicht am heiligen Sonntag spielst. Spielst du noch Kricket, Rider?«

»Nicht so oft, wie Alexander es gern hätte.«

»Sie sagen, Lord Frederick Beauclerk verdient sechshundert im Jahr mit Kricket-Wetten. Könntest du das nicht auch?«

»Ich bin ein besserer Schlagmann als er«, sagte Sandman

wahrheitsgemäß. Lord Frederick, ein Freud Lord Alexanders und wie er ein Aristokrat und Priester, war der Sekretär des Kricketclubs Marylbone, der auf dem Thomas-Lord-Platz gespielt hatte. »Aber im Glücksspiel bin ich schlechter«, fuhr Sandman fort. »Außerdem setzt Beauclerk Geld ein, das zu verlieren er sich leisten kann, und über solche Mittel verfüge ich nicht.«

»Dann heirate die fromme Miss Standish«, sagte Eleanor. »Es besteht zwar das kleine Hindernis, dass sie bereits verlobt ist, aber Gerüchten zufolge ist sie keineswegs völlig überzeugt, dass der zukünftige Duke of Ripon auch nur annähernd so gottesfürchtig ist, wie er vorgibt. Er besucht zwar die Kapelle in Spring Gardens, aber man vermutet, dass er es lediglich tut, damit er ihre goldenen Federn rupfen kann, wenn er erst einmal mit ihr verheiratet ist.«

»Der zukünftige Duke of Ripon?«, fragte Sandman.

»Er hat natürlich einen eigenen Titel, aber ich erinnere mich nicht mehr, welchen. Mutter wüsste es bestimmt.«

Sandman wurde still. »Ripon?«

»Eine Bischofsstadt in Yorkshire, Rider.«

»Marquess of Skavadale ist der Titel, den der Erbe des Dukedom of Ripon trägt«, sagte Sandman.

»Genau! Gut!« Eleanor musterte ihn stirnrunzelnd. »Habe ich etwas Falsches gesagt?«

»Skavadale ist ganz und gar nicht gottesfürchtig«, sagte Sandman. Er erinnerte sich, dass der Earl of Avebury ihm erzählt hatte, seine Frau habe junge Männer der Gesellschaft erpresst. Hatte die Countess auch Skavadale erpresst? Seine Geldknappheit war allgemein bekannt, und die Güter seines Vaters waren offenkundig bis unters Dach verschuldet, dennoch hatte Skavadale es geschafft, sich mit der reichsten Erbin von England zu verloben. Und wenn er den Acker der Countess of Avebury gepflügt hatte, dürfte sie ihn durchaus für ein lohnendes Ziel einer Erpressung gehalten haben. Auch wenn seine Familie den größten Teil ihres Vermögens verloren hatte, besaß sie vermutlich noch etwas Geld und einiges an Porzellan, Silber und Gemälden, was sie verkaufen konnte; mehr als genug, um die Countess zufrieden zu stellen.

»Du bist mir ein Rätsel«, beklagte sich Eleanor.

»Ich glaube, der Marquess of Skavadale ist mein Mörder«, sagte Sandman, »entweder er oder einer seiner Freunde.« Hätte Sandman Wetten abschließen sollen, wer der Mörder sei, hätte er sich eher für Lord Robin Holloway als für den Marquess entschieden, aber er war sich ziemlich sicher, dass einer von beiden es getan hatte.

»Dann willst du gar nicht mehr wissen, was Lizzie herausgefunden hat?«, fragte Eleanor enttäuscht.

»Deine Zofe? Sicher will ich das wissen. Ich muss es wissen.«

»Meg war nicht besonders beliebt bei den anderen Dienstboten. Sie hielten sie für eine Hexe.«

»So sieht sie auch aus«, sagte Sandman.

»Hast du sie schon gefunden?«, fragte Eleanor aufgeregt.

»Nein, ich habe ein Bild von ihr gesehen.«

»Heutzutage lässt sich anscheinend jede malen«, sagte Eleanor.

»Dieses Bild.« Sandman zog die Zeichnung aus seiner Rocktasche und zeigte sie Eleanor.

»Rider, du glaubst doch nicht, dass sie die dickköpfige Schweinefrau ist?«, fragte Eleanor. »Nein, das kann nicht sein, sie hat keinen Schnurrbart.« Sie seufzte. »Armes Mädchen, so hässlich zu sein.« Sie schaute die Zeichnung lange an, bevor sie das Papier zusammenrollte und Sandman zurückgab. »Was wollte ich gerade sagen? Ach ja, Lizzie hat herausgefunden, dass Meg in einer Kutsche vom Stadthaus der Countess fortgebracht wurde, einer sehr vornehmen Kutsche, die entweder schwarz oder dunkelblau war und ein seltsames Wappen auf der Tür hatte. Es war kein richtiges Wappen, nur ein Schild mit einem goldenen Engel auf rotem Grund.« Eleanor zerkrümelte eine Waffel. »Ich habe Hammond gefragt, ob er dieses Wappenschild kennt, und er wurde ganz geziert: ›Ein Feldrot mit einem Engelgold, Miss Forrest.‹ Aber erstaunlicherweise wusste er nicht, wem es gehört, und war ganz außer sich.«

Sandman grinste bei dem Gedanken, dass Sir Henry Forrests Butler ein Wappen nicht hatte identifizieren können. »Er sollte sich nicht aufregen«, sagte Sandman, »ich glaube nämlich kaum, dass das Wappenkolleg diese Devise vergeben hat. Es ist das Zeichen des Seraphim Clubs.«

Eleanor schnitt eine Grimasse bei der Erinnerung, was Sandman ihr und ihrem Vater Anfang der Woche erzählt hatte, obwohl er ihnen natürlich nicht alles gesagt hatte, was er über die Seraphim wusste. »Und der Marquess of Skavadale ist Mitglied des Seraphim Clubs?«, fragte sie.

»Ja«, bestätigte Sandman.

Sie runzelte die Stirn. »Er ist also dein Mörder? So einfach ist das?«

»Die Mitglieder des Seraphim Clubs denken, sie stünden über dem Gesetz«, erklärte Sandman. »Sie glauben, ihre gesellschaftliche Stellung, ihr Geld und ihre Privilegien schützen sie. Vermutlich haben sie damit Recht, sofern ich Meg nicht finde.«

»Falls Meg noch lebt«, warf Eleanor ein.

»Falls Meg noch lebt«, bestätigte Sandman.

Eleanor schaute Sandman mit großen, leuchtenden Augen an. »Ich komme mir sehr selbstsüchtig vor«, gestand sie.

»Wieso?«

»Weil ich mich über meine kleinen Sorgen gräme, während du einen Mörder suchst.«

»Deine Sorgen sind klein?«, fragte Sandman lächelnd.

Eleanor erwiderte sein Lächeln nicht. »Ich bin nicht bereit, dich aufzugeben, Rider. Ich habe es versucht.«

Da er wusste, wie viel Überwindung dieses Geständnis sie kostete, nahm er ihre Hand und küsste ihre Finger. »Ich habe dich nie aufgegeben«, sagte er, »und nächste Woche werde ich noch einmal mit deinem Vater sprechen.«

»Und wenn er nein sagt?« Sie umklammerte seine Hand.

»Dann fahren wir nach Schottland«, antwortete Sandman. »Sollen wir nach Schottland fahren?«

Eleanor hielt strahlend seine Hand fest. »Rider? Mein umsichtiger, wohl erzogener, ehrenhafter Rider? Du würdest mit mir durchbrennen?«

Er erwiderte ihr Lächeln. »In letzter Zeit habe ich oft an den Nachmittag und Abend auf dem Hügel in Waterloo gedacht, meine Liebe, und an den Entschluss, den ich damals getroffen habe und ständig zu vergessen drohe. Damals habe ich mir geschworen, wenn ich diesen Tag überleben sollte, möchte ich nicht mit dem Gefühl sterben, etwas im Leben versäumt zu haben. Ich möchte nicht mit unerfüllten Wünschen, Träumen und Sehnsüchten sterben. Also ja, wenn dein Vater uns nicht heiraten lässt, werde ich mit dir nach Schottland fahren, dann soll der Teufel den Letzten holen.«

»Weil ich deinen Wünschen, Träumen und Sehnsüchten entspreche?«, fragte Eleanor mit Tränen in den Augen und strahlender Miene.

»Weil du all das für mich bist«, bestätigte Sandman, »und außerdem liebe ich dich.«

Plötzlich stand Sergeant Berrigan neben ihnen, triefend vor Regennässe und breit grinsend, weil er Sandman in einem so delikaten Moment überrascht hatte.

Der Sergeant pfiff *Spanish Ladies*, als sie den Hay Hill zur Old Bond Street hinaufgingen. Es war ein fröhliches Pfeifen, das deutlich zum Ausdruck brachte, wie wenig ihn das soeben Gesehene interessierte, und ein wohl überlegtes Pfeifen, das jeder in der Armee als offenkundige, aber nicht strafbare Insubordination erkannt hätte. Sandman, der immer noch humpelte, lachte. »Ich war einmal mit Miss Forrest verlobt, Sergeant.«

»Eine deutsche Kutsche, Captain, da drüben, sehen Sie? Verdammt schwere Kiste.« Berrigan täuschte immer noch Desinteresse vor und deutete auf eine wuchtige Kutsche, die auf dem nassen Kopfsteinpflaster gefährlich ins Schleudern geriet. Der Kutscher zerrte an der Bremse, die Pferde tänzelten nervös, doch dann streiften die Räder die Bordsteinkante und das Fahrzeug stabilisierte sich. »Das sollte man verbieten, dass diese verdammten ausländischen Kutschen unsere Straßen ruinieren«, sagte Berrigan. »Den Kerlen sollte man Steuern abknöpfen, dass ihnen Hören und Sehen vergeht, oder sie gleich über den Kanal zurückschicken, wo sie hingehören.«

»Miss Forrest hat die Verlobung gelöst, weil ihre Eltern nicht wollten, dass sie einen armen Schlucker heiratet«, erklärte Sandman. »So, jetzt wissen Sie Bescheid, Sergeant.«

»Sah mir nicht nach einer gelösten Verlobung aus, Sir. Guckte Ihnen in die Augen, als ob Sonne, Mond und Sterne drin gefangen wären.«

»Ja, na ja. Das Leben ist kompliziert.«

»War mir noch gar nicht aufgefallen«, sagte Berrigan sarkastisch. Er verzog das Gesicht über das Wetter, obwohl der strömende Regen inzwischen in einen leichten Nieselregen übergegangen war. »Wo wir gerade von Komplikationen sprechen«, fuhr Berrigan fort, »Mister Sebastian Witherspoon war gar nicht glücklich. Ganz und gar nicht glücklich. Um genau zu sein, er war verdammt wütend.«

»Ach! Er hat sich wohl denken können, dass ich mich nicht so verhalte, wie er erwartet hat?«

»Er wollte wissen, was Sie eigentlich vorhaben, Captain, aber ich habe gesagt, ich wüsste nichts.«

»Sicher hat er sich geweigert, das zu glauben?«

»Er konnte machen, was er wollte, Captain, ich habe nur gesagt: ›Ja, Sir, nein, Sir, ich weiß gar nichts, Sir, Sie können mich mal, Sir, gehen Sie zum Teufel, Sir‹, aber alles ganz respektvoll.«

»Mit anderen Worten, Sie haben sich benommen wie ein Feldwebel?«, fragte Sandman lachend. Er erinnerte sich von seinen eigenen Feldwebeln an diese freche Unterwürfigkeit, an die scheinbare Willigkeit, die eine tiefe Unversöhnlichkeit kaschierte. »Hat er Ihnen denn gesagt, wo der Innenminister am Sonntag zu erreichen ist?«

»Seine Lordschaft wird nicht zu Hause sein, Captain, weil die Handwerker in seinem Haus eine neue Treppe einbauen, die schon im vergangenen Mai hätte fertig werden sollen, aber noch nicht einmal gestrichen ist, daher hat Seine Lordschaft leihweise ein Haus in der Great George Street bezogen. Mister Witherspoon sagte, er hoffe, Sie nicht so bald wiederzusehen, ohnehin werde Seine Lordschaft es Ihnen wohl kaum danken, wenn Sie ihn am Sonntag stören, da Seine Lordschaft ein gläubiger Christ ist, außerdem ist Mister Witherspoon wie Seine heilige Lordschaft überzeugt, dass die verdammte Schwuchtel aufgeknüpft wird, wie sie es verdient.«

»Ich bin sicher, das Letzte hat er nicht gesagt.«

»Nicht ganz so«, gab Berrigan fröhlich zu, »aber ich habe es gesagt, worauf Mister Witherspoon gleich eine bessere Meinung von mir hatte. Noch ein Weilchen, und er hätte Ihnen den Laufpass gegeben und mich mit der Ermittlung beauftragt.«

»Dann Gnade Corday Gott, was?«

»Der kleine Mistkerl würde so schnell zum Galgen wandern, dass seine Zehen den Boden nicht berühren würden«, sagte Berrigan munter. »Und, wohin gehen wir jetzt?«

»Wir suchen Sir George Phillips auf, weil ich wissen möchte, ob er mir genau sagen kann, wer das Porträt der Countess bestellt hat. Wenn wir den Namen dieses Mannes haben, wissen wir, wer der Mörder ist, Sergeant.«

»Das hoffen Sie«, sagte Berrigan skeptisch.

»Miss Hood ist ebenfalls in Sir Georges Atelier. Sie steht für ihn Modell.«

»Ach!« Berrigans Laune besserte sich.

»Und selbst wenn Sir George uns nichts sagen will, habe ich erfahren, dass meine einzige Zeugin in der Kutsche des Seraphim Clubs fortgebracht wurde.«

»In einer der Kutschen«, berichtigte Berrigan, »sie haben nämlich zwei.«

»Ich nehme also an, dass der Kutscher des Clubs uns sagen kann, wo er sie hingebracht hat.«

»Das kann schon sein«, sagte Berrigan, »aber wahrscheinlich müssten wir ihn dazu ein bisschen überreden.«

»Eine angenehme Aussicht«, sagte Sandman. Sie hatten den

Eingang neben dem Juwelierladen erreicht, und er klopfte. Wie bei seinem ersten Besuch öffnete Sammy die Tür, versuchte aber gleich wieder, sie zu schließen. Sandman verschaffte sich dreist Zutritt. »Sag Sir George, dass Captain Rider Sandman und Sergeant Samuel Berrigan ihn sprechen wollen«, befahl er herrisch.

»Er will nicht mit Ihnen sprechen«, antwortete Sammy.

»Geh und sag ihm Bescheid, Junge!«, befahl Sandman.

Sammy machte einen unüberlegten Versuch, sich an Sandman vorbei auf die Straße zu flüchten, wurde aber von Sergeant Berrigan erwischt, der den Jungen hochhob und gegen den Türpfosten drückte. »Wo willst du hin, Bürschchen?«, fragte Berrigan.

»Haut doch ab!«, sagte Sammy aufsässig, jaulte aber dann auf. »Ich wollte nirgendwohin!« Berrigan zog seine Faust zurück. »Er hat gesagt, wenn Sie wiederkommen, soll ich Hilfe holen«, sagte Sammy hastig.

»Aus dem Seraphim Club?«, erriet Sandman. Der Junge nickte. »Halten Sie ihn fest, Sergeant«, sagte Sandman und ging die Treppe hinauf. *»Fi, fo, fams!«*, sang er lauthals, *»ich riech das Blut eines Englischmanns!«* Diesen Lärm veranstaltete er, um Sally zu warnen, damit Sergeant Berrigan sie nicht nackt sähe. Sandman bezweifelte nicht, dass Berrigan ohnehin bald in diesen Genuss kommen würde, aber ebenso wenig bezweifelte er, dass Sally lieber selbst entscheiden wollte, wann es so weit wäre. »Sir George!«, brüllte er. »Sind Sie da?«

»Wer zum Teufel ist da?«, rief Sir George. »Sammy?«

»Sammy ist unser Gefangener«, rief Sandman.

»Gottverdammt! Sind Sie das?« Sir George bewegte sich erstaunlich schnell für einen so dicken Mann, er lief an einen Schrank und holte eine langläufige Pistole heraus. Damit rannte er oben an die Treppe und richtete die Waffe auf Sandman. »Keinen Schritt weiter, Captain, sonst kostet es Sie das Leben!«

Sandman warf einen Blick auf die Pistole und ging weiter. »Seien Sie kein Narr«, sagte er müde. »Wenn Sie mich erschießen, müssen Sie auch Sergeant Berrigan erschießen, anschließend müssen Sie Sally zum Schweigen bringen, und dazu müssen Sie sie ebenfalls erschießen, also hätten Sie drei Leichen am Hals.« Er nahm die letzten Stufen und entwand dem Maler ohne Umstände die Waffe. »Es ist immer besser, eine Waffe zu spannen, wenn man wirklich bedrohlich wirken will«, sagte er, drehte sich um und nickte Berrigan zu. »Erlauben Sie mir, Ihnen Sergeant Berrigan vorzustellen, ehemals First Foot Guards, anschließend Seraphim Club und nun Freiwilliger in meiner Armee der Gerechten.« Sandman sah erleichtert, dass Sally die Warnung verstanden und ihren Umhang übergezogen hatte. Er zog den Hut und verbeugte sich vor ihr. »Miss Hood, meinen Respekt.«

»Sie humpeln immer noch?«, fragte Sally und wurde rot, als Sergeant Berrigan erschien.

»Er tut mir weh!«, jammerte Sammy.

»Ich bringe dich um, wenn du nicht still bist«, knurrte Berrigan und nickte Sally zu. »Miss Hood.« Als er das Gemälde sah, bekam er vor Bewunderung ganz große Augen, und Sally wurde noch röter.

»Sie können Sammy loslassen, er wird keine Hilfe mehr holen wollen«, sagte Sandman zu Berrigan.

»Er tut, was ich ihm sage!«, schaltete Sir George sich kampfeslustig ein.

Sandman trat an das Gemälde und betrachtete die Hauptfigur. Ihm fiel auf, dass die Maler und Kupferstecher Admiral Nelson seit seinem Tod immer zierlicher dargestellt hatten, sodass der Held inzwischen fast schon wie ein Geist wirkte. »Wenn Sie Sammy befehlen, Hilfe zu holen, werde ich in Umlauf bringen, dass in Ihrem Atelier Frauen getäuscht werden, dass Sie sie bekleidet porträtieren und anschließend ohne ihr Wissen als Akt darstellen.« Er drehte sich um und grinste den Maler an. »Wie würde sich das wohl auf Ihre Preise auswirken?«

»Sie verdoppeln!«, sagte Sir George trotzig. Als er jedoch erkannte, dass Sandmans Drohung Hand und Fuß hatte, sackte er in sich zusammen wie eine zerstochene Blase. »Du gehst nirgendwohin, Sammy.«

Berrigan ließ den Jungen los. »Du kannst Tee aufbrühen«, sagte Sandman.

»Ich helfe dir, Sammy«, bot Sally an und folgte dem Jungen nach unten. Sandman vermutete, dass sie sich anziehen wollte.

Sandman wandte sich an Sir George: »Sie sind ein alter Mann, Sir George, Sie sind dick und trinken. Ihre Hände zittern. Noch können Sie malen, aber wie lange noch? Sie leben von Ihrem guten Ruf, aber den kann ich ruinieren. Ich kann dafür sorgen, dass Männer wie Sir Henry Forrest nie wieder ein Porträt ihrer Frauen und Töchter bei Ihnen bestellen aus Angst, dass sie mit ihnen das Gleiche machen wie mit der Countess of Avebury.«

»Das würde ich niemals tun ...«, setzte Sir George an.

»Seien Sie still«, sagte Sandman. »Ich kann in meinen Bericht an das Innenministerium schreiben, dass Sie ihnen bewusst die Wahrheit vorenthalten haben.« Das war in Wirklichkeit eine wesentlich harmlosere Drohung, was Sir George aber nicht wissen konnte. Er fürchtete ein Gerichtsverfahren, Verurteilung und Gefängnis. Vielleicht fürchtete er auch, nach Australien deportiert zu werden, denn er begann vor Angst zu zittern. »Ich weiß, dass Sie gelogen haben«, sagte Sandman. »Und jetzt sagen Sie mir die Wahrheit.«

»Und wenn ich es tue?«

»Dann werden Sergeant Berrigan und ich es niemandem sagen. Warum sollte es uns scheren, was aus Ihnen wird? Ich weiß, dass Sie die Countess nicht ermordet haben, und das ist das Einzige, was mich interessiert. Also sagen Sie uns die Wahrheit, Sir George, dann lassen wir Sie in Frieden.«

Sir George sank auf einen Schemel. Die Lehrlinge und die beiden Männer, die als Nelson und Neptun Modell standen, starrten ihn an, bis er sie anknurrte, sie sollten nach unten gehen. Erst als sie fort waren, schaute er Sandman an. »Der Seraphim Club hat das Gemälde bestellt.«

»Das weiß ich.« Sandman ging an dem Tisch voller Lappen, Pinsel und Töpfe vorbei in den hinteren Teil des Ateliers. Er suchte Eleanors Porträt, fand es aber nicht. Er drehte sich um. »Sir George, ich will wissen, wer aus dem Club es in Auftrag gegeben hat.«

»Das weiß ich nicht. Wirklich! Ich weiß es nicht!« Er bettelte mit spürbarer Angst. »Es waren zehn oder elf Mitglieder, ich erinnere mich nicht mehr.«

»Zehn oder elf?«

»Sie saßen an einem Tisch wie beim Letzten Abendmahl, nur ohne Jesus«, erzählte Sir George. »Sie sagten, sie wollten das Gemälde für ihre Galerie anfertigen lassen, und versprachen, es würden noch weitere folgen.«

»Weitere Gemälde?«

»Aktbilder von Frauen mit Adelstitel, Captain«, schnaubte Sir George. »Sie war ihre Trophäe. Sie erklärten mir, wenn mehr als drei Clubmitglieder eine Frau besessen hätten, würde sie in ihre Galerie aufgenommen.«

Sandman sah Berrigan fragend an, der die Achseln zuckte. »Klingt wahrscheinlich«, sagte der Sergeant.

»Sie haben eine Galerie?«

»Oben im Flur«, antwortete Berrigan, »aber sie haben gerade erst angefangen, Gemälde da aufzuhängen.«

»Der Marquess of Skavadale war einer dieser elf?«, fragte Sandman Sir George.

»Zehn oder elf.« Sir George klang verärgert, dass er Sandman berichtigen musste. »Ja, Skavadale war dabei. Lord Pellmore ebenfalls. Ich erinnere mich noch an Sir John Lassiter, aber die meisten kannte ich nicht.«

»Sie stellten sich Ihnen nicht vor?«

»Nein«, sagte Sir George kurz angebunden, weil er damit zugab, dass man ihn im Seraphim Club nicht als Gentleman, sondern als Handwerker behandelt hatte.

»Ich halte es für wahrscheinlich, dass einer dieser zehn oder elf Männer der Mörder der Countess ist«, erklärte Sandman ruhig und schaute Sir George fragend an, als erwarte er eine Bestätigung von ihm.

»Wie soll ich das wissen«, antwortete Sir George.

»Sie müssen aber doch vermutet haben, dass Charles Corday den Mord nicht begangen hat?«

»Der kleine Charlie?« Für einen Moment wirkte Sir George amüsiert, sah aber Sandmans wütende Miene und zuckte die Achseln. »Es erschien mir unwahrscheinlich«, bestätigte er.

»Aber Sie haben kein Gnadengesuch für ihn eingereicht? Sie haben die Bittschrift seiner Mutter nicht unterschrieben? Sie haben nichts unternommen, um ihm zu helfen?«

»Er wurde verurteilt, oder nicht?«, sagte Sir George. »Ihm ist Gerechtigkeit widerfahren.«

»Das bezweifele ich«, sagte Sandman erbittert. »Das bezweifele ich sehr.«

Sandman untersuchte die Pistole, die er Sir George abgenommen hatte, und sah, dass sie nicht geladen war. »Haben Sie Pulver und Kugeln?«, fragte er. Als er die Angst in der Miene des Malers sah, schimpfte er: »Ich will Sie nicht erschießen, Sie Narr! Pulver und Kugeln sind für andere bestimmt, nicht für Sie!«

»Im Schrank.« Sir George deutete mit dem Kopf auf die andere Seite des Raumes.

Sandman öffnete die Schranktür und fand ein kleines Waffenarsenal, das größtenteils für Gemälde gebraucht wurde, wie er annahm. Es gab Marine- und Armeedegen, Pistolen, Musketen und eine Patronenschachtel. Er drückte Berrigan eine Kavalleriepistole in die Hand, nahm eine Hand voll Patronen und steckte sie in die Tasche, bevor er ein Messer ergriff. »Sie haben meine Zeit verschwendet«, sagte er zu Sir George. »Sie haben mich belogen und mir Ungelegenheiten bereitet.« Er durchquerte den Raum mit dem Messer und sah das Entsetzen in Sir Georges Miene. »Sally!«, rief Sandman.

»Ich bin hier«, rief sie die Treppe hinauf.

»Wie viel schuldet dir Sir George?«

»Zwei Pfund und fünf Schillinge!«

»Bezahlen Sie sie«, befahl er.

»Sie erwarten doch wohl nicht, dass ich Bargeld bei mir ...«

»Bezahlen Sie sie!«, brüllte Sandman, worauf Sir George beinahe vom Schemel fiel.

»Ich habe nur drei Guineen bei mir«, winselte er.

»Ich finde, das ist Miss Hood wert«, erklärte Sandman. »Geben Sie dem Sergeant die drei Guineen.«

Sir George händigte ihm das Geld aus, während Sandman sich dem Gemälde zuwandte. Britannia war praktisch fertig und saß mit nacktem Busen und stolzem Blick auf ihrem Felsen inmitten einer sonnenbeschienenen See. Die Göttin war unverkennbar Sally, obwohl Sir George ihr statt der üblichen heiteren Miene eine ruhige Überlegenheit verliehen hatte. »Sie haben mir wahrhaftig Ungelegenheiten bereitet«, sagte Sandman zu Sir George. »Schlimmer noch, Sie waren bereit, einen unschuldigen Jungen sterben zu lassen.«

»Ich habe alles gesagt, was ich sagen kann!«

»Ja, jetzt, aber vorher haben Sie gelogen, und ich finde, Sie brauchen auch ein paar Scherereien. Sie müssen lernen, Sir George, dass jede Sünde ihren Preis hat. Kurz, Sie müssen bestraft werden.«

»Sie unverschämter ...« Sir George sprang auf und rief: »Nein!«

Berrigan hielt Sir George fest, während Sandman mit dem Messer auf die Apotheose Lord Nelsons zuging. Sammy kam gerade mit dem Teetablett die Treppe herauf und schaute erschrocken zu, wie Sandman die Leinwand mit zwei Schnitten durchtrennte. »Ein Freund von mir wird wohl bald heiraten«, erklärte er. »Er weiß es noch nicht, auch seine zukünftige Braut nicht, aber sie mögen sich ganz offensichtlich, und wenn es so weit ist, möchte ich ihnen etwas schenken.« Mit einem weiteren Schnitt trennte er die Leinwand von der Oberkante ab und löste Sallys Porträt aus dem großen Bild heraus. Er warf das Messer zu Boden, rollte das Gemälde der Britannia ein und grinste Sir George an. »Das ist ein wunderbares Geschenk, also werde ich es firnissen und rahmen lassen. Vielen Dank für Ihre Hilfe. Sergeant? Ich glaube, wir sind hier fertig.«

»Ich komme mit!«, sagte Sally an der Treppe. »Aber jemand muss die Häkchen an meinem Kleid zumachen.«

»Die Pflicht ruft«, sagte Sandman zu Berrigan. »Zu Diensten, Sir George.«

Sir George funkelte ihn wütend an, schien aber unfähig, etwas zu sagen. Grinsend lief Sandman die Treppe hinunter und lachte immer noch, als er die Straße erreichte, wo er auf Berrigan und Sally wartete. Sie kamen nach, sobald Sallys Kleid geschlossen war. »Wer wird bald heiraten?«, fragte Berrigan.

»Zwei Freunde von mir«, antwortete Sandman leichthin. »Und wenn nicht, na ja, dann behalte ich das Bild vielleicht selbst.«

»Captain!«, schimpfte Sally.

»Heiraten?« Berrigan klang erschrocken.

»Ich bin sehr altmodisch und glaube fest an die christliche Moral«, sagte Sandman.

»Wo wir gerade davon sprechen«, sagte der Sergeant, »wieso haben wir die Pistolen mitgenommen?«

»Weil wir als Nächstes in den Seraphim Club müssen, Sergeant, und dorthin gehe ich ungern unbewaffnet. Außerdem würde ich es vorziehen, wenn sie von unserem Besuch nichts merken würden. Wann wäre die beste Zeit dafür?«

»Warum gehen wir da hin?«, erkundigte sich Berrigan.

»Um mit den Kutschern zu sprechen, selbstverständlich.«

Der Sergeant überlegte kurz und nickte. »Dann gehen wir nach Einbruch der Dunkelheit, dann können wir uns leichter hineinschleichen, und es ist mindestens einer der beiden da.«

»Hoffen wir, dass es der richtige Kutscher ist«, sagte Sandman und ließ den Deckel seiner Taschenuhr aufspringen. »Nicht vor Einbruch der Dunkelheit? Das heißt, ich habe den ganzen Nachmittag Zeit.« Er überlegte ein Weilchen. »Ich werde einen Freund besuchen. Sagen wir, wir treffen uns um neun Uhr? Hinter dem Club?«

»Treffen wir uns am Eingang zur Remise«, schlug der Sergeant vor.

»Oder möchten Sie mit mir kommen?«, fragte Sandman. »Ich werde mir mit einem Freund die Zeit vertreiben.«

»Nein, ich ruhe mich lieber ein bisschen aus.« Berrigan wurde rot.

»Dann legen Sie das doch bitte in mein Zimmer«, sagte Sandman und gab dem Sergeant das eingerollte Porträt Sallys. »Und Sie, Miss Hood? Ich kann mir nicht vorstellen, wie Sie den Nachmittag verbringen möchten. Würden Sie mich zu einem Freund von mir begleiten?«

Sally hakte sich beim Sergeant unter, lächelte Sandman zuckersüß an und sagte sanft: »Verschwinden Sie, Captain.«

Lachend tat Sandman, wie ihm befohlen wurde. Er verschwand.

7

»Bunny« Barnwell galt als der beste Werfer im Kricketclub Marylbone, obwohl er eine eigenwillig federnde Anlauftechnik hatte, die mit einem Doppelhüpfer endete, bevor er den Ball von der Seite her warf. Dieser Doppelhüpfer hatte ihm seinen Spitznamen eingetragen, und nun warf er Rider Sandman den Ball auf einem der mit Netzen geschützten Übungsplätze zu, die am unteren Ende des neuen Thomas-Lord-Kricketgeländes in dem hübschen Londoner Vorort St. John's Wood lagen.

Lord Alexander Pleydell stand neben dem Netz und beobachtete besorgt jeden Ball. »Wirft Bunny vom Gras weg?«, fragte er.

»Überhaupt nicht.«

»Er soll dem Ball einen Drall geben, damit er genau auf deine Beine fliegt. Scharf nach innen. Crossley sagt, das ist äußerst verwirrend.«

»Crossley lässt sich leicht verwirren«, sagte Sandman und schlug den Ball so fest ins Netz, dass Lord Alexander erschrocken zurücksprang.

Barnwell warf Sandman abwechselnd mit Hughes, Lord Alexanders Diener, den Ball zu. Hughes hielt sich für einen brauchbaren Unterarmwerfer, aber allmählich ärgerte er sich, weil er keinen einzigen Ball an Sandmans Schläger vorbeizubringen vermochte. Daher gab er sich allzu viel Mühe und warf einen Ball, der überhaupt keinen Drall hatte. Sandman schlug ihn mit Schwung aus dem Netz. Der Ball schoss den Hang hinauf, wo drei Männer das Gras des Spielfeldes mit der Sense schnitten. Sandman begriff nicht, wie man in einem derart abschüssigen Gelände ein Kricketfeld anlegen konnte, aber Alexander hegte eine merkwürdige Vorliebe für Thomas Lords neuen Platz, obwohl er von einem Ende zum anderen ein Gefälle von mindestens sechs bis sieben Fuß aufwies.

Barnwell versuchte einen Unterarmwurf und musste zusehen, wie sein Ball den gleichen Weg den Hang hinauf nahm wie der von Hughes. Einer der Balljungen warf einen schnellen Ball zwischen Sandmans Beine und wurde mit einem Schlag belohnt, der ihm beinahe den Kopf abriss. »Du hast schlechte Laune«, stellte Lord Alexander fest.

»Eigentlich nicht. Es ist feucht, der Ball ist langsam«, log Sandman. In Wahrheit hatte er schlechte Laune, weil er sich fragte, wie er sein Versprechen gegenüber Eleanor einhalten sollte und warum er überhaupt vorgeschlagen hatte, mit ihr durchzubrennen, falls ihr Vater ihnen seinen Segen verweigerte. Nein, die Antwort auf die zweite Frage war ihm durchaus klar. Er hatte es ihr versprochen, weil er sich, wie immer, von Eleanor, ihrem Anblick, ihrer Nähe und seinem eigenen Verlangen nach ihr hatte überwältigen lassen, aber konnte er sein Wort einlösen? Er schlug den Ball mit solcher Wucht ins Netz, dass es gegen den Zaun prallte, die Zaunpfähle wackelten und ein Dutzend Spatzen auseinander flatterten. Wie konnte er mit ihr durchbrennen, fragte Sandman sich. Wie konnte er eine Frau heiraten, wenn er sie nicht ernähren konnte? Und wo blieb die Ehre bei einer schottischen Schlupflochheirat, die weder Eheerlaubnis noch Aufgebot erforderte? Vor Wut holte er mit dem Schläger weit aus und schlug den Ball fest in Richtung der Ställe, wo die Clubmitglieder während der Spiele ihre Pferde unterstellten.

»Ungewöhnlich schlechte Laune«, stellte Lord Alexander nachdenklich fest, zog einen Stift aus dem wirren Haar hinter seinem Ohr und ein stark zerknittertes Stück Papier aus einer Jackentasche. »Ich dachte, Hammond könnte den Dreistab hüten, einverstanden?«

»Geht es um deine Mannschaft, die gegen Hampshire spielen soll?«

»Nein, Rider, es geht um meinen Vorschlag für einen neuen Dekan und die Chorherren der St. Paul's Cathedral. Was denkst du denn?«

»Hammond wäre eine sehr gute Wahl«, sagte Sandman,

verlagerte das Gewicht auf das hintere Bein und stoppte einen hoch aufsteigenden Ball. »Guter Wurf«, rief er Hughes zu.

»Edward Budd sagte, er wird für uns spielen«, sagte Lord Alexander.

»Wunderbar!«, rief Sandman ehrlich begeistert, denn Edward Budd war der einzige Schlagmann, dessen Überlegenheit er anerkannte und den er wirklich schätzte.

»Simmons ist ebenfalls frei.«

»Dann spiele ich nicht mit«, sagte Sandman. Er nahm den letzten Ball mit der Spitze des Schlägers an und schlug ihn zurück zu Hughes.

»Simmons ist ein hervorragender Schlagmann«, beharrte Lord Alexander.

»Ja«, bestätigte Sandman, »aber er hat vor zwei Jahren Geld genommen, um ein Spiel in Sussex zu verlieren.«

»Das wird nicht wieder vorkommen.«

»Jedenfalls nicht, wenn ich in der Mannschaft spiele. Entscheide dich, Alexander: er oder ich.«

Lord Alexander seufzte. »Er ist wirklich sehr gut!«

»Dann nimm ihn«, sagte Sandman und ging in Position.

»Ich werde darüber nachdenken«, sagte Lord Alexander in bester Lordmanier.

Der nächste Ball schoss auf Sandmans Knöchel zu, er retournierte gekonnt. Mit seinem Schlag schickte er den Ball bis zu der Schänke am niedrigeren Zaun, wo einige Männer die Übungen beobachteten. Waren unter ihnen Räuber, die Lord Robin Holloway angeheuert hatte? Sandman warf einen Blick auf seinen Rock, der zusammengefaltet auf dem feuchten Gras lag, und fühlte sich sicherer durch den Anblick der Pistole, deren Griff aus der Jacke ragte.

»Vielleicht kannst du mit Simmons reden«, schlug Lord Alexander vor. »Wenn er mitspielt, hätte unsere Mannschaft enorme Schlagkraft, Rider, ganz enorme Schlagkraft. Du, Budd und er? Damit setzen wir neue Rekorde!«

»Ich rede mit ihm«, versprach Sandman. »Aber ich spiele nicht mit ihm.«

»Mein Gott, Mann!«

Sandman verließ seinen Platz an der Linie. »Alexander. Ich liebe Kricket, aber wenn es durch Bestechung entstellt wird, bleibt kein Sportsgeist mehr übrig. Die einzige Möglichkeit, gegen Bestechung anzugehen, ist, sie hart zu bestrafen.« Er war wütend. »Kein Wunder, dass das Spiel stirbt. Dieser Club hier hatte früher ein anständiges Spielfeld, jetzt spielen sie auf einem Hang. Das Spiel wird seinen Niedergang erleben, Alexander, weil das Geld es verdirbt.«

»Du hast gut reden«, sagte Lord Alexander gekränkt, »aber Simmons hat eine Frau und zwei Kinder. Verstehst du nicht, dass er in Versuchung geraten ist?«

»Ich glaube schon, doch«, sagte Sandman. »Mir hat man gestern zwanzigtausend Guineen angeboten.« Er ging wieder an seinen Platz und nickte dem nächsten Werfer zu.

»Zwanzigtausend?«, fragte Lord Alexander leise. »Damit du ein Kricketspiel verlierst?«

»Damit ich einen unschuldigen Mann hinrichten lasse«, sagte Sandman und machte einen zurückhaltenden Abwehrschlag. »Es ist viel zu einfach«, beklagte er sich.

»Was?«

»Diese intellektuellen Würfe.« Der seitliche Wurf, bei dem der Ball mit ausgestrecktem Arm in Schulterhöhe geworfen wurde, war merkwürdigerweise unter der Bezeichnung intellektueller Stil bekannt. »Er hat keine Zielgenauigkeit«, klagte Sandman.

»Aber er hat Kraft«, erklärte Lord Alexander vehement, »wesentlich mehr Kraft als Bälle, die von unten geworfen werden.«

»Wir sollten von oben werfen.«

»Niemals! Niemals! Das ruiniert das Spiel! Eine vollkommen lächerlicher Vorschlag, einfach beleidigend!« Lord Alexander zog an seiner Pfeife. »Der Club weiß nicht mal, ob er Seitwürfe erlauben soll, geschweige denn Würfe von oben. Nein, wenn wir das Gleichgewicht zwischen Schlagmann und Werfer wiederherstellen wollen, liegt die Antwort auf der Hand. Vier Torstäbe. Meinst du das ernst?«

»Ich bin einfach überzeugt, dass Würfe von oben Kraft und Genauigkeit vereinen«, erklärte Sandman, »sie könnten sogar eine Herausforderung für den Schlagmann darstellen.«

»Ernsthaft, ich meine die zwanzigtausend Pfund, die man dir angeboten hat.«

»Guineen, Alexander, Guineen. Die Männer, die mir das Angebot gemacht haben, halten sich für Gentlemen.« Sandman trat zurück und schlug den Ball ganz dicht neben Lord Alexander fest ins Netz.

»Warum haben sie dir so viel geboten?«

»Es ist billiger, als am Galgen zu baumeln, oder? Das einzige Problem ist, dass ich nicht mit Gewissheit weiß, welches Mitglied des Seraphim Clubs der Mörder ist, aber ich hoffe, dass ich es heute Abend erfahre. Würdest du mir vielleicht deine Kutsche leihen?«

Lord Alexander schaute ihn verständnislos an. »Meine Kutsche?«

»Dieses Ding mit vier Rädern, Alexander, und den Pferden davor.« Sandman schickte einen weiteren Ball den Hang hinauf. »Es ist für eine gute Sache. Für die Errettung der Unschuldigen.«

»Ja, selbstverständlich«, sagte Lord Alexander mit bewundernswerter Begeisterung. »Es ist mir eine Ehre, dir zu helfen. Soll ich in deinem Gasthof warten?«

»Und Miss Hood Gesellschaft leisten?«, fragte Sandman. »Warum nicht?« Er lachte, als Alexander errötete, und wich vom Spielfeld zurück, als ein junger Mann von der Schänke auf den Übungsplatz zukam. Es lag etwas Zielstrebiges in seinem Gang, das Sandman schon zur Pistole greifen ließ, als er Lord Christopher Carne erkannte, den Erben des Earl of Avebury. »Dein Freund kommt«, sagte er zu Lord Alexander.

»Mein Freund? Ach, Kit!«

Lord Christopher winkte als Antwort auf Lord Alexanders begeisterten Gruß. Als er aber Sandman sah, wurde er bleich, blieb stehen und wirkte verärgert. Einen Herzschlag lang dachte Sandman, Lord Christopher wolle kehrtmachen, aber der junge Mann mit Brille kam direkt auf Sandman zu. »Sie haben mir gar nicht gesagt, dass Sie meinen Vater besucht haben«, sagte er vorwurfsvoll.

»Hätte ich Ihnen das sagen sollen?« Ein Ball flog heran, und Sandman wich aus, um ihn hinter sich ins Netz gehen zu lassen.

»Es wäre h-höflich gewesen«, beschwerte sich Lord Christopher.

»Wenn ich eine Lektion in Höflichkeit brauche, werde ich mich an Leute wenden, die mich höflich behandeln«, erwiderte Sandman scharf.

Lord Christopher war beleidigt, hatte aber nicht den Mut, von Sandman eine Entschuldigung für seine Unverschämtheit zu fordern. »Ich habe im Vertrauen mit Ihnen gesprochen«, protestierte er, »und hatte keine Ahnung, dass Sie meinem Vater etwas davon sagen würden.«

»Ich habe Ihrem Vater nichts gesagt«, antwortete Sandman nachsichtig. »Ich habe kein Wort von dem wiederholt, was Sie mir gesagt haben. Ich habe ihm nicht einmal erzählt, dass ich mit Ihnen gesprochen habe.«

»Er hat mir geschrieben, dass Sie bei ihm waren und ich nicht mehr mit Ihnen reden soll«, sagte Lord Christopher. »Es liegt also auf der Hand, dass Sie lügen! Sie haben ihm gesagt, dass Sie mit mir gesprochen haben.«

Der Brief musste mit derselben Postkutsche nach London gekommen sein, wie er selbst, dachte Sandman. »Das hat Ihr Vater sich wohl gedacht«, erklärte Sandman. »Sie sollten vorsichtig sein, wen Sie der Lüge bezichtigen, es sei denn, Sie wären sich völlig sicher, dass Sie besser schießen und fechten als der Mann, dem Sie diesen Vorwurf machen.« Er achtete nicht darauf, welche Wirkung seine Bemerkung hatte, sondern tänzelte mit zwei Schritten zum Schlagmal und drosch mit aller Kraft auf einen nahenden Ball ein. Er wusste, noch bevor der Schläger den Ball traf, dass es ein guter Schlag war. Der Ball schoss davon, und die drei Männer mit ihren Sensen auf dem Spielfeld starrten voller Ehrfurcht hinterher, als er zwischen ihnen hindurch flog, kurz vor der oberen Linie zum ersten Mal den Boden berührte und immer noch mit scheinbar gleicher Geschwindigkeit in den Büschen oben auf dem Hang verschwand. Er hatte die Kraft einer Kanonenkugel, dachte Sandman, und hörte den Ball gegen einen Zaun prallen und eine Kuh auf der benachbarten Weide aus Protest muhen.

»Gütiger Gott«, sagte Lord Alexander matt und starrte den Hang hinauf, »lieber, gütiger Gott.«

»Ich habe unbesonnen gesprochen«, sagte Lord Christopher zu seiner Entschuldigung, »aber ich verstehe einfach nicht, wieso Sie überhaupt nach Carne Manor fahren mussten.«

»Hast du diesen Schlag gesehen?«, fragte Lord Alexander.

»Wieso waren Sie auf Carne Manor?«, wiederholte Lord Christopher wütend.

»Ich habe Ihnen gesagt, wieso«, erklärte Sandman. »Um festzustellen, ob Dienstboten Ihrer Stiefmutter dort sind.«

»Natürlich sind sie nicht dort«, sagte Lord Christopher.

»Bei unserem letzten Gespräch hielten Sie es für möglich.«

»Weil ich nicht richtig darüber nachgedacht habe. Diese Dienstboten müssen genau gewusst haben, was meine Stiefmutter in London trieb, und mein Vater dürfte kaum wollen, dass sie diese Geschichten in Wiltshire herumtratschen.«

»Stimmt«, räumte Sandman ein. »Meine Reise war also vergebens.«

»Aber die gute Nachricht ist, dass Mister William Brown dir und mir erlaubt, am Montag zu kommen, Rider«, schaltete sich Lord Alexander ein. »Ist das nicht großartig?«

»Mister Brown?«, fragte Sandman.

»Der Gefängnisverwalter von Newgate. Ich hätte gedacht, ein Mann in deiner Position wüsste das.« Lord Alexander wandte sich an den verständnislosen Lord Christopher. »Kit, mir ist eingefallen, dass Rider als offizieller Ermittler des Innenministeriums sicher auch einer Hinrichtung beiwohnen sollte. Er muss schließlich genau wissen, welche grauenhafte Brutalität Menschen wie Corday erwartet. Also habe ich an den Gefängnisverwalter geschrieben, und er hat Rider und mich ganz artig zum Frühstück eingeladen. Scharfe Nierchen! Richtig scharf gewürzte Nierchen habe ich schon immer gern gemocht.«

Sandman kam vom Spielfeld. »Ich habe nicht vor, mir eine Hinrichtung anzusehen«, sagte er.

»Was du willst, spielt keine Rolle«, tat Lord Alexander seinen Einwand leichthin ab, »hier geht es um eine Pflicht.«

»Ich bin nicht verpflichtet, mir eine Hinrichtung anzusehen«, beharrte Sandman.

»Aber natürlich bist du das«, sagte Lord Alexander. »Ich gestehe, dass ich gespannt darauf bin. Ich billige den Galgen zwar nicht, entdecke aber dennoch eine gewisse Neugier in mir. Es wird sicher eine lehrreiche Erfahrung, Rider, wenn schon sonst nichts.«

»Lehrreicher Unfug!« Sandman ging wieder auf seinen Platz und nahm einen gut geworfenen Ball mit gestrecktem Schläger. »Ich gehe nicht hin, Alexander, das ist mein letztes Wort. Nein! Die Antwort lautet nein!«

»Ich würde gern mitgehen«, sagte Lord Christopher kleinlaut.

»Rider!«, wies Lord Alexander seinen Freund zurecht.

»Nein!«, wiederholte Sandman. »Den wahren Mörder bringe ich gern an den Galgen, aber den Zirkus in Newgate schaue ich mir nicht an.« Er winkte Hughes ab. »Ich habe lange genug geübt.« Er strich mit der Hand über den Schläger. »Hast du Leinöl, Alexander?«

»Den wahren Mörder?«, fragte Lord Christopher. »Wissen Sie, wer es war?«

»Ich hoffe, es heute Abend zu erfahren«, antwortete Sandman. »Wenn ich nach deiner Kutsche schicke, weißt du, dass ich meinen Zeugen gefunden habe, Alexander. Wenn nicht? Schade.«

»Zeuge?«, fragte Lord Christopher.

»Wenn Rider so verstockt ist, solltest du vielleicht am Montag mit mir zu den scharfen Nierchen des Gefängnisverwalters kommen«, schlug Lord Alexander Lord Christopher vor. Er hantierte mit der Zunderbüchse herum, um sich eine neue Pfeife anzuzünden. »Ich habe überlegt, du solltest wirklich dem Club hier beitreten, Rider. Wir brauchen Mitglieder.«

»Das kann ich mir denken. Wer will schon in einen Club, der auf der Nachbildung einer Alpenwiese spielt?«

»Der Platz ist völlig in Ordnung«, sagte Lord Alexander gereizt.

»Zeuge?«, fragte Lord Christopher noch einmal dazwischen.

»Ich verlasse mich darauf, dass du nach der Kutsche schickst!«, donnerte Lord Alexander. »Ich will, dass diesem verdammten Sidmouth eine Abfuhr erteilt wird. Sorge dafür, dass er das Gnadengesuch bewilligt, Rider. Ich warte im Wheatsheaf auf deine Nachricht.«

»Ich warte mit dir«, sagte Lord Christopher und erntete eine wütende Miene von Lord Alexander. Sandman, der den Zorn ebenfalls hatte aufflackern sehen, wusste, dass Alexander keinen Rivalen um Sallys Aufmerksamkeit haben wollte. Aber Lord Christopher fasste es wohl als Kränkung auf, denn er machte eine finstere Miene.

Lord Alexander musterte die drei Gärtner, die immer noch auf ihre Sensen gestützt dastanden und Sandmans Schlag diskutierten, mit dem er den Ball wie eine Kanonenkugel zwischen ihnen hindurch geschossen hatte. »Ich finde schon lange, dass sich ein Vermögen mit einer Erfindung machen ließe, die selbsttätig Gras mäht.«

»Das nennt man Schafe«, sagte Sandman, »gemeinhin auch Wollvogel genannt.«

»Ein Gerät, das keinen Dung hinterlässt«, erklärte Lord Alexander bissig und lächelte Lord Christopher an. »Selbstverständlich musst du den Abend mit mir verbringen, lieber Freund. Vielleicht kannst du mir diesen Kant erklären? Jemand hat mir sein neuestes Buch geschickt, hast du es schon gesehen? Das dachte ich mir. Er scheint mir recht fundiert, aber war er nicht Preuße? Vermutlich war das nicht seine

Schuld. Aber komm doch vorher mit zum Tee. Rider? Kommst du ebenfalls mit zum Tee? Aber sicher. Ich möchte, dass du Lord Frederick kennen lernst. Du weißt, dass er jetzt Sekretär unseres Clubs ist? Du solltest wirklich mitkommen. Du wolltest doch auch Leinöl für deinen Schläger haben? Sie machen hier einen ganz annehmbaren Tee.«

Also ging Sandman mit zu einem hochherrschaftlichen Tee.

Abends war der Himmel bewölkt, und da kein Wind ging, hing der Rauch der Kohlenfeuer reglos über den Dächern und Türmen und machte den Himmel noch dunkler. Auf den Straßen um den St. James' Square war es ruhig, da es in diesem Viertel keine Geschäfte gab und die Besitzer vieler Häuser auf dem Land waren. Als Sandman sah, dass ein Nachtwächter ihn bemerkte, ging er zu dem Mann hinüber, wünschte ihm einen guten Abend und fragte, in welchem Regiment er gedient habe. Sie vertrieben sich die Zeit mit Erinnerungen an Salamanca, die Sandman für die schönste Stadt hielt, die er je gesehen hatte. Ein Laternenanzünder machte seine Runde mit der Leiter, und nacheinander gingen die neuen Gaslaternen an, brannten ein Weilchen mit bläulicher Flamme, bis sie weißliches Licht verbreiteten. »Manche der Häuser hier bekommen Gas«, sagte der Nachtwächter. »Drinnen.«

»Drinnen?«

»Das geht nicht gut, wenn Sie mich fragen. Ist doch nicht natürlich, oder?« Der Nachtwächter schaute zu der nächststehenden zischenden Laterne hinauf. »Es wird Feuer und Rauchsäulen geben, Sir, wie es schon in der Heiligen Schrift steht, Feuer und Rauchsäulen. Es wird Brennen wie im Höllenfeuer, Sir.«

Weitere apokalyptische Prophezeiungen blieben Sandman erspart, da eine Droschke in die Straße bog und das Hufgeklapper laut von den Hauswänden widerhallte. Die Droschke hielt nicht weit von Sandman entfernt, der Wagenschlag ging auf, und Sergeant Berrigan stieg aus. Er warf dem Kutscher eine Münze zu und hielt Sally die Tür auf.

»Sie können doch nicht ...«, setzte Sandman an.

»Ich habe dir gesagt, dass er das sagen wird«, brüstete Berrigan sich vor Sally. »Habe ich nicht gesagt, dass er sagen wird, du darfst nicht mitkommen?«

»Sergeant!«, insistierte Sandman eindringlich. »Wir können unmöglich ...«

»Sie suchen Meg, stimmt's?«, fiel Sally ihm ins Wort. »Und sie wird nicht sonderlich zugänglich sein, wenn zwei alte Soldaten sie in die Mangel nehmen, oder? Sie brauchen das Händchen einer Frau.«

»Ich bin sicher, dass zwei alte Soldaten Megs Vertrauen gewinnen können«, erwiderte Sandman.

»Sal lässt sich nicht abweisen«, warnte der Sergeant ihn.

»Außerdem ist Meg nicht im Seraphim Club«, fuhr Sandman fort. »Wir gehen nur hin, um den Kutscher zu suchen, damit er uns sagen kann, wohin er sie gebracht hat.«

»Vielleicht erzählt er mir ja, was er Ihnen nicht sagen will«, sagte Sally und bedachte Sandman mit einem strahlenden Lächeln. Dann wandte sie sich an den Nachtwächter. »Hast du nichts Besseres zu tun, als andere Leute zu belauschen?«

Verdutzt folgte der Mann dem Laternenanzünder die Straße hinunter, während Sergeant Berrigan einen Schlüssel aus seiner Tasche angelte, den er Sandman zeigte. »Hintertür, Captain«, sagte er und schaute Sally an. »Hör zu, Schatz, ich weiß ...«

»Spar dir das, Sam, ich komme mit!«

Berrigan ging kopfschüttelnd voraus. »Ich weiß nicht, was das soll«, knurrte er. »Die Frauen erzählen dir, das Leben wäre ungerecht, weil Männer alle Vorrechte hätten, aber immer kriegen die Weiber ihren Willen. Haben Sie das auch schon gemerkt, Captain? Ständig meckern sie über dies und das, aber wer trägt Seide, Gold und Perlen, he?«

»Redest du von mir, Sam Berrigan?«, fragte Sally.

»Wahre Liebe«, murmelte Sandman. Berrigan legte einen Finger an die Lippen, als sie ein breites Tor in einer weißen Mauer am Ende der kurzen Gasse erreichten.

»Um diese Zeit ist es ruhig im Club«, sagte Berrigan leise. »Eigentlich müssten wir uns hineinschleichen können.« Er ging an eine schmale Tür neben dem Tor, fand sie verschlossen und benutzte den Schlüssel. Er schob die Tür auf, spähte in den Hof, und da er offenbar niemanden sah, trat er über die Schwelle und winkte Sally und Sandman, ihm zu folgen.

Der Hof war leer bis auf eine blau lackierte und mit Gold abgesetzte Kutsche, die offensichtlich gerade gewaschen worden war, denn sie glänzte im Dämmerlicht, Wasser tropfte von ihren Seiten und neben den Rädern standen Eimer. »Hier herüber, schnell«, sagte Berrigan. Sandman und Sally folgten dem Sergeant in den Schatten der Ställe. »Einer der Jungs wäscht sicher die Kutsche, aber der Kutscher dürfte drüben in der hinteren Küche sein«, sagte Berrigan mit einer Kopfbewegung in Richtung eines erleuchteten Fensters in der Remise. Als eine Tür des Haupthauses aufging, drehte er sich erschrocken um. »Hier herein!«, zischte er. Die drei schlüpften in eine Gasse neben den Pferdeställen. Schritte hallten über den Hof.

»Hier?«, fragte eine Stimme, die Sandman nicht kannte.

»Ein zwölf Fuß tiefes Loch«, antwortete eine andere Stimme, »ausgemauert und mit Gewölbedecke.«

»Verdammt wenig Platz. Wie breit ist das Loch?«

»Zehn Fuß?«

»Mann, da wenden wir unsere Kutschen!«

»Das geht auch auf der Straße.«

Berrigan schob sich dicht an Sandman. »Sie reden über ein Eishaus, das gebaut werden soll«, hauchte er ihm ins Ohr, »darüber reden sie schon seit einem Jahr.«

»Und wie wäre es hinter den Ställen?«, fragte der erste Mann.

»Kein Platz«, antwortete der andere.

»Ich meine, zwischen Stall und rückwärtiger Mauer«, sagte der erste Mann. Sandman hörte die Schritte näher kommen und wusste, dass es nur eine Frage von Sekunden sein konnte, bis man sie entdeckte. Doch Berrigan lauerte am anderen

Ende aus der Gasse heraus, sah niemanden und huschte über einen kleineren Hof zu einer Tür, die in den hinteren Teil des Hauses führte. »Hier entlang!«, flüsterte er.

Sandman und Sally liefen ihm nach und kamen an eine Gesindetreppe, die offenbar von der Küche im Untergeschoss in die oberen Etagen führte. »Wir verstecken uns oben, bis die Luft rein ist«, flüsterte Berrigan.

»Warum nicht hier?«, fragte Sandman.

»Weil es sein könnte, dass die Kerle durch diese Tür wieder ins Haus kommen«, sagte Berrigan und ging ihnen voraus die unbeleuchtete Treppe hinauf. Auf einem Treppenabsatz öffnete er vorsichtig eine Tür, die in einen mit dicken Teppichen ausgelegten Flur führte. Die Wände waren mit scharlachroter Tapete versehen, aber es war zu dunkel, um das Muster oder die Gemälde zu erkennen, die zwischen den lackierten Türen hingen. Berrigan öffnete die nächstbeste Tür und ging in ein leeres Zimmer. »Hier drin sind wir sicher«, sagte er.

Es war ein großes, luxuriöses und komfortables Schlafzimmer. Das riesige, hohe Bett hatte eine dicke Matratze und eine scharlachrote Decke, die mit einem fliegenden nackten Engel des Seraphim Clubs geschmückt war. Es gab einen offenen Kamin, um den Raum im Winter zu heizen. Berrigan ging ans Fenster, zog den Vorhang ein Stück auf und spähte in den Hof. Sandmans Augen gewöhnten sich allmählich an das Dämmerlicht. Er hörte Sally lachen, und als er sich nach ihr umschaute, sah er, dass sie ein Deckenbild über dem Bett betrachtete. »Gütiger Gott«, entschlüpfte es Sandman.

»Davon gibt es hier viele«, sagte Berrigan trocken.

Das Bild zeigte eine fröhliche Gruppe Männer und Frauen in einem Arkadenrund aus weißen Marmorsäulen. Im Vordergrund spielte ein Kind Flöte, ein anderes zupfte Harfe, aber beide achteten gar nicht auf die Erwachsenen, die sich im gespenstischen Mondschein paarten. »Teufel auch«, sagte Sally respektvoll, »man glaubt gar nicht, dass ein Mädchen so gelenkige Beine hat.«

Sandman fand, dass eine Antwort überflüssig war. Er ging

ans Fenster und schaute hinunter, aber der Hof schien wieder leer zu sein. »Ich glaube, sie sind hineingegangen«, sagte Berrigan.

»Noch eins«, sagte Sally und stellte sich auf die Zehenspitzen, um das Deckengemälde über dem Kamin genauer anzusehen.

»Glauben Sie, dass sie hierher kommen?«, fragte Sandman.

Berrigan schüttelte den Kopf. »Die Zimmer hier im hinteren Trakt benutzen sie nur im Winter.«

Sally kicherte über das Bild und sagte zu Berrigan: »Du hast in einem Institut gearbeitet, Sam Berrigan.«

»Das ist ein Club!«

»Ein verdammtes Institut ist das«, sagte Sally boshaft.

»Ich bin gegangen, oder nicht?«, wandte Berrigan ein. »Außerdem war es kein Institut für uns Diener. Nur für die Mitglieder.«

»Die mit Glied?«, fragte Sally und lachte über ihren eigenen Scherz.

Berrigan brachte sie zum Schweigen, nicht wegen ihres groben Scherzes, sondern weil draußen auf dem Gang Schritte zu hören waren. Sie näherten sich der Tür, gingen vorüber und wurden leiser.

»Hier oben zu sein, hilft uns nicht weiter«, sagte Sandman.

»Wir warten, bis es ruhiger wird, dann schleichen wir uns wieder auf den Hof«, sagte Berrigan.

Die Türklinke knackte. Rasch versteckte Berrigan sich hinter einem Paravent, der einen Nachttopf verbarg, während Sandman wie erstarrt stehen blieb. Es hatte sich angehört, als hätten sich die Schritte auf dem Korridor entfernt, aber die Person an der Tür musste wohl Stimmen gehört haben und zurückgeschlichen sein, denn plötzlich öffnete sich die Tür und ein Mädchen kam herein. Sie war groß, schlank und hatte das schwarze Haar mit langen perlmuttverzierten Haarnadeln hübsch aufgesteckt. Ihre Schuhe hatten Absätze aus Perlmutt, sie trug Perlmuttohrringe und eine doppelte Perlenkette um ihren eleganten, schwanenhaften Hals, ansonsten war sie nackt. Sie achtete gar nicht auf Sandman, der schon halb seine Pistole gezückt hatte, sondern lächelte Sally an. »Ich wusste gar nicht, dass du hier arbeitest, Sal!«

»Eigentlich arbeite ich hier nicht wirklich, Flossie«, antwortete Sally.

Nun erkannte Sandman das Mädchen. Es war die Tänzerin, die sich Sacharissa Lasorda nannte und nun Sandman anschaute. Obwohl sie vollkommen nackt und er vollständig angezogen war, vermittelte sie ihm das Gefühl, fehl am Platz zu sein. Sie musterte ihn von oben bis unten und grinste Sally an. »Da hast du aber einen gut Aussehenden erwischt, was? Aber er lässt sich Zeit, nicht wahr?« Sie machte große Augen, als Berrigan hinter dem Paravent hervorkam. »Ihr macht einen Dreier?«, fragte sie, doch dann erkannte sie den Sergeant.

»Ich bin gar nicht hier, Flossie«, knurrte Berrigan, »also mach die Tür zu, wenn du gehst. Du hast mich nicht gesehen. Ich dachte, du wärst weg und hättest Höheres im Sinn?«

»Hat nicht geklappt, Sam«, sagte sie und schloss die Zimmertür von innen.

»Was ist mit Spofforth?«, erkundigte Sally sich.

»Heute Morgen abgehauen.« Sie schniefte. »Das Schwein! Dabei brauche ich die Kohle. Und hier kann ich immer nur ein paar Mäuse machen.« Sie setzte sich auf das Bett. »Und was machst du hier?«, fragte sie Berrigan.

»Was zum Teufel machst du hier?«, fragte er zurück.

»Wir schleichen uns hier rein, um uns ein bisschen auszuruhen«, sagte Flossie, »im Sommer kommt doch nie jemand hier rein.«

»Vergiss bloß nicht, dass wir gar nicht hier sind«, mahnte Berrigan. »Wir sind nicht hier, du hast uns nicht gesehen und stell uns keine Fragen.«

»Verdammt, entschuldige, dass ich geboren bin«, sagte Flossie und schaute Berrigan fest an.

»Mit wem solltest du jetzt zusammen sein?«, erkundigte sich Berrigan.

»Tollemere. Aber er ist betrunken und schnarcht.« Schniefend schaute sie Sally an. »Arbeitest du hier?«

»Nein.«

»Die Kohle ist gut«, sagte Flossie, streifte einen Schuh ab und massierte ihren Fuß. »Und was passiert, wenn ich jetzt runtergehe und ihnen sage, dass ihr hier seid?«

»Dann prügele ich dich windelweich, wenn ich dich das nächste Mal sehe«, drohte Berrigan.

»Sergeant!«, mahnte Sandman, obwohl ihm auffiel, dass Flossie von dieser Drohung erstaunlich unbeeindruckt blieb.

»Sie kriegt mit Sicherheit eine Tracht Prügel«, bekräftigte Berrigan seine Drohung.

»Du bläst dich doch nur auf, aber es steckt nichts dahinter«, sagte Flossie grinsend.

»Wir tun niemandem was«, versicherte Sally ernst, »wir versuchen nur, jemandem zu helfen.«

»Ich sage keinem, dass ihr hier seid«, versprach Flossie. »Warum sollte ich?«

»Wer ist heute Abend da?«, fragte Berrigan.

Sie rasselte eine Liste von Namen herunter, von denen keiner für Sandman von Interesse war, da sie weder den Marquess of Skavadale noch Lord Robin Holloway erwähnte. Flossie war sicher, dass keiner der beiden im Club war. »Gegen den Marquess habe ich nichts«, sagte sie, »der ist ein richtiger Gentleman, aber der verdammte Lord Robin ist ein Schwein.« Sie zog ihren Schuh wieder an, gähnte und stand auf. »Ich gehe jetzt besser und sorge dafür, dass Seine Lordschaft mich nicht vermisst. Er will sicher bald zu Abend essen.« Sie runzelte die Stirn. »Ich habe nichts gegen die Arbeit hier, es gibt Kohle, es ist bequem, aber ich hasse es, nackt am Esstisch zu sitzen. Es ist ein komisches Gefühl, wenn die Männer alle vollständig angezogen und wir splitterfasernackt sind.« Sie öffnete kopfschüttelnd die Tür. »Außerdem kleckere ich immer mit der verdammten Suppe.«

»Du hältst den Mund, Flossie?«, fragte Berrigan noch einmal besorgt.

Sie warf ihm einen Kuss zu. »Für dich tue ich doch alles, Sam.« Damit war sie verschwunden.

»Für dich tue ich alles, Sam?«, fragte Sally.

»Das meint sie nicht so«, sage Berrigan hastig.

»Mister Spofforth hatte Recht«, unterbrach Sandman sie.

»Womit?«, fragte Sally.

»Sie hat tatsächlich hübsche Beine.«

»Captain!« Sally war entsetzt.

»Ich habe schon bessere gesehen«, sagte Sergeant Berrigan galant, und Sandman stellte erfreut fest, dass Sally rot wurde.

»Nur aus Interesse«, fragte Sandman, als er zur Tür ging, »was kostet die Mitgliedschaft hier?« Er öffnete die Tür einen Spalt und lauerte hinaus, aber der Korridor war leer.

»Zweitausend für den Beitritt, wenn man dazu eingeladen wird, und dann hundert im Jahr«, antwortete Berrigan.

Die Privilegien des Wohlstands, dachte Sandman. Wenn die Countess of Avebury eines oder gar zwei oder drei der Mitglieder erpresst haben sollte, war es da nicht wahrscheinlich, dass sie sie getötet haben, um ihren Platz in diesem hedonistischen Haus nicht zu verlieren? Er schaute zum Fenster. Draußen war es inzwischen dunkel, aber es war eine helle Sommernacht in einer von Gaslaternen erleuchteten Stadt. »Sollen wir unseren Kutscher suchen?«, fragte er Berrigan.

Sie gingen die Dienstbotentreppe hinunter und überquerten den Hof. Die Kutsche schimmerte immer noch nass auf dem Pflaster, aber die Eimer waren verschwunden. Pferde stampften im Stall, als Berrigan zum Nebeneingang der Remise ging. Er lauschte ein Weilchen und hob dann zwei Finger, um zu zeigen, dass sich nach seiner Ansicht zwei Männer hinter der Tür befanden. Sandman zog seine Pistole aus der Jackentasche. Er beschloss, den Hahn nicht zu spannen, weil er nicht wollte, dass sich versehentlich ein Schuss löste, aber er überprüfte, ob die Waffe geladen war, schob Berrigan beiseite, öffnete die Tür und ging hinein.

Der Raum diente zugleich als Küche, Sattelraum und Abstellkammer. Über einem Feuer brodelte ein Topf Wasser, auf dem Kaminsims brannten zwei Kerzen und weitere standen auf einem Tisch, an dem zwei Männer mit Bierkrügen saßen und Sandman anstarrten, als er hereinkam. Der Ältere öffnete verwundert den Mund und ließ seine Tonpfeife fallen, die an der Tischkante zerbrach. Nach Sandman kam Sally herein und zuletzt Berrigan, der die Tür schloss.

»Machen Sie mich bekannt«, sagte Sandman. Er richtete die Pistole nicht auf die Männer, aber sie war deutlich zu sehen, und beide konnten den Blick nicht von der Waffe wenden.

»Der Junge ist der Stallknecht«, sagte Berrigan, »er heißt Billy, und der, dem der Kiefer bis auf den Schoß geklappt ist, heißt Mister Michael Mackeson. Er ist einer der beiden Kutscher. Wo ist Percy, Mack?«

»Sam?«, fragte Mackeson verdutzt. Er war untersetzt, hatte ein rotes Gesicht und einen gut gewichsten Schnurrbart. Sein schwarzes Haar war an den Schläfen leicht ergraut. Er war gut gekleidet, was er sich zweifellos leisten konnte, da gute Kutscher überaus großzügig entlohnt wurden. Sandman hatte von einem Kutscher gehört, der zweihundert Pfund im Jahr verdiente. Alle Kutscher galten als mit einem so beneidenswerten Geschick begabt, dass jeder junge Mann sein wollte wie sie. Junge Adelige trugen Kutschermäntel und lernten, mit einer Hand die Peitsche und mit der anderen die Zügel zu halten, und so viele Aristokraten hegten den Wunsch, Kutscher zu werden, dass niemand sicher sein konnte, ob eine Kutsche von einem Herzog oder einer bezahlten Kraft gelenkt wurde. Trotz seiner gehobenen Stellung starrte Mackeson Berrigan, der ebenso bewaffnet war wie Sandman, nun mit offenem Mund an.

»Wo ist Percy?«, wiederholte Berrigan.

»Er bringt Lord Lucy nach Weybridge«, antwortete Mackeson.

»Hoffen wir, dass du der bist, den wir suchen«, sagte Berrigan. »Und du bleibst hier, Billy«, fuhr er den Stallknecht an, der eine schäbige gelb-schwarze Livree des Seraphim Clubs trug, »wenn du dir keinen gebrochenen Schädel einhandeln willst.« Der Stallknecht, der von der Bank hatte aufstehen wollen, setzte sich wieder.

Ohne es zu merken, war Sandman wütend geworden. Vielleicht kannte der schnurrbärtige Kutscher die Antwort, nach der Sandman suchte, und die Vorstellung, dass er der Wahrheit so nah war, sie vielleicht aber doch nicht aufdecken würde, entflammte seinen Zorn. Noch hatte er diesen Zorn im Griff, aber er war deutlich aus seinem barschen Ton herauszuhören, der Mackeson zusammenzucken ließ. »Vor einigen Wochen hat ein Kutscher aus diesem Club eine Zofe im Haus der Countess of Avebury abgeholt. Waren Sie das?«

Mackeson schluckte, brachte aber offenbar kein Wort heraus.

»Waren Sie das?«, fragte Sandman noch einmal lauter.

Mackeson nickte bedächtig und schaute Berrigan an, als könne er nicht fassen, was mit ihm geschah.

»Wohin haben Sie sie gebracht?«, fragte Sandman. Mackeson schluckte wieder und schreckte hoch, als Sandman mit der Pistole auf den Tisch schlug. »Wohin haben Sie sie gebracht?«

Mackeson starrte auf Berrigan. »Sie werden dich umbringen, Sam Berrigan«, sagte er, »wenn sie dich hier erwischen, bist du mausetot.«

»Dann sollten sie mich wohl besser nicht erwischen, Mack«, sagte Berrigan.

Der Kutscher fuhr erneut auf, als er hörte, dass Sandman die Pistole spannte. Mit großen Augen starrte er in den Lauf und stöhnte jämmerlich. »Ich werde Sie ein letztes Mal höflich fragen«, sagte Sandman, »danach, Mister Mackeson, werde ich ...«

»Nether Cross«, antwortete Mackeson hastig.

»Wo ist Nether Cross?«

»Ziemlich alte Straßen«, antwortete der Kutscher ausweichend. »Sieben Stunden? Acht Stunden?«

»Wo?«, fragte Sandman barsch.

»Unten an der Küste, Sir, in Kent.«

»Wer lebt da«, fragte Sandman, »in Nether Cross?«

»Lord John de Sully Pearce-Tarrant«, antwortete Berrigan für den Kutscher, »der Viscount Hurstwood, Earl of Keymer, Baron Highbrook, Lord von Soundso und Soundso, Erbe des Dukedom of Ripon, auch bekannt als Marquess of Skavadale, Captain.«

Eine Woge der Erleichterung stieg in Sandman auf. Endlich hatte er seine Antwort.

Die Kutsche ratterte durch die Straßen südlich der Themse. Die beiden Laternen waren angezündet, warfen aber nur einen schwachen Schein, der den Weg nicht zu erleuchten vermochte. Sobald sie oben auf Summit Hill angekommen waren, wo weniger Lichter brannten und die Straße durch Blackheath sich in undurchdringlichem Dunkel vor ihnen erstreckte, hielten sie an, spannten die Pferde aus und pflockten sie am Straßenrand an. Die beiden Gefangenen sperrten sie in der Kutsche ein, indem Sandman und Berrigan die Zügel um die Griffe der Wagenschläge banden und sie anschließend um das ganze Fahrzeug wickelten. Die Fenster verkeilten sie mit Holzkeilen und hielten die ganze Nacht abwechselnd Wache.

Die Gefangenen waren der Kutscher Mackeson und Billy, der Stallknecht. Es war Berrigans Idee, die frisch gewaschene Kutsche des Clubs zu nehmen. Anfangs hatte Sandman sich geweigert und erklärt, er habe mit Lord Alexander vereinbart, dessen Kutsche zu nehmen, und er bezweifele, dass er berechtigt sei, eine Kutsche des Clubs zu beschlagnahmen, aber Berrigan hatte über solche Bedenken nur die Nase gerümpft. »Glauben Sie, dass Lord Alexanders Kutscher den Weg nach Nether Cross kennt?«, hatte er gefragt. »Das heißt, Sie müssen Mackeson ohnehin mitnehmen, da können Sie auch gleich ein Fahrzeug nehmen, mit dem er umzugehen weiß. Und in Anbetracht der Schandtaten dieser Burschen nehme ich kaum an, dass Gott oder Mensch Anstoß nehmen wird, wenn Sie ihre Kutsche ausleihen.«

Und wenn sie die Kutsche und den Kutscher mitnahmen, mussten sie auch den Stallknecht Billy mitnehmen, damit er nicht verriet, dass sie sich nach Meg erkundigt hatten. Er leistete keinen Widerstand, sondern half Mackeson, die Pferde einzuspannen, und wurde anschließend mit gefesselten Händen und Füßen in der Kutsche verstaut, während Mackeson, von Berrigan begleitet, auf dem Bock saß. Die wenigen Clubmitglieder, die im Esszimmer saßen, hatten keine Ahnung, dass ihre Kutsche beschlagnahmt wurde.

Als Sandman und seine Begleiter nun in Blackheath gestrandet waren, mussten sie die Nachtstunden dort verbringen. Berrigan brachte Sally in ein Gasthaus, bezahlte ein Zimmer und blieb bei ihr, während Sandman die Kutsche bewachte. Erst nachdem die Uhr zwei geschlagen hatte, tauchte Berrigan aus der Dunkelheit auf. »Ruhige Nacht, Captain?«

»Recht ruhig«, sagte Sandman grinsend. »Lange her, dass ich Wache geschoben habe.«

»Benehmen die beiden sich anständig?«, fragte Berrigan mit einem Blick in die Kutsche.

»Wie die Lämmer«, sagte Sandman.

»Sie können ruhig schlafen gehen«, schlug Berrigan vor. »Ich übernehme die Wache.«

»Gleich«, antwortete Sandman, setzte sich ins Gras, lehnte sich an ein Rad und legte den Kopf in den Nacken, um die Sterne zu betrachten, die hinter einer fedrigen Wolke zum Vorschein kamen. »Erinnern Sie sich an die Nachtmärsche in Spanien?«, fragte er. »Die Sterne waren so hell, als ob man hinaufgreifen und sie auslöschen könnte.«

»Ich erinnere mich an die Lagerfeuer«, sagte Berrigan, »an Hügel und Täler voller Feuer.« Er schaute nach Westen. »Ein bisschen so wie da.«

Sandman wandte den Kopf und sah London unterhalb liegen wie einen Flickenteppich aus Feuer, das verschwommen durch rötlichen Rauch schimmerte. Die Luft oben auf der Heide war sauber und kühl, dennoch roch er den Rauch der Kohlenfeuer aus der Großstadt, deren erleuchteter Dunst sich am westlichen Horizont erstreckte. »Ich vermisse Spanien«, sagte er.

»Anfangs war es fremd«, sagte Berrigan, »aber mir hat es gefallen. Können Sie die Sprache?«

»Ja.«

»Berrigan lachte. »Ich wette, Sie beherrschen sie gut.«

»Einigermaßen fließend, ja.«

Der Sergeant reichte Sandman eine irdene Flasche. »Branntwein«, sagte er. »Ich habe überlegt, wenn ich diese Zigarren einkaufe, brauche ich jemanden, der die Sprache spricht. Sie und ich? Wir könnten zusammenarbeiten.«

»Das würde mir gefallen«, sagte Sandman.

»Damit muss Geld zu verdienen sein«, sagte Berrigan. »Wir haben in Spanien ein paar Pence für die Zigarren bezahlt, und hier kosten sie ein Vermögen, wenn man sie überhaupt bekommt.«

»Ich glaube, Sie könnten Recht haben«, sagte Sandman und musste bei der Vorstellung lächeln, dass er vielleicht bald eine Arbeit hatte. Berrigan und Sandman, Lieferanten feiner Zigarren? Eleanors Vater wusste eine gute Zigarre zu schätzen und bezahlte viel Geld dafür, so viel, dass mit dieser Idee vielleicht sogar genug zu verdienen war, um Sir Henry zu überzeugen, dass seine Tochter keinen armen Schlucker heiratete. Lady Forrest würde Sandman wohl nie als passenden Ehemann für Eleanor akzeptieren, aber Sandman vermutete, dass Eleanor und ihr Vater sich gemeinsam durchsetzen könnten. Er und Berrigan würden Startkapital brauchen, und wer eignete sich besser als Sir Henry, es ihnen zu leihen? Sie würden durch Spanien reisen, Frachtraum besorgen und Geschäftsräume in einem eleganten Viertel Londons mieten müssen, aber es könnte funktionieren, davon war er fest überzeugt. »Das ist eine brillante Idee, Sergeant«, sagte er.

»Sollen wir es machen, wenn das hier vorbei ist?«

»Warum nicht? Ja.« Er reichte Berrigan die Hand.

»Wir alten Soldaten müssen zusammenhalten«, sagte Berrigan, »denn wir sind gut. Wir sind verdammt gut, Captain. Wir haben die verflixten Franzen durch halb Europa gejagt, und dann sind wir nach Hause gekommen und hier hat sich keiner um uns gekümmert, oder?« Er überlegte. »Im Seraphim Club gab es eine Regel. Niemand durfte jemals über den Krieg reden. Niemand.«

»Keiner der Männer hat gedient?«, erriet Sandman.

»Nicht ein einziger. Sie ließen niemanden rein, der bei der Armee oder Marine war.«

»Sie waren wohl neidisch?«

»Vermutlich.«

Sandman trank aus der Flasche. »Trotzdem haben sie Sie eingestellt?«

»Sie hatten gern einen Wachmann in der Halle. Ich habe den Burschen ein Gefühl der Sicherheit vermittelt. Und sie konnten mich kommandieren, was ihnen ebenfalls gefallen hat. Berrigan, tu dies, Berrigan, tu das.« Der Sergeant bedankte sich, als Sandman ihm die Flasche zurückgab. »Meistens war es gar nicht so schlimm. Ich musste Besorgungen für die Kerle machen, aber manchmal wollten sie was anderes.« Er schwieg, Sandman ebenfalls. Die Nacht war ungewöhnlich still. Nach einer Weile sprach Berrigan weiter, wie Sandman gehofft hatte. »Einmal hat ein Bursche die Seraphim verklagt, dem haben wir eine Lektion erteilt. Sie schickten eine Wagenladung Blumen zu seiner Beerdigung. Und die Mädchen natürlich – sie bekamen eine Entschädigung. Zehn Pfund, vielleicht zwölf Pfund.«

»Welche Mädchen?«

»Ganz gewöhnliche Mädchen, Captain, Mädchen, die ihnen auf der Straße aufgefallen waren.«

»Wurden sie entführt?«

»Ja«, sagte Berrigan, »entführt, vergewaltigt und abgefunden.«

»Machten das alle Mitglieder?«

»Einige waren schlimmer als andere. Es gibt immer ein paar, die für jede Schandtat zu haben sind, genau wie in einer Kompanie Soldaten. Und dann gibt es noch die Mitläufer. Und einer oder zwei von denen sind einfühlsamer. Deshalb war ich ja auch überrascht, dass Skavadale die Countess umgebracht hat. Er ist nicht schlecht. Er hat einen Stock verschluckt und denkt, er riecht nach Veilchen, aber er ist kein schlechter Mensch.«

»Ich hatte gehofft, Lord Robin habe es getan«, gab Sandman zu.

»Er ist ein verrückter Hund«, sagte Berrigan. »Verdammt reich und verrückt.«

»Aber Skavadale hat mehr zu verlieren«, erklärte Sandman.

»Das hat er schon verloren«, sagte Berrigan. »Er ist der wohl ärmste Mann im Club. Sein Vater hat ein Vermögen verspielt.«

»Aber der Sohn ist mit einem sehr reichen Mädchen verlobt«, entgegnete Sandman. »Mit der wohl reichsten Braut in ganz Großbritannien. Ich vermute, er trieb es mit der Countess of Avebury, die die hässliche Angewohnheit hatte, Männer zu erpressen.« Sandman dachte ein Weilchen nach. »Skavadale mag relativ arm sein, aber ich wette, er konnte immer noch tausend Pfund zusammenkratzen, wenn er musste. Das ist vermutlich die Größenordnung, die die Countess verlangt haben dürfte, damit sie keinen Brief an die wohlhabende, fromme Braut schrieb.«

»Also hat er sie getötet?«, fragte Berrigan.

»Ja«, sagte Sandman.

Berrigan überlegte. »Warum haben sie das Porträt von ihr malen lassen?«

»In gewisser Weise hatte das nichts mit dem Mord zu tun«, sagte Sandman. »Es war ganz einfach so, dass mehrere der Seraphim es mit der Countess getrieben hatten und ihr Porträt als Trophäe wollten. Und der arme Corday war gerade dabei, sie zu malen, als Skavadale sie besuchte. Wir wissen, dass er die Hintertreppe hinaufkam, den Geheimweg, und Corday rasch abgeschoben wurde, als die Countess hörte, dass einer ihrer Liebhaber gekommen war.« Sandman war sicher, dass es sich so zugetragen haben musste. Er stellte sich die peinliche Stille im Schlafzimmer vor, während Corday malte und die Countess auf dem Bett lag und mit der Zofe plauderte. Die Kohle dürfte auf dem Papier geschabt haben, dann waren Schritte auf der Hintertreppe zu hören und Cordays Qual begann.

Berrigan trank einen Schluck und reichte Sandman wieder die Flasche. »Das Mädchen Meg bringt also die Schwuchtel nach unten«, sagte er, »sie wirft ihn raus, geht wieder nach oben und findet was vor? Die tote Countess?«

»Vermutlich. Oder die sterbende Countess, und sie findet den Marquess of Skavadale vor.« Hatte die Countess sich wohl gefreut, den Marquess zu sehen, überlegte Sandman. Oder war ihr ehebrecherisches Verhältnis bereits zu Ende? Vielleicht war Skavadale gekommen, um sie zu bitten, von ihren Forderungen abzugehen, aber die Countess, die dringend Geld brauchte, hatte ihn nur ausgelacht. Vielleicht hatte sie angedeutet, er müsse noch mehr bezahlen. Irgendwie hatte sie ihn jedenfalls so in Rage gebracht, dass er ein Messer zog. Welches Messer? Ein Mann wie Skavadale trug kein Messer bei sich. Vielleicht hatte eines im Zimmer gelegen? Meg dürfte es wissen. Vielleicht hatte die Countess Obst gegessen und Skavadale hatte das Schälmesser ergriffen und sie erstochen. Als sie dann bleich und sterbend auf dem blutüberströmten Bett lag, hatte er die Geistesgegenwart besessen, Cordays Palettenmesser in eine ihrer Wunden zu stecken. Etwa in diesem Augenblick war Meg zurückgekommen. Vielleicht hatte Meg aber auch den Kampf mit angehört und wartete draußen, als Skavadale herauskam.

»Warum hat er Meg nicht auch getötet?«, fragte der Sergeant.

»Weil Meg keine Bedrohung für ihn ist«, vermutete Sandman. »Die Countess brachte seine Verlobung mit einem Mädchen in Gefahr, das wahrscheinlich sämtliche Hypotheken auf den Gütern der Familie tilgen kann – allesamt! Und die Countess hätte dieser Verlobung ein Ende bereitet. Es gibt keine größere Tragödie als einen Aristokraten, der sein Vermögen verliert, denn mit seinem Vermögen verliert er auch seine gesellschaftliche Stellung. Sie glauben, sie seien von Geburt aus besser als wir Übrigen, aber das sind sie nicht, sie sind nur wesentlich reicher, und sie müssen reich bleiben, wenn sie die Illusion ihrer Überlegenheit aufrecht erhalten wollen. Die Countess hätte Skavadale in die Gosse bringen können, daher hasste er sie und tötete sie, aber die Zofe tötete er nicht, weil sie keine Bedrohung darstellte.«

Berrigan dachte darüber nach. »Er bringt die Zofe also auf einen seiner verschuldeten Landsitze?«

»So scheint es zu sein«, sagte Sandman.

»Warum versucht dann Lord Robin Holloway, Sie zu töten?«

»Weil ich eine Gefahr für seinen Freund bin, natürlich«, antwortete Sandman entschieden. »Das Letzte, was sie wollen, ist, dass die Wahrheit ans Licht kommt, also haben sie mich zu bestechen versucht und versuchen jetzt, mich zu töten.«

»Es war ein ordentliches Bestechungssümmchen«, sagte Berrigan.

»Das ist gar nichts im Vergleich zu dem Reichtum, den Skavadales Braut mit in die Ehe bringt«, sagte Sandman, »und diese Heirat hat die Countess gefährdet. Also musste sie sterben, und jetzt muss Corday sterben, weil das Verbrechen dann in Vergessenheit gerät.«

»Ja«, räumte Berrigan ein. »Aber ich verstehe immer noch nicht, warum sie diese Meg nicht umgebracht haben. Wenn sie in dem Mädchen eine Gefahr gesehen hätten, hätten sie sie nicht leben lassen.«

»Vielleicht haben sie sie ja getötet«, räumte Sandman ein.

»Dann ist das alles hier reine Zeitverschwendung«, sagte Berrigan finster.

»Aber ich glaube nicht, dass sie Meg bis nach Nether Cross gebracht haben, um sie zu töten«, überlegte Sandman.

»Was machen sie dann mit ihr?«

»Vielleicht haben sie ihr eine Unterkunft geboten«, vermutete Sandman, »eine behagliche Wohnung, damit sie nicht verrät, was sie weiß.«

»Dann ist sie jetzt die Erpresserin?«

»Ich weiß es nicht«, sagte Sandman, als er aber darüber

nachdachte, erschien ihm Berrigans Schlussfolgerung, dass Meg Skavadale jetzt erpresste, durchaus schlüssig. »Vielleicht«, sagte er, »und wenn sie ein bisschen Verstand hat, verlangt sie nicht zu viel, und sie lassen ihr das Leben.«

»Wenn sie ihn tatsächlich erpresst, wird sie uns wohl kaum die Wahrheit sagen«, vermutete Berrigan. »Sie hat Skavadale fest in der Hand, nicht wahr? Sie kann die Fäden ziehen. Warum sollte sie all das aufgeben, um einer verdammten Schwuchtel das Leben zu retten?«

»Weil wir an das Gute in ihr appellieren werden«, sagte Sandman.

Berrigan lachte hämisch. »Na ja, dann ist ja alles geklärt!«

»Bei Ihnen hat es gewirkt, Sergeant«, erinnerte Sandman ihn.

»Das war wegen Sally.« Berrigan stockte und sagte dann verlegen: »Wissen Sie noch, an dem Abend im Wheatsheaf? Da dachte ich, Sie wären mit ihr zusammen.«

»Leider nein«, sagte Sandman, »ich bin bereits versprochen, und Sally gehört ganz Ihnen, Sergeant. Ich glaube, Sie sind ein überaus glücklicher Mann. Ebenso wie ich. Aber ich bin müde.« Er kroch unter die Kutsche und stieß sich den Kopf an der Vorderachse. »Nach Waterloo dachte ich, ich würde nie wieder im Freien schlafen müssen.«

Das Gras unter der Kutsche war trocken. Die Federung quietschte, als einer der Gefangenen sich umdrehte, die Pferde stampften und der Wind seufzte in einem nahe gelegenen Hain. Sandman dachte an die unzähligen Nächte, die er unter freiem Himmel verbracht hatte, und als er schon glaubte, in dieser Nacht keinen Schlaf finden zu können, fielen ihm die Augen zu.

8

Früh am nächsten Morgen brachte Sally ihnen einen Korb mit Speck, hart gekochten Eiern, Brot und einem Krug kalten Tee, und sie teilten das Frühstück mit ihren Gefangenen. Mackeson, der Kutscher, nahm sein Schicksal ergeben hin. »Du hast keine große Wahl, was?«, sagte er zu Berrigan. »Du musstest uns gefangen nehmen, aber es wird dir nicht gut bekommen, Sam.«

»Warum nicht?«

»Hast du je einen Lord am Galgen baumeln sehen?«

»Earl Ferres wurde gehenkt«, schaltete Sandman sich ein, »wegen Mordes an seinem Diener.«

»Nein!«, sagte Sally ungläubig. »Sie haben einen Earl aufgehängt? Wirklich?«

»Er fuhr mit seiner eigenen Kutsche zur Hinrichtung«, erzählte Sandman, »in seinem Hochzeitsanzug.«

»Tod und Teufel!« Sie freute sich offensichtlich darüber. »Ein Lord, was?«

»Aber das ist schon lange her«, tat Mackeson den Einwand ab, »schon sehr, sehr lange.« Sein Schnurrbart, den Sandman gestern so schneidig gewichst gesehen hatte, hing nun schlaff und strähnig herunter. »Und was passiert jetzt mit uns?«, fragte er finster.

»Wir fahren nach Nether Cross«, sagte Sandman, »wir holen das Mädchen, und anschließend fahren Sie uns zurück nach London, wo ich euren Arbeitgebern in einem Brief mitteilen werde, dass eure Abwesenheit erzwungen war.«

»Das wird auch was nützen«, grummelte Mackeson.

»Du bist Kutscher, Mack, du findest schon eine Arbeit«, sagte Berrigan. »Die ganze Welt könnte verhungern, aber für einen Kutscher gibt es immer Arbeit.«

»Zeit, aufzubrechen«, sagte Sandman mit einem Blick auf

den dämmrigen Himmel. Leichter Nebel driftete über die Heide, als sie die vier Pferde an einem Steintrog tränkten und wieder zur Kutsche führten. Es dauerte eine ganze Weile, bis sie ihnen das Geschirr mit Zaumzeug, Bauchgurten, Rückengurten, Martingalen, Kummets, Zugriemen, Schwanzriemen und Stirnbändern wieder angelegt hatten. Nachdem Mackeson und Billy die Pferde eingespannt hatten, ließ Sandman den Jüngeren Schuhe und Gürtel ausziehen. Der Stallknecht hatte darum gebeten, ihm die Fesseln an Händen und Füßen zu lösen, und Sandman hatte eingewilligt, aber ohne Schuhe und mit einer Hose, die ständig auf die Knie zu rutschen drohte, würde der Junge schwerlich flüchten können. Sandman und Sally setzten sich mit dem verlegenen Billy in die Kutsche, während Mackeson und Berrigan auf den Bock stiegen. Unter Gerassel und Geklimper fuhren sie mit einem Ruck an und holperten über das Gras auf die Straße. Sie waren wieder unterwegs.

Sie fuhren nach Südosten, vorbei an Hopfenfeldern, Obstwiesen und großen Landgütern. Gegen Mittag war Sandman gegen seinen Willen eingeschlafen und fuhr erschrocken auf, als die Kutsche durch eine ausgefahrene Spur rumpelte. Blinzelnd sah er, dass Sally seine Pistole genommen hatte und den gründlich eingeschüchterten Billy anstarrte. »Sie können ruhig schlafen, Captain«, sagte sie.

»Tut mir Leid, Sally.«

»Er hat sich nicht getraut, was zu machen«, sagte Sally höhnisch, »nicht, nachdem ich ihm erzählt habe, wer mein Bruder ist.«

Sandman schaute aus dem Fenster und sah, dass sie einen Hang in einem Buchenwald hinauffuhren. »Ich dachte gestern Nacht, wir würden ihm vielleicht begegnen.«

»Er geht nicht gern über den Fluss«, erklärte Sally, »er arbeitet nur auf den Straßen gen Norden und Westen.« Sie sah, dass er wieder völlig wach war, und gab ihm seine Pistole zurück. »Glauben Sie, dass ein Mann, der auf die schiefe Bahn geraten ist, wieder anständig werden kann?«, fragte sie.

Sandman ahnte, dass die Frage nicht ihrem Bruder galt, sondern Berrigan. Nicht dass der Sergeant auf die schiefe Bahn geraten war, wenn man es an den Maßstäben des Wheatsheaf maß, aber als Diener der Seraphim hatte er gewiss seinen Teil an Verbrechen begangen. »Sicher kann er das«, erklärte Sandman zuversichtlich.

»Das schaffen nicht viele«, wandte Sally ein, aber nicht als Gegenargument, vielmehr wollte sie beruhigt werden.

»Wir alle müssen sehen, wie wir unseren Lebensunterhalt bestreiten, Sally«, sagte Sandman. »Und wenn wir ehrlich sind, möchte keiner von uns allzu hart arbeiten. Das macht ja den Reiz der schiefen Bahn aus, nicht wahr? Dein Bruder kann davon leben, dass er nur eine von drei Nächten arbeitet.«

»Er ist eben Jack.« Sie klang etwas trostlos, und statt Sandman in die Augen zu sehen, schaute sie durch das staubige Fenster auf eine Obstwiese.

»Vielleicht wird Ihr Bruder ja gesetzter, wenn er die richtige Frau trifft«, versuchte Sandman sie zu trösten. »Das ist bei vielen Männern so. Anfangs sind sie Gauner, aber dann suchen sie sich anständige Arbeit, und zwar häufig, nachdem sie eine Frau kennen gelernt haben. Ich kann Ihnen gar nicht sagen, wie viele meiner Soldaten echte Taugenichtse waren, verdammte Dummköpfe, die dem Feind mehr genützt haben als uns, und dann trafen sie ein spanisches Mädchen, das nur halb so viel wog wie sie, und innerhalb einer Woche waren sie vorbildliche Soldaten.« Als sie ihn ansah, lächelte er. »Ich glaube nicht, dass Sie sich Sorgen machen müssen, Sally.«

Sie erwiderte sein Lächeln. »Sind Sie ein guter Menschenkenner, Captain?«

»Ja, Sally, das bin ich.«

Sie lachte und schaute Billy an. »Mach die Klappe zu, dass du keine Fliegen fängst. Und hör auf, Privatgespräche zu belauschen!«

Er wurde rot und starrte auf eine Hecke, die am Fenster vorüberzog. Da sie die Pferde nicht wechseln konnten, zügelte Mackeson die Reisegeschwindigkeit. Sie kamen nur langsam voran, zumal die Straße schlecht war und sie jedes Mal an den Rand fahren mussten, wenn ein Horn verkündete, dass eine Post- oder Frachtkutsche hinter ihnen war. Die Postkutschen kündeten ihr Herannahen mit dramatischem Hörnerklang an, und dann rasten die leichten Fahrzeuge mit der hohen Federung schaukelnd wie ein Artilleriegeschütz vorbei. Sandman beneidete sie um ihre Geschwindigkeit und machte sich Gedanken über die Fahrtdauer, aber dann sagte er sich, dass schließlich erst Samstag sei, und sofern Meg sich tatsächlich in Nether Cross versteckt hielte, dürften sie bis Sonntagabend wieder in London sein und genügend Zeit haben, Lord Sidmouth aufzutreiben und für Cordays Begnadigung zu sorgen. Der Innenminister hatte gesagt, er wolle am Tag des Herrn nicht mit Geschäften behelligt werden, aber Sandman scherte sich keinen Deut um die Gebete Seiner Lordschaft. Er hätte die gesamte Regierung von ihren Gebeten abgehalten, wenn er damit der Gerechtigkeit dienen könnte.

Im Laufe des Vormittags tauschte Sandman den Platz mit Berrigan. Nun bewachte er den Kutscher und knöpfte seinen Rock auf, um ihm seine Pistole zu zeigen, aber der Mann war eingeschüchtert und lammfromm. Er lenkte die Kutsche über immer schmalere Straßen unter dicht belaubten Bäumen hindurch, sodass er und Sandman sich ständig unter tief hängenden Ästen ducken mussten. An einer Furt hielten sie, um die Pferde trinken zu lassen, und Sandman beobachtete die schillernden Libellen, die zwischen den hohen Binsen flatterten, bis Mackeson mit der Zunge schnalzte und die Pferde die Kutsche spritzend durch das Wasser zogen. Es ging zwischen warmen Feldern bergan, wo Männer und Frauen mit Sensen Getreide mähten. Gegen Mittag machten sie an einem Gasthof Halt, und Sandman kaufte Bier, Brot und Käse, die sie während der letzten Meilen der Fahrt aßen und tranken. Sie kamen an einer Kirche in hochzeitlichem Blumenschmuck vorbei und ratterten durch ein Dorf, wo Männer auf einer Wiese Kricket spielten. Sandman beobachtete das Spiel, solange die Kutsche am Rand der Wiese entlangholperte. Es war ländliches Kricket, das weit vom Raffinement des Londoner Spiels entfernt war. Die Spieler benutzten hier nur zwei Torpfosten mit einer breiten Querlatte und warfen ausschließlich von unten, aber der Schlagmann hatte eine gute Haltung und ein gutes Auge, und Sandman hörte die Männer jubeln, als der Mann einen schlechten Wurf zur Strafe in einen Ententeich beförderte. Ein kleiner Junge planschte hinein, um ihn zu holen. Mackeson lenkte die Pferde mit mühelosem Geschick zwischen zwei Backsteinmauern durch, vorbei an zwei Hopfendarren in eine schmale Gasse, die steil durch einen dichten Eichenwald führte. »Jetzt ist es nicht mehr weit«, sagte er.

»Sie haben den Weg erstaunlich gut wiedergefunden«, lobte Sandman den Kutscher in ehrlicher Bewunderung, denn angesichts der gewundenen Route hatte er sich schon gefragt, ob Mackeson sie bewusst in dem Gewirr kleiner Straßen in die Irre führen wollte, aber an der letzten Abzweigung hatte er ein Hinweisschild nach Nether Cross gesehen.

»Ich bin die Strecke ein halbes Dutzend Mal mit Seiner Lordschaft gefahren«, erklärte Mackeson und schaute Sandman zögernd an. »Und was passiert, wenn Sie die Frau nicht finden?«

»Wir werden sie finden«, sagte Sandman. »Sie haben sie schließlich hergebracht, oder nicht?«

»Das ist schon lange her, Meister«, sagte Mackeson.

»Wie lange?«

»Fast sieben Wochen«, antwortete der Kutscher. Sandman überschlug, dass man Meg unmittelbar nach dem Mord, also einen vollen Monat vor dem Prozess gegen Corday aufs Land gebracht haben musste. »Ganze sieben Wochen ist das her«, fuhr Mackeson fort, »und in sieben Wochen kann alles passieren, oder?« Er warf Sandman einen verstohlenen Blick zu. »Vielleicht ist Seine Lordschaft ja hier? Das würde Ihnen die Suppe schön versalzen, was?«

Sandman hatte tatsächlich schon befürchtet, dass Skavadale auf seinem Landsitz in Nether Cross sein könnte, fand es aber sinnlos, sich darüber Gedanken zu machen. Entweder er war da und man musste sich mit ihm auseinander setzen, oder nicht. Wesentlich größere Sorgen machte Sandman die Vorstellung, dass Meg verschwunden sein könnte. Vielleicht war sie tot? Wenn sie Skavadale tatsächlich erpresste, lebte sie vielleicht in ländlichem Luxus und würde ihr neues Leben nicht aufgeben wollen. »Was für ein Haus ist es?«, fragte er den Kutscher.

»Es ist nicht so wie die großen Güter im Norden«, antwortete Mackeson. »Dieses hier haben sie früher mal durch eine Heirat bekommen, habe ich gehört.«

»Komfortabel?«

»Besser als alles, wo Sie oder ich je wohnen werden«, sagte Mackeson und schnalzte mit der Zunge. Die Pferde spitzten die Ohren und bogen, als er mit dem Führungszügel zuckte, gehorsam vor ein Tor zwischen hohen Steinpfeilern.

Sandman öffnete das Tor, das eingeklinkt, aber nicht verschlossen war, und schloss es wieder, nachdem die Kutsche durchgefahren war. Sobald er auf den Kutschbock gestiegen war, lenkte Mackeson die Pferde über die lange Zufahrt, die zwischen schönen Rotbuchen durch ein Wildgehege führte, bis sie eine kleine Brücke überquerte und vor einem kleinen elisabethanischen Haus mündete, das mit seinem schwarzen Fachwerk, dem weißen Putz und den roten Backsteinschornsteinen von erlesener Schönheit war. »Es heißt Cross Hall«, sagte Mackeson.

»Eine schöne Mitgift«, sagte Sandman neidvoll, denn das Haus wirkte in der Nachmittagssonne einfach vollkommen.

»Alles verschuldet, wie man sich erzählt«, sagte Mackeson. »Der Kasten verschlingt ein Vermögen. Ich muss mich um die Pferde kümmern. Sie brauchen Wasser, ordentliches Futter, müssen gestriegelt werden und ausruhen.«

»Alles zu seiner Zeit«, sagte Sandman. Er musterte die Fassade. Keines der Fenster stand offen, was an diesem heißen Sommertag ein schlechtes Zeichen war, aber er sah ein Rauchwölkchen aus einem der hohen Schornsteine im hinteren Teil des Hauses aufsteigen, was ihn wieder hoffen ließ. Die Kutsche hielt, er sprang vom Bock und verzog das Gesicht, da sein verstauchter Knöchel bei der Belastung schmerzte. Berrigan öffnete den Wagenschlag und klappte mit dem Fuß den Tritt herunter, aber Sandman wies ihn an, zu warten und dafür zu sorgen, dass Mackeson nicht mit der Kutsche davonfuhr.

Sandman humpelte an die Haustür und hämmerte an die alte, dunkle Türfüllung. Er hatte kein Recht, hier zu sein, dachte er, vermutlich war sein Eindringen widerrechtlich. Er tastete nach dem Schreiben des Innenministeriums. Bisher hatte er es noch kein einziges Mal gebraucht, aber vielleicht würde es ihm nun helfen. Er klopfte noch einmal und trat zurück, um zu schauen, ob jemand aus einem der Fenster lauerte. Rund um den Eingang wuchs Efeu, und unter den Blättern über der Tür erkannte er im Putz schwach das Relief eines Wappenschildes mit fünf Kammmuscheln. Da sich niemand am Fenster zeigte, trat er wieder an die Tür, und hob gerade die Faust, um erneut zu klopfen, als sie sich öffnete und ein hagerer alter Mann zunächst ihn anstarrte und anschließend die Kutsche mit dem Wappen des Seraphim Clubs musterte. »Wir erwarten heute keine Besucher«, sagte er offensichtlich verwundert.

»Wir sind gekommen, um Meg abzuholen«, antwortete Sandman aus einem Impuls heraus. Der Mann – nach seiner Kleidung zu urteilen ein Dienstbote – hatte die Kutsche eindeutig erkannt und fand ihr Erscheinen keineswegs merkwürdig. Überraschend vielleicht, was den Zeitpunkt anging, aber nicht seltsam. Sandman hoffte, der Diener würde annehmen, dass der Marquess sie geschickt habe.

»Mir hat niemand gesagt, dass sie wegfährt.« Der Mann war misstrauisch.

»Nach London«, sagte Sandman.

»Und wer sind Sie?« Der Mann war groß und hatte ein runzeliges Gesicht, das von ungekämmtem, weißem Haar gerahmt war.

»Das habe ich doch schon gesagt. Wir sind gekommen, um Meg zu holen. Sergeant Berrigan und ich.«

»Sergeant?« Der Mann erkannte den Namen offenbar nicht, klang aber beunruhigt. »Sie haben einen Anwalt mitgebracht?«

»Er ist aus dem Club«, sagte Sandman und hatte den Eindruck, dass sie vollständig aneinander vorbeiredeten.

»Seine Lordschaft hat nichts davon gesagt, dass sie wegfährt«, wiederholte der Mann argwöhnisch.

»Er braucht sie in London«, erklärte Sandman.

»Dann hole ich das Mädchen«, sagte der Mann. Bevor Sandman reagieren konnte, schlug er so schnell die Tür zu und schob die Riegel vor, dass Sandman völlig verdutzt war. Er starrte immer noch die Tür an, als er eine Glocke im Inneren des Hauses hörte und wusste, dass sie Meg warnen sollte. Er fluchte.

»Verdammt guter Anfang«, sagte Berrigan sarkastisch.

»Aber die Frau ist hier«, antwortete Sandman, als er wieder an die Kutsche trat, »und er sagt, er will sie holen.«

»Wirklich?«

Sandman schüttelte den Kopf. »Verstecken wohl eher. Das bedeutet, wir müssen sie suchen, aber was machen wir mit diesen beiden hier?« Er deutete auf Mackeson.

»Wir erschießen die Kerle und verbuddeln sie«, knurrte Berrigan und erntete von Mackeson eine eindeutige Geste. Letzten Endes brachten sie die Kutsche zu den Pferdeställen, wo sie Boxen und Futterraufen leer vorfanden. Aber in einem der Backsteingebäude entdeckten sie einen fensterlosen Sattelraum mit solider Tür, in den sie Mackeson und den Stallknecht sperrten, während sie die Pferde eingespannt vor der Kutsche im Hof stehen ließen. »Wir kümmern uns später um sie«, erklärte Sandman.

»Dann sammeln wir auch ein paar Eier ein«, sagte Berrigan grinsend, denn auf dem Hof wimmelte es von Hühnern, einige schauten von der Dachkante, andere saßen auf den Fensterbänken, die meisten pickten Körner auf, die jemand auf das von Unkraut überwucherte und von Hühnerkot weiße Pflaster gestreut hatte. Ein Hahn beäugte sie vom Steigbock, zuckte mit dem Kamm und krähte aus voller Kehle, als Sandman mit Berrigan und Sally zur Hintertür von Cross Hall ging. Sie war verschlossen. Alle Türen waren verschlossen, aber das Haus war keine Festung, und Sandman entdeckte ein Fenster, das nicht richtig verriegelt war. Er rüttelte fest daran, bis es nachgab und er in ein kleines holzvertäfeltes Wohnzimmer mit leerem Kamin und mit Tüchern verhängten Möbeln klettern konnte. Berrigan folgte ihm. »Bleiben Sie draußen«, wies Sandman Sally an, die zwar nickte, aber ebenfalls durchs Fenster stieg. »Es könnte zum Kampf kommen«, warnte Sandman sie.

»Ich komme mit«, beharrte Sally. »Ich kann Hühner nicht ausstehen.«

»Das Mädchen könnte das Haus inzwischen verlassen haben«, sagte Berrigan.

»Ja«, bestätigte Sandman, aber er hatte das Gefühl, dass sie sich irgendwo im Haus versteckt hielt. »Wir suchen sie trotzdem.« Er öffnete die Tür, die auf einen langen getäfelten Gang führte. Im Haus war alles still. An den Wänden hingen keine Bilder, auf den dunklen Dielen, die bei jedem Schritt knarrten, lagen keine Teppiche. Sandman öffnete verschiedene Türen und sah, dass die wenigen verbliebenen Möbel mit Tüchern gegen den Staub abgedeckt waren. Eine elegante Treppe mit kunstvoll geschnitztem Endpfosten führte aus der Halle ins Obergeschoss, das Sandman im Dämmerlicht liegen sah, als er an der Treppe vorbei in den hinteren Teil des Hauses ging.

»Hier wohnt niemand außer den Hühnern«, sagte Sally, als sie auf weitere leere Räume stießen.

Sandman öffnete eine Tür und sah einen langen Esstisch, der mit Laken abgedeckt war. »Lord Alexander erzählte mir, dass sein Vater ein Haus, das ihm gehörte, einmal völlig vergessen hatte«, erzählte er Sally. »Es war ein großes Haus. Es moderte so vor sich hin, bis ihnen einfiel, dass es ihnen gehörte.«

»Nachlässiges Pack«, schimpfte Sally.

»Redest du von deinem Verehrer?«, fragte Berrigan amüsiert.

»Pass ja auf, Sam Berrigan«, entgegnete Sally. »Ich brauche nur mit dem kleinen Finger zu winken, dann werde ich Lady Soundso und du kannst vor mir katzbuckeln und Kratzfüße machen.«

»Ich werd dich schon kratzen, Mädchen, mit Vergnügen«, sagte Berrigan.

»Kinder, Kinder«, mahnte Sandman seine Gefährten und drehte sich abrupt um, als am Ende des Ganges eine Tür geöffnet wurde.

Der große, hagere Mann mit dem wilden, weißen Haarschopf stand mit einem Knüppel in der Tür. »Das Mädchen, das Sie suchen, ist nicht hier«, sagte er und hob halbherzig den Knüppel, als Sandman auf ihn zukam, ließ ihn aber dann sinken und schlurfte beiseite. Sandman schob sich an ihm vorbei in eine Küche mit großem, schwarzem Herd, Schrank und langem Tisch. Eine Frau, vermutlich die Ehefrau des hageren Mannes, saß am Kopfende des Tisches und rührte Teig in einer großen Porzellanschüssel. »Wer sind Sie?«, fragte Sandman den Mann.

»Der Verwalter«, antwortete er und mit einer Kopfbewegung zu der Frau: »Und meine Frau ist die Haushälterin.«

»Wann ist das Mädchen gegangen?«, fragte Sandman.

»Das geht Sie nichts an!«, fuhr die Frau ihn an. »Sie haben hier nichts zu suchen. Sie haben kein Recht, hier einzudringen! Also verschwinden Sie, bevor man Sie verhaftet.«

Sandman bemerkte eine Vogelflinte über dem Kaminsims. »Wer soll mich verhaften?«, fragte er.

»Wir haben nach Hilfe geschickt«, antwortete die Frau abwehrend. Ihr weißes Haar war straff nach hinten gekämmt und zu einem Knoten aufgesteckt, in ihrem harten Gesicht krümmte sich eine Hakennase zum spitzen Kinn. Ein Nussknackergesicht, dachte Sandman, ohne jede Menschlichkeit.

»Sie haben um Hilfe geschickt«, stellte Sandman fest, »aber ich komme vom Innenministerium. Von der Regierung. Ich besitze Amtsgewalt, und wenn Sie keinen Ärger bekommen wollen, rate ich Ihnen, mir zu sagen, wo das Mädchen ist.«

Der Mann schaute seine Frau besorgt an, aber sie ließ sich von Sandmans Worten offenbar nicht beirren. »Sie haben hier drin gar kein Recht, Mister, also schlage ich vor, dass Sie gehen, bevor ich Sie für die Nacht einsperre!«

Sandman achtete gar nicht auf sie. Er öffnete die Tür zur Spülküche und schaute in einen Schrank, aber dort war Meg nicht versteckt. »Sie suchen hier unten weiter, Sergeant, ich schaue oben nach«, sagte er zu Berrigan.

»Glauben Sie wirklich, dass sie hier ist?«, fragte Berrigan skeptisch.

Sandman nickte. »Sie ist hier«, sagte er mit einer Sicherheit, die er nicht begründen konnte, aber er spürte, dass der Verwalter und seine Frau die Unwahrheit sagten. Zumindest der Verwalter hatte Angst. Seine Frau zwar nicht, aber der hagere Mann war viel zu nervös. Er hätte ebenso aufsässig wie seine Frau sein und Sandman des unbefugten Eindringens beschuldigen müssen, stattdessen benahm er sich wie jemand, der etwas zu verbergen hatte. Sandman lief die Treppe hinauf, um dort zu suchen.

Die Räume im Obergeschoss wirkten ebenso leer und verlassen wie die Zimmer im Erdgeschoss, aber am Ende des Korridors, unmittelbar neben einer schmalen Speichertreppe, gelangte Sandman in ein großes Schlafzimmer, das eindeutig bewohnt war. Auf dem dunklen Dielenboden lagen Teppiche, das schöne Himmelbett mit den fadenscheinigen Vorhängen war mit einem Laken bezogen und darüber lag eine zerwühlte Bettdecke. Frauenkleider hingen über einem Stuhl, weitere waren achtlos auf die beiden Bänke am offenen Fenster gehäuft, das jenseits eines Rasens und einer Backsteinmauer den Blick auf die erstaunlich nahe Kirche freigab. Eine rothaarige Katze schlief zwischen den Unterröcken auf einer der Fensterbänke. Megs Zimmer, dachte Sandman, und spürte, dass sie es eben erst verlassen hatte. Er ging an die Tür und schaute in den Flur, sah aber nichts außer tanzenden Staubflöckchen in den Strahlen der Spätnachmittagssonne.

Im Sonnenschein auf den unebenen Dielenbrettern erkannte er seine Fußabdrücke im Staub. Langsam ging er durch den Flur zurück und schaute noch einmal in jedes Zimmer. Im größten Schlafzimmer, das unmittelbar gegenüber der eleganten Treppe lag und einen breiten Kamin besaß, verziert mit sechs Vögeln in einem Wappenschild, entdeckte er weitere Spuren im Staub. Jemand war vor kurzem in diesem Zimmer gewesen, die Schritte führten zu dem steinernen Kamin, von dort zum Fenster, das dem Kamin am nächsten war, kehrten aber nicht wieder zurück zur Tür. Das Zimmer war leer, und die beiden Fenster geschlossen. Stirnrunzelnd betrachtete Sandman die Spuren und fragte sich, ob er sich vom Spiel aus Licht und Schatten in die Irre führen ließ, aber er hätte schwören können, dass es tatsächlich Fußabdrücke waren, die am Fenster endeten. Er ging hinüber, konnte es aber nicht öffnen, weil der eiserne Fensterrahmen festgerostet war. Meg war also nicht durch das Fenster entkommen, obwohl ihre Fußabdrücke, nun von Sandmans eigenen verwischt, hier endeten. Verdammt, dachte er, aber sie war hier! Er hob den Staubschutz des Bettes an und öffnete einen Schrank, aber niemand versteckte sich dort.

Er setzte sich auf das Fußende des Himmelbettes und starrte in den leeren Kamin, dessen Feuerraum von zwei rußgeschwärzten Hunden flankiert war. Aus einer Eingebung heraus ging er an den Kamin, beugte sich hinunter und schaute in den Rauchfang, aber der schwarze Schlot verengte sich rasch und verbarg niemanden. Meg war hier gewesen, dessen war er sicher.

Schritte auf der Treppe veranlassten ihn, sich aufzurichten und nach der Pistole zu greifen, aber es waren Berrigan und Sally, die in der Tür erschienen. »Sie ist nicht hier«, sagte Berrigan verärgert.

»Im Haus muss es unzählige Verstecke geben«, erklärte Sandman.

»Sie ist abgehauen«, meinte Sally.

Sandman setzte sich wieder auf das Bett und starrte auf den Kamin. Sechs Vögel auf einem Wappenschild, drei in der oberen Reihe, zwei in der mittleren und ein einzelner unten. Wieso hatte das Haus im Inneren dieses Wappen, aber außen ein Schild mit fünf Kammmuscheln? Fünf Muscheln. Er starrte die Vögel an, und plötzlich fiel ihm eine Melodie ein, eine Melodie und Fragmente eines Liedtextes, den er an einem Lagerfeuer in Spanien gehört hatte. *»Ich gebe dir ein O«*, sagte er.

»Was?«, fragte Berrigan, während Sally Sandman anstarrte, als habe er den Verstand verloren.

»Sieben für die sieben Sterne am Himmel«, sagte Sandman, *»sechs für die sechs stolzen Wanderer.«*

»Fünf für die Zeichen an deiner Tür«, trug Berrigan die nächste Zeile bei.

»Und über der Haustür sind fünf Kammmuscheln«, sagte Sandman leise, weil er plötzlich das Gefühl hatte, belauscht zu werden. Der Text des Liedes war großenteils ein Rätsel. Vier für die Evangelisten war noch recht offenkundig, aber was die sieben Sterne und die sechs stolzen Wanderer bedeuteten, wusste Sandman nicht, allerdings kannte er den Zweck der fünf Zeichen an der Tür. Das hatte er vor Jahren gelernt, als Lord Alexander ganz aufgeregt herausgefunden hatte, dass fünf Muscheln über einer Haustür oder an einem Giebel ein Zeichen waren, dass dort Katholiken lebten. Diese Muscheln hatte man während der Katholikenverfolgung unter Königin Elisabeth angebracht, als katholischen Priestern in England Gefängnis, Folter und Tod drohte, manche aber nicht ohne die Tröstungen ihres Glaubens leben konnten und ihre Häuser markierten, um Glaubensbrüdern und -schwestern zu zeigen, dass sie dort Zuflucht finden konnten. Da aber Elisabeths Leute die Bedeutung der fünf Muscheln ebenso gut kannten wie jeder Katholik, musste es in einem solchen Haus ein sicheres Versteck geben, in dem ein Priester sich verkriechen konnte. Der Hausherr schuf daher ein Priesterloch, ein so geschickt getarntes Versteck, dass man die protestantischen Verfolger tagelang hinters Licht führen konnte.

»Sie sehen aus, als ob Sie nachdächten«, stellte Berrigan fest.

»Ich brauche Anmachholz«, sagte Sandman leise. »Anmachholz, Feuerholz, eine Zunderbüchse, und schauen Sie nach, ob es in diesem Haus einen großen Kochtopf gibt.«

Berrigan zögerte. Er hätte Sandman gern gefragt, was er vorhabe, doch dann fand er, dass er es bald genug erfahren würde, und ging mit Sally nach unten. Sandman durchquerte den Raum und ließ die Finger über die Faltenfüllung der Vertäfelung zu beiden Seiten des Kamins gleiten. Soweit er beurteilen konnte, gab es dort keine Fuge. Er klopfte an die Paneele, aber sie klangen nicht hohl. Aber genau das war der Zweck der Priesterlöcher: Sie waren fast unmöglich zu finden. Die Fenstermauer und die Mauer zum Flur wirkten zu dünn, es musste also entweder in der Kaminwand oder in der gegenüberliegenden Wand sein, wo der tiefe Schrank stand. Aber Sandman fand nichts. Er rechnete aber auch nicht damit, das Versteck ohne weiteres zu entdecken. Die Verfolger im Namen der Königin Elisabeth waren gut ausgebildet, skrupellos und gut entlohnt worden, um Priester zu finden, aber manche Verstecke waren ihnen trotz intensiver Suche entgangen.

»Wiegt eine ganze Tonne«, beschwerte sich Berrigan, als er ins Schlafzimmer stolperte und einen riesigen Kochtopf auf den Boden stellte. Sally kam einige Schritte hinter ihm mit einem Bündel Feuerholz.

»Wo ist der Verwalter?«, fragte Sandman.

»Sitzt in der Küche und sieht aus, als ob er Schießpulver fräße«, sagte Berrigan.

»Und seine Frau?«

»Weg.«

»Wollte er nicht wissen, was Sie damit vorhaben?«

»Ich habe ihm gesagt, ich würde ihm ein Loch ins Gesicht schießen, wenn er zu fragen wagt«, erzählte Berrigan fröhlich.

»Takt wirkt immer«, stellte Sandman fest.

»Was haben Sie denn nun vor?«, erkundigte sich Sally.

»Wir brennen das verdammte Haus nieder«, sagte Sandman laut. Er schob den Kessel auf die Kaminumrandung. »Es wird ja doch nicht genutzt«, sagte er laut genug, dass man ihn noch zwei Zimmer weiter hätte hören können. »Außerdem muss das Dach repariert werden. Da ist es billiger, es niederzubrennen, als es zu renovieren, finden Sie nicht?« Er legte das Anmachholz in den Kessel, schlug mit der Zunderbüchse einen Funken und blies auf den verkohlten Docht, bis er eine Flamme hatte, die er an das Anmachholz hielt. Er schürte das Feuer, bis es sich knisternd ausbreitete, und legte einige Scheite Holz auf.

Es dauerte ein Weilchen, bis die größeren Scheite brannten, doch dann quoll dicker blau-weißer Rauch aus dem Topf. Da er ein Stück vor der Kaminschürze stand, zog kaum Rauch durch den Schornstein ab. Sandman wollte Meg ausräuchern. Für den Fall, dass der Eingang zum Priesterloch vom Flur ausging, hatte er Berrigan vor dem Schlafzimmer postiert, während er und Sally bei geschlossener Tür im Zimmer blieben. Da der beißende Rauch ihnen den Atem raubte, kauerte Sally neben dem Bett, wollte aber nicht gehen, falls die List wirken sollte. Sandmans Augen tränten, seine Kehle war rau, aber er legte ein weiteres Scheit auf das Feuer und sah, dass der Kessel matt rot zu glühen begann. Er öffnete die Tür einen Spalt, um etwas Rauch hinaus und frische Luft hereinzulassen. »Wollen Sie gehen?«, flüsterte er Sally zu, aber sie schüttelte den Kopf.

Sandman ging in die Hocke, wo der Rauch dünner war, und dachte an Meg im Priesterloch, einem dunklen, engen, angsterregenden Schlupfwinkel. Er hoffte, dass der Brandgeruch ihre Ängste schürte und der Rauch durch die geschickten Klappen, Schiebetüren und Geheimtüren drang, die ihr uraltes Versteck verbargen. Sally hielt sich das Laken über den Mund. Sandman war klar, dass sie nicht mehr viel länger aushalten konnten, doch in diesem Augenblick hörte er ein Quietschen, einen Schrei und einen Knall wie von einem Kanonenschlag und sah, dass ein ganzer Teil der Vertäfelung sich öffnete wie eine Tür – aber nicht am Kamin, sondern an der Außenwand, zwischen den Fenstern, wo er die Mauer für zu dünn gehalten hatte, um einen Schlupfwinkel zu verbergen. Sandman zog sich die Ärmel über die Hände und schob den Kessel unter den

Rauchfang, während Sally die schreiende, völlig verängstigte Frau am Handgelenk packte, die sich in einem brennenden Haus gefangen geglaubt hatte und nun versuchte, aus dem engen, mit einer Leiter versehenen Schacht zu klettern, der hinter der offenen Vertäfelung nach unten führte.

»Schon gut! Schon gut!«, sagte Sally, und brachte Meg zur Tür.

Sandman folgte den beiden Frauen mit versengtem, rußgeschwärztem Rock auf den breiten Treppenabsatz, wo er nach kühler, frischer Luft schnappte und in Megs rot angelaufene Augen schaute. Ihm fiel auf, was für ein guter Künstler Corday doch war, denn die junge Frau war tatsächlich ungeheuer hässlich und hatte etwas Boshaftes im Blick. Und plötzlich musste er lachen, weil er sie gefunden hatte und durch sie die Wahrheit herausfinden würde. Sie missverstand sein Lachen als Häme, trat vor und schlug ihm ins Gesicht.

In diesem Augenblick fiel ein Schuss von unten.

Sally schrie, als Sandman sie aus dem Schussfeld zu Boden zog. Meg, die eine Fluchtmöglichkeit ahnte, lief zur Treppe, aber Berrigan stellte ihr ein Bein. Sandman stieg über sie weg, humpelte zur Balustrade und sah, dass die sauertöpfische Haushälterin, die wesentlich mutiger war als ihr Mann, mit der Vogelflinte durch das Treppenhaus nach oben geschossen hatte. Doch wie so viele Rekruten hatte sie die Augen geschlossen, als sie am Abzug zog, und daher zu hoch gezielt, so dass der Schuss Sandmans Haar verfehlt hatte. Ein halbes Dutzend Männer standen hinter ihr, einer mit einer Muskete. Sandman schlug Berrigans Pistole herunter. »Nicht schießen!«, rief er. »Kein Morden!«

»Sie haben hier nichts zu suchen«, schrie die Haushälterin ihn an. Die Männer hinter ihr wurden angeführt von einem großen, blonden Riesen, der die Muskete trug. Die Übrigen waren mit Knüppeln und Sicheln bewaffnet. Auf Sandman wirkten sie wie Bauern, die gekommen waren, um den Gutshof anzuzünden, in Wahrheit waren sie aber wohl eher Pächter, die den Besitz des Duke of Ripon schützen wollten.

»Wir haben jedes Recht, hier zu sein«, log Sandman. Er sprach mit ruhiger Stimme und holte das Schreiben des Innenministers hervor, das ihm in Wirklichkeit keinerlei Befugnisse einräumte. »Wir sind von der Regierung beauftragt, einen Mordfall zu untersuchen«, sagte er ruhig und ging langsam die Treppe hinunter, wobei er den Bewaffneten ständig im Auge behielt. Der Mann war hünenhaft groß, muskulös und vielleicht Anfang dreißig. Er trug ein schmuddelig weißes Hemd und eine sandfarbene Hose, die mit einem grünen Stoffstreifen anstelle eines Gürtels zugebunden war. Da er Sandman merkwürdig bekannt vorkam, überlegte er, ob er wohl als Soldat gedient haben mochte. Seine Muskete war eindeutig eine alte Armeewaffe, die nach Napoleons letzter Niederlage liegen geblieben war, aber sie war sauber, gespannt und lag sicher in der Hand des Mannes. »Hier habe ich die Ermächtigung des Innenministers.« Sandman schwenkte den Brief mit dem beeindruckenden Siegel. »Wir sind nicht gekommen, um jemandem etwas anzutun, etwas zu stehlen oder zu beschädigen. Wir sind lediglich hier, um Fragen zu stellen.«

»Sie haben hier nichts zu suchen!«, kreischte die Haushälterin.

»Sei still, Frau«, fuhr Sandman sie in bestem Offizierston an. Mit dem, was sie sagte, hatte sie vollkommen Recht, aber sie war außer sich, und Sandman vermutete, dass die Männer eher auf einen vernünftigen Mann als auf ein hysterisches Weib hören würden. »Möchte jemand den Brief Seiner Lordschaft lesen?«, fragte er und hielt ihnen das Schreiben hin. Er wusste genau, dass die Erwähnung »Seiner Lordschaft« ihm etwas Zeit verschaffen würde. »Übrigens«, er warf einen Blick zur Treppe hinauf, wo der Rauch auf dem Treppenabsatz sich allmählich verzog, »das Haus steht nicht in Flammen, es besteht keinerlei Gefahr. So, wer möchte den Brief Seiner Lordschaft lesen?«

Der Mann mit der Muskete achtete gar nicht auf das Schreiben, sondern musterte Sandman nachdenklich und senkte den Gewehrlauf. »Sind Sie Captain Sandman?«

Sandman nickte. »Ja.«

»Bei Gott, ich habe miterlebt, wie sie uns in Turnbridge Wells sechsundzwanzig Läufe abgejagt haben!«, sagte der Mann. »Dabei hatten wir Pearson und Willes als Werfer gegen Sie! Keine Geringeren als Pearson und Willes, und Sie haben die beiden einfach in Grund und Boden geschlagen.« Er hatte die Muskete inzwischen gesichert und strahlte Sandman an. »Letztes Jahr war das, ich habe damals für Kent gespielt. Sie hatten uns schon so gut wie geschlagen, aber dann kam der Regen und hat uns gerettet!«

Durch Gottes Gnade fiel Sandman der Name des Mannes ein. »Mister Wainwright, stimmt's?«

»Ben Wainwright, Sir.« Wainwright, der, nach seiner Kleidung zu urteilen, gerade Kricket gespielt hatte, als er zum Gutshaus gerufen wurde, zupfte an seiner Stirnlocke.

»Ich erinnere mich, wie Sie einen Ball über einen Heuschober schlugen«, sagte Sandman. »Beinahe hätten Sie uns ganz allein geschlagen!«

»Nichts im Vergleich zu Ihnen, Sir!«

»Benjamin Wainwright!«, fuhr die Haushälterin dazwischen. »Du bist nicht hier um ...«

»Sei still, Doris«, sagte Wainwright und ließ die Muskete sinken. »Captain Sandman tut nichts Schlimmes!« Die anderen Männer knurrten beifällig. Es spielte keine Rolle, dass Sandman unrechtmäßig ins Haus eingedrungen war und das Obergeschoss ausgeräuchert hatte, er war ein berühmter Kricketspieler, und alle grinsten ihn nun an und suchten seine Anerkennung. »Ich habe gehört, Sie spielen nicht mehr, Sir, stimmt das?«, fragte Wainwright besorgt.

»O nein«, antwortete Sandman. »Aber ich spiele nur bei sauberen Spielen mit.«

»Davon gibt es verdammt wenige«, sagte Wainwright. »Sie hätte ich heute bei dem Spiel dabei haben müssen, Sir. Wir kriegen gerade eine ganz schöne Abreibung von Hastings. Meine Innings habe ich schon hinter mir«, erklärte er seine Abwesenheit vom Spiel.

»Es kommen auch wieder andere Tage«, tröstete Sandman ihn, »aber nun möchte ich diese junge Dame mit in den Garten nehmen und mit ihr reden. Oder gibt es vielleicht ein Gasthaus, wo wir uns bei einem Krug Bier unterhalten können?«, fügte er hinzu, weil ihm einfiel, dass es wohl vernünftiger wäre, Meg vom Grund und Boden des Duke of Ripon wegzubringen, bevor jemand mit juristischen Kenntnissen sie des unbefugten Eindringens beschuldigte und Meg erklärte, dass sie gar nicht mit ihm reden müsse.

Wainwright versicherte ihnen, das Castle and Bell sei ein gutes Gasthaus, worauf die Haushälterin, erbost über seinen Verrat, abzog. Sandman atmete erleichtert auf und wandte sich an das Mädchen. »Meg? Wenn Sie etwas nach London mitnehmen wollen, holen Sie es jetzt.« Sandman sah, dass das Mädchen Einwände erheben und ihn vielleicht sogar wieder schlagen wollte, gab ihr aber keine Gelegenheit dazu. »Sergeant? Sorgen Sie dafür, dass die Pferde Wasser bekommen. Vielleicht sollte die Kutsche anschließend zum Gasthaus gebracht werden? Sally, meine Liebe, sorgen Sie dafür, dass Meg alles hat, was sie braucht.« Sandman strahlte den Schlagmann von Kent an: »Mister Wainwright, es wäre mir eine Ehre, wenn Sie mir das Gasthaus zeigen könnten. Habe ich das recht in Erinnerung, dass Sie Schlagstöcke anfertigen? Darüber würde ich mich gern mit Ihnen unterhalten.«

Die Auseinandersetzung war beendet. Meg war zwar verbittert, versuchte aber nicht mehr fortzulaufen, und Sandman wagte zu hoffen, dass alles gut würde. Noch ein Gespräch, eine zügige Rückfahrt nach London und der Gerechtigkeit, der seltensten aller Tugenden, wäre Genüge getan.

Meg war wütend und schmollte. Sie nahm Sandman die Einmischung in ihr Leben übel, schien sogar das ganze Leben zu hassen, saß lange im Garten des Castle and Bell und weigerte sich, mit ihm zu reden. Sie starrte in die Ferne, trank ein Glas Gin, verlangte in jammerndem Ton ein zweites Glas, und nachdem Benjamin Wainwright gegangen war, um zu sehen, wie seine Mannschaft sich schlug, verlangte sie, Sandman solle sie nach Cross Hall zurückbringen. »Ich muss mich um meine Hühner kümmern«, schimpfte sie.

»Ihre Hühner?« Das überraschte Sandman.

»Ich habe Hühner immer gemocht.«

Sandman, dessen Wange von ihrer Ohrfeige immer noch brannte, schüttelte verwundert den Kopf. »Ich bringe Sie nicht zurück«, knurrte er, »Sie haben verdammtes Glück, wenn Sie nicht lebenslang deportiert werden. Wollen Sie das? Eine Fahrt nach Australien und ein Leben in einer Strafkolonie?«

»Scheiß doch auf Sie«, schimpfte sie. Sie trug eine weiße Haube und ein schlichtes blaues Sergekleid, an dem Hühnerfedern klebten. Es waren hässliche Kleider, aber sie passten zu ihr, weil sie wahrhaftig unansehnlich und zudem erstaunlich abweisend war. Beinahe empfand Sandman Bewunderung für ihre Streitlust, aber er wusste, dass diese Stärke den Umgang mit ihr erschweren würde. Sie beobachtete ihn mit wissendem Blick und schien sein Zögern zu spüren, denn sie lachte kurz und spöttisch auf und schaute zu der Kutsche des Seraphim Clubs, die gerade, staubig von der Reise, auf den Dorfplatz fuhr. Berrigan tränkte die Pferde an einem Ententeich, während Sally mit einigen Münzen, die der Sergeant ihr gegeben hatte, einen Krug Bier und noch einen Gin holte. Hinter der Hecke des Castle and Bell lärmten Tauben auf einem erst kürzlich abgeernteten Weizenfeld, und auf dem First des Reetdaches saßen Mauersegler.

»Sie mochten die Countess, nicht wahr?«, fragte Sandman.

Meg spuckte ihm gerade ins Gesicht, als Sally aus der Schänke kam. »Verdammte Landpomeranzen!«, schimpfte Sally. »Sie bedienen keine Frauen!«

»Ich gehe«, bot Sandman an.

»Ein Kellner bringt die Krüge«, sagte sie. »Erst wollten sie mich nicht bedienen, aber sie haben es sich anders überlegt, nachdem ich ein Wörtchen mit ihnen geredet habe.« Sie schlug nach einer lästigen Wespe, die daraufhin zu Meg flog. Das Mädchen schrie auf und fing an zu weinen, als das Insekt sie nicht in Ruhe ließ. »Was flennst du denn?«, herrschte Sally Meg an, die sie nur verständnislos anstarrte. »Warum weinst du?«, übersetzte Sally. »Du hast überhaupt keinen Grund zu weinen. Du lässt es dir hier gut gehen, während die arme kleine Schwuchtel auf den Galgen wartet.«

Der Kellner, der offenkundig Angst vor Sally hatte, brachte ein Tablett mit Bierkrügen, Gläsern, Kannen und einer Flasche. Sandman schenkte Ale in einen Krug, den er Sally reichte. »Bring das doch dem Sergeant«, schlug er vor. »Ich rede mit Meg.«

»Sie meinen, ich soll verduften«, sagte Sally.

»Lassen Sie mir ein paar Minuten Zeit«, sagte Sandman. Sally nahm das Bier, und Sandman bot Meg ein Glas Gin an, das sie ihm hastig aus der Hand nahm. »Sie mochten die Countess, nicht wahr?«, wiederholte er.

»Ich habe Ihnen nichts zu sagen«, erklärte Meg, »gar nichts.« Sie trank den Gin aus und griff nach der Ginflasche.

Sandman nahm sie ihr ab. »Wie heißen Sie?«

»Das geht Sie gar nichts an. Geben Sie mir von dem verdammten Zeug!« Sie streckte die Hand nach der Flasche aus, aber Sandman hielt sie von ihr fort.

»Wie heißen Sie?«, fragte Sandman noch einmal und erntete einen Tritt gegen das Schienbein. Er schüttete etwas Gin ins Gras, worauf Meg ganz still wurde und ängstlich dreinschaute. »Ich nehme Sie mit nach London«, teilte Sandman ihr mit. »Sie haben zwei Möglichkeiten, dorthin zu kommen. Entweder Sie benehmen sich, dann wird es eine angenehme Fahrt, oder Sie sind weiter so rüde, dann bringe ich Sie ins Gefängnis.«

»Das können Sie gar nicht!«, schnaubte sie.

»Ich kann machen, was ich will!«, herrschte Sandman sie an und verblüffte sie mit seiner plötzlich aufflammenden Wut. »Ich habe einen Auftrag des Innenministers, Miss, und Sie unterschlagen Beweise in einem Mordfall! Gefängnis? Sie haben verdammtes Glück, wenn sie nur im Gefängnis landen und nicht am Galgen!«

Sie funkelte ihn eine Weile wütend an und zuckte dann die Achseln. »Ich heiße Hargood«, sagte sie säuerlich. »Margaret Hargood.«

Sandman schenkte ihr noch ein Glas Gin ein. »Woher stammen Sie, Miss Hargood?«

»Das kennen Sie ja doch nicht.«

»Was ich kenne, ist der Auftrag des Innenministers, den Mord an der Countess of Avebury zu untersuchen. Diesen Auftrag hat er mir gegeben, Miss Hargood, weil er fürchtet, dass sonst eine große Ungerechtigkeit geschieht.« Der Viscount Sidmouth würde sich wahrscheinlich erst Sorgen machen, dass einem Angehörigen der Unterschicht ein Unrecht geschehen könnte, wenn die Sonne im Westen aufginge, überlegte Sandman, aber das durfte er vor diesem einfältigen Mädchen natürlich nicht äußern, das gerade seinen zweiten Gin herunterkippte, als sei es kurz vor dem Verdursten. »Der Innenminister glaubt ebenso wie ich, dass Charles Corday Ihre Herrin nicht ermordet hat«, fuhr Sandman fort. »Und wir denken, dass Sie das bestätigen können.«

Meg hielt ihm wortlos ihr Glas hin.

»Sie waren da, nicht wahr«, fragte Sandman. »An dem Tag, als die Countess ermordet wurde?«

Sie hielt fordernd das Glas hoch, sagte aber immer noch nichts.

»Und Sie wissen, dass Charles Corday den Mord nicht begangen hat«, stellte Sandman fest.

Sie betrachtete einen Apfel, den der Wind ins Gras geweht hatte. Eine Wespe krabbelte über die schrumpelige Schale. Sie schrie, ließ das Glas fallen und schlug die Hände vors Gesicht. Sandman trat auf die Wespe und zermalmte dabei den Apfel. »Meg«, bat er.

»Ich habe nichts zu sagen.« Sie beobachtete ängstlich den Boden, als fürchte sie, die Wespe könne wieder auferstehen.

Sandman hob das Glas auf, füllte es und reichte es ihr.

»Wenn Sie mit mir zusammenarbeiten, Miss Hargood, werde ich dafür sorgen, dass Ihnen kein Leid geschieht«, sagte er förmlich.

»Ich weiß nichts darüber«, sagte sie. »Nichts über einen Mord.« Sie schaute Sandman trotzig und mit steinharten Augen an.

Sandman seufzte. »Wollen Sie einen Unschuldigen sterben lassen?« Das Mädchen rückte wortlos von ihm fort und starrte über die Hecke. Sandman spürte Wut in sich aufsteigen. Am liebsten hätte er sie geschlagen und schämte sich für die Intensität dieses Verlangens, das so stark war, dass er aufstand und hin und her lief. »Warum waren Sie im Haus des Marquess of Skavadale?«, fragte er, bekam aber keine Antwort. »Glauben Sie, dass der Marquess Sie beschützen will? Er will Sie hier haben, damit der Falsche hingerichtet wird, aber welchen Nutzen haben Sie noch für ihn, sobald Corday tot ist? Er wird Sie töten, damit Sie nicht mehr gegen ihn aussagen können.« Zumindest provozierte er damit eine Reaktion des Mädchens, und wenn sie sich auch nur umdrehte und ihn anstarrte. »Denk nach, Mädchen!«, sagte Sandman eindringlich. »Warum lässt der Marquess dich leben? Warum?«

»Sie haben keine Ahnung, oder?«, sagte Meg wütend.

»Ich sage dir, was ich weiß«, fuhr Sandman sie mit einer Wut an, die an Gewalttätigkeit grenzte. »Ich weiß, dass Sie einen Unschuldigen vor dem Galgen bewahren können, und ich weiß, dass Sie das nicht wollen, und das macht Sie zur Komplizin an einem Mord, Miss, dafür kann man Sie hinrichten.« Sandman wartete, aber sie schwieg. Er wusste, dass er gescheitert war. Sein Wutausbruch war ein Zeichen dieses Scheiterns, und er schämte sich dafür, aber wenn das Mädchen nicht aussagte, war Corday nicht zu retten. Allein durch ihr Schweigen konnte Meg ihn besiegen, und es kamen noch weitere ärgerliche Schwierigkeiten auf ihn zu. Er wollte Meg so schnell wie möglich nach London bringen, aber Mackeson bestand darauf, dass die Pferde zu erschöpft seien, um auch nur eine Meile zu fahren, und Sandman wusste, dass der Kutscher Recht hatte. Sie mussten also die Nacht im Dorf verbringen und die drei

Gefangenen bewachen. Bewachen, durchfüttern, und die Pferde im Auge behalten. Meg brachten sie in die Kutsche, banden die Türen zu und verkeilten die Fenster. Sie schlief wohl eine Weile, weckte Sandman aber zwei Mal, indem sie schrie und an die Fenster schlug. Schließlich zerbrach ein Fenster und sie versuchte, herauszuklettern, aber Sandman hörte, wie sie mit einem Stöhnen und einem unterdrückten Schrei zurückplumpste. »Was ist passiert?«, fragte er Berrigan.

»Nichts, was Sie beunruhigen müsste«, antwortete der Sergeant. Berrigan, Sandman und Sally schliefen im Gras und bewachten Mackeson und Billy, die beide verwirrt, verängstigt und gehorsam waren und keine Kampfeslust mehr besaßen. Sie erinnerten Sandman an einen französischen Oberst, den seine Männer in den Bergen Galiziens gefangen genommen hatten, ein aufgeblasener Mann, der so lange über die Bedingungen seiner Gefangenschaft gejammert und geklagt hatte, bis Sandmans eigener Oberst ihn einfach freigelassen hatte. »Verschwinde«, hatte er ihm auf Französisch gesagt, »du bist frei.« Aber der Franzose hatte solche Angst vor den spanischen Bauern, dass er sie angefleht hatte, ihn wieder gefangen zu nehmen. Mackeson und Billy hätten ihren erschöpften Bewachern ohne Weiteres entwischen können, aber beide fürchteten sich zu sehr vor dem fremden Dorf, der dunklen Nacht und der beängstigenden Aussicht, sich allein nach London durchschlagen zu müssen.

»Und was passiert jetzt?«, fragte Berrigan Sandman im Lauf der kurzen Sommernacht.

»Wir bringen sie zum Innenminister und überlassen es ihm, sie auseinander zu nehmen«, antwortete Sandman müde.

Es würde nichts nützen, dachte er, aber was blieb ihm anderes übrig? Irgendwo bellte ein Hund in der Dunkelheit, und Sandman schlief ein, während Berrigan Wache hielt.

9

Im Morgengrauen ging der Haupteingang des Gefängnisses Newgate zum Old Bailey auf, und die ersten Teile des Galgengerüsts wurden herausgetragen. Zuerst brachte man die Absperrung, die den fertigen Galgen umgeben würde, und stellte ihn mitten auf der Straße auf, um die wenigen Kutschen, die an einem frühen Sonntagmorgen zwischen Ludgate Hill und Newgate Street unterwegs waren, umzuleiten. William Brown, der Verwalter von Newgate, trat an den Haupteingang, gähnte, kratzte sich den kahlen Kopf, zündete sich eine Pfeife an und ging einen Schritt beiseite, als die Träger die schweren Balken brachten, die das Ständerwerk des Galgenpodests bildeten. »Es wird ein herrlicher Tag, Mister Pickering«, sagte er zu dem Vorarbeiter.

»Es wird heiß, Sir.«

»Auf der anderen Straßenseite gibt es reichlich Bier.«

»Gott sei Dank, Sir«, sagte Pickering und schaute an der Gefängnisfassade hinauf. Unmittelbar über der Schuldnerpforte gab es ein Fenster, auf das er nun mit dem Kopf deutete. »Sir, ich habe mir überlegt, dass wir uns eine Menge Arbeit ersparen könnten, wenn wir unter dem Fenster eine Plattform bauen würden, die ständig da bleiben könnte, verstehen Sie? Eine Falltür und ein Balken darüber, dann bräuchten wir nicht jedes Mal das Gerüst aufzubauen.«

Der Verwalter schaute nach oben. »Sie bringen sich mit Ihrem Gerede um Ihre Arbeit, Mister Pickering.«

»Ich wäre sonntags lieber zu Hause bei Mrs. Pickering, Sir. Und wenn Sie da oben eine Plattform hätten, würde sie den Verkehr nicht behindern und die Leute könnten besser sehen.«

»Vielleicht sogar zu gut?«, sagte der Verwalter. »Ich weiß nicht so recht, ob die Leute den Todeskampf sehen sollten.«

Bei diesem Gerüst mit seinen verhängten Seitenwänden konnten nur die Leute, die sich einen Platz an den oberen Fenstern dem Gefängnis gegenüber mieteten, in die Fallgrube schauen, wo die Gehenkten mit dem Tode rangen.

»In der Horsemonger Lane sehen sie den Todeskampf ja auch«, wandte Pickering ein. »Die Leute haben es gern, wenn sie sie richtig sterben sehen. Deshalb gefiel ihnen Tyburn so gut! In Tyburn konnte man gut sehen.« Im vorigen Jahrhundert wurden die zum Tode Verurteilten auf einem Wagen von Newgate auf die Freiflächen in Tyburn gefahren, wo ständig ein Galgen mit drei Galgenbäumen stand, umgeben von Sitzreihen. Die Fahrt dauerte zwei Stunden, immer wieder unterbrochen von Aufenthalten, wenn die Zuschauer aus den Schänken die Straße verstopften. Die Behörden hatten die Karnevalsstimmung verabscheut, die mit Hinrichtungen in Tyburn immer einhergegangen war, und aus diesem Grund hatten sie in der Überzeugung, dass Hinrichtungen vor dem Gefängnis Newgate würdiger ablaufen würden, das alte dreieckige Galgengerüst abgebaut und die Fahrt durch den Pöbel abgeschafft. »Ich habe die letzte Hinrichtung in Tyburn miterlebt«, erzählte Pickering, »ich war damals erst sieben, aber ich habe das nie vergessen!«

»Es soll sich ja auch einprägen«, sagte der Gefängnisverwalter, »sonst wäre es ja wohl keine Abschreckung, oder? Warum sollen wir also den Todeskampf verbergen? Ich bin fest überzeugt, dass Sie Recht haben, Mister Pickering, und werde Ihren Vorschlag an den Stadtrat weiterleiten.«

»Nett von Ihnen, Sir, sehr nett von Ihnen.« Pickering tippte sich mit dem Knöchel an die Stirn. »Gibt es morgen viel zu tun, Sir?«

»Nur zwei«, sagte der Verwalter, »aber einer von ihnen ist der Maler Corday. Sie erinnern sich? Das war der Bursche, der die Countess of Avebury erstochen hat.« Er seufzte. »Wird eine ganz schöne Menge Volk anlocken.«

»Bei dem schönen Wetter allemal, Sir.«

»Sicher, sicher«, sagte der Verwalter, »wenn es schön

bleibt.« Er trat beiseite, als ein Küchenmädchen seiner Frau mit einem großen Porzellankrug die Treppe hinunter zu dem Milchmädchen lief, das die Milch in zwei großen Kübeln mit Deckel an einem Joch über den Schultern trug. »Riech dran, Betty«, rief er hinter ihr her, »riech dran! Letzte Woche war die Milch sauer.«

Das Ständerwerk wurde zusammengesteckt und mit Holznägeln gesichert, während die Seitenverkleidung und die schwarzen Stoffbahnen, mit denen das gesamte Gerüst verhüllt wurde, auf dem Bürgersteig gestapelt waren. Der Verwalter klopfte seine Pfeife an dem schwarzen Türklopfer aus und ging hinein, um sich für den Sonntagsgottesdienst umzuziehen. Es herrschte kaum Verkehr auf Old Bailey, nur einige Gaffer schauten zu, wie das Galgengerüst allmählich wuchs, und ein halbes Dutzend Sängerknaben blieben auf dem Weg zur Kirche St. Sepulchre stehen und schauten mit offenem Mund zu, wie der schwere Galgenbaum mit den dunklen Metallhaken aus dem Gefängnis getragen wurde. Ein Kellner aus dem Magpie and Stump brachte den Arbeitern ein Tablett mit gefüllten Bierkrügen auf Kosten des Wirtes, der das gute Dutzend Männer den ganzen Tag über bestens versorgen würde. Es war Tradition, die Gerüstbauer mit Freibier zu versorgen, zumal der Galgen der Schänke am kommenden Tag ein lebhaftes Geschäft bereiten würde.

Weiter östlich in Wapping öffnete ein Schiffsausrüster einem Kunden die Hintertür. Sein Laden war sonntags geschlossen, aber dieser Kunde war etwas Besonderes. »Wie es aussieht, wird es morgen schön, Jemmy«, sagte der Händler.

»Dann kommen bestimmt viele Leute«, sagte Mister Botting und schob sich an Tauen und Taljen vorbei in den Laden, »ich habe es gern, wenn viele kommen.«

»Ein geschickter Mann braucht ein dankbares Publikum«, sagte der Händler und führte seinen Kunden an einen Tisch, auf dem er zwei zwölf Fuß lange Hanfseile für Botting bereit gelegt hatte. »Einzölliges Seil, Jemmy, geölt und gekocht«, sagte der Händler.

»Schön, Leonard, sehr schön.« Botting beugte den Kopf und schnupperte an den Seilen.

»Rate mal, wo sie herkommen«, sagte der Händler. Er war stolz auf die beiden Seile, die er ausgekocht und mit Leinöl eingerieben hatte, um sie geschmeidig zu machen. Anschließend hatte er liebevoll zwei Schlingen geknüpft und in das freie Ende eine Öse gespleißt.

»Sieht nach Bridport-Hanf aus«, sagte Botting, obwohl er wusste, dass es nicht so war. Er sagte es lediglich, um dem Händler eine Freude zu machen.

Der Schiffsausrüster kicherte vergnügt. »Kein Mensch sieht, dass das kein Bridport-Hanf ist, Jemmy, aber es ist keiner. Es ist Sisal, Trossensisal.«

»Nein!« Botting, dessen Gesicht von einem nervösen Tic zuckte, beugte sich herunter, um das Seil genauer zu untersuchen. Er hatte Anweisung nur den besten neuen Bridport-Hanf zu kaufen, und seine Rechnung an den Stadtrat würde zwei dieser teuren Seile ausweisen, aber es hatte ihm schon immer widerstrebt, gutes Seil auf Galgenstricke zu verschwenden.

»Es stammt aus dem Fallleinenfass eines Kohlenschiffs aus Newcastle«, sagte der Händler, »vermutlich westafrikanischer Schund, aber wenn du es auskochst, ölst und mit ein bisschen Schuhwichse einschmierst, merkt kein Mensch den Unterschied, oder? Für dich kosten sie einen Schilling das Stück, Jemmy.«

»Ein guter Preis«, willigte Botting ein. Er würde zwei Schillinge bezahlen und neun Schillinge und neun Pence für die beiden Seile in Rechnung stellen. Nachdem sie ihren Zweck erfüllt hätten, würde er sie in Stücke schneiden und für den Preis verkaufen, den der Markt hergäbe. Keiner der Männer, die morgen hingerichtet werden sollten, war ein wirklich berüchtigter Verbrecher, aber die Neugier auf den Mörder der Countess of Avebury könnte den Preis für Cordays Strang in die Höhe treiben. Er würde jedenfalls einen ordentlichen Gewinn machen. Er prüfte an einem der Seile, ob die Schlinge sich zusammenzog, und nickte zufrieden. »Außerdem brauche ich noch Kordel für die Fesseln«, sagte er. »Vier Längen.«

»Ich habe schon schwedische Kordel für dich bereit gelegt, Jemmy«, sagte der Händler. »Du bindest ihnen also immer noch selbst Hände und Ellbogen?«

»Nicht mehr lange«, sagte Botting. »Danke!« Der Händler hatte Branntwein in zwei Blechnäpfe gegossen. »Bei der letzten Vollstreckung waren zwei Stadträte da«, erzählte Botting. »Sie taten so, als wären sie nur zum Vergnügen da, aber ich weiß Bescheid. Mister Logan war dabei, und er ist ein ganz anständiger Kerl. Er weiß, was nötig ist. Aber der andere hat sich bestimmt gewünscht, er wäre weggeblieben. Gekotzt hat er! Konnte den Anblick nicht aushalten!« Er kicherte. »Aber Mister Logan hat mir hinterher gesteckt, dass sie mir einen Helfer geben.«

»Ein Mann braucht einen Helfer.«

»Allerdings, allerdings.« Jemmy Botting trank seinen Branntwein, nahm die Seile und folgte dem Händler zu einem Fass, in dem er die Kordel aufbewahrte. »Das wird eine einfache Sache morgen«, sagte Botting. »Nur zwei aufzuknüpfen. Kommst du auch?«

»Bestimmt, Jemmy.«

»Hinterher trinken wir ein Bier zusammen«, sagte Botting, »und zum Mittagessen gibt es ein Steak.«

Zehn Minuten später ging er mit Seil und Kordel in der Tasche. Er musste nur noch die beiden Baumwollsäcke bei einer Näherin abholen, dann war er fertig. Er war der Henker von England und würde am nächsten Tag bei Morgengrauen seines Amtes walten.

Sandman war an diesem Sonntagmorgen schlechter Laune. Er hatte kaum geschlafen, war angespannt und gereizt, und Megs Gejammer machte es nur noch schlimmer. Berrigan und Sally waren kaum besserer Stimmung, besaßen aber genügend Verstand, sich still zu verhalten, während Meg sich beklagte, dass man sie mit Gewalt nach London brachte, und zu kreischen anfing, als Sandman sie als selbstsüchtig und dumm beschimpfte.

Billy, den Stallknecht, ließen sie im Dorf zurück. Da er unmöglich vor der Kutsche in London eintreffen konnte, hatte er keine Möglichkeit, den Seraphim Club zu warnen. »Und wie komme ich nach Hause?«, beklagte er sich.

»Genauso wie wir von Lissabon nach Toulouse gekommen sind«, herrschte Sandman ihn an, »zu Fuß.«

Die Pferde waren müde. Sie hatten auf dem Dorfanger gegrast, wo sie ständig den aufdringlichen Gänsen hatten ausweichen müssen, denen ihre Anwesenheit missfallen hatte. Aber die Pferde waren Hafer und Getreide gewohnt, nicht spärliches Gras, und gingen schwerfällig im Geschirr, ließen sich aber von Mackesons Peitsche anspornen und trabten einigermaßen zügig nordwärts, als die Sonne über die Baumwipfel im Osten stieg. Kirchengeläut hallte durch einen sommerlichen Himmel, an dem hohe weiße Wolken nach Westen trieben. »Sind Sie Kirchgänger, Captain?«, erkundigte sich Berrigan, der vermutete, dass Sandmans Laune sich durch ihr zügiges Fortkommen gebessert haben dürfte.

»Selbstverständlich«, antwortete Sandman, der mit Berrigan und Mackeson auf dem Kutschbock saß und Sally und Meg das Innere der Kutsche überlassen hatte. Es war Sallys Idee gewesen, mit Meg allein in der Kutsche zu sitzen. »Mir macht sie keine Angst«, hatte Sally erklärt, »außerdem redet sie vielleicht eher mit einem Mädchen?«

»Ich bin nicht sonderlich für die Kirche«, sagte Berrigan, »dafür habe ich keine Zeit, aber die Glocken höre ich gern.« Rund um sie her war das Wechselläuten von den Kirchtürmen zu hören, die hinter den Laubwäldern Kents verborgen lagen. Ein Hundekarren voller Kinder in Sonntagsstaat und mit Gebetbüchern holperte auf dem Weg zur Sonntagsmesse vorbei. Die Kinder winkten.

Die Glocken verstummten, als die Gottesdienste begannen. Die Kutsche kam durch ein Dorf mit verlassenen Straßen. Als sie an der Kirche vorüberratterten, hörte Sandman ein Cello, das das alte Kirchenlied *Erwecke meine Seele* begleitete. Er erinnerte sich, dass sie dieses Lied am Morgen vor der Schlacht um Salamanca gesungen hatten, raue, tiefe Männerstimmen unter einer aufgehenden Sonne, die an einem Tag brennenden Todes erbarmungslos sengende Hitze schicken sollte. Mackeson ließ das Gespann an einer Furt jenseits des Dorfes halten, und als die Pferde tranken, klappte Sandman den Tritt herunter, damit Sally und Meg sich die Beine vertreten konnten. Er schaute Sally fragend an, die nur den Kopf schüttelte. »Verstockt«, raunte sie Sandman zu.

Meg stieg aus, funkelte Sandman wütend an und bückte sich, um Wasser zu schöpfen. Anschließend saß sie am Ufer und schaute den Libellen zu. »Wenn die Füchse meine Hühner fressen, bringe ich Sie um«, sagte sie zu Sandman.

»An Ihren Hühnern liegt Ihnen wohl mehr als am Leben eines Unschuldigen?«

»Soll er doch hängen«, sagte Meg. Sie hatte ihre Haube verloren, und ihr Haar hing wirr und strähnig herunter.

»In London werden Sie mit anderen Männern reden müssen, die nicht so freundlich sind«, warnte Sandman.

Das Mädchen schwieg.

Sandman seufzte. »Ich weiß, was passiert ist«, sagte er. »Sie waren im Zimmer, als Corday die Countess malte. Jemand kam die Hintertreppe herauf. Sie brachten Corday über die Vordertreppe hinunter, nicht wahr? Sein Gemälde und seine Pinsel ließen sie im Schlafzimmer der Countess und schoben ihn eilig auf die Straße, weil einer der Liebhaber der Countess gekommen war. Ich weiß, wer es war. Es war der Marquess of Skavadale.« Meg runzelte die Stirn und sah aus, als wolle sie etwas sagen, starrte aber dann nur in die Ferne. »Und der Marquess von Skavadale will eine sehr reiche Erbin heiraten«, fuhr Sandman fort, »er braucht diese Heirat, weil seine Familie in Geldnot ist, in verzweifelter Geldnot. Aber das Mädchen wird ihn nicht heiraten, wenn sie erfährt, dass er eine Liaison mit der Countess hatte, und damit hat die Countess ihn erpresst. So verdiente sie ihr Geld, nicht wahr?«

»Tatsächlich?«, fragte Meg tonlos.

»Sie waren ihre Kupplerin, nicht wahr?«

Meg schaute Sandman aus kleinen, bitteren Augen an. »Ich war ihre Kupplerin, Mann, und die hatte sie auch nötig. Viel zu gutmütig war sie.«

»Aber Sie beschützten sie nicht!«, sagte Sandman barsch. »Der Marquess tötete sie, und Sie fanden es heraus. Überraschten Sie ihn dort? Hörten Sie den Mord vielleicht mit an? Oder sahen ihn gar! Also brachte er Sie fort und versprach Ihnen Geld. Aber eines Tages wird er es leid werden, Sie zu bezahlen, Meg. Er lässt sie nur leben, bis Corday am Galgen hängt, denn danach wird niemand mehr glauben, dass ein anderer der Schuldige war.«

Mit dem Anflug eines Grinsens fragte Meg: »Und warum hat er mich nicht sofort umgebracht, was?«

Sie starrte Sandman trotzig an. »Wenn er schon die Countess ermordet hatte, warum sollte er dann nicht auch die Zofe töten? Sagen Sie mir das, los!«

Darauf konnte Sandman nicht antworten. Es war das Einzige, was er sich nicht zu erklären vermochte, obwohl alles andere einen Sinn ergab und er glaubte, dass sich auch dieses Rätsel mit der Zeit klären würde. »Vielleicht mag er Sie?«, mutmaßte er.

Meg starrte ihn ein Weilchen fassungslos an und lachte dann bellend auf. »Einer wie der? Soll mich mögen? Nein.« Sie wedelte ein Insekt von ihrem Rock. »Er ließ mich die Hühner versorgen, das ist alles. Ich mag Hühner. Hühner habe ich schon immer gemocht.«

»Captain!« Berrigan saß bereits auf dem Kutschbock und schaute nach Norden. »Captain!«, rief er noch einmal. Sandman stand auf, ging zur Kutsche, schaute über die Felder nach Norden und sah oben auf einem dicht bewaldeten Hügel, wo die Landstraße nach London als Schneise am Horizont verlief, eine Reitergruppe. »Sie haben uns gesehen«, sagte Berrigan.

Sandman hatte kein Fernglas, und die Reiter waren zu weit entfernt, um sie deutlich zu erkennen. Es waren sechs oder sieben, und Sandman hatte den vagen Eindruck, dass sie zur Kutsche schauten und mindestens einer von ihnen ein Fernglas hielt. »Könnte irgendwer sein«, sagte er.

»Könnte«, antwortete Berrigan, »aber Lord Robin Holloway trägt gern einen weißen Reitrock, und er hat einen großen Rappen.«

Der Mann in der Mitte der Gruppe trug einen weißen Rock und ritt einen großen Rappen. »Verdammt«, fluchte Sandman leise. Ob Flossie im Seraphim Club geredet hatte? Hatte sie verraten, dass Sandman dort eingedrungen war? In diesem Fall dürften sie wohl einen Zusammenhang zwischen ihm und der fehlenden Kutsche hergestellt und sich Sorgen wegen Meg in Kent gemacht haben, worauf sie einen Trupp Reiter ausgeschickt haben würden, um zu verhindern, dass Sandman das Mädchen nach London brachte. Noch während er diese Überlegungen anstellte, sah er die Reitergruppe in den Bäumen verschwinden. »Geben Sie ihnen die Peitsche«, befahl er Mackeson. »Sergeant! Bringen Sie Meg in die Kutsche! Schnell!«

Wie lange würde es dauern, bis die Reiter sie erreichten? Zehn Minuten? Vermutlich weniger. Sandman überlegte, ins Dorf zurückzufahren, wo er eine Kreuzung gesehen hatte. Aber es war kein Platz, das Fahrzeug zu wenden, und als Meg sicher im Wagen verstaut war und Mackeson die Pferde antrieb, befahl Sandman ihm, an der ersten Abzweigung von der Straße abzubiegen. Irgendeine Seitenstraße oder ein Feldweg hätte genügt, aber es gab keine, und während die Kutsche weiterholperte, rechnete Sandman jeden Augenblick mit dem Erscheinen der Reiter. Er starrte gebannt nach vorn und hielt Ausschau nach einer Staubwolke über den Bäumen. Zumindest war diese Gegend dicht bewaldet, so dass die Kutsche verborgen bliebe, bis die Reiter sie schon beinahe erreicht hätten. Und als Sandman gerade schon die Hoffnung aufgeben wollte, je einen Fluchtweg zu finden, führte rechts eine schmale Straße den Hang hinunter. Er befahl Mackeson, dort abzubiegen.

»Schlechte alte Straße«, warnte Mackeson.

»Biegen Sie ab!«

Das Fahrzeug schwenkte in die schmale Straße und verfehlte nur knapp einen knorrigen Eichenstamm, als es um die scharfe Kurve bog. »Ich hoffe, sie führt überhaupt irgendwohin.« Mackeson klang amüsiert. »Sonst stecken wir fest.«

Die Kutsche schwankte und holperte bedenklich, da die Straße nur aus tief ausgefahrenen Wagenspuren bestand, die getrocknet waren und sich verfestigt hatten, aber sie führte zwischen dichten Hecken und weiten Obstwiesen hindurch, und jedes Stück brachte sie weiter von der Straße nach London weg. Sandman ließ Mackeson nach einigen Minuten halten, stieg auf das Dach der Kutsche und spähte zurück, sah aber keine Reiter auf der Straße. Hatte seine Angst ihn übervorsichtig gemacht? Plötzlich schrie Meg, schrie ein zweites Mal durchdringend, und als Sandman vom Dach der Kutsche stieg, hörte er einen Schlag. Das Geschrei verstummte, und er sprang auf die Straße. Berrigan öffnete das Fenster, das nicht zerbrochen war. »Nur eine verdammte Wespe«, sagte er und schnippte das tote Insekt in die Hecke. »Nach dem Theater, das sie veranstaltet, sollte man meinen, es wäre ein Krokodil.«

»Ich dachte schon, sie wollte Sie umbringen«, sagte Sandman. Er wollte gerade wieder auf den Kutschbock steigen, als Berrigan ihn zurückhielt. Er blieb stehen, lauschte und hörte Hufschläge.

Das Geräusch zog vorbei. Die Reiter waren auf der Hauptstraße geblieben und nicht in die schmale Straße eingebogen. Sandman tastete nach der Pistole, die in seinem Gürtel steckte, und erinnerte sich an einen Tag in den Pyrenäen, wo ihn und seinen kleinen Spähtrupp eine Schar Dragoner verfolgt hatte. Drei Männer hatte er an jenem Tag verloren, alle gefallen durch französische Degen, und er war nur entkommen, weil er zufällig einen Offizier der Grünröcke mit einem Dutzend Männern getroffen hatte, die die Reiter mit ihren Gewehren vertrieben hatten. Heute bestand keine Chance, auf einen befreundeten Offizier zu treffen. Würden die Reiter sie hier suchen? Die Hufschläge verklangen, aber Sandman zögerte, die Kutsche weiterfahren zu lassen, da das Fahrzeug sehr laut war. Allerdings vermutete er, dass Megs Schrei noch lauter gewesen sein dürfte, aber die Verfolger nicht angelockt hatte. Also schwang er sich auf den Kutschbock und nickte Mackeson zu. »Fahren Sie ganz vorsichtig weiter.«

»Was anderes geht hier sowieso nicht«, sagte Mackeson mit einer Kopfbewegung nach vorn, wo die Straße eine scharfe Linkskurve machte. »Ich muss ganz an den Rand fahren, Captain, es ist eine scharfe Kehre.«

»Fahren Sie langsam.« Sandman stand auf und schaute nach hinten, aber es waren keine Reiter in Sicht.

»Und was machen wir jetzt?«, fragte Mackeson.

»Irgendwo da vorn muss es einen Bauernhof geben«, sagte Sandman, »und wenn gar nichts mehr geht, spannen wir die Pferde aus, wenden die Kutsche von Hand und spannen wieder an.«

»Sie ist nicht für so schlechte Straßen gebaut«, sagte Mackeson vorwurfsvoll, aber er schnalzte mit der Zunge und ruckte fast unmerklich an den Zügeln. Die Straße war schmal und die Kurve überaus eng, aber die Pferde nahmen sie ganz langsam. Die Kutsche schwankte, als die Räder auf den Randstreifen rollten. Die Pferde spürten den Widerstand und ließen in ihrer Zugkraft nach, aber Mackeson knallte mit der Peitsche über ihren Köpfen und zuckte erneut mit den Zügeln. In diesem Augenblick rutschte das linke Vorderrad eine Böschung hinunter, die von Gras und Ampferblättern verdeckt war, die ganze Kutsche neigte sich zur Seite, Mackeson wedelte mit den Armen, um das Gleichgewicht zu halten, und Sandman klammerte sich am Dachgeländer fest. Die Pferde wieherten, Meg schrie erschrocken auf, die Speichen des Rades, das nun die ganze Last der Kutsche in dem versteckten Graben allein abfangen musste, brachen eine nach der anderen, bis unweigerlich auch die Felge nachgab und die Kutsche mit einem harten Ruck aufsetzte. Mackeson war es irgendwie gelungen, auf dem Kutschbock zu bleiben. »Ich habe Ihnen ja gesagt, dass sie nicht fürs Land taugt«, sagte er vorwurfsvoll, »das ist ein Fahrzeug für die Stadt.«

»Jetzt ist es überhaupt kein Fahrzeug mehr«, knurrte Berrigan. Er war aus dem schräg geneigten Fahrgastabteil geklettert und half den beiden Frauen auf die Straße.

»Und was machen wir jetzt?«, fragte Mackeson Sandman.

Sandman balancierte auf dem Dach der Kutsche, beobachtete die Straße dahinter und lauschte. Der Radbruch war mit erheblichem Lärm vonstatten gegangen, und die Kutsche hatte laut auf der Böschung aufgesetzt, nun meinte er wieder Hufschläge zu hören.

Er zog die Pistole. »Still! Alle!«

Er war sicher, dass er Hufe hörte und dass sie näher kamen. Er spannte die Waffe, sprang auf die Straße und wartete.

Reverend Horace Cotton, der Gefängnispriester von Newgate, kauerte mit geschlossenen Augen auf seiner Kanzel und wirkte, als sammele er alle körperlichen und geistigen Kräfte für eine höchste Anstrengung. Er atmete tief durch, ballte die Fäuste und stieß einen angsterfüllten Schrei aus, der von den hohen Deckenbalken der Newgate-Kapelle widerhallte. »Feuer!«, heulte er. »Feuer, Schmerzen, Flammen und Qualen! All die bestialischen Foltern des Teufels erwarten euch. Ewiges Feuer, unvorstellbare Schmerzen, unaufhörliches Heulen und Zähneknirschen, und wenn das Leid schier unerträglich erscheint, wenn es scheint, als könne keine Menschenseele, nicht einmal eine so verdorbene wie die eure, solche Pein auch nur einen Augenblick länger ertragen, dann werdet ihr merken, dass dies erst der Anfang ist!« Er ließ die Worte nachklingen und senkte die Stimme zu einem Ton nachsichtiger Vernunft, kaum mehr als ein Flüstern. »Das ist erst der Anfang eurer Qual. Es ist erst der Anfang eurer Strafe, die euch die ganze Ewigkeit hindurch peinigen wird. Selbst wenn die Sterne vergehen und neue Firmamente entstehen, werdet ihr im Höllenfeuer schreien, das euer Fleisch martert, als würde es mit Haken zerrissen und mit Brandeisen versengt.« Er beugte sich über die Kanzelbrüstung und starrte mit großen Augen auf die schwarze Bank, auf der die beiden zum Tode Verurteilten neben dem schwarz lackierten Sarg saßen. »Ihr werdet ein Spielball der Dämonen sein«, prophezeite er ihnen, »gerüttelt, geschlagen, verbrannt, und zerrissen. Es wird eine Pein ohne Ende. Eine Qual ohne Unterlass. Eine Folter ohne Erbarmen.«

Durch die Stille in der Kapelle hallte das Hämmern der Arbeiter, die jenseits der hohen Fenster das Galgengerüst aufbauten, und Charles Cordays Schluchzen. Reverend Cotton richtete sich erfreut auf, weil es ihm gelungen war, einen der Übeltäter zu brechen. Er ließ den Blick über die Kirchenbänke schweifen, in denen andere Gefangene saßen, die teils ebenfalls die schwarze Bank erwartete, teils aber auch die Deportation nach Australien und in die Vergessenheit. Er schaute hinauf zu der Empore für die Öffentlichkeit, die wie stets am Tag vor einer Hinrichtung voll besetzt war. Die Gläubigen auf der Empore bezahlten für das Privileg, die zum Tode Verurteilten bei ihrem letzten Seelenamt zu sehen. Es war heiß an diesem Tag, und einige Frauen auf der Empore hatten sich vorher mit Fächern Kühlung verschafft, aber nun flatterte kein bemalter Karton mehr. Alle waren still, reglos, wie gebannt von den Grauen erregenden Worten, die der Ordinarius wie ein verhängnisvolles Spinnennetz über den Köpfen der beiden Todgeweihten spann.

»Nicht ich prophezeie euch dieses Schicksal«, mahnte Reverend Cotton, »nicht ich sehe die Qualen eurer Seelen voraus, sondern Gott! Gott hat euch dieses Schicksal prophezeit! Bis in alle Ewigkeit werdet ihr vor Schmerz heulen, wenn die Heiligen sich am Ufer des kristallenen Flusses sammeln, um Gott zu preisen.« Charles Corday schluchzte mit gesenktem Kopf und zuckenden Schultern. Seine Fußeisen, die mit einem Eisenring um seine Taille verbunden waren, klirrten leise bei jedem Schluchzer. Der Gefängnisverwalter, der in seiner eigenen Familienbank hinter der schwarzen Bank saß, runzelte die Stirn. Er war sich nicht sicher, ob diese berüchtigten Predigten sonderlich dazu beitrugen, die Gefängnisordnung zu erhalten, denn sie jagten Männern und Frauen Angst und Schrecken ein oder forderten sie zu gottlosem Trotz heraus. Der Verwalter hätte einen stillen, würdigen Gottesdienst mit gedämpft gemurmelten Gebeten vorgezogen, aber London erwartete vom Ordinarius des Gefängnisses eine eindrucksvolle Vorstellung, und Cotton verstand es, diesen Erwartungen gerecht zu werden.

»Morgen«, donnerte Cotton, »werdet ihr auf die Straße geführt, ihr werdet aufschauen und Gottes strahlenden Himmel zum letzten Mal sehen, bevor man euch die Kapuze über die Augen zieht und die Schlinge um euren Hals legt und ihr den großen Flügelschlag des Teufels hört, der schon auf eure Seelen wartet. Rette mich, Herr, werdet ihr schreien, rette mich!« Er wedelte mit den Händen in Richtung Decke, als wolle er Gott ein Zeichen geben. »Aber es wird zu spät sein, zu spät! Eure Sünden, eure abscheulichen Sünden, eure eigene Verderbtheit wird euch an diesen grauenhaften Galgen gebracht haben, wo ihr am Strang enden werdet, ihr werdet ersticken, ihr werdet zucken, ihr werdet nach Atem ringen, aber dieser Kampf wird euch nichts nützen, Schmerz wird euch erfüllen! Und dann kommt die Finsternis, eure Seelen werden aufsteigen aus dieser irdischen Pein zum Jüngsten Gericht, wo euch Gott erwartet. Gott!« Cotton hob erneut seine plumpen Hände, dieses Mal demütig, und wiederholte: »Gott! Gott erwartet euch in all seiner Gnade und Herrlichkeit, und er wird euch prüfen! Er wird euch richten! Er wird euch wiegen und für zu leicht befinden! Morgen! Ja, morgen!« Er deutete auf Corday, der immer noch mit gesenktem Kopf dasaß. »Ihr werdet Gott erblicken. Ihr beide, so klar und deutlich, wie ich euch jetzt sehe, werdet ihr den gefürchteten Gott sehen, unser aller Vater, und er wird enttäuscht den Kopf schütteln und befehlen, euch aus seiner Gegenwart zu verbannen, weil ihr gesündigt habt. Ihr habt ihn beleidigt, der uns nie beleidigt hat. Ihr habt euren Schöpfer verraten, der seinen einzigen Sohn zu unserer Erlösung gesandt hat, und ihr werdet in die tiefsten Tiefen der

Hölle geschleudert werden. In die Flammen, ins Höllenfeuer. In immerwährende Pein!« Er zog die Worte in die Länge zu einem bebenden Stöhnen, und als er auf der Empore eine Frau vor Angst seufzen hörte, wiederholte er den Satz: »In immerwährende Pein!« Das Letzte kreischte er, dann hielt er inne, damit die ganze Kapelle das Schluchzen der Frau auf der Empore hören konnte, beugte sich zur schwarzen Bank hinunter und flüsterte heiser: »Und ihr werdet leiden, o wie ihr leiden werdet, und euer Leiden, eure Qual beginnt morgen.« Seine Augen weiteten sich und seine Stimme wurde lauter: »Denkt daran! Morgen! Wenn wir, die wir auf Erden bleiben, unser Frühstück einnehmen, werdet ihr Höllenqualen leiden. Während wir Übrigen unsere Augen schließen und die Hände zum Gebet falten, um einem gütigen Gott zu danken, dass er uns unseren Porridge, unsere Eier mit Speck, unser Röstbrot und Koteletts, gebratene Leber oder sogar«, hier lächelte Reverend Cotton, denn er verlieh seinen Predigten gern eine persönliche Note, »oder vielleicht sogar scharfe Nierchen beschert, in eben diesem Augenblick werdet ihr euch in den ersten grauenvollen Schmerzen der Ewigkeit winden! Und bis in alle Ewigkeit werden diese Qualen immer schrecklicher werden, immer quälender, immer grauenvoller! Es wird kein Ende eures Leidens geben, und sie beginnen morgen.« Er beugte sich nun weit unter dem Baldachin der Kanzel vor, damit seine Stimme die schwarze Bank wie ein Pfeil träfe. »Morgen werdet ihr dem Teufel begegnen, von Angesicht zu Angesicht, und ich werde um euch weinen. Ich werde um euch zittern. Doch vor allem werde ich meinem Gott und Erlöser, unserem Herrn Jesus Christus, danken, dass mir euer Leid erspart bleiben und ich die Krone der Gerechten tragen werde, denn ich bin erlöst worden.« Er richtete sich auf und schlug die Hände an seine Brust. »Ich bin erlöst worden! Gerettet! Ich bin gesegnet mit der Gnade des Herrn, der allein uns unser Leid nehmen kann.«

Reverend Horace Cotton hielt inne. Er hatte inzwischen eine Dreiviertelstunde gepredigt und war erst bei der Hälfte angelangt. Er trank einen Schluck Wasser und musterte die beiden Gefangenen. Einer weinte, der andere widerstand noch, also musste er sich mehr anstrengen.

Er amtete tief durch, sammelte seine Kräfte und predigte weiter.

Es kamen keine Reiter die Straße herunter. Ihr Hufschlag war eine Weile lang laut auf der Straße nach London zu hören, wurde leiser und verklang schließlich in der Hitze des Tages. Weit entfernt erklang das Wechselläuten nach der Messe.

»Und was wollen Sie jetzt machen?«, fragte Mackeson noch einmal, und dieses Mal mit unverhohlenem Triumph in der Stimme. Er ahnte, dass der Radbruch der Kutsche Sandmans Chancen zunichte gemacht hatte, und die Schadenfreude war ihm Genugtuung für die Demütigungen, die er in den vergangenen beiden Tagen und Nächten hatte erdulden müssen.

»Was ich mache, geht Sie gar nichts an, aber Sie bleiben mit der Kutsche hier. Sergeant? Schneiden Sie die Pferde aus dem Geschirr.«

»Ich kann nicht hier bleiben!«, wandte Mackeson ein.

»Dann gehen Sie eben zu Fuß«, schnaubte Sandman und wandte sich an Meg und Sally. »Ihr beide reitet.«

»Ich kann nicht reiten«, begehrte Meg auf.

»Dann werden Sie eben zu Fuß nach London gehen!«, sagte Sandman, gefährlich knapp vor einem Wutausbruch. »Ich werde schon dafür sorgen, dass Sie laufen!« Er schnappte Mackeson die Peitsche aus der Hand.

»Sie wird reiten, Captain«, erklärte Sally lakonisch. Sobald das Gespann aus dem Geschirr geschnitten war, kletterte Meg tatsächlich gehorsam auf den Kutschentritt und setzte sich auf den bloßen Rücken eines Pferdes. Ihre Beine baumelten an einer Flanke herunter, mit den Händen klammerte sie sich an den Riemen, der über den Rücken des Tieres lief. Sie wirkte verängstigt, während Sally auch ohne Sattel anmutig aussah.

»Und jetzt?«, fragte Berrigan.

»Hauptstraße«, antwortete Sandman und führte mit dem

Sergeant die vier Pferde über die Straße zurück. Es war riskant, die Hauptstraße nach London zu nehmen, aber die Reiter suchten in südlicher Richtung, falls sie denn überhaupt auf der Suche nach der entwendeten Kutsche waren. Sandman ging vorsichtig, aber sie begegneten niemandem, bis sie in ein Dorf kamen, wo ein Hund hinter den Pferden herjagte. Meg kreischte, als ihre Stute seitwärts tänzelte. Eine Frau kam aus einer Hütte und schlug mit dem Besen nach dem Hund.

Unmittelbar hinter dem Dorf verkündete ein Meilenstein, dass es noch zweiundvierzig Meilen bis London waren. »Wir haben einen langen Tag vor uns«, sagte Berrigan.

»Einen Tag und eine Nacht«, sagte Sandman finster.

»Ich bleibe nicht Tag und Nacht hier oben«, jammerte Meg.

»Sie tun, was ich Ihnen sage«, erklärte Sandman. Aber im nächsten Dorf fing Meg an zu schreien, man habe sie von zu Hause entführt. Ein kleines Grüppchen verärgerter Dorfbewohner folgte den trottenden Pferden, bis der Pfarrer mit Serviette um den Hals, da er gerade beim Mittagessen gestört wurde, nachschauen kam, was der Lärm sollte.

»Sie ist verrückt«, erklärte Sandman dem Priester.

»Verrückt?« Der Pfarrer schaute zu Meg hinauf und schauderte über die Bosheit in ihrer Miene.

»Man hat mich entführt!«, kreischte sie.

»Wir bringen sie nach London zum Arzt«, sagte Sandman.

»Sie entführen mich!«, schrie Meg.

»Sie hat Fledermäuse im Oberstübchen«, erklärte Sally hilfreich.

»Ich habe nichts getan!«, brüllte Meg, ließ sich vom Pferd fallen und versuchte fortzulaufen, aber Sandman lief ihr nach, brachte sie zu Fall und kniete sich neben sie. »Ich breche dir das Genick, Mädchen«, zischte er.

Der Pfarrer, ein fülliger Mann mit weißem Haarschopf, versuchte Sandman wegzuziehen. »Ich möchte gern mit dem Mädchen reden«, sagte er. »Ich bestehe darauf.«

»Lesen Sie zuerst das hier«, sagte Sandman und reichte

dem Pfarrer das Schreiben des Innenministers, das ihm gerade rechtzeitig eingefallen war. Meg spürte, dass dieser Brief ihr Schwierigkeiten bereiten könnte, und versuchte, dem Pfarrer das Blatt aus der Hand zu reißen. Dieser war von dem Siegel des Innenministeriums stark beeindruckt und trat beiseite, um das zerknitterte Schreiben zu lesen. »Aber was hat der Viscount Sidmouth mit ihr zu tun, wenn sie verrückt ist?«, fragte er, als er fertig gelesen hatte.

»Ich bin nicht verrückt!«, protestierte Meg.

»In Wahrheit wird sie wegen Mordes gesucht«, flüsterte Sandman dem Pfarrer zu, »aber ich möchte Ihre Pfarrkinder nicht erschrecken. Es ist doch sicher besser, wenn sie glauben, sie sei verrückt, oder?«

»Völlig richtig, völlig richtig.« Beunruhigt drückte der Pfarrer Sandman den Brief in die Hand, als sei er vergiftet. »Aber vielleicht sollten Sie ihr besser die Hände fesseln?«

»Haben Sie gehört?«, fragte Sandman Meg. »Er sagt, ich soll Ihnen die Hände fesseln, und das tue ich auch, wenn Sie noch weiter Lärm schlagen.«

Sie musste sich geschlagen geben und fluchte aufs Übelste, was Sandmans Behauptung für den Pfarrer nur noch glaubwürdiger machte. Mit seiner Serviette, die er durch die Luft schwenkte wie eine Fliegenklatsche, scheuchte er seine Pfarrkinder von dem fluchenden Mädchen fort. Als Meg sah, dass ihr Flehen um Freiheit sinnlos war, stieg sie aus Angst, Sandman könne sie fesseln, falls sie weiter widerspenstig wäre, auf eine Steintränke und von dort aufs Pferd. Sie fluchte immer noch, als sie das Dorf verließen.

Sie trotteten weiter. Alle waren müde und gereizt, die Hitze und der lange Weg zehrten an Sandmans Kräften. Seine Kleider waren klebrig und schmutzig, und er spürte eine Blase an der rechten Ferse. Er humpelte immer noch, aber wie alle Infanteristen war er fest überzeugt, dass eine Verstauchung sich am besten kurieren ließ, indem man einfach weiter marschierte. Es war allerdings lange her, seit er so weite Fußmärsche zurückgelegt hatte. Sally versuchte ihn zu überreden zu reiten, aber da er die Pferde schonen wollte, schüttelte er nur den Kopf und verfiel in den geistlosen Trott des Soldaten, nahm die Landschaft kaum wahr und hing Erinnerungen an die langen, staubigen Straßen Spaniens nach, an das Scharren der Stiefel seiner Kompanie, an den Weizen, der am Straßenrand wuchs, wo Samenkörner aus den Verpflegungswagen gefallen waren. Auch damals war er selten geritten und hatte sein Pferd lieber geschont.

»Was passiert, wenn wir nach London kommen?«, brach Berrigan das Schweigen, als sie durch ein weiteres Dorf kamen.

Sandman blinzelte, als sei er eben erst aufgewacht. Die Sonne ging bereits unter, und die Kirchenglocken läuteten zum Angelus. »Meg wird die Wahrheit sagen«, antwortete er nach einer Weile. Sie schnaubte verächtlich, und Sandman musste sein Temperament zügeln. »Meg«, sagte er ruhig, »Sie wollen doch zurück in das Haus des Marquess, nicht wahr? Sie wollen doch zurück zu Ihren Hühnern?«

»Das wissen Sie doch«, fuhr sie ihn an.

»Das können Sie auch, aber zuerst müssen Sie einen Teil der Wahrheit sagen«, sagte er.

»Einen Teil?«, fragte Sally gespannt.

»Einen Teil der Wahrheit«, wiederholte Sandman. Ohne es zu merken, hatte er über sein Dilemma nachgedacht und plötzlich schien ihm die Lösung klar auf der Hand zu liegen. Man hatte ihn nicht beauftragt, den Mörder der Countess zu finden, sondern festzustellen, ob Corday schuldig war oder nicht. Mehr würde er dem Innenminister also auch nicht mitteilen. Meg sagte er: »Es spielt keine Rolle, wer die Countess getötet hat. Wichtig ist nur, dass Sie wissen: Corday war es nicht. Sie haben ihn aus dem Schlafzimmer geführt, als sie noch lebte, und mehr brauchen Sie dem Innenminister nicht zu sagen.«

Sie starrte ihn an.

»Das ist doch die Wahrheit, nicht wahr?«, fragte Sandman. Als sie immer noch nichts sagte, seufzte er: »Meg, Sie können zurück in das Haus des Marquess. Sie können mit dem Rest Ihres Lebens anfangen, was Sie wollen, aber zuerst müssen Sie diesen kleinen Teil der Wahrheit sagen. Sie wissen doch, dass Corday unschuldig ist, nicht wahr?«

Schließlich und endlich nickte sie. »Ich habe ihn zur Vordertür gebracht«, sagte sie leise.

»Und die Countess lebte noch?«

»Natürlich lebte sie noch«, antwortete Meg. »Sie hat ihm aufgetragen, am nächsten Tag wiederzukommen, aber da hatte man ihn schon verhaftet.«

»Und das werden Sie auch dem Innenminister sagen?«

Sie zögerte, nickte dann aber. »Das werde ich ihm sagen, aber mehr auch nicht.«

»Danke«, erwiderte Sandman.

Ein Meilenstein zeigte, dass sie noch achtzehn Meilen von Charing Cross trennten. Der Rauch der Stadt hing wie bräunlicher Nebel am Himmel, während die Themse zwischen den dunkler werdenden Hügeln schimmerte wie eine Messerklinge. Sandmans Müdigkeit hatte sich verflüchtigt. Ein Teil der Wahrheit dürfte genügen, dachte er, und damit wäre seine Aufgabe erfüllt, Gott sei Dank.

Jemmy Botting, Henker von England, kam am frühen Abend nach Old Bailey, um das fertige Galgengerüst zu überprüfen. Ein oder zwei Passanten, die ihn erkannten, riefen ihm scherzhafte Grüße zu, aber er beachtete sie nicht.

Es gab wenig zu inspizieren. Er musste darauf vertrauen, dass die Balken ordentlich verzapft und fest genagelt und der Stoff sicher angebracht waren. Das Podest schwankte ein bisschen, aber das tat es immer, und die Bewegung war nicht schlimmer als an Deck eines Schiffes in einer leichten Dünung. Er zog den Pflock heraus, der den Trägerbalken der Falltür sicherte, ging in den dämmrigen Raum unter dem Podest und zog an dem Seil, um den Träger beiseite zu schwenken. Er gab mit leichtem Beben nach, die Falltür klappte herunter und die Abendsonne schien herein.

Das Beben gefiel Botting ganz und gar nicht. Noch hatte niemand auf der Falltür gestanden, aber der Balken hatte sich nur widerstrebend bewegt. Er öffnete seine Tasche und holte einen Tiegel Talkum heraus, den der Schiffsausrüster ihm geschenkt hatte. Er kletterte an dem Holzgerüst hinauf und fettete den Balken ein, bis er sich glitschig anfühlte, hob die Falltür an und schob den Träger unbeholfen wieder an seinen Platz. Zwei Ratten beobachteten ihn, und er knurrte sie an. Er stieg wieder hinunter auf das Pflaster von Old Bailey und zog noch einmal an dem Seil. Dieses Mal glitt der Balken reibungslos beiseite, die Falltür klappte herunter und schlug gegen zwei Stützen. »Jetzt klappt's, was?«, sagte Botting zu den Ratten, die sich durch seine Anwesenheit nicht stören ließen.

Er schloss die Falltür, schob den Träger unter, steckte das Talkum wieder in seine Tasche und stieg auf das Podest, wo er zunächst den Sicherungspflock wieder einsetzte, vorsichtig den Halt der Falltür prüfte, indem er einen Fuß darauf stellte und das Bein langsam belastete. Er wusste, dass sie gesichert war und nicht unter ihm nachgeben würde, aber er prüfte sie dennoch. Er wollte schließlich nicht zum Gespött ganz Londons werden, indem er einen Gefangenen auf eine Falltür stellte, die sich öffnete, bevor er dem Mann den Strick um den Hals gelegt hatte. Bei der Vorstellung musste er grinsen. Zufrieden, dass alles in Ordnung war, ging er an die Schuldnerpforte und klopfte laut. Im Gefängnis würde er ein Abendessen und anschließend eine Schlafkammer über der Pförtnerloge bekommen. »Hast du Rattengift?«, fragte er den Schließer, der die Tür öffnete. »Da sind Ratten so groß wie Füchse unter dem Galgen. Das Podest steht noch keine zwei Stunden, und schon sind die verdammten Ratten da.«

»Überall sind Ratten«, sagte der Wärter und schloss die Tür.

Da es selbst an diesem warmen Abend in den Kellergewölben des Gefängnisses Newgate kalt war, zündete man ein Kohlenfeuer in dem kleinen Kamin an, bevor Charles Corday und der andere Verurteilte in die Todeszelle gebracht wurden. Der Kamin zog anfangs nicht richtig und der Rauch quoll in die

Zelle. Sobald die Esse warm wurde, klärte sich die Luft, aber der Rauchgestank blieb. Man stellte einen Eimer als Nachtgeschirr in die Ecke der Zelle, aber keinen Wandschirm, hinter den sich die Gefangenen für ihr Geschäft hätten zurückziehen können. Zwei eiserne Pritschen mit Strohmatratzen kamen an die Wand, und ein Tisch mit Stühlen wurde für die Wärter aufgestellt, die die Gefangenen über Nacht bewachen sollten. An Eisenhaken hängte man Lampen auf. In der Abenddämmerung brachte man die beiden Männer, die am nächsten Morgen sterben sollten, in die Zelle und gab ihnen eine Henkersmahlzeit aus Erbsbrei, Schweinekoteletts und Kohl. Der Gefängnisverwalter kam während des Essens, um nach ihnen zu sehen, und während er wartete, bis sie ihre Mahlzeit beendet hatten, dachte er, wie verschieden die beiden Männer doch waren. Charles Corday war schmächtig, bleich und nervös, während Reginald Vendables ein hünenhafter Rohling mit dichtem, dunklem Bart und hartem Gesicht war, aber Corday hatte einen Mord begangen und Venables wurde für den Diebstahl einer Uhr gehängt.

Corday stocherte nur in seinem Essen herum, legte sich bald mit klirrenden Fußeisen auf die Pritsche und starrte mit großen Augen an die Gewölbedecke. »Morgen ...«, setzte der Verwalter an, als Venables fertig gegessen hatte.

»Ich hoffe, dass der verfluchte Pfaffe nicht dabei ist«, fiel Venables ihm ins Wort.

»Ruhe, wenn der Verwalter redet«, knurrte der Oberaufseher.

»Der Pfarrer wird da sein, um euch seelischen Beistand zu leisten, so gut er kann«, sagte der Verwalter. Er wartete, bis der Wärter den Tisch abgeräumt hatte. »Morgen werdet ihr von hier in den Aufenthaltsraum gebracht, wo man euch die Eisen abnimmt und die Arme fesselt. Das Frühstück bekommt ihr vorher, aber im Aufenthaltsraum gibt es einen Branntwein für euch, und ich rate euch, ihn zu trinken. Danach gehen wir auf die Straße.« Er machte eine Pause. Venables schaute ihn abweisend an, während Corday gar nicht zuzuhören schien.

»Es ist üblich, dem Henker ein Trinkgeld zu geben, denn er kann euren Übergang ins Jenseits weniger schmerzhaft gestalten. Ich kann solche Nebeneinnahmen zwar nicht billigen, aber da er der Stadt, und nicht dem Gefängnis untersteht, kann ich auch nichts dagegen unternehmen. Selbst ohne ein solches Trinkgeld werdet ihr feststellen, dass eure Strafe nicht schmerzhaft, sondern bald vorüber ist.«

»Verdammter Lügner«, schnaubte Venables.

»Ruhe!«

»Schon gut, Mister Carlisle«, sagte der Verwalter zu dem beleidigten Wärter. »Manche Männer gehen unwillig zum Galgen und versuchen, die notwendigen Arbeiten zu behindern. Es gelingt ihnen nicht. Wenn ihr Widerstand leistet, wenn ihr euch wehrt, wenn ihr versucht, uns Scherereien zu machen, werdet ihr trotzdem gehenkt, es wird für euch nur schmerzhafter. Das Beste ist, wenn ihr mitarbeitet. Es ist leichter für euch und für eure Lieben, die vielleicht zusehen.«

»Leichter für euch, meinen Sie wohl«, warf Vendables ein.

»Keine Pflicht ist leicht«, sagte der Verwalter scheinheilig, »nicht, wenn sie gewissenhaft erfüllt wird.« Er ging zur Tür. »Die Schließer bleiben die ganze Nacht hier. Wenn ihr seelischen Beistand haben möchtet, könnt ihr den Ordinarius rufen lassen. Ich wünsche euch eine gute Nacht.«

Zum ersten Mal tat Corday den Mund auf: »Ich bin unschuldig.« Fast brach seine Stimme.

»Ja«, sagte der Verwalter peinlich berührt, »ja, wahrhaftig.« Da er dazu weiter nichts zu sagen vermochte, nickte er lediglich den Wärtern zu. »Gute Nacht, meine Herren.«

»Gute Nacht, Sir«, antwortete Mister Carlisle, der Oberaufseher, und stand stramm, bis die Schritte des Verwalters im Korridor verklangen. Schließlich drehte er sich zu den beiden Gefangenen um und knurrte: »Wenn ihr seelischen Beistand wollt, dann stört mich und den Reverend Cotton gefälligst nicht, sondern kniet euch hin und stört den da oben, indem ihr ihn um Verzeihung bittet. So, George«, sagte er zu seinem Kollegen, »Pik ist Trumpf, ja?«

Im Vogelkäfiggang, der das Gefängnis unterirdisch mit dem Gerichtsgebäude verband, arbeiteten zwei Gefangene mit Spitzhacken und Spaten. An der Decke waren Laternen aufgehängt, und die Bodenfliesen, große Granitplatten, waren entfernt und an einer Seite gestapelt worden. Gestank erfüllte den Gang, ein übler Geruch nach Gas, Kalk und verwesendem Fleisch.

»Jesses!«, sagte einer der Gefangenen und wich vor dem Gestank zurück.

»Den findest du hier unten nicht«, sagte ein Wärter und trat weiter von der Stelle weg, an der die Fliesen entfernt waren. Als der Vogelkäfiggang gebaut wurde, hatte man die Steinplatten unmittelbar auf dem Londoner Lehmboden verlegt, der im schummerigen Licht der rußenden Laternen dunkel gesprenkelt aussah.

»Wann habt ihr diesen Teil des Flurs zuletzt benutzt?«, fragte einer der Gefangenen.

»Muss zwei Jahre her sein«, antwortete der Wärter unsicher, »mindestens zwei Jahre.«

»Zwei Jahre?«, schimpfte der Gefangene, »dann atmen sie ja noch.«

»Sieh zu, dass du fertig wirst, Tom, hinterher kriegt ihr das hier«, ermunterte der Wärter die beiden und hielt eine Flasche Branntwein hoch.

»Gott steh uns bei«, sagte Tom finster, atmete tief durch und stieß den Spaten in die Erde.

Er und sein Mitgefangener hoben die Gräber für die beiden Männer aus, die am nächsten Morgen hingerichtet werden sollten. Manche Leichen wurden seziert, aber so begehrt Leichen bei den Wundärzten auch waren, konnten sie doch nicht alle nehmen, daher wurden die meisten hier unten in anonymen Gräbern beigesetzt. Das Gefängnis beerdigte die Leichen in ungelöschtem Kalk, um ihre Verwesung zu beschleunigen, und hob die Gräber in dem kurzen Gang nach einem strengen Rotationssystem aus, damit sie nicht in zu rascher Folge wiederverwendet wurden, dennoch stießen die Spitzhacken und

Spaten auf Knochen und modernden Lehm. Der ganze Boden war buckelig, als habe ein Erdbeben ihn verformt, in Wahrheit senkten sich aber nur die Steinplatten, wenn die Leichen darunter zerfielen. Obwohl es im Gang stank und der Lehm von unverwestem Fleisch nur so starrte, wurden immer noch mehr Leichen hier vergraben.

Tom stand knietief in der Grube, zog einen gelblichen Schädel heraus und rollte ihn durch den Gang. »Er sieht rosig aus, was?«, sagte er. Die beiden Wärter und der andere Gefangene lachten und konnten gar nicht mehr aufhören.

Mister Botting aß Lammkoteletts, Salzkartoffeln und Gemüse. Aus der Küche des Gefängnisverwalters bekam er anschließend einen Pudding, einen Napf starken Tee und einen Becher Branntwein. Danach schlief Mister Botting.

Zwei Wächter bewachten den Galgen. Kurz nach Mitternacht bewölkte es sich und ein kurzer Schauer wehte kühle Luft von Ludgate Hill herunter. Eine Hand voll Menschen, die sich die besten Plätze an der Absperrung zum Galgen sichern wollten, schliefen auf dem Pflaster und wurden vom Regen geweckt. Grummelnd hüllten sie sich fester in ihre Decken und versuchten, wieder einzuschlafen.

Die Morgendämmerung kam früh. Die Wolken lösten sich auf und hinterließen einen perlweißen Himmel mit fransigen braunen Rauchstreifen. London wachte auf.

Und in Newgate sollte es zum Frühstück scharfe Nierchen geben.

10

Am Sonntag kurz nach Einbruch der Dunkelheit begann Sallys Pferd, ein Wallach, zu lahmen und Berrigans rechter Stiefel verlor die Sohle, also banden sie den Wallach an einen Baum, Berrigan stieg auf das dritte Pferd und Sandman führte die Pferde der beiden Mädchen. »Wenn wir nicht alle vier Pferde in den Seraphim Club zurückbringen, können sie uns des Pferdediebstahls beschuldigen«, sagte Sandman, der sich Gedanken über das zurückgelassene Tier machte.

»Dafür könnten sie uns henken«, erwiderte Berrigan grinsend, »aber darüber würde ich mir keine Sorgen machen, Captain. Nach allem, was ich über den Seraphim Club weiß, werden sie uns sicher nicht anzeigen.«

Die übrigen drei Pferde waren so erschöpft, dass Sandman vermutete, sie wären schneller vorangekommen, wenn sie die Tiere zurückgelassen hätten, aber da Meg sich bereit gefunden hatte, zumindest einen Teil der Wahrheit zu sagen, wollte er sie nicht durch den Vorschlag ärgern, zu Fuß zu gehen. Außerdem jammerte sie schon wieder, die Füchse würden ihre Hühner fressen, hörte aber auf zu klagen, als Sally zu singen begann. Als Erstes stimmte sie ein Lieblingslied aller Soldaten an, *Der Tambourmajor*, eine Ballade über ein Mädchen, das seinen Rotrock so sehr liebt, dass es ihm, als Tambourmajor verkleidet, in sein Regiment folgt und erst enttarnt wird, als es in einem Fluss badet und beinah von einem anderen Soldaten vergewaltigt wird. Nachdem sie ihm entkommt, finden die Offiziere heraus, wer sie in Wirklichkeit ist, und bestehen darauf, dass sie ihren Geliebten heiratet. »Ich mag Geschichten, die gut ausgehen«, sagte Berrigan lachend, als Sally ihr zweites Lied anstimmte, ebenfalls ein Lieblingslied der Soldaten, allerdings über ein Mädchen, das nicht entkommt. Sandman war zwar ein bisschen entsetzt, aber keineswegs verwundert, dass

Sally den gesamten Text kannte. Berrigan sang mit, und sogar Meg lachte an der Stelle des Liedes, an der ein Oberst an die Reihe kommt und versagt. Sally sang immer noch, als eine Straßenpatrouille hinter einem hohlen Baumstamm am Straßenrand vorpreschte.

Die berittene Patrouille hatte den nicht ganz unbegründeten Verdacht, dass die vier zerlumpten Reisenden die drei Kutschpferde gestohlen hatten, und trat ihnen mit vorgehaltener Pistole entgegen. Der Pistolenlauf und die Messingknöpfe seines blauen Uniformrocks und der roten Weste glänzten im Mondschein. »Halt! Im Namen des Königs«, sagte er, um nicht mit einem Straßenräuber verwechselt zu werden. »Wer seid ihr? Wohin geht ihr?«

»Name?«, herrschte Sandman den Mann an. »Name, Dienstgrad? In welchem Regiment haben Sie gedient?« Die Rotwämse hatten alle in der Kavallerie gedient. Da man annahm, dass junge Männer leichter in Versuchung geraten könnten, stellte man nur gesetzte, ältere und gut beleumundete Kavalleristen ein, um die königlichen Landstraßen von Straßenräubern frei zu halten.

»Ich stelle hier die Fragen«, erwiderte der Rotwams, allerdings zögernd, weil in Sandmans Ton eine unverkennbare Autorität lag. Sandman mochte staubige, zerknitterte Kleider tragen, aber dass er ein ehemaliger Offizier war, merkte man ihm an.

»Stecken Sie die Waffe weg, Mann, sofort!«, befahl Sandman bewusst in einem Ton, als sei er immer noch in der Armee. »Ich bin in offizieller Mission unterwegs, im Auftrag des Innenministers, Viscount Sidmouth. Dieses Schreiben trägt sein Siegel und seine Unterschrift, und wenn Sie nicht lesen können, sollten Sie uns besser sofort zu Ihrem Magistrat bringen.«

Der Rotwams senkte vorsichtig den Pistolenlauf und schob die Waffe in die Satteltasche. »Haben Sie Ihre Kutsche verloren, Sir?«

»Dreißig Meilen von hier ist uns ein Rad gebrochen«, sagte

Sandman. »So, lesen Sie jetzt den Brief oder bringen Sie uns lieber zum Magistrat?«

»Ich bin sicher, dass alles in Ordnung ist, Sir.« Der Rotwams wollte nicht zugeben, dass er nicht lesen konnte, und auf keinen Fall wollte er seinen Vorgesetzten stören, der inzwischen sicher bei einem üppigen Abendessen saß, daher gab er einfach den Weg frei und ließ Sandman und seine drei Gefährten passieren. Sandman nahm an, dass er darauf hätte bestehen können, zum Magistrat gebracht zu werden und sich eine andere Kutsche oder zumindest vier frische, gesattelte Pferde geben zu lassen, aber das hätte Zeit gekostet, viel Zeit, und es hätte vermutlich Megs heikle Gemütsruhe gestört. So gingen sie also weiter, erreichten weit nach Mitternacht die London Bridge und von dort das Wheatsheaf, wo Sally Meg mit in ihr Zimmer nahm und Sandman Berrigan seine Kammer überließ, während er sich im Hinterzimmer nicht auf einen der großen Sessel, sondern auf den Holzboden legte, damit er in der Nacht mehrfach wach würde. Als die Glocken von St. Giles um sechs Uhr morgens läuteten, schleppte er sich die Treppe hinauf, weckte Berrigan und wies ihn an, die Mädchen aus dem Bett zu holen. Er rasierte sich, suchte sein sauberstes Hemd heraus und bürstete den Schmutz von seinen zerfallenden Stiefeln, bevor er sich um halb sieben mit Berrigan, Sally und einer äußerst widerstrebenden Meg auf den Weg in die Great George Street machte, wo er seine Untersuchung abzuschließen hoffte.

Lord Alexander Pleydell und sein Freund, Lord Christopher Carne, mussten würgen, als sie den Presshof betraten, so grauenhaft war der Gestank, schlimmer als die üblen Dünste der Abwässer, die aus dem Fleet Ditch in die Themse rannen. Der Wärter, der sie begleitete, kicherte: »Ich merke den Geruch gar nicht mehr, Mylords, aber ich schätze, auf seine Art ist er verteufelt schlimm, verteufelt schlimm. Passen Sie auf die Stufen auf, Mylords, Vorsicht.«

Behutsam ließ Lord Alexander das Taschentuch sinken. »Woher kommt der Name Presshof?«

»Früher hat man hier die Gefangenen ausgepresst, Mylord. Zerquetscht, Mylord. Mit Steinen beschwert, Mylord, um sie dazu zu bringen, die Wahrheit zu sagen. Das machen wir heute nicht mehr, Mylord, leider, darum lügen sie auch wie die indischen Teppichhändler.«

»Sie wurden zu Tode gequetscht?«, fragte Lord Alexander entsetzt.

»Nein, nein, Mylord, nicht bis sie tot waren. Nicht bis sie tot waren, wenn nicht gerade was schief gegangen ist und sie zu viele Steine draufgepackt haben!« Er kicherte amüsiert über diese Vorstellung. »Nein, Mylord, sie wurden nur ausgepresst, bis sie die Wahrheit gesagt haben. Das kann einen Mann oder eine Frau schon überreden, die Wahrheit zu sagen, Mylord, wenn sie eine halbe Tonne Steine auf der Brust haben!« Der Wärter kicherte wieder. Er war ein dicker Mann in Lederhose, fleckigem Rock und einem kräftigen Knüppel in der Hand. »Da kriegt man schwer Luft«, sagte er immer noch amüsiert, »sehr schwer Luft.«

Lord Christopher schauderte über den grauenhaften Gestank. »Gibt es hier keine Kanalisation?«, fragte er gereizt.

»Das Gefängnis ist ganz modern, Mylord«, beeilte der Wärter sich zu versichern, »ganz modern, wirklich, mit richtiger Kanalisation und richtigen Klostühlen. Die Wahrheit ist, wir verwöhnen sie, Mylord, wirklich, wir verwöhnen sie, aber sie sind dreckige Viecher. Sie beschmutzen ihr eigenes Nest, das wir ihnen sauber und ordentlich geben.« Er legte den Knüppel aus der Hand und verschloss und verriegelte das Tor, durch das sie auf den langen, schmalen Hof gelangt waren. Selbst an diesem trockenen Tag wirkten die Pflastersteine feucht, als seien Elend und Ängste über Jahrhunderte hinweg in den Granit gesickert und ließen sich nicht mehr herauswringen.

»Wozu wird der Hof genutzt, wenn Sie die Gefangenen nicht mehr auspressen?«, erkundigte sich Lord Alexander.

»Die zum Tode Verurteilten können sich über Tag frei im Presshof bewegen, Sir«, erklärte der Wärter. »Das ist ein Beispiel, Mylords, wie gut wir sie behandeln. Wir verwöhnen sie, wahrhaftig. Es gab mal eine Zeit, da war ein Gefängnis noch ein Gefängnis, keine Schänke.«

»Sie verkaufen hier alkoholische Getränke?«, fragte Lord Alexander scharf.

»Nicht mehr, Mylord. Mister Brown, der Gefängnisverwalter, hat den Grogausschank geschlossen, weil der Abschaum besoffen und liederlich wurde, Mylord, aber viel hat sich nicht geändert, weil sie sich das Zeug jetzt aus dem Lamb oder dem Magpie and Stump bringen lassen.« Er lauschte auf eine Kirchenglocke, die die Viertelstunde schlug. »Meine Güte! Auf der Grabeskirche schlägt es schon Viertel vor sieben! Wenn Sie nach links gehen, Mylords, treffen Sie Mister Brown und die anderen Herren im Aufenthaltsraum.«

»Aufenthaltsraum?«, fragte Lord Alexander.

»Wo die Verurteilten sich über Tag aufhalten, Mylord«, erklärte der Wärter, »außer an Feiertagen und hohen Festtagen wie heute, und hinter den Fenstern da links sind die Salzkisten, Mylords.«

Obwohl Lord Alexander gegen die Hinrichtung von Verbrechern war, empfand er eine merkwürdige Faszination für alles, was er sah, und musterte die fünfzehn vergitterten Fenster. »Dieser Name, Salzkisten, wissen Sie, woher er kommt?«, fragte er.

»Nein, Mylord«, antwortete der Wärter lachend, »aber ich glaube, sie heißen so, weil sie übereinander gestapelt sind wie die Kisten.«

»Was sind die S-salzkisten?«, fragte Lord Christopher, der heute morgen äußerst begriffsstutzig war.

»Wirklich, Kit«, fuhr Lord Alexander ihn unvermittelt scharf an, »jeder weiß doch, dass so die Zellen heißen, in denen die zum Tode Verurteilten ihre letzten Tage verbringen.«

»Das Wartezimmer des Teufels, Mylord«, sagte der Wärter, öffnete die Tür zum Aufenthaltsraum und streckte demonstrativ die offene Hand aus.

Lord Alexander, der sich seiner liberalen Gesinnung brüstete, wollte sich schon überwinden, dem Wärter die Hand zu schütteln, als ihm auffiel, was diese Geste zu bedeuten hatte. »Ach«, sagte er bestürzt, angelte aber rasch in seiner Tasche nach Kleingeld und zog die erstbeste Münze heraus, die er fand. »Danke, guter Mann.«

»Vielen Dank, Eure Lordschaft, vielen Dank«, sagte der Wärter, und als er verwundert sah, dass er einen ganzen Sovereign Trinkgeld bekommen hatte, zog er hastig den Hut und tippte sich ehrerbietig mit dem Knöchel an die Stirn. »Gott segne Sie, Mylord, Gott segne Sie.«

William Brown, der Gefängnisverwalter, eilte den beiden neuen Gästen entgegen, um sie zu begrüßen. Er war keinem der beiden je begegnet, erkannte Lord Alexander aber an seinem Klumpfuß, nahm den Hut ab und verbeugte sich respektvoll. »Herzlich willkommen, Eure Lordschaft.«

»Brown, nicht wahr?«, fragte Lord Alexander.

»William Brown, Mylord, ja. Verwalter des Gefängnisses Newgate, Mylord.«

»Darf ich Sie mit Lord Christopher Carne bekannt machen«, stellte Lord Alexander seinen Freund mit einer vagen Handbewegung vor. »Der Mörder seiner Stiefmutter wird heute gehenkt.«

Der Verwalter verbeugte sich vor Lord Christopher. »Ich denke, für Eure Lordschaft wird diese Erfahrung sowohl eine Rache wie auch ein Trost sein. Erlauben Sie mir nun, Ihnen den Ordinarius von Newgate vorzustellen?« Er führte die beiden zu einem untersetzten Mann in altmodischer Perücke, Soutane, Chorhemd und Beffchen, der mit plumpem, lächelndem Gesicht wartete. »Reverend Doktor Horace Cotton«, stellte der Verwalter ihn vor.

»Herzlich willkommen, Eure Lordschaft.« Cotton verbeugte sich vor Lord Alexander. »Eure Lordschaft sind, wie ich glaube, ebenso wie ich im heiligen Priesterstand?«

»Das bin ich«, bestätigte Lord Alexander, »und dies ist mein besonderer Freund, Lord Christopher Carne, der ebenfalls hofft, eines Tages die Weihen zu empfangen.«

»Ach!« Cotton faltete die Hände und wandte den Blick zur Decke. »Ich halte es für einen Segen, wenn unser Adel, die wahren Führer unserer Gesellschaft, sich als Christen zeigen. Das ist ein leuchtendes Beispiel für das gemeine Volk, finden Sie nicht auch? Wie ich höre, erleben Sie heute Morgen mit, wie Gerechtigkeit für das schwere Verbrechen gegen Ihre Familie geübt wird, Mylord?«

»Das hoffe ich«, sagte Lord Christopher.

»Ach wirklich, Kit!«, sagte Lord Alexander. »Die Rache, die deine Familie sucht, wird in der Ewigkeit durch das Höllenfeuer geübt ...«

»Gelobt sei der Herr!«, warf der Ordinarius ein.

»Und es ist weder angemessen noch zivilisiert von uns, Menschen vorschnell ihrem gebührenden Schicksal zuzuführen«, beendete Lord Alexander seine Ausführung.

Der Verwalter schaute ihn verwundert an. »Sie wollen die Todesstrafe doch sicher nicht abschaffen, Mylord?«

»Wenn man einen Mann henkt, verweigert man ihm die Chance auf Bußfertigkeit«, erklärte Lord Alexander. »Man verweigert ihm die Chance, Tag und Nacht von seinem Gewissen geplagt zu werden. Es sollte genügen, sämtliche Verbrecher einfach nach Australien zu deportieren, finde ich. Ich weiß aus zuverlässiger Quelle, dass das Leben dort die reinste Hölle ist.«

»Sie werden in der echten Hölle an ihrem Gewissen leiden«, warf Cotton ein.

»Das werden sie, Sir, das werden sie, aber mir wäre es lieber, wenn ein Mensch noch in dieser Welt Reue zeigte«, sagte Lord Alexander, »denn in der nächsten hat er sicher keine Chance auf Erlösung mehr. Indem wir Menschen hinrichten, nehmen wir ihnen ihre Chance auf göttliche Gnade.«

»Das ist ein völlig neues Argument«, räumte Cotton, wenn auch skeptisch, ein.

Lord Christopher hatte diesem Gespräch mit gequälter Miene zugehört und platzte nun heraus: »Sind Sie mit Henry Cotton verwandt?«

Sofort brach das Gespräch ab, abgewürgt durch Lord Christophers unvermittelten Themenwechsel. »Mit wem, Mylord?«, fragte der Ordinarius.

»Henry Cotton«, wiederholte Lord Christopher. Er schien unter dem Eindruck einer starken Gemütsbewegung zu stehen, als fände er es nahezu unerträglich, im Gefängnis Newgate zu sein. Er war blass, hatte Schweiß auf der Stirn und zitterte. »Er lehrte Griechisch an der Christuskirche und ist jetzt zweiter Bibliothekar der Bodleyanischen Bibliothek«, erklärte er.

Der Ordinarius trat einen Schritt von Lord Christopher fort, der aussah, als werde er sich gleich übergeben. »Mylord, ich denke, ich bin eher mit dem Viscount Combermere verwandt, wenn auch nur entfernt«, antwortete der Ordinarius.

»Henry Cotton ist ein guter Mann«, sagte Lord Christopher, »ein sehr guter Mann. Ein echter Gelehrter.«

»Er ist ein Pedant«, schimpfte Lord Alexander. »Sie sind mit Combermere verwandt, sagen Sie, ehemals Sir Stapleton Cotton? Bei der Schlacht von Salamanca verlor er beinahe seinen rechten Arm, und das wäre ein tragischer Verlust gewesen.«

»Ja, wahrhaftig«, sagte der Ordinarius inbrünstig.

»Sonst hast du in der Regel kein Mitgefühl mit Soldaten«, wandte Lord Christopher ein.

»Combermere kann ein raffinierter Schlagmann sein«, erklärte Lord Alexander, »zumal gegen Bälle mit Drall. Spielen Sie Kricket, Cotton?«

»Nein, Mylord.«

»Es ist gut gegen Blähungen«, erklärte Lord Alexander rätselhaft und wandte sich ab, um den Aufenthaltsraum einer hochherrschaftlichen Prüfung zu unterziehen. Er musterte die Deckenbalken, rüttelte an einem der Tische und schaute in die Töpfe und Kessel, die sich neben der Glut im offenen Kamin stapelten. »Wie ich sehe, leben unsere Verbrecher nicht ohne einen gewissen Komfort«, stellte er fest und musterte seinen Freund stirnrunzelnd. »Fühlst du dich wohl, Kit?«

»Ja, ja, bestimmt«, sagte Lord Christopher hastig, sah aber alles andere als gesund aus. Er hatte Schweißperlen auf der Stirn und war noch bleicher als sonst. Er nahm seine Brille ab und putzte sie mit einem Taschentuch. »Es ist nur, dass die Erwartung, einen Mann in die Ewigkeit befördert zu sehen, nachdenklich stimmt«, erklärte er, »sehr nachdenklich. Eine solche Erfahrung ist nicht auf die leichte Schulter zu nehmen.«

»Allerdings nicht«, bestätigte Lord Alexander und musterte gebieterisch die übrigen Frühstücksgäste, die sich mit unheiligem Vergnügen auf das bevorstehende Ereignis dieses Morgens zu freuen schienen. Drei von ihnen standen dicht bei der Tür und lachten über einen Scherz, worauf Lord Alexander sie missbilligend anschaute. »Armer Corday«, sagte er.

»Wieso bedauern Sie den Mann, Mylord?«, fragte Reverend Cotton.

»Wahrscheinlich ist er unschuldig«, erklärte Lord Alexander, »aber wie es scheint, wurde der Beweis für seine Unschuld nicht gefunden.«

»Wenn er unschuldig wäre, Mylord, bin ich überzeugt, dass unser Herrgott es uns hätte wissen lassen«, stellte der Ordinarius mit väterlichem Lächeln fest.

»Wollen Sie behaupten, man hätte noch nie einen Unschuldigen gehenkt?«, fragte Lord Alexander.

»Das würde Gott nicht zulassen«, erwiderte Reverend Cotton.

»Dann sollte Gott besser zusehen, dass er heute Morgen in die Stiefel kommt«, sagte Lord Alexander und drehte sich um, als die verriegelte Tür am anderen Ende des Raumes sich plötzlich mit lautem Quietschen öffnete. Einen Herzschlag lang erschien niemand in der Tür, und alle Gäste hielten offenbar den Atem an, bis unter hörbarem Aufseufzen ein kleiner, stämmiger Mann mit einer dicken Ledertasche hereinstapfte. Er hatte ein rotes Gesicht, trug braune Gamaschen, eine schwarze Kniebundhose und einen schwarzen Rock, der sich über seinem vorgewölbten Bauch spannte. Respektvoll zog er seinen schäbigen braunen Hut, als er die wartenden Adeligen bemerkte, entbot ihnen aber keinen Gruß und wurde auch von keinem der Anwesenden gegrüßt.

»Dieser Mann ist Botting«, flüsterte der Ordinarius.

»Ein merkwürdiger Name für einen Henker«, sagte Lord Alexander taktlos laut. »Ketch, das wäre ein ordentlicher Name für einen Henker. Aber Botting, das klingt nach einer Viehseuche.«

Botting warf einen vernichtenden Blick zu dem großen rothaarigen Lord Alexander herüber, der von dieser Feindseligkeit nicht ganz ungerührt blieb, aber es war Lord Christopher, der einen Schritt zurückwich, vielleicht aus Angst vor dem bulligen Gesicht des Henkers, das von Warzen, Narben und Grützbeuteln entstellt und ständig unwillkürlichen Zuckungen ausgesetzt war. Botting bedachte die übrigen Gäste mit einem sardonischen Blick und schob eine Bank beiseite, um seine Ledertasche auf einen Tisch zu stellen. Wohl wissend, dass er beobachtet wurde, öffnete er die Schnallen seiner Tasche und holte vier Docken dünner, weißer Kordel heraus. Er legte sie auf den Tisch und zog zwei schwere Seile aus der Tasche, die an einem Ende eine Schlinge und am anderen eine Öse aufwiesen. Beide Seile legte er auf den Tisch, daneben zwei weiße Baumwollsäcke und trat geschickt einen Schritt zurück. »Guten Morgen, Sir«, begrüßte er den Gefängnisverwalter.

»Ach, Botting!« Die Überraschung im Ton des Verwalters sollte zeigen, dass er den Henker gerade erst bemerkt habe. »Einen schönen guten Morgen wünsche ich Ihnen ebenfalls.«

»Das ist es wahrhaftig, Sir«, sagte Botting. »Kaum ein Wölkchen am Himmel, kaum eins. Heute nur die beiden Kunden, Sir?«

»Nur die beiden, Botting.«

»Es sind ziemlich viele Leute da, nicht allzu viele, aber doch genug«, sagte Botting.

»Schön, schön«, sagte der Verwalter vage.

»Botting!«, schaltete Lord Alexander sich ein und ging auf ihn zu, wobei sein Klumpfuß schwer über die unebenen Bodendielen stampfte. »Sagen Sie, Botting, ist es wahr, dass Sie Adelige an einem seidenen Strang aufhängen?« Botting wirkte verblüfft, dass einer der Gäste des Gefängnisverwalters ihn ansprach, zumal eine so ungewöhnliche Erscheinung wie Reverend Lord Alexander Pleydell mit seinem roten Haarschopf, der Hakennase und der schlaksigen Gestalt. »Also?«, fragte Lord Alexander herrisch. »Stimmt das? Ich habe es gehört, aber in Fragen, die eine Hinrichtung durch den Strang betreffen, sind Sie ja sicher die *fons et origo* für zuverlässige Angaben. Finden Sie nicht auch?«

»Ein Seidenstrang, Sir?«, fragte Botting verständnislos.

»Mylord«, korrigierte der Ordinarius ihn.

»Mylord! Ha!«, sagte Botting, der seinen Gleichmut wieder fand und sich amüsiert vorstellte, dass Lord Alexander vielleicht an seine eigene Hinrichtung dachte. »Ich enttäusche Sie nur ungern, Mylord«, sagte er, »aber ich wüsste nicht, woher ich einen Seidenstrang bekommen sollte.« Botting strich über die Schlingen auf dem Tisch. »Das hier, das ist bester Bridport-Hanf, Mylord, der Beste, der zu haben ist, und guten Bridport-Hanf bekomme ich immer. Aber Seide? Das ist eine andere Sache, Mylord, ich wüsste nicht mal, wo ich danach suchen sollte. Nein, Mylord. Falls ich je das hohe Privileg hätte, einen Adeligen zu henken, würde ich es mit Bridport-Hanf machen, wie bei jedem anderen.«

»Völlig richtig, guter Mann«, strahlte Lord Alexander über die Gleichheitsbestrebungen des Henkers. »Gut! Vielen Dank.«

»Sie verzeihen, Mylord?« Der Verwalter bedeutete Lord Alexander, er möge den breiten Mittelgang zwischen den Tischen frei machen.

»Bin ich im Weg?« Lord Alexander klang überrascht.

»Nur im Augenblick, Mylord«, sagte der Verwalter, und gleich darauf hörte Lord Alexander das Klirren von Eisen und schlurfende Schritte. Die anderen Gäste erhoben sich mit feierlichen Mienen. Lord Christopher Carne wich einen Schritt zurück, noch bleicher als zuvor, und wandte das Gesicht zu der Tür, die auf den Presshof führte.

Als Erstes kam ein Wärter. Er grüßte den Verwalter, indem er sich mit dem Fingerknöchel an die Stirn tippte, und stellte sich neben einen niedrigen Holzblock, der auf dem Boden stand. Er hielt einen kräftigen Hammer und einen Meißel in der Hand, und Lord Alexander überlegte, welchem Zweck sie wohl dienen mochten, wagte aber nicht zu fragen. Die Gäste, die der Tür am nächsten standen, nahmen ihre Hüte ab, weil der Sheriff und sein Vertreter zwei Gefangene in den Aufenthaltsraum führten.

»Branntwein, Sir?« Ein Diener des Gefängnisverwalters trat zu Lord Christopher Carne.

»Danke.« Lord Christopher konnte den Blick nicht von dem schlanken, bleichen jungen Mann wenden, der als Erster mit schweren Fußeisen durch die Tür gekommen war. »Das«, sagte er zu dem Diener, »das ist Corday?«

»Ja, Mylord.«

Lord Christopher stürzte den Branntwein hinunter und griff nach einem zweiten.

Und die beiden Glocken, die Sturmglocke des Gefängnisses und die Glocke der Grabeskirche, begannen für die beiden Todgeweihten zu läuten.

Sandman hatte erwartet, dass ein Diener ihm die Tür des Hauses in der Great George Street öffnen würde, aber es war Sebastian Witherspoon, der Privatsekretär des Viscount Sidmouth, der verwundert die Augenbrauen hob. »Eine unpassende Zeit, Captain«, bemerkte Witherspoon und musterte erstaunt Sandmans arg mitgenommenes Äußeres und die ungepflegte Erscheinung seiner drei Begleiter. »Ich hoffe doch, Sie erwarten kein Frühstück für alle?«, sagte er voller Verachtung.

»Diese Frau kann bezeugen, dass Charles Corday nicht der Mörder der Countess of Avebury ist«, erklärte Sandman, ohne sich mit Höflichkeiten wie einer Begrüßung aufzuhalten.

Witherspoon tupfte sich die von Eigelb verschmierten Lippen mit einer Serviette ab. Er warf einen Blick auf Meg und zuckte die Achseln, als wolle er zu verstehen geben, dass ihre

Zeugenaussage wertlos sei. »Das kommt äußerst ungelegen«, murmelte er.

»Ist Viscount Sidmouth da?«, fragte Sandman bestimmt.

»Wir sind bei der Arbeit, Sandman«, sagte Witherspoon streng. »Seine Lordschaft ist, wie Sie zweifellos wissen, Witwer, und seit seinem traurigen Verlust sucht er Trost in harter Arbeit. Er fängt früh an, arbeitet bis spät abends und duldet keine Störung.«

»Hier geht es um Arbeit«, sagte Sandman.

Witherspoon schaute noch einmal Meg an und schien erst jetzt ihr Aussehen zu bemerken. »Muss ich Sie daran erinnern, dass der Junge für schuldig befunden wurde und das Recht in einer Stunde seinen Lauf nehmen wird? Ich sehe wahrhaftig nicht, was sich zu diesem späten Zeitpunkt noch unternehmen ließe.«

Sandman trat von der Tür weg. »Grüßen Sie Lord Sidmouth von mir und richten Sie ihm aus, dass wir um eine Audienz bei der Königin ersuchen werden.« Er hatte keine Ahnung, ob die Königin ihn empfangen würde, aber er war sich völlig sicher, dass Witherspoon und der Innenminister sich bei der Königsfamilie nicht unbeliebt machen wollten, da sie Ehren und Pensionen zu vergeben hatte. »Ich glaube, Ihre Majestät hatte sich dieses Falles angenommen und wird sicher mit Interesse von Ihrer ritterlichen Haltung hören. Guten Tag, Witherspoon.«

»Captain!« Witherspoon machte die Tür weit auf. »Captain! Kommen Sie doch herein.«

Er führte sie in einen leeren Salon. Das Haus lag zwar in einer vornehmen Gegend nahe dem Parlamentsgebäude, strahlte aber etwas Provisorisches aus. Es war nicht ständig bewohnt, sondern wurde offensichtlich kurzfristig an Politiker wie Lord Sidmouth vermietet, die vorübergehend eine Bleibe suchten. Die einzigen Möbel im Salon waren zwei Polstersessel mit verblichenen Bezügen und ein schwerer Schreibtisch mit einem thronartigen Stuhl. Auf dem Schreibtisch lag ein Gebetbuch in Schmuckeinband neben einem unordentlichen

Stapel Zeitungen, in denen Artikel mit Tinte eingekreist waren. Als sie allein in dem tristen Salon warteten, sah Sandman, dass es sich um Artikel über Aufstände handelte. In ganz Großbritannien gingen Menschen auf die Straße, um gegen den Kornpreis und die Einführung von Maschinen in den Fabriken zu protestieren. »Manchmal denke ich, die moderne Welt ist ein sehr trauriger Ort«, sagte er.

»Sie hat auch ihre Tröstungen, Captain«, antwortete Berrigan leichthin mit einem Seitenblick auf Sally.

»Aufstände, brennende Heuschober«, sagte Sandman. »Das gab es früher nicht! Die verdammten Franzosen haben die Anarchie in die Welt gebracht.«

Berrigan grinste. »Früher war alles besser, was? Nichts als Kricket und Cremetorte?«

»Wenn wir nicht gerade gegen die Franzen gekämpft haben? Ja, so schien es zumindest.«

»Nein, Captain.« Der Sergeant schüttelte den Kopf, »Sie hatten damals Geld. Wenn man Geld hat, ist alles einfacher.«

»Amen«, sagte Sally inbrünstig und wandte sich zur Tür, durch die Witherspoon gerade den Innenminister hereinführte.

Viscount Sidmouth trug einen gemusterten, seidenen Morgenmantel über Hemd und Hose. Er war frisch rasiert, und seine weiße Haut glänzte wie poliert. Seine Augen waren wie immer kalt und missbilligend. »Wie es scheint, haben Sie beschlossen, uns Ungelegenheiten zu machen, Captain«, sagte er scharf.

»Ich habe nichts dergleichen beschlossen, Mylord«, entgegnete Sandman streitlustig.

Sidmouth runzelte die Stirn über diesen Ton und musterte Berrigan und die beiden Frauen. Es war zu hören, wie hinten im Haus Geschirr abgeräumt wurde, was Sandman zu Bewusstsein brachte, wie hungrig er war. »Also«, sagte der Innenminister angewidert, »wen bringen Sie mir da?«

»Meine Helfer, Sergeant Berrigan und Miss Hood ...«

»Helfer?« Sidmouth war amüsiert.

»Ich muss ihre Unterstützung anerkennen, Mylord, wie Ihre Majestät es gewiss ebenfalls tun wird, wenn sie vom Ausgang unserer Ermittlungen erfährt.«

Dieser nicht sonderlich subtile Hinweis ließ den Innenminister das Gesicht verziehen. Er schaute Meg an und prallte beinahe zurück vor ihren stechenden kleinen Augen und dem Anblick ihrer pockennarbigen Haut. »Und Sie, Madam?«, fragte er frostig.

»Miss Margaret Hargood«, stellte Sandman vor. »Sie war Zofe der Countess of Avebury und am Tag des Mordes im Schlafzimmer der Countess anwesend. Sie begleitete Corday persönlich vor dem Mord aus dem Schlafzimmer, brachte ihn aus dem Haus und kann bezeugen, dass er nicht zurückkam. Kurz, Mylord, sie kann bezeugen, dass Corday unschuldig ist.« Sandman sprach mit einer gehörigen Portion Stolz und Genugtuung. Er war müde und hungrig, sein Knöchel schmerzte, seinen Stiefeln und Kleidern war der Fußmarsch von Kent nach London anzusehen, aber bei Gott: Er hatte die Wahrheit herausgefunden.

Sidmouths ohnehin schmale Lippen verengten sich zu einer blutleeren Linie, als er Meg anschaute. »Ist das wahr, Frau?«

Meg richtete sich auf. Sie war nicht im Geringsten von Seiner Lordschaft eingeschüchtert, sondern musterte ihn von oben bis unten, schniefte und sagte: »Ich weiß gar nichts.«

»Wie bitte?« Der Innenminister erbleichte über ihren unverschämten Ton.

»Er ist gekommen und hat mich entführt!«, kreischte Meg und zeigte mit dem Finger auf Sandman. »Dazu hatte er verdammt noch mal kein Recht! Holt mich einfach von meinen Hühnern weg. Soll er doch abhauen und hingehen, wo er hergekommen ist, ist mir doch egal, wer sie umgebracht hat. Oder wer dafür stirbt.«

»Meg.« Sandman versuchte es mit Bitten.

»Nimm die verdammten Finger weg von mir!«

»Meine Güte«, sagte Viscount Sidmouth gequält und ging zur Tür. »Witherspoon, wir verschwenden unsere Zeit.«

»In Australien gibt es ganz große Wespen«, sagte Sally, »Entschuldigen Sie, Eure Lordschaft.«

Selbst Viscount Sidmouth in seiner dürren, engstirnigen Anwaltsmentalität war gegen Sallys Charme nicht unempfindlich. In diesem düsteren Zimmer wirkte sie wie ein Sonnenstrahl, und er lächelte sie sogar an, auch wenn er nicht recht verstand, was sie meinte. »Wie bitte?«, fragte er sie.

»Ganz große Wespen gibt's in Australien«, wiederholte Sally, »und da wandert dieses Weib hin, weil sie vor Gericht nicht für Charlie ausgesagt hat. Das hätte sie nämlich tun müssen, hat sie aber nicht. Sie will ihren Kerl schützen, verstehen Sie? Und Sie schaffen sie doch bestimmt nach Australien, oder, Mylord?« Sally unterstrich diese rhetorische Frage mit einem anmutigen Knicks.

Der Innenminister runzelte die Stirn. »Australien? Das zu entscheiden, ist Sache der Gerichte, mein Kind ...« Er brach ab und starrte verblüfft Meg an, die vor Angst zitterte.

»Sehr große Wespen in Australien«, bestätigte Sandman, »berüchtigt.«

»Aculeata Gigantus«, ergänzte Witherspoon eindrucksvoll.

»Nein!«, schrie Meg.

»Riesenwespen«, sagte Sally genüsslich, »mit Stacheln wie Haarnadeln.«

»Er war es nicht!«, rief Meg. »Ich will nicht nach Australien!«

Sidmouth starrte sie an, wie das Publikum die Frau mit Schweinekopf im Lyzeum bestaunt haben musste. »Wollen Sie sagen, dass Charles Corday den Mord nicht begangen hat?«, fragte er eisig.

»Der Marquess war es nicht! Er war es nicht!«

»Nicht der Marquess?«, fragte Sidmouth völlig verständnislos.

»Der Marquess of Skavadale, Mylord«, erklärte Sandman, »in dessen Haus sie versteckt wurde.«

»Er kam erst nach dem Mord«, erklärte Meg verzweifelt aus Angst vor den mythischen Wespen. »Der Marquess kam, als sie schon tot war. Er kam oft ins Haus. Und er war immer noch da!«

»Wer war immer noch da?«, fragte Sidmouth.

»Er!«

»Corday?«

»Nein!«, sagte Meg. »Er!« Sie schaute von Sandman zum Innenminister, der immer noch verständnislos aussah. »Ihr Stiefsohn, der seit einem halben Jahr den Acker seines Vaters gepflügt hat.«

Sidmouth verzog angewidert das Gesicht. »Ihr Stiefsohn?«

»Lord Christopher Carne, Mylord«, erklärte Sandman, »Stiefsohn der Countess und Erbe des Earl-Titels.«

»Ich habe ihn mit dem Messer gesehen«, schnaubte Meg, »und der Marquess auch. Er heulte. Lord Christopher! Er hasste sie, aber er konnte seine dreckigen Finger nicht von ihr lassen. Er hat sie umgebracht! Es war nicht der schwächliche Maler!«

Unzählige Fragen schossen Sandman durch den Kopf, aber Lord Sidmouth herrschte Witherspoon an: »Schicken Sie zur Polizeistation Queen Square und richten Sie aus, ich wäre ihnen sehr verbunden, wenn sie mir unverzüglich vier Beamte und sechs gesattelte Pferde bereit stellen würden. Aber geben Sie mir zuerst etwas zu schreiben, Witherspoon, Papier, Feder, Wachs und Siegel.« Er schaute auf die Uhr auf dem Kaminsims. »Beeilen wir uns, Mann.« Sein Ton war säuerlich, als ärgere er sich über diese zusätzliche Arbeit, aber Sandman konnte es ihm nicht verübeln. Er tat das Richtige, und er tat es schnell. »Beeilung«, drängte der Innenminister.

Und sie beeilten sich.

»Fuß auf den Block, Junge! Nicht trödeln!«, fuhr der Wärter Charles Corday an, der aufschluchzte, dann aber den rechten Fuß auf den Holzblock stellte. Der Wärter setzte den Meißel an den ersten Reifen und hämmerte ihn entzwei. Corday stöhnte bei jedem Schlag und wimmerte, als die Fessel fiel. Lord Alexander sah, dass die Knöchel des Jungen voller Schwären waren.

»Den anderen Fuß, Junge«, befahl der Wärter.

Die beiden Glocken läuteten und würden erst verstummen, wenn die beiden Leichen abgeschnitten wurden. Die Gäste des Gefängnisverwalters beobachteten schweigend die Gesichter der beiden Gefangenen, als könnten sie in diesen Augen, die bald das Jenseits erblicken sollten, einen Hinweis auf die Geheimnisse der Ewigkeit finden.

»Gut, Junge, und jetzt geh zum Henker!«, sagte der Wärter. Charles Corday stöhnte verwundert, als er die ersten Schritte ohne Fußeisen ging. Er stolperte, konnte sich aber an einem Tisch abfangen.

»Ich weiß nicht«, sagte Lord Christopher Carne, brach aber abrupt ab.

»Was, Kit?«, fragte Lord Alexander aufmerksam.

Lord Christopher, der gar nicht gemerkt hatte, dass er gesprochen hatte, fuhr erschrocken auf, nahm sich dann aber zusammen. »Du sagst, es bestehen Zweifel an seiner Schuld?«, fragte er.

»Ja, wahrhaftig«, bestätigte Lord Alexander und zündete sich eine Pfeife an. »Sandman war sich der Unschuld des Jungen recht sicher, aber ich nehme an, dass sie sich nicht beweisen lässt. Leider, leider.«

»Wenn aber der wahre Mörder gefunden würde«, fragte Lord Christopher und starrte gebannt auf Corday, der zitternd vor dem Henker stand, »könnte der Mann dann für das Verbrechen vor Gericht gestellt werden, für das Corday bereits schuldig gesprochen und gehenkt wurde?«

»Eine sehr gute Frage«, sagte Lord Alexander begeistert, »und eine, auf die ich keine Antwort weiß. Aber ich denke mir, wenn der wahre Täter gefasst würde, müsste Corday posthum freigesprochen werden, findest du nicht auch, und man kann nur hoffen, dass ein solcher Freispruch im Himmel anerkannt und der arme Junge aus den niederen Regionen geholt wird.«

»Steh still, Junge«, knurrte Jemmy Botting Corday an. »Trink das, wenn du willst. Es hilft.« Er deutete auf einen Becher Branntwein, aber Corday schüttelte den Kopf. »Wie du willst, Junge, wie du willst«, sagte Botting, nahm eine der vier Kordeln und band Corday die Ellbogen so fest auf den Rücken, dass der Junge gezwungen war, die Brust vorzustrecken.

»Nicht zu fest, Botting«, wandte der Gefängnisverwalter ein.

»Früher hatte der Henker einen Helfer dafür«, murrte Botting. »Da war der Strangknecht für das Fesseln zuständig. Das war nicht meine Aufgabe.« Da er von Corday kein Trinkgeld bekommen hatte, legte er die erste Fessel besonders schmerzhaft an, lockerte sie aber nun ein wenig, bevor er Corday die Hände vor den Bauch band.

»Das ist für uns beide«, sagte Reginald Venables, der große, bärtige Gefangene, und warf eine Münze auf den Tisch. »Also lockere meinem Freund die Fesseln.«

Botting warf einen Blick auf die Münze, war von der Großzügigkeit beeindruckt und lockerte Cordays Fesseln, bevor er ihm eine der Schlingen um den Hals legte. Als Corday vor dem Sisalstrang zurückschreckte, trat Reverend Cotton vor und legte ihm die Hand auf die Schulter. »Gott ist unsere Zuflucht und Stärke, junger Mann«, sagte er, »und eine allgegenwärtige Hilfe in Zeiten der Not. Flehe zum Herrn, er wird dich erhören. Bereust du deine schlimmen Sünden, mein Junge?«

»Ich habe nichts getan!«, jammerte Corday.

»Ruhig, mein Sohn, ruhig«, drängte Cotton, »und denke in demütigem Schweigen über deine Sünden nach.«

»Ich habe nichts getan!«, schrie Corday.

»Charlie! Mach denen doch nicht die Freude«, mahnte Venables. »Denk dran, was ich dir gesagt habe, geh wie ein Mann!« Venables trank den Becher Branntwein und kehrte Botting den Rücken zu, damit er ihm die Ellbogenfesseln anlegen konnte.

»Aber allein schon die Tatsache, dass der Mann verurteilt und bestraft wurde, dürfte die Behörden doch zögern lassen, den Fall erneut aufzurollen?«, sagte Lord Christopher zu Lord Alexander.

»Der Gerechtigkeit muss Genüge getan werden«, erklärte

Lord Alexander unbestimmt. »Aber ich nehme an, dass dein Einwand begründet ist. Niemand gibt gern einen Irrtum zu, am wenigsten ein Politiker, also darf der wahre Mörder sich wohl ein gutes Stück sicherer fühlen, wenn Corday erst einmal tot ist. Armer Junge, armer Junge. Er ist ein Opfer der Unfähigkeit unserer Rechtsprechung, was?«

Botting legte Venables die zweite Schlinge auf die Schultern. Reverend Cotton trat einen Schritt von den Gefangenen zurück und schlug das Seelenamt in seinem Gebetbuch auf: *»Ich bin die Auferstehung und das Leben, wer an mich glaubt, wird leben, auch wenn er stirbt.«*

»Ich habe nichts getan«, schrie Corday und schaute nach links und rechts, als suche er einen Ausweg.

»Ruhig, Charlie«, sagte Venables leise, »ruhig.«

Der Sheriff und sein Vertreter, beide in Roben, Amtsketten sowie einem Stab mit Silberspitze, waren offenkundig zufrieden, dass die beiden Gefangenen ordnungsgemäß vorbereitet waren, und traten zum Gefängnisverwalter, der sich förmlich vor ihnen verbeugte und dem Sheriff ein Dokument reichte. Der Sheriff warf einen Blick auf das Schriftstück und steckte es mit einem Kopfnicken in eine Tasche seiner pelzbesetzten Robe. Bisher waren die beiden Gefangenen der Obhut des Gefängnisverwalters von Newgate unterstellt, nun gehörten sie dem Sheriff, der sie wiederum in die Hand des Teufels geben würde. Der Sheriff schob seine Robe auseinander und nestelte seine Taschenuhr heraus. Er ließ den Deckel aufschnappen und schaute auf das Zifferblatt. »Es ist ein Viertel vor acht«, sagte er und wandte sich an Botting: »Sind Sie bereit?«

»Bereit, Euer Ehren, zu Euren Diensten«, antwortete Botting, setzte seinen Hut auf, nahm die beiden Baumwollsäcke und schob sie in eine Tasche.

Der Sheriff ließ die Uhr zuschnappen und ging auf den Presshof. »Wir haben um acht Uhr einen Termin, meine Herren«, verkündete er, »gehen wir.«

»Scharfe Nierchen!«, sagte Lord Alexander. »Gott, ich kann sie schon riechen. Komm, Kit!«

Sie schlossen sich der Prozession an.
Und die Glocken läuteten unaufhörlich.

Es war nicht weit.

Eine Viertelmeile bis Whitehall, dort auf den Strand und eine Dreiviertelmeile bis Temple Bar, von dort war es knapp eine Drittelmeile die Fleet Street hinunter, über den Graben und Ludgate Hill hinauf, bis links Old Bailey abzweigte. Es war wirklich keine Entfernung, schon gar nicht, nachdem die Polizeistation am Queen Square einige Polizeipferde geschickt hatte. Sandman und Berrigan saßen auf, der Sergeant auf einer Stute, die, wie ein Wachmann beschwor, lammfromm war, und Sandman auf einem lebhafteren Wallach. Witherspoon brachte die Begnadigung vor das Haus und reichte sie Sandman. »Möge Gott Sie schnell vorankommen lassen, Captain«, sagte Witherspoon.

»Wir treffen uns im 'Sheaf, Sal!«, rief Berrigan und tat einen Satz nach hinten, als seine Stute Sandmans Wallach Richtung Whitehall folgte. Drei Polizisten ritten vorweg, einer blies in eine Trillerpfeife, während die anderen beiden mit gezücktem Schlagstock einen Weg zwischen Karren, Fuhrwerken und Kutschen bahnten. Ein Straßenkehrer, der gerade die Fahrbahn überquerte, sprang laut fluchend beiseite. Sandman steckte das kostbare Dokument in die Tasche und sah sich nach Berrigan um, der große Mühe mit seiner Stute hatte. »Hacken runter, Sergeant! Hacken runter! Zerren Sie nicht an den Zügeln, lassen Sie sie einfach laufen! Sie passt schon auf Sie auf!«

Sie kamen an den königlichen Stallungen vorbei und nahmen auf dem Strand den Bürgersteig. Sie ritten vorbei an der Apotheke Kidman, jagten zwei Fußgänger in den tiefen Ladeneingang und passierten das Messerwarengeschäft Carrington, wo Sandman seinen ersten Degen gekauft hatte. Er war beim Angriff auf Badajoz zerbrochen, wie er sich erinnerte. Es war keine Heldentat, nur sein eigener Ärger über die Unfähigkeit der Armee, die französische Festung zu nehmen, die ihn veranlasst hatte, in seiner Wut mit dem Degen auf einen zurückgelassenen Munitionswagen einzudreschen, wobei die Klinge am Heft abgebrochen war. Sie galoppierten vorbei am Sans Pareil, jenem Theater, in dem die Schauspielerin Celia Collet den Earl of Avebury bezaubert hatte. Der alte Narr hatte eine gierige Schönheit geheiratet, und als sich herausstellte, dass ihre unsterbliche Liebe nichts anderes war als unersättliche Lust, und sie sich trennten, zog sie wieder nach London, wo sie sich ihre frühere Theaterdienerin, Margaret Hargood, als Kupplerin holte, um sich den Luxus zu verschaffen, den sie ihrer Ansicht nach beanspruchen durfte. So hatte die Countess ihre Männer in die Falle gelockt, sie erpresst und sich bereichert, bis die dickste Fliege von allen ihr ins Netz ging. Der unschuldige, naive Lord Christopher Carne war seiner Stiefmutter verfallen, sie hatte ihn verführt, ihm den Kopf verdreht, ihn schaudern und stöhnen lassen und ihm dann gedroht, es den Treuhändern des Erbguts, seinem Vater und der ganzen Welt zu sagen, wenn er ihr nicht noch mehr Geld aus seiner großzügigen Apanage zahlte. Da Lord Christopher wusste, dass seine Stiefmutter immer mehr von ihm fordern würde, wenn er erst einmal das Vermögen geerbt hätte, bis seine Schatulle leer wäre, hatte er sie getötet.

All dies hatte Sandman erfahren, während Viscount Sidmouth von eigener Hand die Begnadigung geschrieben hatte. »Eigentlich müsste der Kronrat dieses Dokument abfassen«, sagte der Innenminister.

»Dazu bleibt wohl kaum Zeit«, wandte Sandman ein.

»Das ist mir klar, Captain«, sagte Sidmouth scharf. Die Feder kratzte und winzige Tintentröpfchen spritzten, als er seine Unterschrift kritzelte. »Geben Sie dies mit meiner Empfehlung dem Sheriff von London oder einem seiner Vertreter«, sagte er und streute Sand auf die feuchte Tinte. »Einer von ihnen ist sicher bei der Hinrichtung anwesend. Wenn sie fragen, warum ein solcher Befehl nicht vom Kronrat unterzeichnet und durch den Schriftführer von London an sie weitergeleitet wurde, erklären Sie, dass keine Zeit blieb, um das ordnungsgemäße Verfahren einzuhalten. Seien Sie bitte so nett und geben Sie mir diese Kerze und den Siegellack?«

Das Siegel auf dem Begnadigungsschreiben war noch warm, als Sandman und Berrigan nun durch die Stadt ritten. Sandman überlegte, mit welcher Schuld Lord Christopher leben musste und dass der Mord an seiner Stiefmutter ihm nichts genutzt hatte, da der Marquess of Skavadale ihn auf frischer Tat ertappt hatte und die finanziellen Probleme seiner Familie, die kurz vor dem Ruin stand, mit einem Schlag gelöst sah. Meg konnte bezeugen, dass Lord Christopher der Mörder war, und solange sie lebte und unter dem Schutz des Marquess stand, würde Lord Christopher für ihr Schweigen zahlen müssen. Und sobald Lord Christopher mit dem Titel des Earl das Vermögen seines Großvaters geerbt hätte, wäre er gezwungen worden, sein gesamtes Erbe an Skavadale zu übertragen, der Meg, durch die er diesen Wohlstand aus dem Avebury-Vermögen hätte erpressen können, mit ein paar Hühnern abgespeist hätte.

Sidmouth hatte in die Kanalhäfen sowie nach Harwich und Bristol Boten geschickt, um nach Lord Christopher Carne suchen zu lassen. »Und was ist mit Skavadale?«, hatte Sandman gefragt.

»Wir wissen nicht, ob er bereits Geld erpresst hat«, erklärte Sidmouth spröde, »und wenn das Mädchen die Wahrheit sagt, hatten sie nicht vor, mit ihrer Plünderung zu beginnen, bevor Lord Christopher den Earl-Titel geerbt hatte. Wir mögen ihre Absichten zwar missbilligen, Captain, aber wir können sie nicht für ein Verbrechen bestrafen, das noch nicht begangen wurde.«

»Skavadale hat die Wahrheit vertuscht!«, wandte Sandman verärgert ein. »Er hat die Polizei gerufen und ausgesagt, er habe den Mörder nicht erkannt. Er hätte zugelassen, dass ein Unschuldiger in den Tod geht!«

»Und wie wollen Sie das beweisen?«, fragte Sidmouth kurz angebunden. »Seien Sie zufrieden, dass Sie den wahren Mörder gefunden haben.«

»Und vierzig Pfund Belohnung verdient haben«, warf Berrigan strahlend ein, was ihm einen überaus missfälligen Blick Seiner Lordschaft eintrug.

Als die Hufschläge ihrer Pferde an den Mauern der Kirche St. Clement widerhallten und Sandman sein Spiegelbild dutzendfach in den Rundfenstern des Steakhauses Clifton sah, dachte er, wie gut ihm jetzt ein Schweinesteak mit Nierchen schmecken würde. Unmittelbar vor ihnen lag das Stadttor Temple Bar, unter dem sich Karren und Fußgänger drängten. Die Polizisten riefen, die Karren sollten weiterfahren, schoben sich mit ihren Pferden in das Gedränge und brüllten die Kutscher an, ihre Peitschen einzusetzen. Ein mit Schnittblumen beladenes Fuhrwerk versperrte nahezu den gesamten Torbogen, und einer der Polizisten schlug mit seinem Knüppel darauf ein, dass Blüten und Blätter auf das Pflaster spritzten. »Lassen Sie!«, brüllte Sandman. »Lassen Sie!« Er hatte eine Lücke auf dem Bürgersteig entdeckt und zwängte sich mit seinem Pferd hinein, wobei er einen dünnen Mann mit Hut umwarf. Berrigan folgte ihm, und sobald sie den Torbogen hinter sich gelassen hatten, stellte sich Sandman in die Steigbügel und trieb sein Pferd Richtung Fleet Ditch, dass die Hufeisen auf dem Kopfsteinpflaster Funken schlugen.

Die ersten Kirchenglocken begannen zu läuten, und Sandman schien es, als sei die ganze Stadt erfüllt von einer Kakophonie aus Glockengeläut, Hufschlägen, Alarm und Verhängnis.

Er glitt zurück in den Sattel, gab dem Pferd einen Klaps und ritt wie der Wind.

Als Lord Alexander durch den hoch aufragenden Bogen der Schuldnerpforte trat, sah er vor sich den dunklen Hohlraum unter dem Galgenpodest, der ihn stark an den Unterbau einer Theaterbühne erinnerte. Von außen, wo die Zuschauer sich auf der Straße sammelten, wirkte der mit schwarzem Stoff verhängte Galgen massig, dauerhaft und finster. Von seiner Warte aus sah Lord Alexander jedoch, dass es eine Illusion auf rohen

Holzbalken war, eine Bühne für eine Tragödie, die mit dem Tod endete. Rechter Hand führte eine Holzstiege in den Schatten hinauf, knickte scharf links ab und mündete in einem überdachten Pavillon im hinteren Teil des Galgenpodests. Der überdachte Pavillon ähnelte den privilegierten Theaterlogen, die wichtigen Gästen den besten Blick auf das Drama boten.

Lord Alexander ging als Erster die Treppe hinauf und wurde mit lautem Jubel empfangen. Wer er war, kümmerte niemanden, aber sein Erscheinen kündete die Ankunft der beiden zum Tode Verurteilten an, und die Menge war das Warten leid. Lord Alexander musste im Sonnenschein blinzeln, zog den Hut und verbeugte sich vor dem Pöbel, der die Geste mit Lachen und Beifall honorierte. Es war keine große Menge erschienen, aber sie füllte die Straße über hundert Meter nach Süden und blockierte die Einmündung in die Newgate Street im Norden. Alle Fenster des Magpie and Stump waren besetzt, und selbst auf dem Dach der Schänke saßen Zuschauer.

»Wir wurden gebeten, uns nach hinten zu setzen«, sagte Lord Christopher, als Lord Alexander in der ersten Reihe Platz nahm.

»Wir wurden gebeten, in der ersten Reihe zwei Plätze für den Sheriff frei zu lassen«, berichtigte Lord Alexander ihn, »und die sind frei. Setz dich, Kit. Was für ein herrlicher Tag! Glaubst du, das Wetter hält sich? Budd am Samstag, ja?«

»Budd am Samstag?« Lord Christopher wurde angerempelt, als die anderen Gäste sich auf die hinteren Plätze zwängten.

»Kricket, mein Junge! Ich habe Budd tatsächlich überreden können, gegen Jack Lambert anzutreten, und Lambert, der brave Kerl, hat sich bereit erklärt, zurückzutreten, wenn Rider Sandman seinen Platz einnimmt! Das hat er mir gestern nach der Kirche gesagt. Also, das ist ein Traumspiel, was? Budd gegen Sandman. Du kommst doch, oder?«

Johlen übertönte das Gespräch auf dem Galgenpodest, als die Sheriffs in Kniebundhosen, Seidenstrümpfen, Schuhen mit Silberschnallen und pelzbesetzten Roben erschienen. Lord

Christopher schien ihre Ankunft nicht zu bemerken, sondern starrte auf den Galgenbaum. Er schien enttäuscht, dass er nicht blutbefleckt war, zuckte jedoch zusammen, als er die beiden unverhüllten Särge erblickte, die auf ihre Last warteten. »Sie war böse«, raunte er.

»Selbstverständlich kommst du«, sagte Lord Alexander und runzelte die Stirn. »Was hast du gesagt, mein Lieber?«

»Meine Stiefmutter, sie war böse.« Lord Christopher schien zu frösteln, obwohl es nicht kalt war. »Sie und ihre Zofe, sie waren Hexen!«

»Willst du ihren Mord rechtfertigen?«

»Sie war böse«, wiederholte Lord Christopher nachdrücklich, offenbar ohne die Frage seines Freundes zu hören. »Sie sagte, sie würde Ansprüche auf das Vermögen stellen, an die Treuhänder, weil ich ihr ein paar Briefe geschrieben hatte. Sie log, Alexander, sie log!« Er zuckte zusammen bei der Erinnerung an die langen Briefe, in die er seine Hingabe an seine Stiefmutter ergossen hatte. Er hatte keine Frauen gekannt, bis sie ihn in ihr Bett genommen hatte, und er war ihr vollständig verfallen. Er hatte sie angefleht, mit ihm nach Paris zu gehen, und sie hatte ihn in seinem Wahn bestärkt, bis sie sich eines Tages über ihn lustig gemacht und die Falle hatte zuschnappen lassen. Er solle ihr Geld geben, hatte sie verlangt, sonst würde sie ihn zum Gespött von ganz Paris, London und jeder anderen europäischen Hauptstadt machen. Sie hatte gedroht, Kopien seiner Briefe zu verbreiten, damit alle seine Schande sähen, und so hatte er ihr Geld gegeben, aber sie hatte immer mehr gefordert, und er hatte gewusst, dass die Erpressung nie enden würde. Deshalb hatte er sie getötet.

Er hatte sich eines Mordes nicht für fähig gehalten, aber als er sie in ihrem Schlafzimmer ein letztes Mal angefleht hatte, ihm seine Briefe zurückzugeben, und sie ihn nur ausgelacht, als Schwächling und als ungeschickten, dummen Jungen bezeichnet hatte, hatte er das Messer aus seinem Gürtel gezogen. Es war eigentlich keine Waffe, sondern kaum mehr als eine alte Klinge, die er benutzte, um die Seiten neuer Bücher aufzuschneiden, aber in seiner wahnsinnigen Wut hatte es genügt. Er hatte sie erstochen, auf ihre verhasste, wunderbare Haut eingestochen, sie aufgeschlitzt, und hinterher war er in den Flur gestürzt, hatte die Zofe der Countess und einen Mann gesehen, die ihn vom Fuß der Treppe in der Diele anstarrten. Er war wieder zurück ins Schlafzimmer gelaufen und hatte in panischer Angst gewimmert. Er hatte erwartet, Schritte auf der Treppe zu hören, aber niemand war gekommen, und so hatte er sich zu Ruhe und Besonnenheit gemahnt. Er hatte nur einen Augenblick auf dem Flur gestanden, kaum lange genug, um erkannt zu werden! Er hatte ein Messer vom Tisch des Malers genommen und es auf die rot befleckte Leiche geworfen, dann hatte er den Schreibtisch der Toten nach seinen Briefen durchsucht, war damit über die Hintertreppe entkommen und hatte sie zu Hause verbrannt. Er hatte in seiner Wohnung gehockt und auf seine Verhaftung gewartet, hatte aber am nächsten Tag erfahren, dass die Polizei den Maler festgenommen hatte.

Lord Christopher hatte für Corday gebetet. Es war natürlich nicht richtig, dass der Maler sterben sollte, aber Lord Christopher konnte sich auch nicht eingestehen, dass er selbst für den Mord an seiner Stiefmutter den Tod verdiente. Er würde mit seinem Erbe Gutes tun! Er würde Barmherzigkeit üben. Er würde für den Mord und für Cordays Unschuld tausend Mal bezahlen. Sandman hatte diese tätige Reue bedroht, und daher hatte Lord Christopher seinen persönlichen Diener zu Rate gezogen und behauptet, Rider Sandman hege einen Groll gegen ihn und habe vor, die Treuhänder zu verklagen und das Avebury-Vermögen in einem Gerichtsprozess sperren zu lassen. Er hatte demjenigen tausend Guineen versprochen, der das Vermögen von dieser Bedrohung befreite. Sein Diener hatte wiederum andere Männer angeheuert, die Lord Christopher großzügig für einen Mordversuch an Sandman entlohnt hatte. Wie es schien, hatten sich nun weitere Aufwendungen erübrigt, da Sandman offenbar gescheitert war. Corday würde sterben, und danach würde niemand mehr zugeben wollen, dass man einen Unschuldigen auf Bottings Bühne hatte tanzen lassen.

»Aber deine Stiefmutter hatte doch sicher keinen Anspruch auf das Vermögen, falls im Testament deines Großvaters nicht ausdrücklich vorgesehen ist, dass du für die Witwe deines Vaters aufzukommen hast. Ist das so?« Lord Alexander hatte über die Äußerung seines Freundes nachgedacht.

Lord Christopher schaute ihn verständnislos an, gab sich aber große Mühe, sich auf das zu konzentrieren, was sein Freund gerade gesagt hatte. »Nein«, antwortete er, »das gesamte Vermögen geht an den Erben. An mich allein.«

»Dann wirst du ein überaus reicher Mann, Kit«, sagte Lord Alexander, »und ich wünsche dir alles Gute mit deinem großen Reichtum.« Er wandte sich von seinem Freund ab, als lauter Jubel, der lauteste an diesem Morgen, das Erscheinen des Henkers begrüßte.

»Ich werde meine Zunge im Zaum halten, solange ich schaue das Gottlose.« Reverend Cottons Stimme wurde lauter, als er hinter dem ersten Gefangenen die Stiege heraufkam.

Als Erster erschien ein Wärter, hinter ihm Corday, immer noch unbeholfen, da er nicht mehr gewohnt war, ohne Fußeisen zu gehen. Auf der obersten Stufe stolperte er und taumelte gegen Lord Alexander, der ihn am Ellbogen packte. »Ruhig, guter Mann«, sagte Lord Alexander.

»Hüte ab!«, brüllte die Menge den Leuten in den vorderen Reihen zu. »Hüte ab!« Mit lautem Grölen drängte die Menge nach vorn gegen die niedrigen Holzgeländer, die den Galgen umgaben. Die Männer des Marschalls der Stadt, die unmittelbar hinter der Absperrung aufgereiht standen, hoben ihre Stäbe und Lanzen.

Lord Alexander fühlte sich bedrängt von dem Lärm, der von der Granitfassade des Gefängnisses widerhallte. Hier kommt England zum Zug, dachte er, man stillt den Blutdurst des Pöbels in der Hoffnung, dass er nicht mehr verlangt. Ein Kind, das auf den Schultern seines Vaters saß, beschimpfte den unverhohlen weinenden Corday mit Unflätigkeiten. Die Menge hatte es gern, wenn ein Mann oder eine Frau mutig in den Tod ging, und Cordays Tränen trugen ihm nichts als Hohn ein. Plötzlich spürte Lord Alexander den drängenden Wunsch, den jungen Mann zu trösten, mit ihm zu beten, aber er blieb sitzen, weil Reverend Cotton bereits dicht neben Corday stand. *»O lehre uns, unsere Tage zu zählen«*, psalmodierte Reverend Cotton, *»auf dass wir unsere Herzen der Weisheit öffnen«*.

Die Menge grölte höhnisch, weil Corday zusammengebrochen war. Botting war zur Hälfte die Leiter hinaufgestiegen und hob gerade den Strang an, der auf den Schultern des Gefangenen lag, um die Öse an einem der Haken am Galgenbaum zu befestigen, als Cordays Beine weich wurden. Reverend Cotton sprang zurück, der Wärter stürzte vor, aber Corday konnte nicht mehr stehen. Er zitterte und schluchzte.

»Erschieß den Kerl, Jemmy!«, schrie ein Mann aus der Menge.

»Ich brauche einen Helfer«, knurrte Botting den Sheriff an, »und einen Stuhl.«

Einer der Gäste bot an, aufzustehen, und man stellte seinen Stuhl auf die Falltür. Als der Menge klar wurde, dass es eine ungewöhnliche Hinrichtung geben würde, klatschte sie Beifall. Botting und ein Wärter hievten Corday auf den Sitz, und der Henker löste unsanft die Ellbogenfessel und band damit den Gefangenen an den Stuhl. Nun konnte er gehenkt werden, und Botting stieg auf die Leiter, hängte den Strang ein, kam herunter und schob die Schlinge fest über Cordays Kopf. »Heulende Memme«, raunte er und zog die Schlinge zu. »Stirb gefälligst wie ein Mann.« Er nahm einen der weißen Baumwollsäcke aus seiner Tasche und zog ihn über Cordays Kopf. Lord Alexander war verstummt und erkannte an den Bewegungen des Baumwollstoffs Cordays Atemzüge. Der Kopf des Jungen war auf seine Brust gesunken, und hätte der Stoff vor seinem Mund nicht gebebt, hätte man meinen können, er wäre schon tot.

»Zeige deinen Dienern dein Werk«, betete Reverend Cotton, *»und ihren Kindern deine Herrlichkeit.«*

Venables kam die Stiege herauf, nur mit einem pflichtschuldigen Johlen von der Menge begrüßt, die sich auf Cordays Kosten bereits verausgabt hatte. Dennoch verbeugte der hünenhafte Mann sich vor seinem Publikum, ging ruhig zur Falltür und wartete auf Strang und Augenbinde. Das Galgengerüst knarrte unter seinem Gewicht. »Mach schnell, Jemmy«, sagte er laut, »und mach es richtig.«

»Ich kümmere mich schon um dich«, versprach der Henker, »ich kümmere mich um dich.« Er holte den weißen Sack aus seiner Tasche und zog ihn Venables über den Kopf.

»Der Herr hat gegeben, der Herr hat genommen«, sagte Reverend Cotton.

Lord Alexander, den die letzten Minuten angewidert hatten, bemerkte Unruhe am schmalen Südende der Straße.

»Gepriesen sei der Name des Herrn«, betete der Ordinarius.

»Gott verdammt!« Sandman steckte im Verkehrsgedränge an der Kreuzung Ludgate Hill und Farringdon Street fest. Zu seiner Rechten stank der Fleet Ditch in der Morgensonne. Ein Kohlenfuhrwerk, das in die Fleet Street biegen wollte, hatte sich an der Ecke festgefahren, und nun gaben ein Dutzend Männer gute Ratschläge, während ein Anwalt in einer Mietdroschke seinen Kutscher drängte, den Pferden des Kohlenfuhrwerks die Peitsche zu geben, obwohl sie gar keinen Platz hatten, sich zu rühren, weil ein noch größeres Fuhrwerk, beladen mit Eichenbalken, sich an ihnen vorbeischob. Die Polizisten ritten, Trillerpfeife blasend und Knüppel schwingend, hinter Sandman auf die Kreuzung, der einen Fußgänger mit einem Tritt aus dem Weg beförderte, sein Pferd nach links lenkte, den Anwalt, dessen Droschke ihn behinderte, mit Flüchen bedachte und sich unvermittelt von einem wohlmeinenden Bürger aufgehalten sah, der glaubte, Sandman sei vor den Polizisten auf der Flucht, und dessen Pferd nun am Zaumzeug festhielt.

»Hände weg!«, schrie Sandman. Berrigan ritt neben ihn,

schlug den Mann auf den Kopf und zerdrückte seinen Hut; Sandmans Pferd war wieder frei, und er lenkte es mit Tritten neben das Fuhrwerk mit den riesigen Eichenbalken.

»Ihr braucht euch gar nicht so zu beeilen!«, rief der Fahrer. »Jedenfalls nicht, wenn ihr zu der Hinrichtung wollt. Die Kerle baumeln bestimmt schon!« Sämtliche Glocken der Stadt hatten bereits die volle Stunde geschlagen, jene, die immer zu früh bimmelten, und selbst die Nachzügler hatten bereits acht geschlagen, doch da die Totenglocke der Grabeskirche noch läutete, wagte Sandman zu hoffen, dass Corday noch lebte. Er brach aus dem Verkehrsgewühl aus und trieb sein Pferd Richtung St. Paul's Cathedral, die sich mit Treppenstufen, Säulen und Kuppel oben auf Ludgate Hill erhob.

Auf halber Höhe des Hügels bog er nach Old Bailey ein, wo der Weg vor dem Gerichtsgebäude zum Glück frei war. Ein Stück weiter, wo die Straße sich vor dem großen Gefängnishof von Newgate verbreiterte, verstopfte die brodelnde Menge plötzlich die Straße in ihrer ganzen Breite, und er kam nicht weiter, obwohl er schon den Galgenbaum über dem schwarzen Podest in den Himmel ragen sah. Er stellte sich in die Steigbügel und trieb schreiend sein Pferd in die Menge wie die Royals, die Scots Greys und die Inniskillings es getan hatten, als sie das französische Corps in Waterloo geschlagen hatten.

»Platz da!«, brüllte Sandman, »Platz da!« Er sah die Männer auf dem Galgengerüst und bemerkte, dass einer saß, was ungewöhnlich war. Er sah den Priester und auf dem hinteren Teil des Podests eine Gruppe von Zuschauern und Beamten; die Menge widerstand seinem heftigen Drängen, er wünschte, er hätte eine Waffe, um auf sie einschlagen zu können, doch dann ritten die Polizisten neben ihn und gingen mit ihren langen Schlagstöcken gegen das Gedränge vor.

Ein Seufzen ging durch die Menge, Sandman sah nur noch den Priester auf der schwarzen Bühne des Galgenpodests, das sich über die Hälfte der Straße an ihrer breitesten Stelle erstreckte.

Die Falltür hatte sich geöffnet.

Und die Glocke der Grabeskirche läutete für die Sterbenden.

Venables fluchte auf den Ordinarius und auf den Gefängnisverwalter, aber nicht auf Jemmy Bottings, denn er wusste nur zu gut, dass der Henker seinen Tod beschleunigen konnte. »Hör auf zu flennen!«, befahl er Corday.

»Ich habe nichts getan!«, jammerte dieser.

»Glaubst du, du bist der erste Unschuldige, der hier oben stirbt?«, fragte Venables. »Oder der Hundertste? Das hier ist der Galgen, Charlie, der kennt keinen Unterschied zwischen Schuldigen und Unschuldigen. Bist du da, Jemmy?« Da Venables den weißen Sack über dem Kopf hatte, konnte er nicht sehen, dass der Henker an den Rand des Podestes gegangen war, um den Sicherungsbolzen herauszuziehen. »Bist du da, Jemmy?«

»Es dauert nicht mehr lange, Jungs«, sagte Botting. »Geduld«. Er verschwand über die Hintertreppe.

»Da ist Rider!« Lord Alexander war aufgesprungen, sehr zur Verärgerung der Gäste in den hinteren Reihen. »Es ist Rider!«

Endlich hatte die Menge gemerkt, dass etwas Unvorhergesehenes geschah. Der erste Hinweis war, dass Lord Alexander, groß und auffallend, am Pavillon stand und in Richtung Ludgate Hill zeigte. Sie drehten sich um und sahen Reiter, die sich gewaltsam einen Weg durch die Menge bahnten.

»Lasst sie durch!«, riefen einige.

»Was ist los?«, brüllte Venables von der Falltür. »Was ist los?«

»Setzen Sie sich, Mylord«, wies der Sheriff Lord Alexander an, der ihn einfach überhörte.

»Rider!«, rief er über die Köpfe der Menge hinweg, aber seine Stimme ging im Tumult unter.

Jemmy Botting fluchte, weil er an dem Seil gezogen hatte, der mit Talkum eingeriebene Trägerbalken sich aber nicht rührte, sondern lediglich bebte. »Verdammt und zugenäht!«, fluchte er, griff zum zweiten Mal nach dem Seil und zerrte mit aller Gewalt daran. Dieses Mal gab der Träger so schnell nach, dass Botting hinten überfiel, während über ihm der Himmel sichtbar wurde. Die Falltür öffnete sich mit einem dumpfen Schlag, und die beiden Körper fielen in die Versenkung. Venables zuckte würgend, während Cordays Beine gegen den Stuhl schlugen.

»Sheriff! Sheriff!«, Sandman näherte sich dem Galgen. »Sheriff!«

»Eine Begnadigung?«, brüllte Lord Alexander. »Eine Begnadigung?«

»Ja!«

»Kit! Hilf mir!« Lord Alexander hinkte auf seinem Klumpfuß zu Corday, der zuckend und würgend am Galgen hing. »Hilf mir, ihn hochzuziehen!«

»Lassen Sie ihn los!«, brüllte der Sheriff, als Lord Alexander nach dem Strang griff.

»Lassen Sie los, Mylord!«, befahl Reverend Cotton. »Das ziemt sich nicht!«

»Lassen Sie mich, Sie verdammter Narr!«, schnaubte Lord Alexander und stieß Cotton fort. Er packte den Strang und versuchte, Corday wieder auf das Podest zu ziehen, aber seine Kräfte reichten nicht annähernd aus. Der weiße Baumwollsack vor Cordays Mund bebte.

Sandman schob die letzten Leute unsanft beiseite und rammte mit seinem Pferd die Barriere. Er tastete in seinen Rocktaschen nach der Begnadigung, glaubte einen grausamen Augenblick lang, er habe sie verloren, fand schließlich das Schriftstück und streckte es zum Galgen hinauf, aber der Sheriff kam nicht, um es entgegenzunehmen. »Es ist eine Begnadigung!«, rief Sandman.

»Kit, hilf mir!« Lord Alexander zerrte kraftlos an Cordays Strang; konnte den Sterbenden aber nicht einmal zwei Finger breit anheben und wandte sich an Lord Christopher. »Kit! Hilf mir!« Lord Christopher riss hinter seiner dicken Brille die Augen weit auf und presste beide Hände vor den Mund. Er rührte sich nicht.

»Was zum Teufel machen Sie da?«, brüllte Jemmy Botting Lord Alexander unten aus dem Galgengerüst an, kletterte über die Stützbalken nach oben und zerrte an Cordays Beinen, um sich nicht um einen Toten betrügen zu lassen. »Sie kriegen ihn nicht!«, schrie er Lord Alexander an. »Sie kriegen ihn nicht! Er gehört mir! Er gehört mir!«

»Nehmen Sie!«, rief Sandman dem Sheriff zu, der sich immer noch weigerte, sich nach unten zu beugen und das Begnadigungsschreiben anzunehmen, doch in diesem Augenblick zwängte sich ein schwarz gekleideter Mann neben Sandman.

»Geben Sie mir das«, sagte er. Er wartete nicht ab, bis Sandman der Aufforderung nachkam, sondern riss ihm das Schriftstück aus der Hand, schwang sich über die Absperrung vor dem Galgen, sprang mit einem gewaltigen Satz hoch und klammerte sich an den Rand des Galgengerüsts. Einen Augenblick lang suchten seine schwarzen Stiefel in den Stoffbahnen Halt, bis er die Kante der offenen Falltür erwischte und sich auf die Plattform zog. Es war Sallys Bruder, ganz in Schwarz gekleidet und das schwarze Haar mit einem schwarzen Band zurückgebunden. Die Stammgäste im Publikum jubelten, weil sie ihn erkannten und bewunderten. Es war Jack Hood, Robin Hood, der Mann, den jeder Magistrat und Polizist in London gern auf Jemmy Bottings Bühne hätte tanzen sehen und der sich über ihren Ehrgeiz mokierte, indem er zu jeder Hinrichtung in Newgate erschien. Als er endlich das Galgenpodest erklommen hatte, drückte er dem Sheriff Cordays Begnadigung in die Hand. »Nimm das, verdammt!«, schnaubte Hood, und verdutzt über die Frechheit des jungen Mannes, nahm der Sheriff das Dokument tatsächlich entgegen.

Hood trat neben Lord Alexander und griff nach dem Strang, aber Jemmy Botting, der fürchtete, sein Opfer in letzter Minute zu verlieren, war bereits auf Cordays Schoß geklettert und beschwerte die sich zuziehende Schlinge zusätzlich mit seinem Gewicht. »Er gehört mir!«, schrie er Lord Alexander und Hood an. »Er gehört mir!« Cordays Röcheln ging im Lärm unter. Hood zerrte, konnte aber Corday zusammen mit

Bottings Gewicht nicht heben. »Er gehört mir!«, schrie Botting.

»Sie!«, herrschte Sandman einen Lanzenträger des städtischen Marschalls an. »Geben Sie mir Ihren Hirschfänger! Sofort!«

Völlig verdutzt, aber eingeschüchtert von Sandmans Befehlston, zog der Mann seinen kurzen Krummsäbel heraus, der eher dekorativ als nützlich war. Sandman riss ihm die Klinge aus der Hand und wurde umgehend von einem anderen Wachmann angegriffen, der glaubte, Sandman plane einen Überfall auf den Sheriff. »Hauen Sie ab!«, schnaubte Sandman, während Berrigan dem Wachmann mit der Faust auf den Kopf schlug.

»Warten Sie!«, rief der Sheriff. »Es muss Ordnung herrschen. Es muss Ordnung herrschen!« Das Grölen der Menge dröhnte durch die Straße. »Marschall!«, rief der Sheriff, »Marschall!«

»Geben Sie den Säbel her!«, brüllte der Marschall Sandman an.

»Hood!«, rief Sandman und stellte sich in die Steigbügel. »Hood!« Hände reckten sich hoch, um ihn aus dem Sattel zu zerren, aber Sandman hatte inzwischen den Straßenräuber auf sich aufmerksam gemacht und warf ihm den Säbel zu. »Schneiden Sie ihn ab, Hood! Schneiden Sie ihn ab!«

Geschickt fing Hood den Säbel. Die Polizisten, die Sandman und Berrigan von Whitehall an eskortiert hatten, drängten die Männer des Marschalls ab. Lord Christopher Carne starrte Rider Sandman mit großen Augen und offenem Mund an, der nun ebenfalls Seine Lordschaft bemerkte. »Wachmann«, sagte Sandman zu dem berittenen Polizisten neben ihm, »verhaften Sie diesen Mann. Den Mann da drüben.« Als Sandman mit dem Finger auf Lord Christopher deutete, drehte dieser sich um, als wolle er fliehen, aber die Treppe führte vom Pavillon direkt ins Gefängnis.

Jemmy Botting hatte die Arme um Cordays Hals geschlungen, umarmte ihn wie einen Liebhaber und schwang sich auf dem hängenden Mann mit seinem ganzen Gewicht auf und ab. »Mir, mir«, krähte er und hörte das Röcheln in der Kehle des Jungen. Jack Hood säbelte mit der Klinge an dem Seil herum. »Nein!«, schrie Botting. »Nein!« Aber der Strang, der angeblich aus bestem Bridport-Hanf war, ließ sich schneiden wie Binsenschnur, und plötzlich fielen Corday und Botting, immer noch umschlungen, nach unten, die Stuhlbeine zersplitterten auf dem Pflaster und das durchtrennte Strangende flatterte lose im Londoner Wind.

»Wir müssen ihn abschneiden«, erklärte der Sheriff, der endlich die Begnadigung gelesen hatte.

Die Menge, wechselhaft wie eh und je, bejubelte das vorhin noch verhöhnte Opfer, weil es dem Henker ein Schnippchen geschlagen hatte. Er würde leben, frei sein und malen.

Sandman saß ab und reichte einem Wachmann die Zügel seines Pferdes. Andere Polizisten hatten die Leiter benutzt, die für den Fall bereit stand, dass Zuschauer die Hand eines Gehenkten berühren wollten, und ergriffen nun Lord Christopher Carne. Als Sandman sah, dass Seine Lordschaft weinte, empfand er kein Mitgefühl. Er hörte Venables röcheln und sah den Strang des Sterbenden über dem schwarz verhängten Podest zucken. Er wandte sich ab und versuchte vergebens, sich mit dem Gedanken zu trösten, dass zumindest eine Seele vor dem Galgen bewahrt wurde.

»Danke, Sergeant«, sagte er.

»Dann ist es also vorbei«, sagte Berrigan und saß ab.

»Es ist vorbei«, bestätigte Sandman.

»Rider!«, rief Lord Alexander vom Galgengerüst. »Rider!«

Sandman drehte sich um.

Lord Alexander hinkte um die offene Fallgrube herum. »Rider! Würdest du am Samstag Kricket spielen?«

Sandman starrte seinen Freund einen Augenblick fassungslos an, dann schaute er zu Hood. »Danke«, rief er, aber es ging im Johlen der Menge unter. Sandman verbeugte sich. »Danke«, wiederholte er.

Hood erwiderte die Verbeugung und hielt einen Finger

hoch. »Nur einer, Captain«, rief er, »nur einer, und sie hängen Tausende, bevor Sie ihnen einen weiteren abjagen.«

»Es geht gegen Budd!«, rief Lord Alexander. »Rider, hörst du mich? Rider! Wohin gehst du?«

Sandman hatte sich abgewandt und den Arm um Berrigans Schulter gelegt. »Wenn Sie im 'Sheaf frühstücken möchten, sollten Sie sich beeilen, bevor die ganze Meute in den Schankraum einfällt. Und danken Sie Sally in meinem Namen, ja? Ohne sie hätten wir es nicht geschafft.«

»Sicher nicht«, sagte Berrigan, »Und Sie? Wohin gehen Sie?«

Sandman humpelte vom Galgen fort, unbemerkt von der Menge, die forderte, dass man Corday, ihren neuen Helden, auf das Podest bringen solle. »Ich, Sam?«, antwortete Sandman. »Ich besuche einen Mann und bitte ihn um ein Darlehen, damit Sie und ich nach Spanien gehen und ein paar Zigarren kaufen können.«

»Sie wollen um ein Darlehen bitten?«, fragte Berrigan. »In den Stiefeln?«

Sandman musterte seine Stiefel, deren Sohlen klafften wie Fischmäuler. »Ich will ihn um ein Darlehen bitten und um die Hand seiner Tochter, und obwohl ich nicht viel für Wetten übrig habe, wette ich um den Preis eines Paars neuer Stiefel, dass er zu beidem Ja sagen wird. Er bekommt keinen reichen Schwiegersohn, Sam, er bekommt nur mich.«

»Da hat er aber Glück«, sagte Berrigan.

»Sie haben Glück, und Sally ebenfalls«, sagte Sandman grinsend. Gemeinsam gingen sie Old Bailey hinunter. Hinter ihnen erstickte Venables langsam, während Corday in das Sonnenlicht des neuen Tages blinzelte. An der Ecke Ludgate Hill schaute Sandman sich noch einmal um und sah den Galgen schwarz wie das Herz des Teufels, dann bog er um die Ecke und war verschwunden.

Historische Anmerkung

Ich habe mich bemüht, mich in meiner Erzählung so genau wie möglich an Fakten zu halten. Gelegentlich beauftragte der Innenminister tatsächlich einen Ermittler, der die Umstände eines Kapitalverbrechens zu untersuchen hatte. Das Amt des Innenministers hatte 1817 Henry Addington, der erste Viscount Sidmouth, inne.

Es war die Zeit, in der die Galgen von England und Wales am häufigsten benutzt wurden (das schottische Recht war und ist anders). Es herrschte der Glaube, schwere, brutale Bestrafung könne die Kriminalität eindämmen. So kam der »Blutcode« zustande, eine Gesetzessammlung, die bis 1820 über zweihundert Kapitalverbrechen aufführte. Meist handelte es sich um Eigentumsdelikte (Diebstahl, Brandstiftung oder Betrug), aber Mord, Mordversuch und Vergewaltigung konnten ebenso mit dem Tod bestraft werden wie Sodomie (zwischen 1805 und 1832 gab es in England und Wales einhundertzwei Hinrichtungen wegen Vergewaltigung und fünfzig wegen Sodomie). Die meisten Hinrichtungen gab es wegen Raubes (neunhundertachtunddreißig zwischen 1805 und 1832), an zweiter Stelle der Kapitalverbrechen kam Mord (dreihundertfünfundneunzig Fälle). Insgesamt wurden zwischen 1805 und 1832 in England und Wales zweitausendachtundzwanzig Todesurteile vollstreckt, zu den Opfern gehörten auch Frauen und mindestens ein Kind von vierzehn Jahren. Dies sind durchschnittlich fünfundsiebzig Hinrichtungen im Jahr, von denen ein Fünftel vor Newgate stattfanden, die übrigen in anderen Gerichtsorten oder in der Horsemonger Lane. In manchen Jahren lag die Zahl der Hinrichtungen jedoch wesentlich höher, am höchsten in der Zeit zwischen 1816 und 1820 mit über einhundert Hinrichtungen im Jahr. Wichtig ist jedoch anzumerken, dass nur etwa zehn Prozent der Todesurteile tatsächlich vollstreckt wurden. Die überwiegende Mehrheit der Todesurteile wurde umgewandelt, meist in eine Deportation nach Australien. Wenn es also zwischen 1816 und 1820 in England und Wales fünfhundertachtzehn Hinrichtungen gab, so lag die Zahl der Todesurteile bei fünftausendachthundertdreiundfünfzig.

Wie erklärt sich diese enorme Diskrepanz? Gnade? Es war kein gnädiges Zeitalter. Diese Zahlen verraten vielmehr eine zynische Form sozialer Kontrolle. Freunde und Verwandte eines zum Tode Verurteilten richteten unweigerlich eine Petition an die Krone (also an das Innenministerium) und bemühten sich nach Kräften, dafür die Unterschriften prominenter Gesellschaftsmitglieder zu gewinnen, also von Aristokraten, Politikern und hohen Kirchenvertretern, weil sie wussten, dass solche Namen unter einer Bittschrift die Wahrscheinlichkeit einer Begnadigung erhöhten. Auf diese Weise wurden auf Dankbarkeit beruhende Loyalitätspflichten geschaffen. Dies wurde zwar nie ausdrücklich gesagt, aber das Verfahren von Verurteilung, Petition und Begnadigung war so weit verbreitet, dass es keine andere Erklärung dafür geben kann.

Bei Verbrechern, die nicht das Glück hatten, dass jemand eine Petition in ihrem Namen einreichte oder eine solche Petition Erfolg hatte, wurde die Hinrichtung als öffentliches Spektakel inszeniert. In London fanden Hinrichtungen lange Zeit an den berühmten Galgen in Tyburn statt, dem »Dreibaum«, der sich am heutigen Marble Arch befand, gegen Ende des 18. Jahrhunderts verlegte man die Hinrichtungen jedoch nach Old Bailey. Im ersten und letzten Kapitel habe ich mich bemüht, das Verfahren einer Hinrichtung in Newgate so genau zu beschreiben, wie es nach zweihundert Jahren möglich ist, und dazu die tatsächlichen Namen zahlreicher Beteiligter verwendet: Der Gefängnisverwalter war William Brown (und er servierte den Gästen, die kamen, um sich eine Hinrichtung anzusehen, tatsächlich scharfe Nierchen), der Ordinarius war Horace Cotton und der Henker James (Jemmy) Botting, der 1817 keinen Gehilfen hatte. Charles Corday ist selbstverständlich eine fiktive Figur, aber er hätte seine Hinrichtung durchaus überleben können. Einige überlebten sie tatsächlich, meist weil sie zu früh vom Galgen geschnitten wurden. Es dauerte noch einige Jahre bis der »lange Fall« eingeführt wurde, der die Opfer mehr oder weniger sofort tötete.

Zu großem Dank bin ich Donald Rumbelow verpflichtet, der neben zahlreichen anderen guten Büchern *The Triple Tree* schrieb, ein Werk, das mir sehr geholfen hat, einige verwirrende Details des Verfahrens in Newgate während der Regency-Periode zu entwirren. Mein Dank gilt auch Elizabeth Cartmale-Freedman, die mir bei der Recherche half, und James Hardy Vaux, der 1812 während seines unfreiwilligen Exils in Australien sein *Vocabulary of the Flash Language* zusammentrug.

Die Idee zum vorliegenden Roman kam mir durch V.A.C. Gatrells Buch *The Hanging Tree* (Oxford, 1994), das eine fundierte Darstellung der Hinrichtungspraxis in England und Wales zwischen 1770 und 1868 mit einem kontrollierten Zorn auf die Todesstrafe verbindet. Allein schon das Titelbild des Buches, eine Zeichnung des französischen Malers Théodore Géricault, die eine öffentliche Hinrichtung durch den Strang in England im Jahr 1820 zeigt, ist eine eindrucksvolle Anklage gegen eine barbarische Bestrafung. Ich danke Professor Gatrell und versichere, dass etwaige Fehler im vorliegenden Roman nicht ihm oder anderen Quellen anzulasten sind, sondern allein in meiner Verantwortung liegen.

Die Originalausgabe erschien 2001 unter dem Titel *Gallows Thief*
im Verlag HarperCollins Publishers, London

Ullstein Verlag
Ullstein ist ein Verlag des Verlagshauses Ullstein Heyne List
GmbH & Co. KG

ISBN 3-550-08428-5

 Printed in Germany
Gesetzt aus der 10/12 pt Janson bei
ew print & medien service gmbh, Würzburg
Druck und Bindung: Claussen & Bosse, Leck